中国现代文学馆青年批评家丛书

中国现代文学馆　编

新时期文学的
空间辩证法

颜水生 / 著

图书在版编目（CIP）数据

新时期文学的空间辩证法 / 颜水生著 . —北京：北京大学出版社，2022.8
（中国现代文学馆青年批评家丛书）
ISBN 978-7-301-33137-8

Ⅰ.①新… Ⅱ.①颜… Ⅲ.①中国文学—当代文学—文学研究 Ⅳ.① I206.7

中国版本图书馆 CIP 数据核字（2022）第 111586 号

书　　　名	新时期文学的空间辩证法
	XINSHIQI WENXUE DE KONGJIAN BIANZHENGFA
著作责任者	颜水生　著
责任编辑	黄敏劼
特约编辑	郭　瑾
标准书号	ISBN 978-7-301-33137-8
出版发行	北京大学出版社
地　　　址	北京市海淀区成府路 205 号　100871
网　　　址	http://www.pup.cn　新浪微博：@北京大学出版社 @培文图书
电子信箱	pkupw@qq.com
电　　　话	邮购部 010-62752015　发行部 010-62750672
	编辑部 010-62750112
印 刷 者	三河市国新印装有限公司
经 销 者	新华书店
	660 毫米 ×960 毫米　16 开本　25.5 印张　289 千字
	2022 年 8 月第 1 版　2022 年 8 月第 1 次印刷
定　　　价	75.00 元

未经许可，不得以任何方式复制或抄袭本书之部分或全部内容。
版权所有，侵权必究
举报电话：010-62752024　电子信箱：fd@pup.pku.edu.cn
图书如有印装质量问题，请与出版部联系，电话：010-62756370

深情献给我的父亲母亲

丛书总序

在中国当代文学史上，1985年已被反复提及，被普遍认为是文学的变革之年。也是在这一年，由巴金先生倡议的中国现代文学馆，在众多有识之士的响应下终于成立了。她的主要任务是收集、整理、保管、研究中国现当代文学书籍和期刊，以及中国现当代作家的著作、手稿、译本、书信、日记、录音、录像、照片、文物等文学档案资料，为文化的薪传和文学史的建构与研究提供服务。这个事件意味着，在文学界和学术界，在全球化背景下寻求文学变革与继承中国新文学的优良传统，是同时进行的。事隔多年，当我们在21世纪20年代的今天回望过去，我们已经可以比较清楚地看到，1985年以来的中国当代文学，包括中国现当代文学研究，已经取得了举世瞩目的成就。

建馆30多年以来，在文学界和学术界的共同帮助下，经过一代代文学馆人的共同努力，中国现代文学馆的事业不断发展壮大，现已成为集文学展览馆、文学图书馆、文学档案馆以及文学理论研究、文学交流功能于一身的综合性文学博物馆，并正朝着建成具有国际影响的中国现当代文学资料中心、展览中心、交流中心和研究中心的目标迈进。为了加快中国现代文学馆学术中心建设的步伐，中国作家协会党组决定从2011年起在中国现代文学馆设立客座研究员制度，并希望把客座研究员制度与对青年批评家的培养结合起来。众所周知，青年批评家的成长问题不仅是批评界内部的问题，还是一个对于整个青年作家队伍乃至整个文学的未来都具有方向性的问题。客观地讲，因为专业的特性，青年批评家的成长往往比青年作家的成长更为艰难。要成为一名优秀的批评家，不仅需要天赋，还需要学养的积累，还需要对文学史和中外文学的发展态势保持清醒的认识。青年批评家成长的滞后，曾经引起文学界乃至全社会的普遍担忧甚至焦虑。因此，以往各届客座研究员的招聘，主要面向"70后""80后"批评家，以后还要面向更年轻的批评家。我们真诚地希望通过中国现代文学馆这个学术平台，为青年批评家的成长创造有益条件。

经过自主申报、专家推荐和中国现代文学馆学术委员会的严格评审，中国现代文学馆已经招聘了8期共78名青年批评家作为客座研究员。他们中的很多人，业已成长为批评家队伍中的骨干力量。9年多来的实践表明，客座研究员制度行之有效，令人满意。中国作家协会党组书记钱小芊在第四届客座研究员离馆会议讲话中，充分肯定了设立客座研究员制度的重要意义，同时对他们未来的学术研究提出了希望。首先是要认真学习马克思主义文艺思想，特别是要认真学习习近平总书记在文艺工作座谈会上的重要讲话，切实加强文学批评的有效性。其次是要真切关注文学现场。作为批评家，埋头写作是必然的要求，但也非常需要去到作家中间、同道人中间，感受真实、生动、热闹的"文学生活"，获得有温度、有呼吸的感受与认识。因此，客座研究员要积极关注当下中国的现实和文学的现场，与作家们一起面对这个时代，相互砥砺，共同成长。

作为青年批评家的代表，他们的"集体亮相"，改变了中国当代文学批评的格局和结构，带动了一批不同代际优秀青年批评家的成长，标志着青年批评家群体的崛起，也预示着"90后"批评家将有一个健康的发展空间。为了充分展示客座研究员这一青年批评家群体的成就与风采，中国作家协会和中国现代文学馆决定推出"中国现代文学馆青年批评家丛书"，为每一位客座研究员推出一本代表其风格与水平的评论集。我们希望这套书既能成为中国当代文学批评的重要收获，又能成为青年批评家们个人成长道路的见证。丛书第1辑8本、第2辑12本、第3辑11本、第4辑7本，已分别在2013年6月、2014年7月、2016年11月、2019年5—12月由北京大学出版社推出，在学术界引起较大反响。现在第5辑6本也将付梓，相信文学界、学术界对这些著作会有积极的评价。

是为序。

2020 年 5 月 23 日
中国现代文学馆

目 录

批评共同体的哲学向度（代序）／ 009

导　言 ／ 001

第一章　莫言的高密与空间修辞学 ／ 016
  第一节　种的退化与英雄崇拜 ／ 019
  第二节　苦难叙事与存在哲学 ／ 043
  第三节　叙事实验与形式狂欢 ／ 067

第二章　阿来的机村与空间权力学 ／ 083
  第一节　虚构的村庄与乌托邦追求 ／ 084
  第二节　象征的住宅与权力之表现 ／ 090
  第三节　想象的身体与性别之伦理 ／ 097

第三章　青鸟之咏归与时空辩证法 ／ 102
  第一节　主体的构建与时间性修辞 ／ 103
  第二节　他者的构建与空间性想象 ／ 118
  第三节　感觉的构建与现代性神话 ／ 133

第四章　社会主义立场与空间伦理学 ／ 146
  第一节　生活智慧与人民伦理 ／ 148
  第二节　故土情结与文化地理 ／ 160

第三节　道德焦虑与社会伦理 / 168

第四节　传统智慧与自然天理 / 177

第五章　感觉意识形态与空间风景学 / 191

第一节　"神圣风景"：民间信仰与原始性思维 / 193

第二节　"阿卡狄亚"：美学想象与现代性反思 / 200

第三节　"过渡风景"：社会想象与权力的表征 / 207

第六章　都市景观与在城市讲述中国 / 215

第一节　现代性焦虑与城市"他者"形象 / 216

第二节　现代性悖论与城市"瘟疫"意象 / 231

第七章　贵州故事与在边地发现中国 / 247

第一节　新世纪贵州小说的主题景观 / 252

第二节　新世纪贵州作家的地域书写 / 267

第三节　贵州自然遗产的现代性价值 / 299

第八章　中华精神与以民族讲述中国 / 317

第一节　民族故事讲述与中华精神传承 / 319

第二节　中篇小说创作与审美空间建构 / 351

第三节　民族文学研究与批评空间拓展 / 362

参考文献 / 379

后　记 / 390

批评共同体的哲学向度(代序)

韦勒克曾经强调不同时代有不同的批评观念和批评规范,然而,当今时代的文学批评既有当代性,更有历史性。比如,当下有些学者倡导"文学的"批评,既可以看作向20世纪上半叶兴起于英美的"新批评派"的致敬,又可以看作对20世纪80年代繁荣于中国的"审美的批评"的重返。对"文学是什么"问题的理解,应该是文学批评最根本的出发点。因此,韦勒克强调了"文学的本质",以完成他对"文学批评"概念的界定。文学本质论既可以看作对自赫拉克利特以来就盛行至今的"逻各斯"的颠倒,又可以看作对康德提出的"审美无功利"观念的再现。然而,文学本质论对理性与感性的彻底分割,也可以看作西方世界中根深蒂固的二元对立思维模式的产物。或许是深受康德思想的影响,王国维曾经希望感性和理性的分割能够促进文学纯粹性的发展,以最终实现审美的解放和主体的解放。然而,鲁迅的告诫也是言犹在耳:文学作为"纯粹之美术"根本不可能实现解放目标。从反"文学"观念出发,鲁迅对萧红小说的批评就不只是一种"文学的"批评,更是一种"社会的"批评。贝林特在《艺术与介入》中指出,审美经验是一个"统一体",任何一种审美经验或者审美活动,都不是纯粹的、绝对的感性实践,也都不能完全排除理性的作用。正如马克思对笛卡尔的"理性论"的批判一样,伊格尔顿深刻指出了韦勒克的"文学"和"文学批评"概念的种种矛盾。实际上,韦勒克对"批评"概念的历史追溯,就已经暴露"批评"概念原本就包含了悖论。伊格尔顿指出,无论过去,还是当下,任何一种对"文学"和"文学批评"概念的理解与界定,都不是绝对的、普遍的和永恒的。在这样的前提下,文学批评或许可以看作一种共同体机制,它包含了"文学的""历史的""政治的""社会的""哲学的"等多种多样的批评观念和批评规范。

任何关于"批评是什么"的讨论,都有可能堕入玄学的陷阱。马克思认为改造世界比解释世界更为重要,因此,"怎样进行批评"才是文学批评真正的立足之处。20世纪下半叶以来,西方国家进入晚期资本主义时期或者后现代时代,由于全球化和信息时代的冲击,知识分子发现个人主体性的丧失成为不可避免的宿命。以德里达、杰姆逊[1]和萨义德等为代表的理论家希望在批评实践中重建个体的主体性精神,他们把文学批评看作一种"文学行动",他们认为文学批评是一种社会实践,他们以文本为基础,注重社会和文化实践。杰姆逊在《政治无意识》中指出,批评家的任务是揭开文本的面纱,使文本恢复"充分的言语",批评家不仅要关注文本本身,而且要关注文本背后的"未说出的东西"。杰姆逊意识到了当代批评的弊端,他通过对"叙事是社会的象征行为"的揭示,充分说明了"批评作为社会的象征行为"的合理性。德里达在《文学行动》中通过对卡夫卡、乔伊斯和马拉美的批评,实现了他对西方形而上学传统的批判,指出主体的消失与死亡是形而上学的罪恶。

---

[1] 杰姆逊:Fredric Jameson,美国文化批评家,本书所引译名又作詹姆逊、詹明信、詹姆森。
　　——编者

杰姆逊和德里达分别在《政治无意识》和《文学行动》中，以明确的个人化立场实现了文学批评的介入意识和主体性精神。所谓个人化立场，一方面指的是在批评活动中批评家不人云亦云，重视对文本的独特性发现，能够揭示文本的内涵与价值；另一方面指的是批评家要有明确的介入意识，能够揭示文本的缺陷和不足，从而真正实现作为批评家存在的主体性价值。从这个角度来说，批评也是一种创作，一种艺术活动和思想活动。依据吉登斯的构成理论，批评共同体是个人化与整体性的统一，个人化创造了共同体，共同体也创造了个人化，在批评共同体中，个人化的批评立场是批评共同体避免千篇一律的必备条件。

个人化的批评立场要求批评家具有明确的介入意识和主体性精神，使批评家避免沦为作家和理论家的附庸。在现象学、阐释学和形式主义的批评传统中，批评家与作家并非处于对等的地位，"文本中心论"排除了批评家的主观能动性，批评家甚至有可能成为作家作品的传声筒。然而，过度抬高批评家在批评实践中的地位和作用，也有可能产生"令人失望的曲解"。从辩证法的角度来看，批评家与作家应该处于平等的地位，批评家在批评活动中应该是一种对话的态度。在批评活动中，对话态度呈现出来的直观形式就是问题意识。德里达在分析卡夫卡的小说《在法的面前》时，开门见山地提出了"文学是什么"的问题。在德里达连续地追问下，"文学的法质"和"法的文学性"呈现出非常紧密的联系。在问题的讨论过程中，德里达拆解了西方传统中关于"文学本质论"的讨论。在整个分析过程中，德里达不仅与卡夫卡进行对话，而且把康德和弗洛伊德拉入对话中。更为重要的是，"文学是什么"问题涉及从柏拉图和亚里士多德以来的西方形而上学传统，因此，德里达试图对话的对象包括柏拉图和亚里士多德以来的"逻各斯"传统。正是这种对话态度和问题意识,使德里达对西方传统的解构更显出针对性和批判性。朗西埃对《包法利夫人》的分析也可以看作对话态度和问题意识的典型文本,他开篇就追问:"为什么必须杀死艾玛·包法利?"朗西埃认为问题之答案给出的因果关系呈现了文学与现实的差距。福楼拜是出于"纯粹的文学"原因而把艾玛处死,然而朗西埃认为艾玛之死的根本原因是西方的民主和疾病,在这种对话过程中,朗西埃揭示了西方民主政治与文学虚构之间的密切关系。

批评共同体是批评理论与批评实践的统一。批评共同体要求批评家具备跨学科的理论素养,并最终能达到通向哲学的高度。一般来说,批评实践关注的是文本的具体特征和具体价值,也就是文本的艺术特征和审美价值,但是批评实践仍然可能涉及哲学的思考,因为批评实践绝对不能脱离对文本和世界的整体性思考。批评理论关注的是批评的操作方式和运作过程,也包括对批评实践本身的关注,批评理论是一个跨学科领域,它涉及多种学科的理论与方法。弗莱在《批评的剖析》中指出,文学批评是思想和知识构成的大厦,批评家不仅是艺术家还是思想家。韦勒克在《批评的诸种概念》中认为,文学批评往往包括批评理论和批评实践,他强调批评家应该借助跨学科的理论与方法,粉碎文学、语言、哲学和历史所形成的围墙和障碍,使文学批评成为种种声音和交响的合唱。德里达在《文学行动》中指出,一切语言行为和阐释行为都受哲学范畴和哲学观念的支配,批评行为也直接涉及哲学,并与批评家对哲学、美学、语言学等各种文本的理解密切相关。许多哲学家也是非常优秀的文学批评家,比如本雅明、德里达和朗西埃,他们分别对波德莱尔、卡夫卡和巴尔扎克的批评可以说都是文学批评史上的经典。本雅明批评波德莱尔其实也是在解剖自我，在批判一个混乱和疯狂的时代。德里达批评《在法的面前》是为了剖析西方法律制度的虚构性和欺骗性。朗西埃批评福楼拜和巴尔扎克是为了剖析西方民主政治的虚伪性和罪恶性。这些哲学家的批评文本其实包含了深刻的哲学观，包含了他们对社会和人生的深度思考，也包含了他们对真理的思辨和追求。可以看出，哲学家的文学批评可以提高人们的思想意识和认识能力，而不仅仅使人们局限在获得对文本的理解或者审美的愉悦。哲学家的批评文本给我们很多启示，尤其是对如何告别"批评的平面化"和"为批评而批评"的弊病应该是大有裨益的。从语言方面来说，哲学语言的浓缩性、思辨性和张力性也是文学批评应该借鉴的。

　　批评共同体强调以文本为基础。批评应该立足于文学性文本，但又要超越文学性文本，批评应该是包含了对社会、人生、真理的思辨和追求。批评家应该要有清晰的对话态度和深厚的理论素养。所谓对话态度，就是批评家要有与文本对话的能力，要有与理论对话的能力，要有与历史对话的能力，要有与时代对话的能力。对话能力和理论素养是文学批评必备的要素，批评家绝对不能成为作家的传声筒，更加不能成为理论家的附庸。批评家应该力求避免丧失个人化立场和主体性精神，最终使批评活动成为个人的精神活动，成为个人探索奥秘、追求真理的思维活动。在当今时代，文学批评的方式多种多样。坚持个人化立场，运用跨学科理论和哲学思维进行文学批评应该值得我们去实践。

导 言

空间辩证法是马克思主义理论的重要内容。恩格斯在《自然辩证法》《论住宅问题》《反杜林论》等著述中讨论了空间问题或内在包含了对空间的强调，奠定了空间理论的唯物辩证法基础。在马克思、恩格斯看来，空间、时间与物质运动是辩证统一的关系，不仅如此，空间本身也是辩证的，只有在辩证视域中，空间才能得到全面理解。马克思、恩格斯将黑格尔辩证法建立在牢固的社会实践基础上，既排斥了空间拜物教和空间神秘主义，又认为"历史取决于天赋的空间意识"[1]。美国学者苏贾指出："在马克思和恩格斯的著述中已有所说明：在探讨城镇与乡村之间的对立、劳动的区域分工、产业资本主义制度下的城市居住空间的划分、资本主义积累的地理不平衡性、土地租借和土地私人所有制的作用、剩余价值的部分转移以及自然辩证法等问题时，他们均提到了这种辩证的联系。"[2] 在苏贾看来，马克思和恩格斯的空间辩证观念是马克思主义空间辩证法的基础，列斐伏尔、大卫·哈维和詹姆逊等新马克思主义学者都深受马克思、恩格斯空间辩证观念的影响。

---

[1] [美] 爱德华·W. 苏贾：《后现代地理学——重申批判社会理论中的空间》，王文斌译，商务印书馆，2004，第72页。

[2] 同上书，第119页。

1976年，列斐伏尔在《资本主义的生存》中指出了辩证法对认识空间的重要性，他认为"要认识空间，认识在空间里所'发生'的事情及其意图，就要恢复辩证法；分析将会揭示有关空间的诸种矛盾"[1]。因此，苏贾认为列斐伏尔建构了社会—空间辩证关系的基本前提，"各种社会关系与各种空间关系具有辩证的交互作用，并且相互依存；社会的各种生产关系既能形成空间，又受制于空间"[2]，列斐伏尔发展了一种日益空间化的辩证法，在历史地理唯物论中发挥了至关重要的作用。1980年，福柯在《地理学问题》的访谈中就提到了传统空间观念的片面性，他认为："空间在以往被当作是僵死的、刻板的、非辩证的和静止的东西。相反，时间却是丰富的、多产的、有生命力的、辩证的。"[3]在福柯看来，19世纪以前沉湎于历史，而当今时代则是并置的时代，当今的空间时代必将超越以往任何时代。大卫·哈维在《希望的空间》中认为乌托邦理想同时包含空间和时间的生产，生产关系也是社会关系和空间关系，空间结构表征各种社会关系和生产关系，时空乌托邦理想也就是辩证乌托邦理想，有组织的空间结构必然包含辩证解释的成分。在《社会公正与城市》中，大卫·哈维指出："空间和空间的政治组织体现了各种社会关系，但又反过来作用于这些关系。"[4]詹姆逊在《后现代主义，或晚期资本主义的文化逻辑》中从辩证法角度揭示了后现代空间

---

[1] [法]勒菲弗（列斐伏尔）：《资本主义的生存》，转引自爱德华·W. 苏贾《后现代地理学——重申批判社会理论中的空间》，第67页。

[2] [美]爱德华·W. 苏贾：《后现代地理学——重申批判社会理论中的空间》，第124页。

[3] [法]福柯：《地理学问题》，转引自爱德华·W. 苏贾《后现代地理学——重申批判社会理论中的空间》，第15页。

[4] [美]哈维：《社会公正与城市》，转引自爱德华·W. 苏贾《后现代地理学——重申批判社会理论中的空间》，第116页。

的文化逻辑，认为在后现代空间里必须重新界定自我的位置，"必须合时地在社会和空间的层面发现及投射一种全球性的'认知图绘'"[1]。在《辩证法的效价》中，詹姆逊分析了辩证法与时间性的关系，并且提出了"空间辩证法"概念。在詹姆逊看来，空间是差异的源泉，空间是时间的隐秘真相，全球化意味着空间与空间距离在生产本身内部的联合，全球化充满了空间矛盾和空间扩张，后现代性蕴含了突出的空间意义，因此，在全球化或后现代性历史语境中必然要有一种辩证的方法。詹姆逊指出："如果我们在这个空间扩张的各同源结构的清单上，空间扩张隐含于资本主义的各种运作当中，再加入对后者的一个更加详细的列举，从市场占领到帝国主义的空间扩张和现在的全球化，我们或许可以大致了解即将获得的优势——在哲学、美学，以及经济政治等层面上——这些优势来自用一种空间辩证法替代古老的时间辩证法。"[2] 詹姆逊不仅试图补充以往历史与叙事研究中辩证法的缺失，而且认为空间辩证法是应对全球化或后现代性的策略。不难看出，马克思主义的空间其实就是"一种社会—空间辩证的对立、统一和矛盾的结合体"[3]，马克思主义空间理论表明"正在崛起的是一种辩证的唯物主义，同时又是一种历史的唯物主义和空间的唯物主义"[4]。从马克思主义空间理论来说，空间大致可以区分为宏观空间形式和微观空间形式，也可以区分为外部空间形式与内部空间形式。相比较而言，列斐伏尔、大卫·哈

---

[1] [美] 詹明信：《后现代主义，或晚期资本主义的文化逻辑》，载《晚期资本主义的文化逻辑》，张旭东编，陈清侨等译，生活·读书·新知三联书店，2013，第422页。
[2] [美] 弗雷德里克·詹姆逊：《辩证法的效价》，余莉译，中国社会科学出版社，2014，第90—91页。
[3] [美] 爱德华·W. 苏贾：《后现代地理学——重申批判社会理论中的空间》，第118页。
[4] 同上书，第120页。

维和雷蒙·威廉斯等学者侧重于宏观空间形式或外部空间形式的研究，而本雅明、福柯和詹姆逊等学者侧重于微观空间形式或内部空间形式的研究。在文学批评领域，弗兰克和巴什拉在微观空间形式或内部空间形式研究方面做出了开创性贡献，雷蒙·威廉斯和理查德·利罕等学者则在宏观空间形式或外部空间形式研究方面做出了重要探索，迈克·克朗则在《文化地理学》中把微观空间形式和宏观空间形式统一了起来。一般看来，马克思主义学者的空间理论突出了空间的社会生产和再生产内涵与价值，但马克思主义学者的空间研究大都涉及文学作品，并与文学批评具有牢不可破的联系，可以说建立了完备的马克思主义空间批评理论体系。相比较而言，马克思主义空间理论在中国文学批评中已得到重视，比如吴冶平《空间理论与文学的再现》运用列斐伏尔、齐美尔、本雅明、福柯、哈维、卡斯特尔、索亚等学者的理论方法分析了中国现代文学的空间书写，又如谢纳《空间生产与文化表征——空间转向视阈中的文学研究》基本上是以马克思主义的空间生产论分析中国现代小说的空间书写。这两本专著不仅揭示了中国现代文学空间书写的矛盾性质，还表现了马克思主义空间批评理论的辩证特征。虽然吴冶平和谢纳是以中国现代文学作为研究对象，但这两本著作对当代文学批评并非没有意义。或许在不久的将来，新时期文学的空间辩证法将得到更多的重视。

自 20 世纪中后期以来，空间辩证法在文学研究中得到广泛运用。1945 年，美国学者弗兰克发表的《现代小说中的空间形式》被认为是小说空间形式研究的经典之作，他分析了福楼拜的小说《包法利夫人》、乔伊斯的小说《尤利西斯》和普鲁斯特的小说《追忆逝水年华》等作品中的空间场所，揭示了小说中的形式空间化的叙事技巧和审美意图。

弗兰克探讨了小说中的空间与时间的辩证关系，他认为小说中的"纯粹时间"其实不是时间，而是空间，小说家在片段时间内空间并置不同意象以实现时间的空间化。弗兰克不仅揭示了小说主题在空间关系方面的呈现，而且揭示了小说空间书写与印象主义、自然主义的紧密联系。弗兰克的小说空间形式研究为"现代小说理论提供了一个新的范型"[1]，自此以后，美国不仅出现了大批空间形式小说，而且出现了众多关于小说空间形式研究的著述。1957年，法国哲学家巴什拉出版《空间的诗学》，该著作分析了文学作品中的空间形式，揭示了文学的空间辩证法，并对福柯、列斐伏尔等学者的空间观念产生了深刻影响。福柯认为《空间的诗学》是伟大的作品，他指出："巴什拉（Bachelard）的伟大作品（译注：指的是《空间诗学》）与现象学式的描述教导我们：我们并非生活在一个均质的和空洞的空间中，相反的，却生活在全然地浸淫着品质与奇想的世界里。我们的基本知觉空间、梦想空间和激情空间本身，仍紧握着本体的品质：那或是一个亮丽的、清轻的、明晰的空间；或再度地，是一个暗晦的、粗糙的、烦扰的空间；或是一个高高在上的巅峰空间；或相反的是一个塌陷的泥浊空间；或再度地，是一个像涌泉般流动的空间，或是一个像石头或水晶般固定的、凝结的空间。"[2] 福柯不仅在巴什拉的研究中看到了空间的本体品质，而且看到了内部空间的辩证性质。在《空间的诗学》中，巴什拉从现象学角度分析了诗歌中的空间形式，强调文学作品的空间诗学不仅是呈现大与小的辩证法，

---

[1] 秦林芳：《译序》，载约瑟夫·弗兰克等《现代小说中的空间形式》，秦林芳编译，北京大学出版社，1991，第Ⅳ页。

[2] [法] 米歇尔·福柯：《不同空间的正文与上下文》，载包亚明主编《后现代性与地理学的政治》，上海教育出版社，2001，第20页。

而且是呈现外与内的辩证法。巴什拉分析了雨果、波德莱尔、米洛什、里尔克等作品中的空间形式，诸如家宅、抽屉、阁楼、贝壳、鸟巢、角落、缩影等，揭示了文学作品中空间形式的人性价值和象征内涵。在巴什拉看来，空间是存在的朋友，空间是人性的象征，外部空间和内心空间永无止境地相互激励相辅相成，外部空间与内心空间组成了相反力量的辩证法，内心空间是广阔性与深刻性的辩证活动，内心空间的紧缩使内与外的辩证法获得全部力量。比如在米洛什的小说《爱情的启蒙》中，巴什拉看到了角落的空间形式和象征意蕴。巴什拉指出，"有人生活"的角落实际上是在拒绝生命、限制生命和隐藏生命，每当回忆起角落里的时光，人们往往感觉一片寂静和孤独，当人们封闭在角落的同时，宇宙本身也收回到角落里，因此，角落是对宇宙的一种否定。然而，角落又是一个避难所，角落确保了存在的稳定性质，确保了灵魂的退隐场所，在自己的角落里能够获得安宁的存在，能够使心理意识产生一种稳定性。巴什拉认为："所有角落的居住者都会赋予形象生命，使作为角落居住者的存在具有各种细微差别。对角落、壁角、洞穴的伟大梦想者来说，没有什么地方是空的，满和空的辩证法只是两种几何学上的非现实性质。居住功能在满和空之间建立起连接。一个生物填满了空的避难所。形象便居住其中。"[1] 巴什拉揭示了角落空间的外与内的辩证法、满与空的辩证法。又如在雨果的小说《莱茵河》中，巴什拉看到了缩影的空间形式与象征意蕴。在巴什拉看来，文学作品中的缩影既是一种修辞术，又是"一项形而上学的创新运动，它能够让人以很小的风险创造世界。在这项主宰世界的运动中有怎样的休

---

[1] [法] 加斯东·巴什拉：《空间的诗学》，张逸婧译，上海译文出版社，2013，第179页。

息！缩影在休息时从来不睡着。缩影中的想象力是警惕而幸福的"[1]。巴什拉认为缩影是一扇窄小的门却打开了一个世界，缩影是一个小的世界却和别的宇宙一样大，缩影通过小世界"向世界开放"，并提供"进入世界"的经验，"一件事物的细节可以预示着一个新世界，这个世界像所有的世界一样，包含各种巨大之物的属性"[2]。这种"小大由之"属性充分表现了柏拉图式的关于大与小的辩证法。巴什拉在托马斯·哈代、加斯东·帕里斯和爱伦·坡等作家作品中揭示了大与小的空间辩证法，强调存在的巨大包含了所见之物的超越性与所听之物的超越性的统一。虽然巴什拉与马克思主义空间理论关系不大，但他从现象学哲学和存在主义视域揭示文学作品的空间辩证法，对新马克思主义学者分析文学空间提供了诸多启示。可以说，弗兰克和巴什拉开创了文学空间研究的两种范型，弗兰克侧重于文学空间的形式美学，而巴什拉侧重于文学空间的哲学意蕴，但他们都强调了文学空间的辩证法性质。

空间辩证法不仅是文学研究的重要方法，还是文学创作的重要技巧，空间辩证法在文学作品中其实就是一种空间修辞术。本雅明在《波德莱尔：发达资本主义时代的抒情诗人》中重点分析了波德莱尔的诗歌，关注到文学艺术作品中的拱廊街、西洋景、博览会、居室、街道等空间形式，揭示了文学作品的空间辩证法。在本雅明看来，波德莱尔的诗歌是辩证思维的典型例子，他的诗歌充满了辩证法形象，辩证思维是历史觉醒和空间崛起的关键因素。詹姆逊在《政治无意识》中虽然强调"历史化"研究方法，但也同样体现了鲜明的空间辩证法思想。詹姆逊详细分析了约瑟夫·康拉德小说中的大海、丛林等空间形象，比

---

[1] [法] 加斯东·巴什拉：《空间的诗学》，第 206 页。
[2] 同上书，第 198 页。

如强调"大海这个非地点（non-place）也是传奇和白日梦、叙事商品和'轻松文学'纯粹娱乐的堕落语言的空间"[1]，大海既是一个空旷空间，也是帝国主义和资本主义扩张、掠夺的场所。辩证法是詹姆逊始终坚持的思维方式和研究方法，在《未来考古学》中，他详细分析了乌托邦空间和科幻小说中的空间形式。在詹姆逊看来，乌托邦既是一种意识形态，也是一种空间形式，"乌托邦空间是社会真实空间中的一块假想的飞地"[2]，乌托邦空间是空间分化和社会分化的结果，是脱离了正常轨道的副产品。詹姆逊认为城市与乡村的对立是乌托邦思想中最基本的对立，这也是一种空间范围内的乌托邦对立。在科幻小说中，詹姆逊看到了乌托邦空间内在的矛盾与对立，虽然科幻小说是关于时间和未来的想象，但也是关于空间和社会的想象。苏贾在《后现代地理学》中分析了博尔赫斯《交叉小径的花园》，他认为"交叉小径的花园"是一个充满同存性和悖论的无限空间。可以说，波德莱尔的诗歌、康拉德的小说、博尔赫斯的"交叉小径的花园"以及科幻小说呈现的都是一种空间修辞术。莫言在《超越故乡》中充分展示了他的空间辩证法，高密东北乡不仅是莫言的故乡，而且是他的精神空间和文学空间，高密东北乡是他的"血地"。莫言对高密东北乡既充满了"刻骨的仇恨"，又怀有深深的眷念。高密东北乡使莫言获得了创作的灵感和源泉，同时又深刻制约了他的创作。莫言强调"故乡的经历、故乡的风景、故乡的传说，是任何一个作家都难以逃脱的梦境"[3]。在《红高粱家族》中，莫言运用

---

[1] [美]弗雷德里克·詹姆逊：《政治无意识：作为社会象征行为的叙事》，王逢振、陈永国译，中国社会科学出版社，1999，第207页。

[2] [美]弗里德里克·詹姆逊：《未来考古学：乌托邦欲望和其他科幻小说》，吴静译，译林出版社，2014，第28页。

[3] 莫言：《超越故乡》，载《莫言散文新编》，文化艺术出版社，2010，第20页。

白描、夸张、隐喻、象征等修辞技巧，充分调动视觉、听觉、嗅觉等感官力量，把高密东北乡充分神秘化和审美化。因此，莫言的"高密东北乡"呈现的也是一种空间修辞术，在高密东北乡空间内，空间与时间实现了统一，空间时间化和时间空间化达成了融合。陈忠实的《白鹿原》也是空间辩证法的范本，陈忠实描绘了白鹿原的空间景观，诸如祠堂、书院、戏楼、窑洞、镇妖塔等空间形式。"白鹿原"原本就是一个极具象征意味的空间符号，小说中的空间形式展现的是传统中国的文化和现代中国的历史，尤其是小说中白鹿祠堂的变迁聚集了总体的封建文化和整体的革命历史。因此，《白鹿原》是一个空间历史化的典型文本。与《白鹿原》不同的是，王安忆的《长恨歌》是时间空间化的典型文本，王琦瑶的传奇人生呈现的是短时代的历史哲学，所有这一切都融入了上海弄堂的空间结构和空间变迁。金宇澄的《繁花》在空间书写方面与《长恨歌》有异曲同工之妙，金宇澄把人世命运化为上海空间景观的演变过程。人生其实就是时间，人世其实就是历史，当人生与人世化为空间景观时，呈现的是人生和人世的渺小与苍凉。李敬泽的《青鸟故事集》和《咏而归》等作品也体现了鲜明的空间意识，空间不仅是观察世界的视角，还是思考世界的方法，空间与时间的辩证统一呈现了文化的内涵和历史的变迁。在欧阳黔森的文学创作中，故土空间、自然地理和社会空间的辩证统一以及乡村空间与城市空间的辩证统一，呈现了当今时代的精神状况和意识形态追求。在新时期文学中，空间作为一种修辞结构，呈现了历史文化、社会秩序、权力结构和社会伦理；然而，空间修辞术还有待进一步深入探讨和研究。

全球化空间和地方性空间的矛盾对立是空间辩证法的重要表现，也是文学创作的重要内容。大卫·哈维认为"时空压缩"是全球化时代的典型特征。所谓"时空压缩",是在全球化条件下"周转时间的加速(生产、交换和消费的世界,都倾向于变得更快)和空间范域的缩减",最终实现"由时间来消除空间"[1],时空压缩不仅加速了全球化发展的进程,而且使全球化空间呈现出瞬间化、同质化和碎片化的特征。在《规划世界城市:全球化与城市政治》中,纽曼和索恩利认为全球化产生了"世界城市"(World City),同时"城市的命运决定于全球化动力、区域性影响和本土化选择"[2]。纽曼和索恩利建立一种研究框架,即把全球化与城市空间联系起来。现代城市空间是全球化空间的典型代表,城市也在现代思想文化发展中发挥了关键作用,"在过去三百年,城市决定着我们的文化,成为我们个人和国家命运不可分割的部分"[3]。自欧洲启蒙运动以来,城市空间书写成为文学创作极为重要的内容,美国学者利罕在《文学中的城市:知识与文化的历史》中分析了自启蒙运动以来西方文学作品中的城市空间书写。在笛福、狄更斯、左拉、乔伊斯、艾略特、德莱塞和诺里斯等作家作品中,利罕看到了城市书写的各种各样的策略与技巧,看到了城市展现的所有内涵和辩证法性质。利罕指出:"所有这些都市景象都说明,在现代城市的表面底下,涌动着像我们血液一样古老的力量。"[4]在利罕看来,城市蕴含了各种力量的矛盾与冲突,这些力量有多种多样的形式,既有维护性力量,又有破坏性

---

[1] [美]大卫·哈维:《时空之间——关于地理学想象的反思》,载包亚明主编《现代性与空间的生产》,上海教育出版社,2003,第389页。

[2] [英]彼得·纽曼、安迪·索恩利:《规划世界城市:全球化与城市政治》,刘晔、汪洋俊、杜晓馨译,上海人民出版社,2012,第5页。

[3] [美]理查德·利罕:《文学中的城市:知识与文化的历史》,吴子枫译,上海人民出版社,2009,第3页。

[4] 同上书,第7页。

力量，城市摆脱了的东西最终又化为另一种力量从内部威胁城市，这就是城市的空间辩证法。在《想象的城市：都市体验与小说语言》中，美国学者罗伯特·阿尔特分析了从福楼拜、狄更斯到卡夫卡和乔伊斯等小说家的城市空间书写，认为从19世纪以来的城市迅猛发展引发了都市体验的根本性变化。在《乡村与城市》中，威廉斯分析了狄更斯、奥斯汀、哈代、艾略特等作家作品中的伦敦空间，揭示了伦敦作为现代都市展现的空间辩证法。在威廉斯看来，伦敦是进步和启蒙的象征，同时也是邪恶与抗议、犯罪与绝望的象征，财富与贫穷的对立在疯狂扩张的城市中愈演愈烈。威廉斯明确指出，作为首都的伦敦聚集了经济体制和社会制度的全部特点，即"秩序和混乱同时存在"[1]。威廉斯不仅揭示了现代城市内在的矛盾与冲突，而且强调了乡村与城市的不平衡发展，以及乡村与城市的矛盾与对立。城市书写也是中国新时期文学的重要内容，刘心武《钟鼓楼》、王安忆《长恨歌》、贾平凹《废都》、池莉《烦恼人生》、金宇澄《繁花》、葛亮《朱雀》等作品是重要代表，韩少功、张承志、陈村、鬼子、王华等作家也表现了全球化和现代化冲击下的城市景象和都市精神。曾一果在《中国新时期小说的"城市想象"》中分析了新时期小说的城市想象与中国现代化运动的关系，虽然他并没有明确突出城市书写的空间维度，但从城市想象透视当今时代的社会变迁和审美变化，这其实也体现了文学批评与空间辩证法的不可分割的联系。

在《规划世界城市：全球化与城市政治》中，纽曼和索恩利提出了全球/地方治理的框架。这种框架也适合文学作品的空间书写，全球/

---

[1] [英]雷蒙·威廉斯：《乡村与城市》，韩子满、刘戈、徐珊珊译，商务印书馆，2013，第208页。

地方书写一直是文学空间书写的重要模式。如果说城市空间是全球化的典型代表，乡村则是地方空间的典型样本。"地方性空间"是相对于全球化空间而提出来的概念，克朗在《文化地理学》中对地方空间作了阐释，他认为全球化是地方性空间消失的重要原因，全球化追求普遍化和同质化，从而削弱了地方的特殊性和异质性，"现代社会通过全球性力量和随之而来的人类的多样性和经验的贫瘠化参与对地区特殊性的削弱"[1]。然而，人对地区的归属感是人类的重要特征，"人们并不单纯地给自己划一个地方范围，人们总是通过一种地区的意识来定义自己"[2]，这种"地区的意识"对人类产生了重要影响，它可以影响到语言习惯、生活方式和社会活动等各个方面，甚至还可以影响到人类的思维方式，"我们对世界的认识总是打上地方的烙印，这种认识总是以成为我们关心的中心的地方为认识世界的起点和基础。这种方式告诉我们，我们总是通过身边的事物而不是抽象的图式来认识这个世界的"[3]。这种"地区的意识"也深刻地影响了作家的创作，比如刘师培在《南北文学不同论》中揭示了中国南方文学和北方文学的地域差异，在鲁迅的"鲁镇"、莫言的"高密东北乡"、哈代的"威塞克斯"和马尔克斯的"马孔多"等文学空间中，也可看出这种"地方的意识"的深刻影响。"地方的意识"是形成地方空间的根本原因，而文化逻辑是构成地方空间的核心要素，"这些地方不仅仅是地球上的一些地点，每一个地方代表的是一整套的文化"[4]。威廉斯在《乡村与城市》中分析了英国文学中的乡村书写，他

---

[1] [英]迈克·克朗：《文化地理学》，杨淑华、宋慧敏译，南京大学出版社，2005，第93页。
[2] 同上书，第95页。
[3] 同上书，第102页。
[4] 同上书，第96页。

认为乡村代表的是一种生活方式，自维吉尔时代以来，英国文学中的乡村书写呈现了英国历史和社会关系的变迁，乡村生活既呈现了古典田园牧歌般的生活理想，又呈现了传统乡村生活蕴藏的苦难与危机。新时期中国作家也创造了独具特色的地方空间，比如"莫言的高密"和"阿来的机村"就是典型的乡村空间，这些乡村空间既是审美乌托邦主义的典型表现，也是人类历史和现实生活苦难的聚集场所。此外，"古远的贵州"也充分展现了地方空间的文化逻辑，以何士光、欧阳黔森、肖江虹、冉正万和王华等为代表的贵州作家描写了贵州独特的自然地理和历史文化，然而，贵州文学并没有得到应有的关注和研究。

村庄和住宅作为空间景观，都是人类生活的基础，而住宅与人类的关系更为亲密，正如福柯所说，"我们所居住的空间，把我们从自身中抽出，我们生命、时代与历史的融蚀均在其中发生，这个紧抓着我们的空间"[1]。巴什拉在《空间的诗学》中分析了博科斯的小说《古玩家》和波德莱尔、里尔克诗歌中的家宅空间，揭示了家宅的空间形式与象征内涵。在巴什拉看来，无论是人类的住宅，还是动物的鸟巢、贝壳，都是生命的象征，都具有人性的根基，都体现了宇宙的动力辩证法。巴什拉在家宅中看到了外与内的辩证法，他认为外部空间呈现了内心空间的印象，他写道："家宅中的每一个角落，卧室中的每一个墙角，每一个我们喜欢蜷缩其中、抱成一团的空间对想象力来说都是一种孤独，也就是卧室的萌芽、家宅的萌芽。"[2] 巴什拉认为家宅空间与生活的辩证法相符合，家宅是世界的一角，也是最初的宇宙。迈克·克朗在《文化

---

[1] [法]米歇尔·福柯：《不同空间的正文与上下文》，载包亚明主编《后现代性与地理学的政治》，第21页。

[2] [法]加斯东·巴什拉：《空间的诗学》，第173—174页。

地理学》中认为住宅的形式与外部世界和社会生活观念具有紧密联系，并且也与人类的宇宙观、文化政治和民族精神紧密相连；即使从最一般的意义来说，住宅也是"家"的形成基础。马克思主义理论也包含丰富的住宅空间观点，马克思、恩格斯在《资本论》和《英国工人阶级状况》等著作中都提出了重要观点，"在马克思、恩格斯的视野中，城市居住空间绝不只是一个'容器'（container），它的本质不是它的地理或物理属性，而是它的社会属性，城市居住空间是城市社会空间秩序的现实载体，这使它现实地充当着一种'可视的城市社会关系文本'的角色，城市居住空间的生产具有社会性"[1]。本雅明明确揭示了居室空间的辩证法性质，他认为"居室不仅仅是私人的天地，而且也是他的樊笼，居住就意味着留下痕迹"[2]。书写住宅一直是新时期文学创作的重要组成部分，阿来和扎西达娃等作家对此都有重要表现，尤其是他们通过住宅对空间的权力结构与社会关系内涵作了重要开掘，丰富了小说创作的思想境界和美学魅力。值得注意的是，多琳·马西在《保卫空间》中认为"'自然'和'自然风景'，是欣赏地方的传统基础"[3]。本雅明《波德莱尔：发达资本主义的抒情诗人》、巴什拉《空间的诗学》、威廉斯《乡村与城市》、大卫·哈维《正义、自然和差异地理学》和米切尔《风景与权力》等著述也都把风景看作一种空间形式来进行研究。米切尔指出："一片风景就是一个空间，或是一个地方的景色。在这一话题的现象学和历史唯物主义传统中，空间和地方都是关键术语，而风景则被想当

---

[1] 李春敏：《马克思的社会空间理论研究》，上海人民出版社，2012，第163页。
[2] [德]瓦尔特·本雅明：《波德莱尔：发达资本主义时代的抒情诗人》，王涌译，译林出版社，2012，第176—177页。
[3] [英]多琳·马西：《保卫空间》，王爱松译，江苏教育出版社，2013，第188页。

然地看成空间和地方的现实特征的美学框架。"[1] 正是从这个角度出发，阿来和扎西达娃小说中的风景描写也可以看作一种空间形式，风景呈现的是民间信仰、审美想象和社会想象，风景不仅是一种感觉意识形态，还是一种空间意识形态。进入新世纪以来，由于风景理论的兴起，文学作品中的风景话语引起人们的关注，也可以说开创了文学空间研究的重要视域。

总体而言，空间可以看作一种社会修辞，也是一种历史逻辑；空间既是对乡村与城市的社会想象，又是对民族与国家的历史建构，也是对地方与世界的时间塑形。新时期文学在空间性叙事、地理学想象、历史性反思和现代性批判的整体视域中建构了空间的辩证法诗学，表达对中国精神的思考和对中国历史的反思以及对西方殖民主义的批判，表达既超越中国局限又恪守中国立场的创作态度。正如莫言在《红高粱家族》结尾所写，高密东北乡是人类永远向往的人的极境和美的极境，迷失了灵魂的人类需要闯荡荆棘丛生、虎狼横行的世界，去寻找纯种红高粱，去寻找家族的荣光和传统精神的象征。当今时代的人类也向往极美的空间，也需要克服全球化和现代化导致的空间压缩，也需要克服物质化和消费化导致的空间空洞化。保卫空间已经成为当今人类的神圣使命，保卫空间也就是保护人类的灵魂处所，也就是保护人类的精神空间。

---

[1] [美] W. J. T. 米切尔：《再版序言：空间、地方及风景》，载《风景与权力》，杨丽、万信琼译，译林出版社，2014，第2页。

第一章　莫言的高密与空间修辞学

在世界文学史上，哈代的威塞克斯郡、福克纳的约克纳帕塔法县、马尔克斯的马孔多镇、鲁迅的鲁镇、沈从文的湘西都是具有重要影响的文学时空体，莫言也创造了一个独特的文学时空体。莫言生于高密东北乡，长于高密东北乡，"高密东北乡"就是莫言文学共和国中最重要的时空体。莫言多次强调高密东北乡如一个巨大的阴影，永远笼罩着他，并且深刻制约他的创作。回到故乡使莫言如鱼得水，离开故乡使他举步艰难。虽然莫言长期身居闹市，但他的精神依然待在故乡，他的灵魂寄托在故乡的回忆里。"故乡的经历、故乡的风景、故乡的传说，是任何一个作家都难以逃脱的梦境"[1]，这也决定了莫言创作的高度。1985年，莫言在《白狗秋千架》中第一次使用了"高密东北乡"的地名，他后来的小说大多是以"高密东北乡"作为故事发生的地点。莫言对故乡始终怀有矛盾的态度，他对故乡的土地怀有刻骨的仇恨，但故乡又是他的血地。因此，莫言希望超越故乡，从思想上或哲学上超越故乡。在莫言的创作中，高密东北乡是一个充满悖论的存在性空间和时间性空间，高密东北乡其实就是一种空间修辞术。这种空间修辞术使莫言拥有了

---

[1] 莫言：《超越故乡》，载《莫言散文新编》，文化艺术出版社，2010，第20页。

一种能力,"拥有修辞术的人能让其他人按照他自己的想法行事,无论他们是怎么想的,除非他们的欲望限制住了修辞术会获得的结果"[1]。修辞术在实质上是想象世界的能力与方法,莫言在高密东北乡充分发挥了他的空间想象能力和时间虚构能力,他随心所欲地支配、指挥、使唤高密东北乡的人物,使各行各业、三教九流的人物在高密东北乡穿梭拉网,使他们在高密东北乡不断地演奏爱恨情仇和生死存亡的交响曲。莫言就高密东北乡发表了一些议论性文章,提出了一些具有独创性的文学观点,创作了一些充满丰富意味的小说,集中表现了他对存在与时间的思考。莫言对存在与时间的思考既是一种艺术思考,也是一种哲理思考,因此,"高密东北乡"既是艺术空间,又是哲学空间。莫言致力于建构崇高的人类理想,他在创作中力求彻底思考存在和时间的悖论性质,在艺术冲突中力求彻底塑造自我的精神向度,悖论问题始终是莫言为之入迷、贯穿其创作始终的哲学实质。莫言在"高密东北乡"表现了人类的生存困境,这种空间性书写集中表现了他对存在悖论的探索:一方面,人类身陷困境而无法自拔,苦难是人类无法逃避的宿命,莫言真正诠释了苦难的存在哲学;另一方面,人类在面临苦难时又表现出伟大的反抗精神,并对未来怀有美好的希望,真正诠释了"向死而生"的存在哲学。莫言在小说中揭示了历史的悖论性质,这种时间性书写表现了他悖论思想的永恒性:一方面,历史就似一个黑洞,它不给人类以任何逃遁的时间与空间,而人类却永远在挣扎,不断地演绎西西弗斯神话;另一方面,历史发展与种的退化相伴相随,种的退

---

[1] [英]罗伯特·沃迪:《修辞术的诞生:高尔吉亚、柏拉图及其传人》,何博超译,译林出版社,2015,第1页。

化不仅意味着对进化论思想的反抗，还意味着对启蒙主义历史观的反思。从这个意义来说，莫言不仅摆脱了一元论的历史观，还摆脱了历史主义的束缚，建构了一种充满矛盾与张力的历史诗学。悖论精神不仅是莫言的精神特征，还是"高密东北乡"的哲学实质。在充满矛盾与张力的创作中，莫言的创作既有中国传统的美学内涵，又具有现代艺术的美学魅力，在悲剧与笑剧的大合唱中，在痛苦与欢乐的大交响中，展示了悲剧与喜剧、崇高与壮美的美学特征，但也有残酷与丑恶、戏谑与恶俗的阴影。莫言站在美的边缘放歌，站在丑的中心舞动，表现了美和丑的交织与矛盾，展示了崇高和丑恶的冲突与悖论。莫言具有强烈的悲剧精神，他在人类困境和永恒悖论中不断地创造悲剧，在惊心动魄的冲突中展示了悲剧价值，在波澜壮阔的抗争中展示了崇高的美学内涵。莫言还具有强烈的悲悯精神，他来自底层，他为老百姓写作，他同情老百姓的命运，体现出悲悯精神和对人类的终极关怀。莫言把叙述能力发挥到了极致，尤其是对时间与空间的叙述，包含了丰富的内涵，渗透了自己的主体观念，蕴含了隐喻、象征、暗示、夸张、讽刺等多重内涵，丰富了小说的美学价值。莫言对世界的认识强调本能和直觉的作用，因此他对食、色、性、生命本能、神秘力量、民间信仰和民俗仪式等有着近乎原始的信仰。莫言的思维结构表现出原始思维特征，他对世界的思考强调情感与原逻辑的影响，因此，他的道德意识与道德抉择很容易摆脱传统伦理道德的束缚，而只服从于人物内心的个体情感与原逻辑。莫言的思维结构也可以说是一种超越的生命美学，它将个体生命和自由精神放在最高位置，不仅具有反传统伦理道德的价值，而且又具有追求个体独立、自由解放的终极价值。莫言通过感官因素和感觉力量，充分运用无意识、梦、象征、暗示、夸张、讽拟等手法来表现人的生存价值和存在意义；充分利用主观因素和感觉能力把握外部客观世界，运用奇特的想象构成崭新的现实，然后大量使用感性的表达方式进行描绘，通过夸张的辞藻、极限的叙述、新奇的文体加以表达。莫言在小说中表现了体验与感觉、无意识与梦、激情与想象等心理现象，这些心理现象都起源于"生命本能"，从而表现出心理透视主义的特征。所谓心理透视主义，指的是心理现象都是由人的生命本能驱动地对世界的透视，透视的结果就是体验与感觉、无意识与梦、激情与想象等心理现象。莫言的心理透视主义是一种独特的认识论，也可以说是一种独特的空间修辞学，透视的本质是对世界的认识和解释，心理透视主义把叙述实验和形式狂欢发挥到了极致，突出了感性世界的价值，强调了审美的反理性特征。

第一节　种的退化与英雄崇拜

弗雷德里克·詹姆森在《处于跨国资本主义时代中的第三世界文学》中认为，"所有第三世界的本文都带有寓言性和特殊性：我们应该把这些本文当作民族寓言来阅读"[1]；第三世界的本文"总是以民族寓言的形式来投射一种政治：关于个人命运的故事包含着第三世界的大众文

---

[1] [美] 弗雷德里克·詹姆森：《处于跨国资本主义时代中的第三世界文学》，载张京媛主编《新历史主义与文学批评》，北京大学出版社，1993，第234—235页。

化和社会受到冲击的寓言"[1]，他认为鲁迅的《狂人日记》是"民族寓言"的"最佳例子"，"阿Q是寓言式的中国本身"[2]。在詹姆森看来，小说是民族历史的隐喻，他把鲁迅小说看作"民族寓言"的标本，因为鲁迅全面深刻地反思了中国历史。"种的退化"是莫言小说一个非常重要的主题，分析这个主题能更深刻地体会莫言小说的内涵。巴尔扎克认为"小说是民族的秘史"，在一定意义上，莫言"种的退化"观念也是民族历史的隐喻。莫言在演讲、对话、散文、随笔等文体中明确表达了中华民族"种的退化"的历史观念，而且在《红高粱家族》《食草家族》《丰乳肥臀》等小说中再现了"种的退化"的文学主题。"种的退化"既是莫言在高密东北乡塑造的感性形象，又是他对乡土中国的理性思考，"种的退化"是莫言空间修辞学的核心主题。正是因为莫言认识到中华民族的"种的退化"，所以他倡导英雄主义来重新焕发民族精神，"种的退化"与英雄崇拜在莫言小说中是相辅相成的关系。

一、种的退化与民族寓言

莫言小说具有深厚的历史内涵，这已是学术界的公论。比如邓晓芒认为莫言的历史观有着对传统文化心理的深层次的反思乃至批判[3]；张清华认为莫言的《丰乳肥臀》实践了"伟大小说的历史伦理"[4]；毕光

---

[1] [美]弗雷德里克·詹姆森：《处于跨国资本主义时代中的第三世界文学》，载张京媛主编《新历史主义与文学批评》，第235页。
[2] 同上书，第239页。
[3] 邓晓芒：《莫言：恋乳的痴狂》，载《灵魂之旅——九十年代文学的生存境界》，湖北人民出版社，1998，第137—150页。
[4] 张清华：《莫言的新历史主义叙事》，载《境外谈文》，花山文艺出版社，2004，第151页。

明、姜岚认为莫言的创作"在强烈的个性中寓含着深广的历史内容"[1]。虽然人们研究了莫言小说的历史内涵，但是正如《红高粱家族》中的最后几段是"难破译的密码"一样[2]，莫言的"种的退化"观念至今还没有引起足够的重视。《红高粱家族》的开头与结尾是理解"种的退化"的关键，先看结尾：

> 我痛恨杂种高粱。……
>
> 在杂种高粱的包围中，我感到失望。……
>
> 可怜的、孱弱的、猜忌的、偏执的、被毒酒迷幻了灵魂的孩子，你到墨水河里去浸泡三天三夜——记住，一天也不能多，一天也不能少，洗净了你的肉体和灵魂，你就回到你世界里去。在白马山之阳，墨水河之阴，还有一株纯种的红高粱，你要不惜努力找到它。你高举着它去闯荡你的荆棘丛生、虎狼横行的世界，它是你的护身符，也是我们家族的光荣的图腾和我们高密东北乡传统精神的象征。[3]

莫言强调"纯种红高粱"是"护身符，也是我们家族的光荣的图腾和我们高密东北乡传统精神的象征"，显然莫言把"杂种高粱"和"纯种红高粱"当作民族历史的隐喻，但是这样的"纯种红高粱"在我们的世界里已不存在，它们早已成为"家族的亡灵"。再看开头：

---

[1] 毕光明、姜岚：《〈红高粱〉的历史哲学》，载《虚构的力量：中国当代纯文学研究》，社会科学文献出版社，2005，第 175 页。

[2] 钟志清：《英美评论家评〈红高粱家族〉》，《外国文学动态》1993 年第 6 期。

[3] 莫言：《红高粱家族》，当代世界出版社，2004，第 304—305 页。

> 一队队暗红色的人在高粱棵子里穿梭拉网，几十年如一日。他们杀人越货，精忠报国，他们演出过一幕幕英勇悲壮的舞剧，使我们这些活着的不肖子孙相形见绌，在进步的同时，我真切地感到种的退化。[1]

在民族发展的历史长河中，"我们这些活着的不肖子孙"根本无法与"家族的亡灵"相比肩，"种的退化"似乎成为无法更改的事实：

> 我有时忽发奇想，以为人种的退化与越来越富裕、舒适的生活条件有关。但追求富裕、舒适的生活条件是人类奋斗的目标又是必然要达到的目标，这就不可避免地产生了一个令人胆战心惊的深刻矛盾。人类正在用自身的努力，消除着人类的某些优良的素质。[2]

在莫言看来，人类历史的发展进步过程其实也是"种的退化"过程，这是一个悖论。列维-布留尔在《原始思维》中揭示了原始人思维"神秘的和原逻辑"[3]的基本特征，他明确反对人类思维永远是和处处是同一类型的观点，批判了以泰勒和弗雷泽为代表的英国人类学派以机械的进化论解释人类思维的发展。维柯在《新科学》中提出了"民族世界"的概念，他进而分析了各"民族本性"。在维柯看来，"各族人民的本性最初是粗鲁的，以后就从严峻、宽和、文雅顺序一直变下去，最

---

[1] 莫言：《红高粱家族》，第2页。
[2] 同上书，第283—284页。
[3] [法]列维-布留尔：《原始思维》，丁由译，商务印书馆，1981，第452页。

后变为淫逸"[1]。维柯虽然没有明确地提出"民族本性"的退化，却揭示了民族本性的发展过程；如果我们反思华夏民族从唐朝开始衰弱的历史，就不难理解维柯的观点了。也就是说，在盛行线性进化思想的西方国家，也存在对线性进化思想的反思与批判。莫言坚信"种的退化"观念，其实可以看作对西方自现代以来的线性进化思想的反叛，也可以看作对晚清以来中国思想界盛行的线性进化思想的反思。

"种的退化"观念并非莫言的发明或独创，在西方进化论思想传入中国的晚清时期，就已出现"种的退化"观念。"种的退化"是一个人类学命题，是一个自明的概念，关键在于它是否具有普遍性，也就是说，关键在于"种的退化"在我们民族的历史上是否发生过或存在过。梁启超在《论尚武》中认为中国人尽失强悍之本性并且还传染给了入主中原的蛮族，这成为近代国人柔弱的原因，他认为"国势之一统""儒教之流失""霸者之摧荡""习俗之濡染"是国人患病之根源，解救中国人孱弱的药方就是"养尚武之精神"，他提出应培养国人的"心力""胆力""体力"[2]。鲁迅在《略论中国人的脸》中批判国民性格退化了"兽性"和"野性"，民族性格堕落到只剩下"驯顺"和"家畜性"[3]。费正清分析了中国历史的强弱变化，他认为宋、明两朝丧失了正统华夏民族的开创精神，指出"在这种稳定的统治中有一点令人感到不解，即元、清两代的异族统治者竟能统治偌大一个中国并且被中国人奉为正朔"[4]。这的确是一个令人困惑的问题。宋明两朝与汉唐"犯天汉者，虽远必

---

[1] [意] 维柯：《新科学》，朱光潜译，人民文学出版社，1986，第110页。
[2] 梁启超：《论尚武》，载《梁启超全集》第3卷，北京出版社，1999，第710—713页。
[3] 鲁迅：《略论中国人的脸》，载《鲁迅全集》第3卷，人民文学出版社，2005，第433页。
[4] [美] 费正清：《中国：传统与变迁》，张沛译，世界知识出版社，2002，第174页。

诛""匈奴未灭，何以家为"的民族精神形成鲜明对比，华夏民族的整体性格前后有着天渊之别。邱紫华在《悲剧精神与民族意识》中指出："宋代以后，全民族的开拓活动明显减缓；生活环境、物质生活条件逐渐优适；习俗趋向于稳定化、定型化。这种物质生产环境的相对优适也逐渐减弱了民族的冒险趣味和进取开拓精神。"[1] 在历史的发展过程中，民族的不肖子孙丧失了我们祖先的某些优良品质，民族本性在某些方面退化了。如果以进化论和线性历史主义的观点来看待这一现象，这是不可思议的，然而这确实是历史发展的辩证法，因此可以说，莫言"种的退化"观念是基于历史辩证法得出的结论。

布鲁克斯和沃伦在《理解小说》中对历史学家和小说家进行了比较，他们认为历史学家从历史事件出发来发掘其形式和意义，而小说家从试图表达的价值理念出发来选择或者创造事件。[2] 海登·怀特认为历史本文只不过是历史学家对历史进行切分的产物，"历史叙事也是形而上学的陈述（statements）"[3]；他强调了历史观念或价值理念对历史叙事的重要性。这一观点同他对文学叙事中历史观或价值理念的重要性的认识是一致的，他认为"文学话语与历史话语的区别在于其基本的指涉物，即所谓'想象的'而非'真正的'事件，但这两种话语之间事实上共性多于差异，它们运作语言的方式仍不可能清晰地将其话语形式与阐释内容区别开来"[4]。莫言也强调了文学叙事中价值观念的重要性：

---

[1] 邱紫华：《悲剧精神与民族意识》，华中师范大学出版社，2000，第262页。
[2] [美] 布鲁克斯、沃伦：《理解小说》，外语教学与研究出版社，2004，第33页。
[3] [美] 海登·怀特：《作为文学虚构的历史本文》，载张京媛主编《新历史主义与文学批评》，第167页。
[4] [美] 海登·怀特：《"形象描写逝去时代的性质"：文学理论和历史书写》，《外国文学》2001年第6期。

> 小说家并不负责再现历史也不可能再现历史，所谓的历史事件只不过是小说家把历史寓言化和预言化的材料。历史学家是根据历史事件来思想，小说家是用思想来选择和改造历史事件，如果没有这样的历史事件，他就会虚构出这样的历史事件。[1]

从《红高粱家族》开始，莫言以寓言化的方式形象地阐释了"种的退化"的观念。莫言在《红高粱家族》中使用了"我爷爷""我奶奶"这样的叙述人称，这些人称与小说叙述者"我"相互映衬。《红高粱家族》开篇就宣布了小说是在叙述"我"的祖辈们辉煌的历史，小说一开始就赋予"我爷爷""我奶奶"非同一般的形象。"我爷爷"余占鳌是一个敢作敢为、敢爱敢恨、周身洋溢着阳刚与血性、浑身充满蓬勃生命力的人物形象；"我奶奶"戴凤莲是一个有着花容月貌、有着非同一般的机智和胆识的人物形象；"二奶奶"恋儿为了女儿的生命甘愿献出自己的身体，表现出"一种无私的比母狼还要凶恶的献身精神"，以崇高的母性演绎了一曲动人的悲歌；罗汉大爷惨遭剥皮凌迟，却"面无惧色，骂不绝口，至死方休"，"为我们家的历史增添了光彩"。然而，小说中的"我"却深陷"杂种高粱"的包围之中，是一个"可怜的、孱弱的、猜忌的、偏执的、被毒酒迷幻了灵魂的孩子"。家族的亡灵是如此"秉领天地精华""演绎了一幕幕英勇悲壮的舞剧"，使"我们这些活着的不肖子孙相形见绌"。小说以抒情的笔触描写了家族先辈们一颗颗浪漫不羁的心灵，却三言两语勾画了活着的子孙的孱弱形象，历史与现实形成强烈的对比，表现了现代人的隐忧。

---

[1] 莫言：《高密东北乡散记——〈丰乳肥臀〉日文版后记》，载《小说的气味》，当代世界出版社，2004，第67页。

《红高粱家族》对"种的退化"的表现更多是理论化,《食草家族》则是以形象化的方式表现了"种的退化"观念。不过,《食草家族》同莫言的另一部小说《酒国》的命运如出一辙,它们几乎完全被评论家所忽视。这两部小说可以说是莫言在叙事艺术上表现最好的,它们完全不是巴尔扎克、托尔斯泰同类的传统的现实主义小说,阅读《酒国》就似进入了博尔赫斯的《交叉小径的花园》中的"叙述的迷宫"[1];阅读《食草家族》就似进入了卡夫卡《城堡》中的"人类的困境"。《食草家族》叙述的同样是家族故事,小说第六梦《马驹横穿沼泽》叙述了食草家族的原始祖先是小男孩和小马驹,小男孩和小马驹幻化的草香在高密东北乡的洼地里生儿育女,开创了食草家族的历史,小说以寓言化的方式暗示了食草家族的命运:

　　　　兄妹交媾啊人口不昌——手脚生蹼啊人驴同房——遇皮中兴遇羊再亡——再亡再兴仰仗苍狼……[2]

　　这几句近似谶语的话也是"难以破解的密码",却是整部小说的关键点,它揭示了食草家族由于近亲繁殖所引起的"种的退化"的必然命运。小说前五梦叙述的是食草家族子孙们的淫逸和仇杀的荒唐生活,在第一梦《红蝗》中,我们可以看到"淫风炽烈,扒灰盗嫂、父子聚麀、兄弟阋墙、妇姑勃豀"。四老爷与九老爷同时迷恋小媳妇以致兄弟反目,上演了一幕幕"兄弟们吃饭时都用一只手拿筷子,一只手紧紧攥着上着

---

[1] 刘俐俐:《迷宫——人类处境和体验的捕捉》,载《外国经典短篇小说文本分析》,北京大学出版社,2004,第179页。

[2] 莫言:《食草家族》,当代世界出版社,2003,第296页。

顶门火的手枪"的荒诞景象。四老爷与九老爷的故事已成为过去，但活着的人也是如此，"我"如同行尸走肉，满脑子的私心邪念；教授与女学生在光天化日之下偷情求欢；黑衣女人因性欲得不到满足而离奇自杀。这是一个淫逸的世界，理智在这里找不到位置，人类跳进欲望尤其是性欲的红色沼泽，抛弃了道德劝诫，废弃了酷刑峻法。维柯认为各族人民的本性最后只剩下淫逸，莫言在《红蝗》中替维柯作了形象的说明；在莫言看来，"淫逸"可能就是"种的退化"的最终结果。除了淫逸，还有仇杀。《复仇记》和《二姑随后就到》叙述的是家族内部的复仇故事，大毛和二毛因母亲被强奸、父亲被枪毙而残酷复仇，天和地因母亲被家族抛弃而疯狂屠杀。这是一个仇恨的世界，人性失去了位置，血缘亲情阻止不了血海泛滥。小说第二梦《玫瑰玫瑰香气扑鼻》与其说是赌博不如说是性爱游戏。在第三梦《生蹼的祖先们》中，皮团长成为拯救家族的希望，他以铁腕手段阉割生蹼者、火烧淫逸者，但最终也挽救不了家族的命运，侵略者造就了家族的噩梦。《食草家族》就这样演绎了一段家族的血泪史，家族成员深陷淫逸与仇杀之中而无法自拔。

  《红高粱家族》与《食草家族》表现了"种的退化"观念，但两者叙事重点完全不同：前者是隐性的，它以祖辈生命力的昂扬反衬后辈的孱弱；后者却以显性的方式直接表现后辈完全失去了食草家族原始祖先的美丽与神奇，把后辈的淫逸与仇杀作为叙述重点，强调后辈们肉体与精神的双重阉割。然而，《红高粱家族》与《食草家族》都显示了一种倾向，也可以说是表达了莫言的一个愿望，即对家族或民族原始本性的呼唤，以求得家族或民族现代困境的解脱。这种倾向在《红高粱家族》中表现为对"纯种红高粱"的寻觅，在《食草家族》中表现为对"ma！ma！ma！"的呼唤。《丰乳肥臀》中上官家的开创者是一个血性刚烈的汉子，他有着神奇而荒唐的抗德经历。然而上官家的后辈却完全退化了祖辈的优秀品质，上官家出现了阴盛阳衰的颓势，上官福禄父子孱弱不堪，上官家已是"母鸡打鸣公鸡不下蛋"，连延续后代的能力都丧失了。《生死疲劳》表现了莫言思考"种的退化"的一贯性，小说叙述了西门闹六世轮回的生命过程，在他作为驴、牛、猪、狗、猴存在的过程中，它们旺盛的生命力与投胎重新做人时的大头千岁命悬一线形成鲜明对比，小说中有一段话对此作了说明：

> 我感到这个杂种身上有一种蓬蓬勃勃的野精神，这野精神来自山林，来自大地，就像远古的壁画和口头流传的英雄史诗一样，洋溢着一种原始的艺术气息，而这一切，正是那个过分浮夸时代所缺少的，当然也是目前这个矫揉造作、扮嫩伪酷的时代所缺乏的。[1]

可以看出，动物显示的这种昂扬的生命力、"蓬蓬勃勃的野精神"，与民族生命力的衰退和现代人精神的萎缩是一对矛盾统一体。法国人类学家列维－斯特劳斯在《野性的思维》中提出了"野性的思维"这个概念，以区别于"驯化的思维"。他认为，在人类社会生活中"野性的思维"于一些特殊的领域仍然保存着并且在继续发展。在一定意义上可以说，《生死疲劳》对于《野性的思维》是一个反讽，人类已经完全退化了野性的精神，甚至连最原始的欲望都被"历史场"消耗殆尽，如洪泰岳屈服于阶级的负担，压抑自己的感情，亲手扼杀自己的生命欲望。在一定程度上也可以说，这种"野精神"与莫言在《红高粱家族》里呼唤的

---

[1] 莫言：《生死疲劳》，作家出版社，2012，第235页。

"红高粱"精神是一致的,莫言对这种"野精神"也是极度崇拜,正如对猪王十六的一段礼赞:"我就是生命力,是热情,是自由,是爱,是地球上最美丽的生命奇观。"[1]

对家族或民族原始本性的呼唤源于莫言的思想矛盾,即对杂交繁殖的失望和近亲繁殖的绝望。如《丰乳肥臀》中的"杂种形象"上官金童,表现了莫言对杂种的失望。上官金童是上官鲁氏与瑞典传教士马洛亚所生,他是"中西杂交"的产物,但是"马洛亚下的是龙种,收获的竟是一只跳蚤"[2]。上官金童也体现了莫言的思想矛盾。一方面,上官金童对母乳的依恋,可以说是隐喻着国人对柔性文化的依赖;另一方面上官金童的孱弱隐喻着刚性文化的匮乏,所以上官鲁氏说"我要一个真正的站着撒尿的男人"。在《食草家族》中,莫言描绘了近亲繁殖的悲剧结果,恐怖的场景几乎令人绝望;《生死疲劳》里的大头婴儿蓝千岁也是近亲繁殖的结果,绝望情绪比《食草家族》有过之而无不及,蓝千岁连活着都困难了,命悬发丝,只有依赖姨祖母的头发才能保存性命。既然杂交繁殖和近亲繁殖都不是出路,那么只能到家族或民族的原始本性去寻找了。"纯种红高粱""草""头发"在一定意义上是同一的,即家族或民族的原始本性,它们是家族或民族必须保存的"金枝"。

莫言"种的退化"观念是基于对历史的思考,更是基于对现实的忧虑,是 20 世纪 80 年代文化危机意识的重要表现。进入 20 世纪 80 年代以后,文化断裂意识成为知识分子的共识,他们不仅反思 20 世纪中国所带来的文化断裂,甚至认识到五四反传统所产生的后果,因此一些小

---

[1] 莫言:《生死疲劳》,第 340 页。
[2] 莫言:《丰乳肥臀》,当代世界出版社,2003,第 468 页。

说家不仅感受到了文化断裂的痛苦，而且也对中国文学的世界化感到困惑。20世纪80年代中期，诗歌沉浸于对传统的反叛，一批知青小说家则集中关注文化危机。1985年，韩少功在文章《文学的"根"》中的第一句话就表达了对文化断裂的危机意识："我以前常常想一个问题：'绚丽的楚文化到哪里去了？'"[1] 阿城认为："五四运动在社会变革中有着不容否定的进步意义，但它较全面地对民族文化的虚无主义态度，加上中国社会一直动荡不安，使民族文化的断裂，延续至今。"[2] 郑义也有着同样的看法："'五四运动'曾给我们民族带来生机，这是事实，但同时否定得多，肯定得少，有隔断民族文化之嫌，恐怕也是事实？'打倒孔家店'，作为民族文化之最丰厚积淀之一的孔孟之道被踏翻在地，不是批判，是摧毁；不是扬弃，是抛弃。痛快自是痛快，文化却从此切断。"[3] 显然，文化危机意识在20世纪80年代的出现是历史和现实因素纠缠的结果，这种文化危机意识使一些作家形成了强烈的主体精神，他们希望在文学创作中寻找和发扬中国传统文化精神，一方面实现民族文化和民族精神的现代化，另一方面实现中国文学与世界文学的对话，如韩少功提出重铸和镀亮"民族的自我"，他主张"文学有'根'，文学之'根'应深植于民族传统文化的土壤里，根不深，则叶难茂"[4]。莫言在以《红高粱家族》为代表的小说中，大力张扬民族传统精神，也正是20世纪80年代文化意识和主体精神最突出的表现。

---

[1] 韩少功：《文学的"根"》，《作家》1985年第4期。

[2] 阿城：《文化制约着人类》，载谢尚发编《寻根文学研究资料》，百花洲文艺出版社，2018，第90页。

[3] 郑义：《跨越文化断裂带》，载谢尚发编《寻根文学研究资料》，第97页。

[4] 韩少功：《文学的"根"》。

莫言"种的退化"观念在文学中实现了从反思进化论的角度探讨民族／国家道路的意图。自从19世纪末严复通过《天演论》把西方的进化论介绍到中国，进化论就成为影响中国的重要思想，甚至有人认为"从19世纪末到20世纪70年代，前后大约80年，这个时期可以称为中国的'进化时代'"，然而，反思进化论也同样在中国思想界屡见不鲜，如钱穆在《国史大纲》中反对进化论，杜亚泉在《精神救国论》中批评进化论[1]。进化论同样给中国文学带来重大影响，如革命历史小说中所体现的线性历史发展观。然而，反思进化论思想在当代文学中的表现并不多。因此，莫言开创性地以小说作品形象地展示"种的退化"观念，把反思进化论思想全面地深入到文学领域，具有十分重要的意义。民族／国家问题是20世纪中国的中心问题，无论是倡导进化论还是反思进化论，无论是激进主义还是保守主义，思想家都试图探讨民族／国家的出路，作家同样有着相似的寄托。小说在对历史的思考和表现中，往往也寄托着小说家对某种道路的探索，如《白鹿原》寄托了陈忠实对家族／民族道路的探索：传统儒家文化是家族／民族不可动摇的根基。陈忠实是从制度上探讨民族出路，莫言则是凭借对"种的退化"观念的表现侧重于从人（种性）的角度思考民族出路，而人是历史的主体，显然莫言的思考更接近历史的本质和问题的根本。

"种的退化"观念给新时期文坛带来了明显冲击，正因为现代人"种的退化"，所以呼唤"野性精神"和阳刚之美，这些在《红高粱家族》中表现得尤其突出，余占鳌以刚勇强悍的英雄主义给20世纪80年代文学注入强者本质，给新时期文坛吹来一股清新的空气，莫言也因

---

[1] 吴丕：《进化论与中国激进主义1859—1924》，北京大学出版社，2005，第182页。

此迅速走红。无独有偶，新世纪初，姜戎在《狼图腾》中对民族性格中的强悍"狼性"表达了怀念和追思。刘再复在《我国现代文学史上对人的三次发现》中比较了五四时期与新时期文学对人的发现的异同，认为"'五四'时期人的发现，是对人的弱者本质的发现，而新时期的文学则是对强者本质的发现"[1]。所谓新时期文学发现了强者的本质，《红高粱家族》可以说是其滥觞和最突出的代表。由此可见，"种的退化"观念的提出，既是对历史和现实中存在的"种的退化"现象的深刻批判，又是对现代人的性格与精神的强烈不满和讽刺，其主旨必然是对民族传统精神的呼唤和张扬，然而"种的退化"观念的自我批判和民族传统精神的张扬是相互补充的，它们共同体现了莫言小说的独特价值。莫言"种的退化"观念既是历史辩证法的结论，又是现实忧思的结果，体现了莫言历史哲学的深刻性和复杂性。莫言小说以深刻的历史内涵，形象地表现了"种的退化"观念，具有詹姆森所说的"民族寓言"的意义。

二、英雄崇拜与民间传奇

英雄崇拜既是莫言的"种的退化"历史观念的必然产物，也是20世纪80年代文学发展的时代需要。"重返八十年代"成为当下批评的热门口号，在新时期文学乃至20世纪文学的整体视野下观照80年代文学，重新阐释《红高粱家族》的文本特征及其价值，具有重要意义。1985年，黄子平等三人提出："在二十世纪中国文学进展的各个阶段，

---

[1] 刘再复：《我国现代文学史上对人的三次发现》，载雷达、李建军主编《百年经典文学评论（1901—2000）》，长江文艺出版社，2004，第536页。

人们不止一次地感觉到悲凉沉郁之中缺少一点什么,因而呼唤'野性',呼唤'力',呼唤'阳刚之美'或'男子汉风格'。"[1] 同年,何新在《读书》杂志发表了《当代文学中的荒谬感与多余者——读〈无主题变奏〉随想录》一文,提出历史在召唤"各式各样英雄主义的献身精神和崇高感情"[2],文学也相应地要呼吸英雄的气息。1986年,莫言先后发表《红高粱》《狗道》《奇死》《高粱酒》《高粱殡》等小说,《红高粱家族》恰似应运而生,主人公余占鳌以勇猛强悍的英雄主义给20世纪80年代文学注入强者本质,给新时期文坛吹来一股清新的空气,莫言也因此迅速走红。

莫言的历史观是他小说创作的基础,他对历史主人公的理解是其历史观的重要方面,他在阅读《史记·项羽本纪》后有过这样的感慨:

> 英勇战斗就是他的最高境界、最大乐趣。中国如果要选战神,非他莫属。不必为他惋惜,皇帝出了几百个,项羽只有一个。当然,我们也要感谢刘邦,在楚汉战争的广大历史舞台上,他为项羽威武雄壮的表演充当了优秀的配角,从而使这台大戏丰富多彩,好看之极。[3]

在莫言看来,司马迁笔下的项羽虽无颜见江东父老而自刎乌江,但他是一个真正的英雄,皇帝出了几百个,而项羽只有一个。莫言对历史主人公的选择与他界定英雄的标准是密切相关的。莫言对项羽的

---

[1] 黄子平、陈平原、钱理群:《论"二十世纪中国文学"》,《文学评论》1985年第5期。
[2] 何新:《当代文学中的荒谬感与多余者——读〈无主题变奏〉随想录》,《读书》1985年第11期。
[3] 莫言:《读书杂感》,载《小说的气味》,当代世界出版社,2003,第44页。

称赞源于他认为项羽是一个童心活泼、童趣盎然的英雄：

> 任何一种真正意义上的英雄，都敢于战胜或是藐视不是一切也是大部分既定的法则。彻底的蔑视和战胜是不可能的，所以彻底的英雄也是不存在的。……一般的人，通体都被链条捆绑，所以敢于蔑视成法就是通往英雄之路的第一步。项羽性格中最宝贵的大概就是童心始终盎然。[1]

对莫言而言，英雄是一种敢于蔑视既定法规、敢于挣脱束缚的人生态度；是一种敢作敢为、敢爱敢恨的性格；也是一种勇武好斗、威武雄壮的精神气质。莫言对英雄的理解完全是从文学角度出发的，他把英雄视作一种美学精神，是一种超越世俗功利的永恒精神。"以成败论英雄，世无英雄"，"功业微巨、成败得失并不足以定英雄，人们需要继承弘扬的是对人类发展进化有益的那种精神"[2]。因此，莫言笔下的人物绝不能简单地以是非成败来衡量。

莫言所理解的英雄与一般的英雄概念既有相同之处也有不同点。梁启超认为："凡英雄者，为国家为社会而动者也。然则由是而推演之，为国家社会而不动者，非英雄也。不为国家社会而动者，亦非英雄也。"[3]梁启超强调了"英雄"的社会意义和历史意义。20 世纪 40 年代，贺麟认识到英雄是一种伟大人格，他更强调英雄对于整个人类文化及

---

[1] 莫言：《读书杂感》，载《小说的气味》，第 45 页。
[2] 周殿富：《生命美学的诉说》，人民文学出版社，2004，第 441 页。
[3] 梁启超：《中国之武士道》，载《梁启超全集》第 5 卷，北京出版社，1999，第 1377 页。

其发展进步的价值和意义[1]。英国历史学家托马斯·卡莱尔在他的经典著作《英雄与英雄崇拜》中提出"英雄即伟人"观点，虽然卡莱尔认识到英雄具有一些特殊品质，但是他主要从历史主义角度出发，强调英雄对历史发展的杰出作用，认为"一个国家如没有或只有少数这样的人便是极不幸的"[2]。梁启超、贺麟和卡莱尔的观点的共同之处在于，他们都认为英雄应该负载非同一般的价值和意义。莫言对英雄的看法接近于爱默生的观点，爱默生在《论英雄主义》中更多地认为英雄是一种人生态度，强调英雄具有非同常人的能力和与众不同的个性[3]。

莫言自言在七八岁的时候就开始读鲁迅，并且认为《铸剑》使他终身受益。[4] 莫言认为《铸剑》是鲁迅最好的小说，是中国最好的小说，也是对自己有重大影响的唯一的中国小说。鲁迅的《铸剑》是关于英雄复仇的故事；莫言推崇《铸剑》，从侧面体现出莫言对英雄人格的崇拜：

> 鲁迅先生在《铸剑》里塑造了两位有英雄主义气质的人物，黑衣人宴之敖者与眉间尺。眉间尺为报父仇，毅然割下自己的头颅，交给一言相交的黑衣人。黑衣人为了替他报仇，在紧要关头，按照预先的设计，挥剑砍下了自己的头颅。这种一言既诺，即以头颅相托和以头颅相许的行为，正是古侠的风貌，读来令人神往。[5]

---

[1] 贺麟：《英雄崇拜与人格教育》，载温儒敏、丁晓萍编《时代之波——战国策派文化论著辑要》，中国广播电视出版社，1995，第302—311页。

[2] [英] 卡莱尔：《英雄与英雄崇拜》，何欣译，辽宁教育出版社，1998，第248页。

[3] [美] 吉欧·波尔泰编：《爱默生集：论文与讲演录》，赵一凡译，生活·读书·新知三联书店，1993，第414—415页。

[4] 莫言：《读书杂感》，载《小说的气味》，第41页。

[5] 同上书，第48页。

莫言神往这种古侠风貌应该说是有历史渊源的。齐鲁大地可以说是中国游侠文化底蕴较为丰厚的地区。汪涌豪、陈广宏在《游侠人格》一书中分析了古代齐地民风勇武任侠的独特面貌，在文章中列举了东夷部族英雄后羿、战神蚩尤，以及齐之君主大抵尚武，《史记》专列的四位著名兵家齐人占其三，都有力地说明了齐地人民自来尚武，集体无意识中有一种强烈的英雄崇拜情结[1]。中国古典小说中英雄传奇的经典作品《水浒传》里的人物与事迹大都发生在齐鲁大地，山东人曲波创作的《林海雪原》是"红色经典"最富传奇色彩的，这些似乎都成了汪涌豪、陈广宏观点的最好例证。

梁启超说，"历史者，英雄之舞台也，舍英雄几无历史"[2]，莫言认为"历史在某种意义上就是传奇"[3]。梁启超从史学的角度认为英雄是历史的主体，莫言从文学的角度认为传奇是历史的形式。在一定意义上，可以说以传奇的形式表现英雄是小说家叙述历史的一条捷径。如"革命历史小说"具有把英雄传奇化的倾向，这从《林海雪原》中少剑波和杨子荣等人的传奇经历可窥一斑。莫言小说的传奇形式与中国传统的志怪传奇一脉相承，从唐宋传奇到明清小说（尤其是蒲松龄的小说），再由民间英雄传奇到革命英雄传奇的历史进程中，莫言在传奇形式的美学激变和历史演变过程中具有重要影响和作用。莫言小说尤其是长篇小说基本上是以传奇的形式演绎了英雄的历史。《红高粱家族》以抗日战争作为历史背景，主要叙述了余占鳌的传奇经历，莫言在余占鳌身上寄托了自己对英雄的看法。从余占鳌的身份来看，他是一个农民，也

---

[1] 汪涌豪、陈广宏：《游侠人格》，长江文艺出版社，1996，第252—254页。
[2] 梁启超：《新史学》，载《梁启超全集》第3卷，北京出版社，1999，第737页。
[3] 莫言：《读书杂感》，载《小说的气味》，第45页。

是一个"出没无常，结帮拉伙，拉骡绑票，坏事干尽，好事做绝"的土匪，他的经历完全传奇化了。正如贝思飞所说，"土匪活动从未受过颂扬，实际上也没有被研究过"[1]，在主流价值观中，土匪是一个受打击和排斥的对象。在革命历史小说中，土匪是革命英雄追剿的对象，如《林海雪原》；在新时期的大部分小说中，土匪仍然没有改变受贬斥和打击的命运。在陈忠实的《白鹿原》中，黑娃出身长工家庭，先后参加了农运会、国民革命军，国民革命失败后，黑娃走投无路做了土匪，他就完全不被家族接受。在张炜《家族》中，土匪与革命阶级有不共戴天之仇，麻脸三婶的土匪队伍在黑马镇大劫中制造了大屠杀，后来也投靠了国民党；虽然"小河狸"曾经救过许予明，与他有着生死之恋，也无法改变自己被处决的命运。刘震云的《故乡天下黄花》虽然写出了土匪与农民的千丝万缕的联系，但土匪仍然不是光彩的形象。贝思飞在《民国时期的土匪》一书中对民国时期的土匪做过仔细的研究，认为民国土匪与农民有着千丝万缕的联系，"它是农民对压迫和困苦的最普遍的一种反应"[2]。霍布斯鲍姆也强调了土匪与农民的联系，土匪是农民对特殊环境做出反应的一种自救行为。他说："作为个体，他们算不上政治的或社会的叛逆者，更不要说是革命者了；作为农民，他们拒绝服从……一般说来，他们只不过是他们的社会中的危机和紧张状态的象征……因此土匪活动本身并非是一种改善农民社会的进程，而是在特殊环境下逃避社会的一种自救形式。"[3] 莫言与贝思飞、霍布斯鲍姆的观点基本一致。他说："多数的土匪都是真正的贫农、下中农，吃不上饭了，要

---

[1] [英]贝思飞：《民国时期的土匪》，徐有威等译，上海人民出版社，2010，第10页。

[2] 同上。

[3] [英]霍布斯鲍姆：《土匪》，转引自贝思飞《民国时期的土匪》，第2—3页。

饿死了，没有办法，只有当土匪去；还有很多是大户，日子过得很好的，被土匪糟蹋得没有办法了，索性毁家拉起杆子，也当上了土匪。"[1] 莫言深知土匪与农民之间的血肉联系，因此他以诗意笔触讲述土匪传奇的故事，改变了土匪在当代文学中的负面形象，以表达自己对农民的讴歌和赞美。在《红高粱家族》中，余占鳌出身贫寒，父亲早丧，他与母亲耕种三亩薄地度日；十三四岁的时候，母亲因家贫难以度日与天齐庙里的和尚勾搭上了；十八岁时，余占鳌怒火难消，借机杀了和尚，母亲上吊自杀，自此，余占鳌开始了流浪生涯；二十四岁的时候，他刺杀了单廷秀父子，与戴凤莲度过一段荒唐浪漫的时光；在墨水河里用双枪杀死"花脖子"等八个土匪后，便离开了烧酒作坊，走进青纱帐，过起打家劫舍的浪漫生活；为了报复县长曹梦九打他的三百鞋底，余占鳌绑架了曹梦九的儿子；一九二八年深秋，曹梦九设计消灭了余占鳌八百人的队伍；鬼子来了以后，余占鳌又拉起了抗日的旗杆，在胶平公路伏击日本鬼子时遭到重创，队伍被消灭，妻子戴凤莲被打死，儿子受重伤；在走投无路的情况下，经"五乱子"的劝说，余占鳌参加了土匪队伍"铁板会"，以假参军的诡计绑架了"江小脚"，又以假投诚的方式绑了"冷麻子"，换来了大量的枪弹和战马，至此做起了铁板会真正的土匪头子；在为妻子出殡的日子里，铁板会先后与胶高大队、冷支队、日本鬼子展开混战。作为农民出身的土匪，余占鳌的一生大起大落、跌宕起伏，完全传奇化了。

从余占鳌的精神品格来看，余占鳌出身农民，两次都是在迫不得已的情况下做了土匪。当土匪成为余占鳌自救的一种形式，但是他不

---

[1] 莫言、王尧：《莫言王尧对话录》，苏州大学出版社，2003，第127页。

曾投靠过任何政治势力，大脑里也没有任何"国家""阶级""党派"观念，完全是农民式思维。莫言对这样一个人致以崇高的英雄礼赞，他敬奉的是余占鳌骨子里那股"超脱放达"、拒受他人领导的无拘无束的、超越是非观念的土匪精神。正如贝思飞在对民国时期的土匪进行深入研究后所说，"对我来说，这本书是我对中国人民永恒的生命力的一种敬奉，而不是对中国社会'黑暗地区'的批评"[1]，莫言也是如此。虽然余占鳌是一个"最英雄好汉最王八蛋"的人物，但是作为农民，他是一个有着鲜明特征的崭新形象，他区别于以鲁迅为代表的五四启蒙文学中的农民形象，如《故乡》中的闰土，他们麻木不仁，不觉醒，精神颓丧；他也区别于革命历史小说中的农民形象，如《红旗谱》中的朱老忠，他们天然有着革命的思想和斗争的素质。作为土匪，余占鳌也是一个崭新的形象，他是一种崇高的精神，他是民族生命力的升华（雷达语）；因此，莫言在余占鳌身上寄托了对英雄的看法，《红高粱家族》在叙述历史的过程中，把历史传奇化，通过塑造英雄形象表达对农民的讴歌。

　　历史在一定意义上就是传奇，使莫言叙事历史有了极大的自由。莫言可以讲述抗日战争的历史（如《红高粱家族》），也可以讲述抗德复仇的故事（如《檀香刑》），他可以在小说中讲述百年中国苦难史（如《丰乳肥臀》），也可以拷问近50年来农民与土地的关系（如《生死疲劳》）。历史翻云覆雨、变化万千，历史人物上下沉浮、挣扎不已，传奇化的历史创造了英雄式的人物，从余占鳌到司马库再到孙丙这一系列传奇人物，莫言有意识地赋予他们非同寻常的精神与品格，寄托自己对历史和英雄的看法。《红高粱家族》中的英雄主义情绪是明显的，

---

[1]　[英]贝思飞：《民国时期的土匪》，第1页。

并且这种英雄主义有一定的独特性。《三国演义》以刘备和诸葛亮等人无可奈何的悲剧作结局，寄寓着作者理想的破灭，罗贯中在创造英雄的同时也在埋葬英雄，小说中始终贯穿着作者无可奈何的情绪，与其说是给人以精神振奋，不如说是给人带来失落与感伤。《水浒传》虽然没有明显流露失落与感伤情绪，但是施耐庵还是给英雄们唱了挽歌，宋江被招安了，绿林好汉们死的死，跑的跑，昔日梁山英雄作鸟兽散。然而，《红高粱家族》中没有丝毫的感伤情绪，英雄主义气息贯穿始终；《檀香刑》中的孙丙正如他自己所想，"活要活得铁金刚，死要死得悲且壮"。20世纪50年代至70年代出现了大量的革命历史小说，这些小说同样始终洋溢着浓厚的英雄主义气息，小说中的英雄人物具有钢铁般的意志、超强的忍耐力，他们"生的伟大，死的光荣"，如《红岩》中的许云峰、江姐，《青春之歌》中的卢嘉川、江华、林红等。革命历史小说弘扬的是革命英雄主义，英雄人物具有强烈的政治理想追求，而余占鳌、司马库、孙丙等英雄人物却完全没有阶级、党派等意识形态观念，他们远离主流意识形态，体现的是一种生命的意志和本能。

值得警醒的是，英雄崇拜情结使莫言在小说中张扬了仇恨。20世纪已经离人类远去了，回首20世纪的历史，创伤与痛苦始终是人类无法抹去的记忆，世界大战、种族清洗、大屠杀、大革命，一个又一个梦魇此起彼伏，正如电影《第五元素》所揭示的：人类到处充满了仇恨！20世纪的中国更是烽火连绵、斗争不息。现实如此，文学中体现的也是如此。中国新文学的开山之作《狂人日记》中的狂人以仇恨的目光看到了历史和现实的恐怖，代表觉醒的中国知识分子第一次发出了心声。在整个20世纪中国文学中，反映"仇恨"成为一个显性的叙事模式，从左翼文学、解放区文学到"红色经典"都是如此，这类文学作品大都反映苦大仇深的农民（中国革命的主力军）翻身求解放的斗争经历，主人公往往以仇恨的心理面对侵略者、地主、资产阶级、反动派等，而这种仇恨心理往往是相互的，例如蒋光慈的《田野的风》、周立波的《暴风骤雨》、梁斌的《红旗谱》等。其实，直到20世纪80年代，仇恨叙事也不曾消失过，1985年成名的莫言更是将仇恨叙事发挥得淋漓尽致。《红高粱家族》中的余占鳌一生都是在不断的复仇中度过，他杀害与其母通奸的和尚完全是为了替父报仇，他绑架曹县长的儿子是因为曹县长罚了自己几百个巴掌，他杀"花脖子"除报受辱之前仇，还因为"花脖子"摸过戴凤莲，他看到被蹂躏的恋儿四仰八叉地躺在炕上和女儿香官的尸体时，"大吼一声，抽出匣枪提着，跌跌撞撞跑到街上，跳上喘息未定的黑骡，用匣枪苗子猛拧了一下骡腚，意欲飞奔县城，去找日本人报仇雪恨"（《红高粱家族》）。当然余占鳌的报仇雪恨行为，有的有充分理由，有的根本是毫无原因纯粹是滥杀无辜，正是余占鳌的仇恨意识使他的英雄形象更加丰满。小说不仅写了余占鳌的仇恨情绪，还写了中国人对侵略者的仇恨，小说中出现了日本人活剥罗汉大爷、中秋节晚上的大屠杀等众多血腥场景，甚至还写了人与狗之间的大战。血腥的时代，人们只有血腥的经验，为了生存，人与人之间、人与动物之间缺乏友谊与温情，更多的是猜忌与仇恨。《天堂蒜薹之歌》中的高马在家破人亡后，他的心里只有仇恨，小说结尾处高马逃离监狱，仇恨之火在他心中已经燃起。《丰乳肥臀》多次写到了日本侵略者的清洗与屠杀，也写到了中国人内部之间的相互残杀，还写了人们由于饥饿、灾难而产生的仇视。《檀香刑》是莫言仇恨叙事的代表作，小说以中国老百姓对德国侵略者的仇恨作为背景，叙述了一桩桩惨无人道的酷刑，极度渲染了刑罚的残忍与血腥。莫言的几部重要作品不约而同地写仇恨，一方面有莫言心理上的原因。有人说过："正是这艰苦的乡土环境、生命与文化的永恒冲突、沉重的时代氛围多元运作，使莫言敏感早熟的幼小心灵埋下了对世界对生活最初的印象，使他的内心世界滋生并壮大沉重的压抑感以及由此而来的对外部环境的敌视心理和对内心世界的无限眷念。"[1] 莫言自己也说过："我对那块土地充满了刻骨的仇恨。"[2] 另一方面，体现了莫言对民族命运的深刻忧思，他试图借富有野性、仇恨的精神以拯救现代人的"种的退化"，试图借对血腥与暴力的渲染来刺激国人可怜的、孱弱的、猜忌的、偏执的、被毒酒迷幻了的灵魂，无声地呼唤人们摆脱历史的"看客"身份。

莫言以《红高粱家族》为代表的小说对英雄主义的张扬具有重要的时代意义。首先，20世纪中国文学的美学特征以悲凉为主，如黄子平等人认为"'悲凉之雾，遍被华林'……这样一种悲凉之感，是二十世纪中国文学所特具的有着丰富社会历史蕴含的美感特征"[3]，谢冕认为"中国的近、现代就充斥着这样的悲哀，文学就不断描写和传达这样的悲哀。这就是中国百年来文学发展的大背景。所以，我愿据此推断，忧患是它永久的主题，悲凉是它基本的情调"[4]。其次，20世纪80年代初期，刚刚从十年浩劫中走出来的新时期文学，痛苦的呻吟、苦难的哀述成为文学主流。如"伤痕文学"潮流争相倾诉压抑已久的欲望，呈现一种过分感伤的倾向；在"知青文学"一片悲凄的抽泣声中，唯独张

---

[1] 王金城：《理性处方：莫言小说的文化心理诊脉》，载杨扬编《莫言研究资料》，天津人民出版社，2005，第304页。
[2] 莫言：《超越故乡》，载《莫言散文新编》，第4页。
[3] 黄子平、陈平原、钱理群：《论"二十世纪中国文学"》。
[4] 谢冕：《辉煌而悲壮的历程》，载孟繁华《1978：激情岁月》，山东教育出版社，1998，第2页。

承志和梁晓声的小说或多或少地表现了一种悲壮的情怀[1];"归来者"也是集体性自述苦难,如王蒙和张贤亮的小说。因此,《红高粱家族》给新时期文学以美学方面的冲击。《红高粱家族》引发的这股英雄主义在新时期文坛后劲勃发,如阿来的《尘埃落定》、姜戎的《狼图腾》。

第二节 苦难叙事与存在哲学

20世纪80年代以来,苦难叙事在小说中占有重要位置,从"伤痕小说"到"先锋小说",苦难一直是作家叙述的重要内容。从张贤亮、路遥到余华、史铁生、阎连科等作家,他们对生命和存在的思考与探索,大都是在苦难叙述中实现的,在他们的小说中,苦难几乎成为生命和生存的本质。莫言的苦难叙事也是当代小说的一朵奇葩。首先,莫言对苦难有着深刻认识。莫言曾在一次讲演中说:"饥饿和孤独是我创作的财富。"[2]他强调:"我是一个在饥饿和孤独中成长的人,我见多了人间的苦难和不公平,我的心中充满了对人类的同情和对不平等社会的愤怒。"[3]这样的苦难意识是莫言苦难哲学的认识论基础,是他小说苦

---

[1] 孟繁华:《知青一代的乡村之恋》,载《1978:激情岁月》,第134页。
[2] 莫言:《饥饿和孤独是我创作的财富——2000年3月在斯坦福大学的讲演》,载《莫言讲演新篇》,文化艺术出版社,2010,第134页。
[3] 同上书,第138页。

难叙事的思想根源。其次，莫言的小说叙事全面表现了 20 世纪中国人所遭受的苦难。战乱、饥饿、生育、疾病、刑罚、孤独等苦难，都是莫言小说的重要内容，既包括物质方面的痛苦，也涉及精神层面的痛苦。莫言借用佛经中的名言"生死疲劳"作为小说的题名具有深刻的象征意义，体现了他对人类生命痛苦和存在苦难的哲学思考。

一、苦难作为历史精神

苦难作为历史精神是一个重要的哲学观点，它代表着对人类历史的苦难认识，尤其是存在主义哲学，尼采、海德格尔、萨特等哲学家都持有这种观点；李泽厚也认为"历史从来不是在温情脉脉的人道牧歌中进展，相反，她经常无情地践踏着千万具尸体而前进"[1]。米兰·昆德拉对"历史"有过精辟论述："在卡夫卡、哈谢克、穆齐尔、布洛赫的小说中，恶魔来自外界，人们把它叫做历史；它不再像那列冒险的火车；它是无人的、无法统治、无法估量、无法理喻——而且也是无法逃避的。"[2] 莫言小说也是如此，在一定意义上可以说，苦难精神是莫言思考历史的基本立场和基本方式，苦难精神也是莫言最重要的历史观点。莫言小说大多是历史题材，他对中国 20 世纪发生的重要历史事件几乎都有过描述，如清末民初的抗德战争（《檀香刑》）、抗日战争（《红高粱家族》、解放战争（《丰乳肥臀》）、互助合作运动（《生死疲劳》）、计划生育（《蛙》），莫言不仅仅是把这些历史事件叙述成为人物活动的历史

---

[1] 李泽厚：《美的历程》，安徽文艺出版社，1994，第 43 页。
[2] [捷克] 米兰·昆德拉：《小说的艺术》，孟湄译，生活·读书·新知三联书店，1992，第 11 页。

背景，更重要的是把这些历史事件叙述成人物的具体行动，小说人物不仅是这些历史事件的参与者与推动者，还是这些历史事件的被抛者和受难者，正所谓"没有哪一种历史可以让人摆脱生存之苦"[1]。

米兰·昆德拉认为世界是一个陷阱，世界的空间几乎没有给人提供逃遁的可能性。历史又何尝不是如此呢？历史与个人永远是一对悖论，无个性的历史对有个性的人来说永远是一个黑洞，尤其在20世纪，中国人大都丧失了个人独立性，他们注定是作为革命斗争和社会运动的附属品而生存、死亡，个人逃避不了历史；20世纪的中国文学反映的也大体如此，莫言创造的英雄人物也走在历史的洪流中，即使莫言试图对历史做出自己的解释。莫言发现了历史陷阱，他创造了英雄神话，创造了非理性的英雄人物，以求得对历史的反叛，但他始终未能脱离历史的陷阱。人的最终目的是作为"人"而存在，真正的历史就是人对于"人"的追求过程。历史事件在莫言小说中其实就是一个个"生死场"，各式各样的人物在历史事件中经历血与火的考验，经历生与死的挣扎，他们的性格与命运有的变异，有的升华。如《生死疲劳》把西门闹叙述成为历史事件的受难者和牺牲品，西门闹的六道轮回其实也是苦难的轮回，无论西门闹是在做人时，还是做动物时，他的结局都是成为无辜的牺牲品。西门闹在做人时，热爱劳动、勤俭持家、修桥补路、乐善好施，但在土地改革中被定为地主而遭受枪决，即使他在阎王殿大喊冤枉却也无法改变他的苦难命运的轮回，莫言借阎王的话集中概括了历史悖论："世界上许多人该死，但却不死；许多人不该死，偏偏死

---

[1] 毕光明：《〈生死疲劳〉：对历史的深度把握》，《小说评论》2006年第5期。

了。这是本殿也无法改变的现实。"[1] 又如《生死疲劳》中的洪泰岳，他是互助合作运动的积极倡导者和推动者，他主动追求成为历史事件的主人，但却又被历史事件无情抛弃，他先是被批斗为"走资派"，后又在改革开放浪潮中患上"革命神经病"，最终与西门金龙同归于尽。莫言通过小说揭示了历史的"终极悖论"，在"终极悖论"条件下，"人和动物一起忙着生，忙着死"[2]，人的生命与生存似乎失去了意义，存在范畴似乎也只是一个被历史抽空了的符号。

  历史既如此，莫言小说价值又是什么呢？历史能埋葬一切吗？莫言对此产生了矛盾与疑问。昆德拉认为小说的价值在于发现世界的模糊性与复杂性，"小说的精神是复杂性的精神。每部小说都对读者说：'事情比你想的要复杂'。这是小说的永恒的真理"[3]。在发现确定性的"终极悖论"的同时，莫言也在思考人类是否具有逃避封闭的"世界陷阱"和"历史黑洞"的可能，世界给人类提供逃避的空间了吗？历史给人类提供逃避的时间了吗？莫言的回答是肯定的，他选择了人类的个体精神。莫言追问了卡夫卡提出的经典问题："在一个外界的规定性已经变得过于沉重从而使人的内在动力已无济于事的世界里，人的可能性是什么？"[4] 莫言找到了答案，它是人类对个体精神的追求。洪泰岳是一个被历史事件异化的典型形象，蓝脸则是一个在历史事件中性格得到升华的典型形象。蓝脸拒绝被历史事件裹挟，拒绝附和历史事件，他依靠独立的信念顽强地坚持单干到底，他把人类对个体精神的追求发

---

[1] 莫言：《生死疲劳》，第 4 页。
[2] 萧红：《生死场》，京华出版社，2005，第 51 页。
[3] [捷克] 米兰·昆德拉：《小说的艺术》，第 17 页。
[4] 同上书，第 23—24 页。

挥到了极致，他获得了完满的结局。但蓝脸也为此付出了沉重的代价，他饱受了各种各样的苦难，有社会的攻击，有亲骨肉的背叛。蓝脸与洪泰岳本是一枚硬币的正反两面，但他们又同是难兄难弟，他们都遭受了历史事件的无情折磨。蓝脸形象的意义在于告诉人们，历史提供了可以逃避的可能，因此，那些把罪责完全归咎于历史的人该作反省。

莫言在《丰乳肥臀》中再现了众多苦难与死亡图景，集中表现了人的生命和生存愿望与残酷的历史环境之间的矛盾冲突。小说第一卷重点表现一个触目惊心的生育场景：上官鲁氏难产。波伏娃对女性生育是这样认识的："分娩的女人无法懂得创造的自豪，她觉得自己是模糊力量的玩物，而经历痛苦折磨的分娩，对她仿佛是一个无用乃至令人讨厌的偶然事件。但在任何情况下，分娩和哺乳都不是一种活动，而是一种自然功能，它们和任何设计无关。这就是女人据此找不出任何高度肯定她的生存理由的原因——她被动地服从她的生物学命运。"[1] 波伏娃从女权主义角度强调了生育对于女人完全是痛苦与折磨，丝毫没有体现女人的价值，甚至消解了女性作为人而存在的理由。生育是女人的宿命，女人生育所带来的痛苦与折磨，萧红在她的小说中也有过令人惊叹的描写[2]。《生死场》在描写金枝分娩的同时，有一只母狗也在生产，女人与母狗在一定意义上是等同的，这与波伏娃的论述何其相似！上官鲁氏分娩的同时，她家的毛驴也要生产了，虽然萧红笔下的金枝与母狗可以等同，但是莫言笔下的上官鲁氏的命运远不如毛驴：婆婆给难产的毛驴请来了兽医，他们更关注的也是毛驴。作为男性作家，

---

[1] [法]西蒙娜·德·波伏娃：《第二性》（全译本），陶铁柱译，中国书籍出版社，2004，第71页。
[2] 宋剑华：《灵魂的"失乐园"：论萧红小说的女性悲剧意识》，《中国现代文学研究丛刊》2004年第4期。

莫言肯定没有萧红那样细腻的心理感受，但这没有阻碍莫言对女人生育痛苦的描写：

> 她感到恐惧，想躲避这个打铁女人沾满驴血的双手，但她没有力量。婆婆的双手毫不客气地按在她的肚皮上，她感到自己的心跳都要停了，冰凉的感觉透彻了五脏六腑。她不可遏止地发出了连串的嚎叫，不是因为疼痛，而是因为恐怖。[1]

对于上官鲁氏来说，生育的痛苦与折磨早已成习惯，她对外在环境的恐惧远远超过了自我身体的疼痛。上官鲁氏对上官吕氏的恐惧的最终根源是旧中国传统道德伦理秩序的暴力，在中国封建社会，女人是男人的附庸和家族传宗接代的工具。鲁璇儿嫁给上官寿喜，一方面是璇儿的姑姑回收了养育璇儿十七年的心血和开销，鲁璇儿的身价是一头黑骡子；另一方面，上官寿喜娶了鲁璇儿，不过是他的母亲上官吕氏为上官家买回了传宗接代的工具或者一个用人。他们婚姻的全部意义仅在于此，鲁璇儿的价值主要就是通过为上官家传宗接代来实现。然而，上官鲁氏嫁入上官家三年都没有生育，"成为光吃食不下蛋的废物"，她就开始在上官家受尽折磨。在生命与生存都变得很困难的时候，人往往连最后一点羞恶心都会消失。上官鲁氏被动或主动地借种，但是连续生下几个女儿之后，她的命运不但没有改变，上官家对她的毒打反而越发变本加厉。上官鲁氏此时的恐惧一方面是害怕婆婆对她再次施加暴虐，另一方面是对自己肚子里的孩子的性别的恐惧，这两个

---

[1] 莫言：《丰乳肥臀》，第8页。

方面都足以使上官鲁氏嗅到死亡的气息。莫言与萧红一样把生育过程描写成生与死的交战，萧红着重于对个体生命痛苦的关注，而莫言的叙述却具有更广泛深刻的历史向度，它指向中国传统的道德伦理秩序。

《生死疲劳》主要侧重于人的本质追求与荒诞的历史进程之间的矛盾冲突，这一矛盾冲突主要体现在两个方面。首先，人的独立自由愿望与荒诞的历史进程的矛盾冲突从正面揭示了历史的荒谬性本质。梯利在《西方哲学史》中通过对洛克的分析，揭示了自由最基本的含义："自由的观念不是意志或爱好，而是根据心灵的选择或指导，人有做或不做的力量。自由是另外一种力量或能力，就是根据他自己的愿望要进行或不进行某一个别活动的力量。"[1] 从这一表述中可以看出，自由是人的行动的基本力量，是人作为人而存在的最重要的基础。马克思主义同样认为人的本质就是人在多重对象性关系中对自由的追求。然而，卢梭在《社会契约论》中明确指出，"人是生而自由的，但却无往不在枷锁之中。自以为是其他一切的主人的人，反而比其他一切更是奴隶"[2]，这一至理名言揭示了人的有限存在与客观世界无限障碍之间永恒的悲剧性矛盾。人在历史进程中不仅处于追求的无限性与生命的有限性之间无法调和的矛盾中，而且处于同历史进程本身的荒谬性构成的永恒的悖论中，这是历史悲剧性本质的重要基础。历史与个人永远是一对悖论，无个性的历史对有个性的人来说永远是一个黑洞。阿尔都塞在《保卫马克思》中说："历史只是依靠人的本质，即自由和理性，才能被人理解，自由是人的本质，正如重力是物体的本质一样。人命定是自由

---

[1] [美] 弗兰克·梯利：《西方哲学史》（增补修订版），伍德增补，葛力译，商务印书馆，1995，第361页。
[2] [法] 卢梭：《社会契约论》，何兆武译，商务印书馆，1963，第4页。

的，人是自由的存在，即使人拒绝自由或否定自由，人终究离不开自由。"[1] 这句话强调了历史是人的历史，人的历史应该体现人的本质。然而人在历史中从来都不是自由自主的，历史对于人来说从来都是难以理解的，这就是历史的荒谬性本质：人创造了历史却受制于历史。莫言公开强调一种写作伦理——"作为老百姓写作"，但是老百姓的理想绝不是英雄式的，老百姓绝不向往"高密东北乡"的英雄世界；在普遍"物化"的历史与现实中，老百姓的人生愿望是拥有作为老百姓存在的自由，避免自己的过度"异化""意识形态化"，实现"桃花源"式的世界理想。在《生死疲劳》中，莫言一如既往地在"历史的陷阱"中挣扎，但他不再寻觅英雄，他寻找的是一个艰难追求个体自由、非意识形态化的"人"，蓝脸就是莫言的目标。蓝脸原是西门闹家的长工，后来拒绝加入人民公社，顽固地坚持单干。蓝脸坚持单干，这一事件本身无可厚非，但是蓝脸在单干的过程中遭遇了种种艰难险阻，这就构成了历史的悲剧性冲突。为了争取单干的权利，蓝脸不辞辛劳到县城、省城上访；因为坚持单干，蓝脸家庭分裂，妻子儿女离心；因为坚持单干，蓝脸遭受恐吓与威胁，遭受批斗与毒打。但是，蓝脸硬是坚持单干到底。其实，蓝脸在坚持单干的过程中并没有得到更多的物质利益；他坚持单干"完全是出自一种信念，一种保持独立性的信念"[2]。蓝脸坚持单干，其实是在争取人作为人而存在的最基本权利。然而，就因为这么一个微不足道的要求，居然引发了轩然大波，多少人被卷进了旋涡。蓝脸在人们都意识形态化的环境中保持了自己作为人的自由，他

---

[1] [法] 路易·阿尔都塞：《保卫马克思》，顾良译，商务印书馆，1984，第193页。
[2] 莫言：《生死疲劳》，第182页。

不具有崇高的理性却有着最真挚的感情,他不渴望狂飙突进的人生目标却拥有最朴素的理想,他有着悲剧性的人生经历却获得了人生最完满的结局。

如果说蓝脸是因为希冀保持作为一个人而存在的基本的自由与理性,才与荒谬的历史进程相冲突;那么,洪泰岳则是一个主动放弃自我的本性去依附历史,最终被历史抛弃的悲剧性人物。与蓝脸相对应,这些主动寻求"异化""意识形态化"的人,诸如洪泰岳、西门金龙,他们想做历史的先锋,却最终被历史嘲笑、抛弃、埋葬。正如小说中所指出的,洪泰岳与蓝脸是一枚硬币的正反两面,他们同是难兄难弟。洪泰岳在战争年代是一个讨饭的乞丐,后来成为地下党员,为革命立下功劳。革命胜利后,他成为西门屯的"最高领导人",可他仍时时处处不忘革命,满脑子革命思想,一肚子革命话语;随时随地都是一副战时武工队员的装扮,散发出革命的气味,随时准备专政阶级敌人。然而这样一个忠于革命的人,仍被批斗为西门屯头号走资派。后来,他又重掌了西门屯的大权,领导了"大养其猪"运动,他本来对西门白氏怀有深厚的感情,却顽固地受制于阶级成分观念,以至于欲望受到压抑,人性严重扭曲。社会运动结束后,他患了革命神经病,狂热地留恋人民公社,他不理解历史的变迁,多次上访告状,最终选择了与西门金龙同归于尽。小说中的洪泰岳是一个闹剧角色,却是一个悲剧性人物;他顽固地攀附历史潮流,却被历史潮流无情地抛弃;他以悲剧性的结局宣告了历史的荒诞性本质。洪泰岳与古华的《芙蓉镇》中的王秋赦有很多相似性。王秋赦绰号"运动根子",他的出身也是乞丐孤儿,与洪泰岳不同的是他没有为革命做出任何贡献,却得到了很多好处,因此他极为向往政治运动,希望"一年划一回成分,一年搞一回土改,一年分一回浮财"。"文革"结束后，他被撤销了大队党支书和镇"革委会"主任的职务，时代结束了，他也就被抛出了历史舞台，他因此也同洪泰岳一样患上了神经病，整天在大街上高呼口号。显然，王秋赦和洪泰岳都是特定历史时代产生的人性被严重扭曲的悲剧性人物形象。

莫言苦难的历史精神具有鲜明特征，苦难的历史精神是历史与现实的统一。苦难的历史精神来源于莫言对历史的思考，也来源于他自我的生活经验。莫言出生于20世纪50年代，经历了当代中国人全部的痛与苦，他永远都无法忘记"自己在乡村二十年的痛苦生活"[1]。莫言也永远无法忘记他母亲所经历的苦难，母亲"长达六十年的艰难生活"成为莫言创作的重要源泉，因此，莫言自我和母亲的苦难生活经历是苦难精神产生的现实基础。莫言正是在这种真切的现实生活经验的基础上，思考历史，想象历史，从而把历史构造成一个充满战乱、压迫、生育、饥荒、病痛的苦难史。苦难的历史精神是真实与虚构的统一。莫言的苦难精神有着坚实的现实经验基础，但莫言小说中人物的苦难生活并非都是历史真实，而是莫言根据苦难精神虚构出来的事件。莫言总结出了一个非常重要的观点："小说家并不负责再现历史也不可能再现历史，所谓的历史事件只不过是小说家把历史寓言化和预言化的材料。历史学家是根据历史事件来思想，小说家是用思想来选择和改造历史事件，如果没有这样的历史事件，他就会虚构出这样的历史事件。"[2] 因此，从苦难精神出发，莫言在小说中虚构了大量的历史人物与历史事件，比如《四十一炮》中特别能吃肉的罗小通和《檀香刑》中的刽子手

---

[1]　莫言：《没有个性就没有共性》，载《莫言讲演新篇》，第32页。
[2]　莫言：《高密东北乡散记——〈丰乳肥臀〉日文版后记》，载《小说的气味》，第67页。

赵甲，这些人物都是虚构的，但这两部小说仍然体现出明显的现实主义精神。又如日本鬼子活剥罗汉大爷和强奸屠杀"二奶奶"，以及上官鲁氏在战乱中的逃亡和龙场长假装狐狸偷鸡，这些历史事件都是莫言虚构的，但这些事件仍然不能掩盖《红高粱家族》和《丰乳肥臀》的现实主义精神。莫言的苦难叙事能够实现真实与虚构的统一，其根本原因在于莫言的苦难精神是一种根源于真实的历史精神。

二、苦难作为大地精神

大地孕育万物，滋养万物，承载万物，无私奉献，大地精神是宇宙中最伟大的精神之一。自古以来，大地崇拜是人类最重要的信仰之一，如《礼记·郊特牲》中写道："地载万物，天垂象，取财于地，取法于天，是以尊天而亲地也。"[1] 古往今来，在人类的文学艺术作品中，大地与母亲经常被等而视之，莫言也有过相同的观点，他说："'丰乳'是歌颂像母亲一样的伟大的中国女性，怎样熬过了战争、饥荒、病痛和种种的灾难，坚强地活下来。不但自己活下来，而且抚养自己的儿女活下来，不但养大了自己的儿女，还要继续抚养自己儿女的儿女。这样的母亲就像大地一样的丰厚，能够承载万物。"[2] 莫言把母亲与大地同等视之，是为了歌颂母亲的大地精神，在莫言的小说中，母亲形象体现的就是大地精神。莫言的潜意识里隐藏着女性崇拜情结，在他的思想里，女性尤其是母亲型的女性就像大地一样，具有至高无上的精

---

[1] 陈戍国：《礼记校注》，岳麓书社，2004，第182页。
[2] 莫言：《我的文学经验》，载《莫言讲演新篇》，第163页。

神力量。莫言在塑造女性形象时，往往会把她们与苦难叙事紧密结合起来，让她们经受苦难的磨炼，在苦难中展现她们的精神力量，因此，莫言讲述苦难其实也是为了表现母亲的大地精神。

　　莫言主要表现母亲具有昂扬的生命力、崇高的母爱、有容乃大的包容精神等方面。莫言在小说中表现了女性昂扬的生命力，正是这些人具有昂扬的生命力，她们才能战胜无穷无尽的苦难。生命力自然包括生殖力，而大地在文学作品中经常成为生殖的象征，如贾平凹的长篇小说《秦腔》就有过类似的描写。莫言小说中的女性形象也大都如此，《红高粱家族》中的戴凤莲是一个敢爱敢恨的英雄，《丰乳肥臀》中的上官家呈现阴盛阳衰的特征，上官家的女人完全压倒了男人。莫言在描述这些女性形象时，不仅以大量的行动表现她们的性格与精神力量，而且还充分展示了女性的生理特征，无论是戴凤莲、恋儿，还是上官家的女人，她们大都具有"丰乳肥臀"的特征，大都具有旺盛的情欲，这些性征与情欲其实也是昂扬生命力的体现。莫言在小说中表现了母爱的崇高与伟大，《红高粱家族》第五章《奇死》讲述"二奶奶"恋儿的故事，挺着大肚子的"二奶奶"为了挽救女儿的生命，面对日本鬼子凶残的屠刀、野兽般的狞笑，英勇地献出自己的身体，恋儿这种献身精神充分证明了母爱的崇高与伟大。在《丰乳肥臀》中，上官鲁氏对儿女的态度，也充分展示了母爱的崇高与伟大，这种无私、勇敢的奉献精神是大地精神的重要表现。莫言在小说中表现了母亲有容乃大的包容精神。莫言笔下的母亲大都是能承载万物的崇高形象，她们不仅勇于承担家庭的重担，而且能以宽大的胸怀接纳万事万物，她们丝毫不计较灾难，不计较党派观念，她们所看重的是感情，认为感情是维系社会关系的准则。正是有这种宽大胸怀和包容精神，上官鲁氏主动承载了上官家所有的灾难，承载了上官家儿女所带来的重担，她对此任劳任怨，只要是上官家的人，无论是罪犯，还是妓女，她都能包容，包容万物、承载苦难是上官鲁氏最重要的性格特征之一，《红高粱家族》中的戴凤莲也体现了这种包容精神。

莫言通过苦难叙事歌颂了伟大的爱情，爱情也可以说是莫言小说中的一种大地精神。2006年伊始，莫言出版长篇小说《生死疲劳》，小说讲述了新中国半个世纪里农民与土地跌宕起伏的关系和浓重深厚的感情，人们纷纷惊叹莫言丰富的想象力和旺盛的创造力。惊叹之余，莫言思想上的重大转变和艺术上的成熟给人们以新的启示。一直以来，莫言的小说世界反映了莫言自身的深刻矛盾，他一方面崇尚暴力的仇恨的血腥的现实人生态度，另一方面他又在苦苦追寻精神出路的理想人生港湾。《生死疲劳》体现了莫言由张扬仇恨到消解仇恨、崇尚爱情的思想转变。莫言在《生死疲劳》中宣扬仇恨的消除，这是与他以前在小说中张扬仇恨不同的；与此相对应，《生死疲劳》大力张扬爱，这也是不同的。莫言所张扬的爱与托尔斯泰所宣扬的博爱思想是有区别的，莫言选择了人类至真至纯的爱情来表达。《生死疲劳》描写了两个动人的爱情故事，第一个故事是蓝解放为了真心的爱情，抛弃了无爱的家庭，抛弃了名誉地位，克服重重困难，冲破重重阻隔，最终与庞春苗结合，过了一段幸福甜蜜的生活，享受到了爱情的幸福。第二个故事是蓝开放不顾流言蜚语，艰难追求庞凤凰，即使最终是一个悲剧。这两个爱情故事与莫言以往小说的爱情是大不相同的，莫言以前很少以大量的笔墨来铺垫爱情。《红高粱家族》中的余占鳌与戴凤莲、恋儿之间更多的是生理上的需求而缺乏感情上的酝酿。《丰乳肥臀》写了上官来弟与鸟儿韩之间热烈的爱情，热烈有余，感情不足。

其实,莫言在《生死疲劳》中一改以往风格,如此重视爱情,其目的是消解仇恨:

> 有一种爱,能让心脏破碎;有一种爱,能让头发里渗出血液;沉溺在这样的爱情当中,宽容的人们,能否原谅我们?就这样做着爱爱着她,我已经消解了对那些蒙上我的眼睛把我拖到黑屋子里毒打的凶手们的仇恨,它们只是让我的一条腿受了骨伤,其他部位都是皮肉伤,他们打人的技巧十分高明,好像一帮手艺高超的厨师,根据客人的要求煎烤牛排。我不但消解了对他们的仇恨,我也消解了对那些为我预定了这场毒打的人的仇恨。我是该打,如果我没遭受那样的毒打而得到与春苗这样的深恋酷爱,我会问心大愧,我会惶惶不安。因此,打手们和打手的主顾们,我发自内心地感激你们,感谢啊,谢谢。[1]

莫言似乎参透了历史的玄机和人生的奥妙,《生死疲劳》预示着莫言思想上的一个重大变化,也传达了莫言对过去张扬仇恨的自我反省。"生死疲劳,从贪欲起。少欲无为,身心自在"是一种人生哲学,是一种人生境界。佛曰万物皆可成佛,人皆有佛心,人们只要涤除欲望、清除私心、以博大的胸怀宽容一切,就可从永恒轮回的痛苦中解脱,以获得灵魂的自我拯救。中国传统的道家哲学也有相似的观点,如"绝巧弃利""少私寡欲""为无为"等。莫言一方面以佛语入小说,另一方面,莫言从两个角度表现这一思想。首先,小说叙述了西门闹由驴、牛、猪、狗、猴到大头婴儿的轮回过程,这一历程其实就是西门闹的

---

[1] 莫言:《生死疲劳》,第499页。

灵魂的净化过程，也是西门闹的仇恨的清除过程。作为地主，西门闹在人世间热爱劳动、勤俭持家、修桥补路、乐善好施，是一个善良的人，一个正直的人，一个大好人。但是他还是在土地改革中被枪毙了，他怀着满腹的仇恨在阎罗大殿里鸣冤叫屈，受尽了地狱酷刑而绝不悔改，最终西门闹转世为西门驴，在历尽驴世辛劳之后，它又惨遭刀砍斧剁，成为饥民的食物。第二次西门驴转世为西门牛，它又招致杀身之祸。西门闹的魂魄又来到了阎王殿，虽已历经两世，但他仍在阎王殿慷慨陈词："那些沉痛的记忆像附骨之疽，如顽固病毒，死死地缠绕着我，使我当了驴，犹念西门闹之仇；做了牛，难忘西门闹之冤。"[1] 他的灵魂仍满是冤屈与仇恨，既如此，阎王又一次耍弄他，让他转世为西门猪，在历经猪一生的爱恨情仇之后，他仍未消减自己的怒气和仇恨，仍叫嚷着算账复仇。阎王让他转世为狗，在为狗的一生中，他亲眼看见了人世中一桩动人的爱情，也看到了一些怀有仇恨的人的最终结局，他的仇恨有所减少，但是阎王仍要他在畜生道里再轮回一次，发泄完所有的仇恨，他转世为猴，两年后他才最终转世为人。在西门闹六世轮回过程中，他多次大闹阎王殿，鬼卒们都劝他忘记烦恼、痛苦与仇恨，这样才能享受幸福的生活，阎王最终揭示了轮回的秘密，"这个世界上怀有仇恨的人太多太多了"，"我们不愿意让怀有仇恨的灵魂，再转生为人，但总有那些怀有仇恨的灵魂漏网"。《生死疲劳》描写了三个世界：鬼魂世界、动物世界、人的世界。鬼魂世界完成对灵魂的劝诫和训示，动物世界完成对灵魂中的欲望和仇恨的消解，最终才能获得做人的资格，在人世间少欲无为，身心自在，才能享受幸福的生活。

---

[1] 莫言：《生死疲劳》，第 203 页。

莫言苦难的大地精神具有鲜明特征。首先，苦难的大地精神是感性与理性的统一。莫言的苦难精神最初来源是感性经验，他真切地感受到了人生的苦难，但纯粹的感性经验并不能上升到精神层面。因此，他充分运用了理性思维，超越感性经验层面，站在了超越阶级的角度，站在了全人类的角度，把个体苦难上升到人类苦难，并且把"自己的创作提升到哲学的高度"[1]，总之，莫言苦难的大地精神是对人类命运的哲学思考，是感性经验与理性思维的统一。比如《丰乳肥臀》写上官鲁氏的生育苦难，肉体痛苦只是一个方面，而莫言着重突出的是上官鲁氏遭受的精神痛苦，莫言深刻地洞察了中国传统文化中的男尊女卑、重男轻女思想给女人带来的灾难般命运："没有儿子，你一辈子都是奴；有了儿子，你立马就是主。"[2] 这句话让女人（上官吕氏）说出来，更显示了思想的深度。显然，这种肉体痛苦来自感性经验（比如莫言母亲的生育经历），精神痛苦则是莫言理性思考的结果，是莫言对中国传统文化的理性批判。其次，苦难的大地精神是历史与逻辑的统一。莫言在《红高粱家族》中认为人类在进步的同时也表现了"种的退化"现象，自此以后，"种的退化"是莫言一直坚守的历史观念，《食草家族》《丰乳肥臀》和《生死疲劳》等小说都表现"种的退化"主题。正如鲁迅在《略论中国人的脸》中指出，中国人在历史发展的过程中，退化了民族祖先具有的"兽性"，只留下了驯顺的"家畜性"[3]。莫言也认为中国人在发展过程中，祖先具有的英勇阳刚之气退化了，后代子孙堕落成"可怜的、屠

---

[1] 莫言：《我的〈丰乳肥臀〉——2000年3月在哥伦比亚大学的讲演》，载《莫言讲演新篇》，第132页。
[2] 莫言：《丰乳肥臀》，第8—9页。
[3] 鲁迅：《略论中国人的脸》，载《鲁迅全集》第3卷，第433页。

弱的、猜忌的、偏执的、被毒酒迷幻了灵魂的孩子"，英勇悲壮的祖先使后代子孙"相形见绌"[1]。正是对"种的退化"现象的失望，莫言一直努力追求民族祖先的光辉，从《红高粱家族》到《丰乳肥臀》，"种的退化"现象不断延续，并进一步演变成"阴盛阳衰"，在莫言看来，"阴盛阳衰"是"种的退化"发展的必然结果，是合乎历史发展的规律，也合乎思维分析的逻辑，是历史与逻辑的统一。正是基于这样的历史精神和逻辑推理，莫言在《丰乳肥臀》中把上官福禄和上官寿喜描写成"阉割"式的男人，而把上官鲁氏描写成具有伟大精神的光辉形象，集中表现"阴盛阳衰"的主题。

三、苦难作为悲剧精神

莫言小说的苦难叙事表现了历史精神和大地精神的统一，历史精神体现的是莫言对历史的深度思考与把握，大地精神体现的是莫言对大地母亲的深切怀念与讴歌。黑格尔曾经说过，历史的发展总是以悲剧开端，以喜剧结尾；在《悲剧精神与民族意识》一书中，邱紫华从黑格尔、马克思、恩格斯关于历史发展的悲剧性观点的基础上，推论出悲剧性是历史发展的辩证法[2]，但是很多哲学家没有黑格尔式的辩证理性，他们往往对历史怀有一种极端的片面情绪。存在主义哲学家大都对历史抱有悲观情绪，基尔凯郭尔和叔本华认为历史进步是一个幻觉[3]。在历史与人的关系方面，尼采则认为历史驱逐本能，把人变成了"影子和

---

[1] 莫言：《红高粱家族》，第305页。
[2] 邱紫华：《悲剧精神与民族意识》，第62页。
[3] [美] 伯恩斯：《历史哲学经典选读》（英文影印版），北京大学出版社，2004，第135页。

抽象物"[1]。米兰·昆德拉认为世界是一个陷阱，世界的空间几乎没有给人提供逃遁的可能性。在历史的进程中，人生总是处于悲剧地位，正如李泽厚所说，"历史从来不是在温情脉脉的人道牧歌中进展，相反，她经常无情地践踏着千万具尸体而前进"[2]，"没有哪一种历史可以让人摆脱生存之苦"[3]，造化弄人历来如此。车尔尼雪夫斯基认为"悲剧是人生中可怕的事物"，他把这个定义阐释为"悲剧是人的苦难或死亡，这苦难或死亡即使不显出任何'无限强大与不可战胜的力量'，也已经完全足够使我们充满恐怖与同情。无论人的苦难和死亡的原因是偶然还是必然，苦难与死亡反正总是可怕的"[4]。这种人本主义悲剧观强调了苦难与死亡对于生命和生存的悲剧价值。生命与生存是人最基本的愿望，然而历史是不以主体意志而转移的，残酷的历史与现实环境往往轻而易举地就毁灭了人的愿望。鲁迅说过："悲剧将人生的有价值的东西毁灭给人看。"[5] 生命和生存是人生价值的基础，然而苦难与死亡却是人类不可避免的命运。

从美学理论角度来说，悲剧不等于现实生活中的苦难，但许多美学家仍然认为悲剧艺术与苦难之间具有重要联系，席勒在《悲剧艺术》中强调了苦难与悲剧艺术之间的紧密联系，他认为："痛苦的激情在叙述时，使我们感受愉快，甚至于在某些场合下，亲身经历的痛苦的激情也能使我们有一种惬意的感动。""我们同情的对象所遭受的痛苦本

---

[1] [美] 海登·怀特：《后现代历史叙事学》，陈永国、张万娟译，中国社会科学出版社，2003，第43页。
[2] 李泽厚：《美的历程》，第43页。
[3] 毕光明：《〈生死疲劳〉：对历史的深度把握》。
[4] [俄] 车尔尼雪夫斯基：《生活与美学》，周扬译，人民文学出版社，1957，第33页。
[5] 鲁迅：《再论雷峰塔的倒掉》，载《鲁迅全集》第1卷，人民文学出版社，2005，第203页。

身、他们真正的苦难本身,对我们的吸引力最大。"[1] 尼采在《悲剧的诞生》中认为悲剧的产生与人生的悲惨具有紧密联系。在文学艺术作品中,悲剧性具有多种多样的表现形式,其中通过苦难展现悲剧性是小说的常见模式。"伤痕小说"和"反思小说"主要就是通过表现苦难来恢复中国文学的悲剧品格。新时期小说家在虚构世界中还原了历史的悲剧性本质,近期出版的长篇小说力作都明显地增加了悲剧性因素,如《秦腔》《人面桃花》等。莫言在小说中同样以"超越阶级的角度,用同情和悲悯的眼光来关注历史进程中的人和人的命运"[2],以文学的形式来表达自己的历史观念。从莫言的小说中,我们可以体会到历史就像一个巨大的黑洞,不给人类提供挣脱的机会,生命与生存成为不能承受之重;这是莫言所要表达的历史的悲剧性本质。莫言小说的悲剧性主要从悲悯态度、悲剧冲突、抗争精神与悲惨命运四个方面体现出来。

莫言是以悲悯态度进行苦难叙事。莫言对悲悯情怀有着深刻而又独特的认识,他认为悲悯是对人类的终极关怀,他倡导以大悲悯情怀进行文学写作,认为"大悲悯不但同情好人,而且也同情恶人"[3],反对在悲悯中把人类的邪恶和丑陋掩盖起来。正是有着这样的大悲悯情怀,莫言苦难叙事的逻辑起点就显得卓尔不凡。无论是好人,还是坏人,莫言都能以同情和悲悯之心看待他们的命运,如在《檀香刑》中,赵甲是一个杀人如麻的刽子手,但他同样是封建制度的牺牲品,莫言一方面写

---

[1] [德]席勒:《悲剧艺术》,载《席勒文集》第 6 卷,张玉书等译,人民文学出版社,2005,第 34—35 页。
[2] 莫言:《我的〈丰乳肥臀〉——在哥伦比亚大学的讲演》,载《小说的气味》,第 189 页。
[3] 莫言:《捍卫长篇小说的尊严》,载林建法编《2006 年文学批评》,春风文艺出版社,2007,第 3 页。

出了赵甲的狠毒与凶残，另一方面也写出赵甲的可悲与可怜。《丰乳肥臀》中的司马库也是一个杀人如麻的敌匪，但莫言把他的死讲述得气壮山河，令人可叹又可痛。上官鲁氏是一个伟大的母亲形象，但她在处理女儿们的婚事时又犯了错误，她破坏大姐上官来弟与沙月亮的婚事，直接毁灭了三姐上官领弟一生的幸福。《拇指铐》被誉为莫言最好的一部短篇小说，小说在表现苦难与悲剧方面也是震撼人心的。小说写八岁的阿义与母亲相依为命、生活艰难，母亲身患重病、生命垂危，阿义在为母亲抓药的过程中被人用拇指铐牢牢地铐在一棵树上，失去了自由，经历了诸多苦难，最后阿义以生命向死亡抗争。小说中的"拇指铐"成为苦难的象征，它牢牢地固定住人类，不给人提供逃离的机会。小说虽短，却催人泪下地表现了生命意志同苦难、死亡相抗争的悲剧性冲突。在莫言的其他小说中，主人公也大都承受了太多的苦难而表现出异常的压抑与痛苦，例如《透明的红萝卜》中的黑孩、《白狗秋千架》中的暖姑、《司令的女人》中的唐丽娟、《模式与原型》中的张国梁等。莫言见多了人间的苦难与不公平，他的"心中充满了对人类的同情和对不平等社会的愤怒"[1]，因此对苦难的叙述成为莫言小说中最感人的一部分。

莫言在苦难叙事中展现了悲剧冲突，并且形成了两种较为明显的冲突模式。首先，个体生存与社会环境的冲突。生存权利是人类最基本的权利，但莫言多次表现了人的生存遭受了巨大的威胁，个体生存与社会环境发生了难以解决的冲突，《红高粱家族》中的普通百姓之所以走上抗日的道路，其原因就是日本鬼子滥杀无辜，严重地威胁了老百姓的

---

[1] 莫言：《饥饿和孤独是我创作的财富——2000年3月在斯坦福大学的讲演》，载《莫言讲演新篇》，第136页。

生存与生命安全，比如罗汉大爷、王文义。莫言多次讲述普通百姓偷粮食的故事，其原因就是饥饿威胁到人的生存与生命安全，每当个体生存与外部环境发生严重冲突后，人就再也没有羞恶之心和道德观念了，比如上官鲁氏、龙场长等人物形象。其次，个体精神与整体历史的冲突。在莫言的世界观中，整体历史似乎是一个无形的、巨大的黑洞，作为个体的人，无论是追求个体精神的实现，还是放弃个体精神，都无法摆脱整体历史的束缚和压抑。个体精神在莫言小说中表现为对自由和独立的追求，蓝脸坚持单干的唯一理由就是对自由与独立的顽强信念，他就是因为追求个体精神的实现，所以与整体历史发展产生了严重冲突。莫言在小说中还表现了那些放弃个体精神而主动寻求依附历史，却又与历史发展产生严重冲突，最终被历史无情抛弃的人，《丰乳肥臀》中的上官盼弟和《生死疲劳》中的洪泰岳就是这类人。

莫言在小说中展现了抗争精神。抗争精神在悲剧中具有十分重要的作用，它是形成悲剧冲突的重要原因。古典主义美学尤其重视抗争精神在悲剧中的作用，黑格尔在《美学》中分析《安蒂贡》时，把抗争精神不仅视作是悲剧冲突的重要原因，而且视作是评价艺术作品的重要标准[1]。鲍桑葵对抗争精神也十分重视，他甚至在《美学史》中大段引用黑格尔评《安蒂贡》的原话[2]。席勒在《悲剧艺术》中也批评"懦夫的苦恼"不会产生悲剧效果，"因为他们不能像受苦的英雄或者搏斗的君子那样地激起我们的同情心"[3]。存在主义哲学家雅斯贝尔斯在《悲剧的超越》

---

[1] [德] 黑格尔：《美学》（第三卷下册），朱光潜译，商务印书馆，1981，第312—313页。
[2] [英] 鲍桑葵：《美学史》，张今译，商务印书馆，1985，第461页。
[3] [德] 席勒：《悲剧艺术》，载《席勒文集》第6卷，第35页。

中也认为,"悲剧性的世界图景总是包含着挣扎的迹象"[1]。莫言小说中的人物也体现了美学理论中的抗争精神,这主要从两个方面表现出来,首先是与命运抗争,《生死疲劳》中的西门闹在阎王殿身受酷刑也绝不悔改,他的目的就是为自己的冤屈命运抗争,虽然他的抗争是徒劳的,他受尽了阎王的多次戏弄,他走过了六道轮回,也没有屈服。其次是与生活抗争,生活的苦难与压力使人的生命与生存遭受巨大危险,只有战胜苦难和压力才体现出抗争精神,上官鲁氏是抗争精神的典型形象,她承受了生活中的各种苦难与压力,但她从来没有屈服,莫言借上官鲁氏的话揭示了这种抗争精神:"这十几年里,上官家的人,像韭菜一样,一茬茬的死,一茬茬的发,有生就有死,死容易,活难,越难越要活。越不怕死越要挣扎着活。"[2]《丰乳肥臀》可以说就是老百姓的"生死场",上官家的女儿女婿一个个地忙着生,也忙着死,最终的苦难却让上官鲁氏独自承受,她也的确表现出了伟大母亲的品格,她以超强的意志和精神在苦难中挣扎,虽然她对苦难和死亡有过恐惧,但从来没有绝望。卡尔·雅斯贝尔斯在《悲剧的超越》中指出:"悲剧性的世界图景总是包含着挣扎的迹象。"[3] 英国美学家斯马特说:"如果苦难落在一个生性懦弱的人头上,他逆来顺受地接受了苦难,那就不是真正的悲剧。只有当他表现出坚毅和斗争的时候,才有真正的悲剧……悲剧全在于对灾难的反抗。"[4] 上官鲁氏的价值就在于她对苦难的勇敢承担

---

[1] [德] 卡尔·雅斯贝尔斯:《悲剧的超越》,亦春译,工人出版社,1988,第 38 页。
[2] 莫言:《丰乳肥臀》,第 334 页。
[3] [德] 卡尔·雅斯贝尔斯:《悲剧的超越》,第 38 页。
[4] [英] 斯马特:《悲剧》,转引自朱光潜《朱光潜美学文集》第 5 卷,上海文艺出版社,1989,第 497 页。

以及由此体现出的挣扎反抗精神。《丰乳肥臀》在展现人的生命和生存愿望与残酷的历史环境的悲剧性冲突的过程中，塑造了一个伟大的母亲形象。

莫言在小说中展示了人类遭遇的悲惨命运。在《红高粱家族》中，虽然戴凤莲有着轰轰烈烈的人生遭际，但她的命运总体上是悲惨的，无论她的开端，还是她的结局，都是如此，戴凤莲的开端是被父亲以一头骡子的价钱卖给了麻风病人为妻，她的结局是死于日本鬼子的枪炮之下。《檀香刑》中的孙丙虽然是一个顶天立地的抗德英雄，却遭受了人类最残酷的刑罚。莫言在小说中讲述了许多具有悲惨命运的人物，如《蛙》中的王仁美和王胆。莫言亲身经历了各种各样的创伤和痛苦[1]，他的小说世界对此有着广泛而深刻的表现，其小说中的人物大部分都充当了悲剧性的角色，即使像余占鳌、司马库、孙丙这样的英雄，莫言认为，"完美的人类，会对他们的自相残杀过的祖先感到深深的遗憾，到那时候，英雄与非英雄都成了悲剧中的角色，英雄和非英雄，都会得到优秀子孙的理解和同情"[2]，这是莫言所认同的历史悲剧美学。首先，莫言认为历史主体（英雄与非英雄）都是悲剧性的；其次，莫言认为悲剧主体的品行能引起人们的理解和同情。正如张清华认为莫言的《红高粱家族》是一曲"壮美的悲剧"一样[3]，《丰乳肥臀》和《生死疲劳》等作品也是莫言表现历史悲剧性的代表作。除了生育痛苦，莫言重点表现了饥饿痛苦。古人说，"食色性也"，食是人类最基本的需要。中国的饮食

---

[1] 莫言：《饥饿和孤独是我创作的财富——2000年3月在斯坦福大学的讲演》，载《莫言讲演新篇》，第138页。

[2] 莫言：《战争文学断想》，载《小说的气味》，第158页。

[3] 张清华：《时间的美学——论时间修辞与当代文学的美学演变》，《文艺研究》2006年第7期。

文化资源特别丰富，莫言对此颇有研究，在《酒国》中，可见莫言对酒文化的认识，在《四十一炮》中，莫言写了一个特别能吃肉的孩子，这两篇小说都把"吃"表现到了极致。然而莫言在一次演讲中说，"饥饿和孤独是我创作的财富"，他讲述了自己童年的亲身经历，饥饿已成为自己心灵中的一种无意识。其实，莫言小说对饥饿的表现的确是有震撼力的，任何一个有怜悯之心的人无不生发感慨。《丰乳肥臀》有多处写到了饥荒，这些苦难对于历史悲剧性的表现具有重要意义。小说第十五章写母亲因为全家人饥饿卖七姐以及四姐自卖自身到妓院的故事，第四十三章写了七姐因为饥饿被诱奸的故事，第四十四章写了母亲因为饥饿而偷粮食的故事。这几个故事的共同点是饥饿已经威胁到人的生存，人因为求生的本能而促发了自救行为，这时道德伦理早已不是不可逾越的堡垒了。当现实的灾难威胁到人的生存时，似乎没有什么不是合理的，但最可悲的是，这样的灾难无穷无尽。战乱之苦也是莫言表现的一个重点，中国在20世纪饱受战乱之苦，但表现战争所带来的灾难与痛苦的小说却不多，反而有很多小说把战争浪漫化。《丰乳肥臀》第二十六章和第二十七章写了一个战争难民大撤离的场面，老百姓背井离乡，居无定所，食不果腹，流血司空见惯，生命没有丝毫保障，战乱中的人，生命如同蝼蚁。在经过几天漫无目的的逃亡后，上官鲁氏最终选择了返乡。从逃亡到返乡的转变过程，体现了上官鲁氏的求生意志，向外逃亡前途渺茫、生死难料；然而故乡是血地，或许才是真正的存在之家。无论逃亡还是返乡的过程，都充满了死亡气息。罗曼·罗兰说战争能净化人的灵魂，这样的场景的确令人深思。

第三节 叙事实验与形式狂欢

莫言把想象能力发挥到了极致,他的小说展示了20世纪中国人所能遭受的苦难。为了充分表现苦难,莫言在叙事策略和叙事技巧的选择上独辟蹊径,既继承了中国传统小说的艺术手法,又吸收了西方后现代主义小说的艺术技巧,在艺术效果上追求对社会历史的讽喻与否定。

一、声音的表现与讽刺模拟体

莫言对叙事策略的选择可谓独具匠心,以声音作为叙述角度,展现了非凡的感觉能力。他是一个天真的孩童,灵敏地感受到了声音的变化;他又是一个深邃的老人,精细地洞察到了声音的内涵。映衬也是莫言惯用的叙述策略,无论是对于声音的表现,还是对于苦难的叙述,映衬手法的运用都恰到好处地表现了苦难。

莫言擅长从声音角度来表现人所遭受的痛苦,尤其是在叙述战乱、刑罚和生育等苦难时最为明显。莫言的感觉相当发达,声音、色彩都是他可选择的叙述角度,甚至可以说,声音在莫言小说中具有本体论的意义,它可以成为一个自在自为的叙事层面,蕴含着丰富的功能,但更重要的是,声音是"真理"的"显像",也就是说莫言小说中的声音是"痛苦"的表现形式。首先,声音包含着表现功能,描写声音可以被认为是在直接表现个体自我意识到的痛苦,正如现象学观点所说,"声音是在普遍形式下靠近自我的作为意识的存在"[1],如《檀香刑》讲述刑罚

---

[1] [法]雅克·德里达:《声音与现象》,杜小真译,商务印书馆,1999,第101页。

之苦时,充分运用了声音的力量,比如"孙丙突然地发出了一声尖厉的嗥叫","一声高似一声的嗥叫声","孙丙的嗥叫再也止不住了,他的嗥叫声把一切的声音都淹没了","他的身体里也发出了闹心的响声"[1],这些声音充分表现了孙丙意识到的痛苦。其次,声音包含着情感功能,声音可以对人产生影响,引起情感反应,正如现象学观点所提出的,"声音被听见……主体并不要越到自我之外就直接地被表达的活动所影响"[2],如《红高粱家族》和《檀香刑》都写到了罗汉大爷和孙丙的痛骂声对他人产生的影响,"人群里的女人们全都跪到地上,哭声震野"[3]。最后,莫言以一种声音为中心,并衬以其他多种声音,组合成声音的交响世界,以实现"苦难的混响"效果。如莫言在讲述"日军在拴马桩上将刘罗汉剥皮零割示众"[4]时,写到了多种声音,有日本鬼子的吼叫、孙五的号啕大哭、罗汉大爷的痛骂、女人的震野哭声等;在讲述六个日本鬼子玷污二奶奶的情节时,莫言也写到了多种声音,如"女人的嘶叫,孩子的嚎哭,鸡飞墙上树的咯咯,毛驴挣脱缰绳前的长鸣,夹杂在一起"[5],莫言还写到了二奶奶声音的变化,二奶奶的声音在嘶叫、嗥叫、嚎叫、狂叫、吼叫之间变换,夹杂着日本鬼子的怪叫、狂笑与嗥叫,以及小姑姑的惨叫,这些声音混合在一起,集中体现了日本鬼子的惨无人道,以及给中国人带来的巨大痛苦。莫言在描写生育之苦时也是从多种声音来展示女人的痛苦,如写上官鲁氏难产,"她不可遏止地

---

[1] 莫言:《檀香刑》,上海文艺出版社,2008,第373—374页。
[2] [法]雅克·德里达:《声音与现象》,第96页。
[3] 莫言:《红高粱家族》,第29页。
[4] 同上书,第9页。
[5] 同上书,第268页。

发出了连串的嚎叫"[1]，上官鲁氏的号叫声、念叨声、呻吟声，夹杂着上官吕氏的责骂声、上官家女儿们的哭喊声，混合着日本鬼子的枪炮声，把上官鲁氏的生育之苦表现得淋漓尽致。声音对于痛苦不仅具有直接表现作用，还具有间接衬托的效果，如《红高粱家族》着重讲述的是日本侵略者给中国人民带来的巨大灾难，日本侵略者所到之处毁庄稼牲畜无数，还制造了骇人听闻的大屠杀，使村里几乎人种灭绝，但莫言对声音的叙述使苦难更加恐怖，更加令人绝望。可以肯定地说，罗汉大爷受刑时的痛骂声，二奶奶临死前惨绝人寰的号叫声，是《红高粱家族》中最凄厉、最残酷也是最为震撼人心的声音。总之，声音是莫言叙述苦难的独特角度，莫言能把人间苦难表现得如此深切，与他选择的叙述角度密不可分。

正如对声音的表现，映衬也是莫言小说叙事的重要特征，莫言经常把物质苦难与精神苦难进行映衬叙述。首先，在物质苦难中，莫言表现最多的是饥饿，他在《粮食》《丰乳肥臀》《蛙》等小说中多次讲述了饥饿之苦，饥饿在莫言创作中具有本源性的意义，他说，"饥饿使我成为一个对生命的体验特别深刻的作家"[2]。其次，孤独、压抑、变态等精神痛苦也是莫言小说的重要内容。莫言早期小说主要表现了特定年代的人的精神孤独与苦闷，如短篇小说《枯河》展示了小虎孤独、苦闷、压抑的精神状态，中篇小说《透明的红萝卜》讲述黑孩拔光地里的萝卜以发泄内心的苦闷和冤屈。莫言在20世纪80年代创作的小说对性的描写表现出性狂欢的特征，90年代以后的小说更多地表现性压抑引

---

[1] 莫言：《丰乳肥臀》，第8页。
[2] 莫言：《饥饿和孤独是我创作的财富——2000年3月在斯坦福大学的讲演》，载《莫言讲演新篇》，第136页。

起的心理变态，如《丰乳肥臀》讲述龙场长由于性压抑而精神变态，又如《生死疲劳》讲述洪泰岳由于性压抑而产生的心理变态，这些精神痛苦体现了莫言对人的精神状态的探索与思考所达到的高度。最重要的是，莫言在叙述苦难时，物质苦难与精神苦难是相互映衬的。如在《透明的红萝卜》中，黑娃不得不忍受饥饿与孤独的双重煎熬。在《丰乳肥臀》中，上官鲁氏不仅要忍受胎儿难产的肉体痛苦，而且要忍受胎儿性别带来的精神恐怖。《丰乳肥臀》在讲述乔其莎被奸污的场景时，映衬色彩最为明显，"她像偷食的狗一样，即便屁股上受到沉重的打击也要强忍着痛苦把食物吞下去，并尽量地多吞几口"[1]，乔其莎忍受着肉体与精神的双重折磨，莫言通过映衬手法表现了饥饿带来的肉体痛苦，远超过女人所遭受的精神污辱。

在西方悲剧理论中，有一种观点认为悲剧天生蕴含着嘲弄。小说理应也是如此，莫言展示了悲剧艺术的魅力，但无论是他小说中的社会悲剧（如《蛙》），还是性格悲剧（如孙丙），它们都对历史、社会、个体具有强烈的讽喻意义。巴赫金有一句名言："讽拟滑稽化形式在一个非常重要的、直接起着决定作用的方面，为小说作了准备。"[2] 巴赫金把讽刺模拟体视作是小说的重要类型，而莫言小说也表现了讽刺模拟体的诸多特征，体现了讽喻艺术的内涵与魅力。莫言在苦难叙事中主要运用了滑稽、隐喻、对比、戏仿、变形等讽喻方法，莫言塑造了一些滑稽、荒唐的人物形象，增加了小说的讽刺性。《生死疲劳》中的许宝和洪泰岳是莫言特意刻画的滑稽人物，许宝形似小丑、行为怪异，他背

---

[1] 莫言：《丰乳肥臀》，第 400 页。
[2] [苏联] 巴赫金：《巴赫金全集第三卷：小说理论》，白春仁、晓河译，河北教育出版社，1998，第 481 页。

着褡裢、手摇铜铃,以劁驴阉马为业,两只眼睛贼溜溜地专往牲畜的后腿间瞅,喜欢拿驴卵牛蛋下酒,许宝也就成了人们逗笑取闹的对象,尤其是顽童对许宝的编排嘲笑集中表现了滑稽形象:"许宝许宝,见蛋就咬!咬不着蛋,满头大汗。许宝许宝,是根驴屌。吊儿郎当,不走正道……"[1] 洪泰岳刚出场时也是西门屯聚众取笑的对象,他敲着牛胯骨炫技,以公鸭嗓子卖唱,新中国成立后又始终保留着战时武工队员的装扮,不仅在语言上始终保持着革命时代的话语,而且在行为上做出了许多荒唐的事情。莫言小说中的滑稽荒唐形象可以归之于巴赫金所说的"怪诞形象"系列,"怪诞永远都是一种讽刺"[2],莫言通过这些怪诞形象讽刺的是历史的荒唐和人性的异化。隐喻在莫言的讽刺艺术中也占有重要位置。短篇小说《拇指铐》整体上可以看作一部隐喻体小说,小说中的人物、情节、环境都具有隐喻意义,阿义和母亲相依为命,生活穷困,母亲病重在床,生命垂危,小说开头就把人生苦难具体化。阿义在买药的路途中所看到的自然环境令人毛骨悚然,他所遇到的人也充分说明了人情冷漠和世态炎凉。小说的情节也隐喻了人生命运的难以预测、难以把握,阿义被人以莫须有的罪名铐住了,失去了自由,无论他怎么挣扎反抗都无济于事,最终灵魂出窍。小说的题目"拇指铐"更是意味深长,拇指铐把人固定住,让人失去自由,人越挣扎越疼痛,"拇指铐"是人生苦难的隐喻,它牢牢地固定住人类,没有人可以逃脱。莫言在《红高粱家族》中提出的"种的退化"命题,也是历史的隐喻,莫言追求的"纯种红高粱"隐喻着民族图腾和传统精神。对比

---

[1] 莫言:《生死疲劳》,第64页。
[2] [苏联] 巴赫金:《巴赫金全集第六卷:拉伯雷研究》,李兆林、夏忠宪等译,河北教育出版社,1998,第355页。

也是莫言常用的讽刺技巧。《丰乳肥臀》第九章结尾写日本报纸刊登了日本记者拍的照片，照片内容是日本军医救治中国产妇和婴儿；然而小说的前部分讲述了日本鬼子在上官鲁氏家对手无寸铁的百姓进行了残酷的屠杀。这种对比充分表现了日本鬼子虚伪、狡诈、凶残的本质。上官家的女人与男人的形象对比，显示了阴盛阳衰的状况，这既是对女性的歌颂，其实也可以说是对男人的讽刺，这与莫言的"种的退化"主题是一致的。此外，上官家的祖先与上官福禄父子的对比，以及《红高粱家族》中的祖先与后代子孙的对比，都是具有现实讽刺意味的。戏仿也是莫言常用的讽刺技巧。《生死疲劳》第三十一章讲述常天红模仿样板戏排演高密猫腔《养猪记》，其中的唱词真实地反映了特定时代，比如"一头猪就是一枚射向帝修反的炮弹我小白身为公猪重任在肩一定要养精蓄锐听从召唤把天下的母猪全配完"[1]，这样的语言在特定时代是合乎逻辑的，但现在看来却又是荒唐可笑的，这是一种具有极强讽刺意味的戏仿，莫言对样板戏的戏仿可以说是对特定历史时代的讽刺和批判。莫言在《食草家族》和《生死疲劳》等小说中集中使用了变形的讽刺手法。《食草家族》把祖先描写成手脚生蹼，但正是这些手脚生蹼的祖先有着轰轰烈烈的辉煌历史，而他们的后代相形见绌，食草家族是一部苦难的历史，莫言运用变形手法改变祖先的形象，使后代成为"阉割"的结果，这是对现代人进行辛辣的讽刺。《生死疲劳》中的变形手法，使莫言对人类和历史的讽刺更加入木三分，正所谓人不如驴、牛、猪、狗、猴更具有人性和人情。

莫言小说不仅在悲剧美学方面展示了讽刺效果，还在小说诗学方

---

[1] 莫言：《生死疲劳》，第328页。

面充分展示了讽喻特征。巴赫金在小说诗学的研究方面做出了杰出贡献,他的两个核心理论是"复调小说"和"狂欢节化"。巴赫金在小说修辞的研究上也有独特贡献,他认为"讽拟滑稽化形式在一个非常重要的、直接起着决定作用的方面,为小说作了准备"[1]。同时,作为狂欢化体裁的长篇小说,"本能地蕴含着讽刺模拟性"[2]。讽刺性模拟也是《生死疲劳》中最重要的修辞之一,在整体形式上,小说如同一个穿着中国古代服饰说着外国语言讲述中国当代故事的滑稽形象,小说既模仿了中国古典章回体的框架,又运用了现代小说的叙事技巧,述说的却完全是中国当代的历史。在人物形象上,小说塑造了一个十分滑稽令人忍俊不禁的人物洪泰岳,他靠敲牛胯骨跑江湖卖艺,习成了一副好嗓门,说话就似演说,满脑子的革命思想,却跟不上时代的步伐。洪泰岳集中了巴赫金所说的"民间诙谐文化"的多种形式,巴赫金认为"民间诙谐文化"有三种形式:一、各种仪式和演出形式(各种狂欢节类型的节庆活动,各种诙谐性的广场表演);二、各种诙谐性的语言作品(包括戏仿体作品):口头作品和书面作品,拉丁语作品和各民族语言作品;三、各种形式和体裁的不拘形式的广场言语(骂人话,指神赌咒、发誓、顺口溜等[3]),这些形式在洪泰岳身上表现得淋漓尽致。在话语方式上,小说以诙谐的话语解构了严肃的历史话语。历史有其独特话语,而小说以夸张的形式模拟陈述历史话语,洪泰岳的话语就是典型,西门金龙的话语也是对历史的一种反讽;小说对历史事件的话语描述大

---

[1] [苏联] 巴赫金:《巴赫金全集第三卷:小说理论》,第 481 页。
[2] [苏联] 巴赫金:《陀思妥耶夫斯基诗学问题》,白春仁、顾亚铃译,生活·读书·新知三联书店,1988,第 181 页。
[3] [苏联] 巴赫金:《巴赫金文论选》,佟景韩译,中国社会科学出版社,1996,第 99 页。

都包含嘲笑的因素,"大养其猪"事件就是典型。讽刺模拟性的效果是模糊的,其目的是要严肃而效果却产生了笑声;它隐藏了语言的真实,同时也隐藏了作者,使作者能躺到幕后偷偷地流泪;巴赫金认为:"它把陷入语言之网而不能挣脱的事物,从语言的控制下解放了出来;它破坏了神话对语言的独有的权柄;它使人的意识摆脱了直接话语的束缚;它打破人的意识仅仅囿于自己的话语、自己的语言中这种闭塞局面。于是在语言和现实生活之间,形成为创造真正现实主义话语形式所不可缺少的一定的距离。"[1] 讽刺模拟的小说修辞在莫言以前的作品中也有过体现,不过《生死疲劳》显得更为圆熟。《生死疲劳》体现了莫言艺术观的转化,在小说形式上实现了传统和后现代技巧的结合,实现了莫言在长篇小说文体上的狂欢愿望。

可以看出,莫言在小说叙事中,以声音作为独特的叙述媒介,以映衬作为独特的叙述手法,充分展示了苦难的深度与广度;莫言对于叙事策略的选择,展示了他独特的感觉能力和艺术思维。如果说悲剧性是对世界与历史的正面否定,那么讽喻性则是对世界与历史的反面否定。悲剧性与讽喻性就像硬币的两面,体现了莫言对世界与历史的整体看法,苦难就在这样的艺术中展现得淋漓尽致。讽喻是小说的重要功能,无论是中国传统小说,还是西方后现代主义小说,都体现了讽喻的价值,诸如吴敬梓《儒林外史》和卡夫卡《变形记》之类的经典小说,它们对人类社会的抽象讽喻,其深刻性和普遍性不仅体现了小说文体的艺术高度,而且展现了人类的思维深度。莫言在苦难叙事中充分展示了讽喻的艺术魅力,他的讽喻艺术在世界小说史上也占有重要位置。

---

[1] [苏联] 巴赫金:《巴赫金全集第三卷:小说理论》,第 481 页。

二、后现代叙述与时空体结构

自《红高粱家族》开始，为了表现苦难，莫言运用了多种叙述技巧，既继承了中国传统小说的叙述手法，又吸收了西方后现代主义小说的叙述技巧。莫言对小说"叙述者"的灵活运用以及对叙述视角的灵活转换，都体现了他在叙述技巧方面对西方后现代主义小说的吸收；同时，莫言在对时间与空间的表现方面，展示了时间与空间的特殊关系，创造了独特的时空体小说，在完整的时空体中恰切地展示了苦难的深度和广度。

"叙述者"的灵活运用是莫言小说的重要特征。首先，在莫言小说中，最常见的"叙述者"形式是"元叙述"，也就是热奈特所说的"元故事叙事"[1]，《红高粱家族》《丰乳肥臀》《四十一炮》等小说都运用了这种方法，这些小说中的叙述者既是故事行为的讲述者，又是故事行为的参与者；这种叙述形式通过"叙述者""强调故事的真实性引导读者认同叙述的可靠性和权威性"[2]。更为重要的是，莫言发挥了叙述者的思想职能，他经常使叙述者介入故事讨论，如《红高粱家族》在讲述二奶奶的受难情景时，叙述者直接介入了故事讨论，严厉地批判日本鬼子的兽行，小说写道："我现在想，如果那天面对着二奶奶辉煌肉体的是一个日本兵，二奶奶是否会免遭蹂躏呢？"叙述者提出这个问题，然后陷入一种难以解决的矛盾中，"会不会啊？会？不会？会不会？"[3] 叙述者

---

[1] [法] 热拉尔·热奈特：《叙事话语　新叙事话语》，王文融译，中国社会科学出版社，1990，第157—163页。

[2] 王丽亚：《"元小说"与"元叙述"之差异及其对阐释的影响》，《外国文学评论》2008年第2期。

[3] 莫言：《红高粱家族》，第325页。

的心理独白其实就是介入故事讨论,也就体现了热奈特所说的"叙述者的思想职能"[1],这种思想职能的发挥加深了对日本鬼子罪行的批判。其次,莫言突破了传统小说只有一个叙述者的写法,他不仅在《檀香刑》《生死疲劳》等小说中使用了多个叙述者,而且形成了"元小说"叙述形式。《檀香刑》有五个叙述者,《生死疲劳》主要有两个叙述者,即蓝解放与蓝千岁,另外还设置了一个名为"莫言"的作家,这三个人物在小说中都充当了"叙述者"的作用,他们三人各自讲述故事,并且相互评论、相互攻击,攻击对方讲述故事的真实性,比如:"莫言那小子在他的小说《养猪记》后记中曾提到过此事,并说他参与了编剧,我断定此事多半是他瞎忽悠。"[2]小说中甚至还有"我要与那种所谓的'白痴叙述'对抗"[3]。这种叙述者"使叙述行为直接成为叙述内容"[4],"关注小说的虚构身份及其创作过程"[5],其实就是"元小说"叙述方法。莫言在长篇小说《酒国》中也虚构了"莫言"这个人物,但两篇小说中的"莫言"都不是主要人物。莫言在《生死疲劳》中写了一个叫"莫言"的人物,尤其是在小说的后半部分,"莫言"不但成为小说中一个重要的人物,而且不断引导蓝解放和蓝千岁两人讲述故事,成为小说的一个重要线索。以当代叙事学的观点来看,《生死疲劳》是一部"元小说"。所谓元小说作品,"是指由这样一些人写的作品:他们清楚怎样讲故事,但他们的叙事却在自我意识、自觉和反讽的自我疏离等不同层面上返回叙事

---

[1] [法]热拉尔·热奈特:《叙事话语 新叙事话语》,第181—182页。

[2] 莫言:《生死疲劳》,第326页。

[3] 同上书,第391页。

[4] 林秀琴:《元小说》,载南帆主编《二十世纪中国文学批评99个词》,浙江文艺出版社,2003,第56页。

[5] [英]戴维·洛奇:《小说的艺术》,王峻岩等译,作家出版社,1998,第230页。

行为本身"[1]。元小说是一种"充分自觉的、以虚构和叙述行为本身为虚构与叙述对象的小说新文本"[2]，元小说是指"在一篇叙事之内谈论这篇叙事"[3]。莫言小说充分表现了"元小说"的特点，首先，莫言在小说中写的"莫言"这个人物也是一个作家，他也在写作，如《黑驴记》《养猪记》《杏花烂漫》《撑杆跳月》和小说第五部等。其次，小说中的蓝千岁在讲述故事的过程中不断评论"莫言"的小说。"元小说"不是莫言的独创，莫言的特殊之处在于《生死疲劳》中存在两个文本，一个是"莫言"写的作品，另一个文本是蓝解放和蓝千岁所讲述的故事。这两个文本叙述的都是西门闹轮回的故事，且文本中都在互相攻击对方的真实性，它们"有意暴露叙述行为，揭穿讲故事的虚构性本质，反而突出了故事讲述者态度的真诚，也保证了话语本身的真实性"[4]，两个文本讲述同一个人的故事，却是两个不同的世界，它们存在一种互补的关系，"莫言"的作品弥补了两个叙述者视角的域限。"元小说"不是莫言的首创，莫言运用这种技巧的主观目的是增加小说的后现代意味，其客观上反映了他对"高密东北乡神话"的怀疑。正如"马原的叙事打破了一个意识形态的神话：小说呈现了真实——主体的真实与社会历史的真实"[5]，莫言的叙事也打破了他自己创造的神话。余占鳌、孙丙、司马库等高密东北乡的英雄好汉，上官鲁氏、蓝脸等平民百姓，他们都逃不过"人的命运"，一切来自土地也都将回归土地，英雄神话终将回归到人的现

---

[1] [英] 马克·柯里:《后现代叙事理论》，宁一中译，北京大学出版社，2003，第70页。
[2] 王天明:《后现代主义诗学与"自觉小说"》，《外国文学评论》1989年第4期。
[3] [美] 华莱士·马丁:《当代叙事学》，伍晓明译，北京大学出版社，1990，第229页。
[4] 毕光明、姜岚:《虚构的力量：中国当代纯文学研究》，第226页。
[5] 南帆:《文学的维度》，上海三联书店，1998，第157页。

实与命运。

　　叙述视角的越界与转换在莫言小说中经常出现。虽然《红高粱家族》和《丰乳肥臀》的叙述者都是内视角"我",但两部小说的叙述者"我"完全突破了传统内视角的限制,叙述者"我"成为无所不知、无所不能的全知视角,无论是讲述罗汉大爷的受刑,还是讲述上官鲁氏在战乱中的逃亡,莫言都是以这种内视角讲述故事的,这种内视角使叙述者以"亲历者"身份讲述故事,不仅增加了讲述行为的真实性,还能更直观、更真实地展示苦难场景。莫言在苦难叙事中不仅突破了传统内视角的限制,而且还进行了视角的转换,比如《红高粱家族》在讲述二奶奶受难时有这样的语句:"她听到在非常遥远的地方,小姑姑发出一声惨叫。""二奶奶拼尽全力嚎叫了一声,她想奋身跃起,但身体已经死了。"[1] 显然,这些语句的叙述视角已经完全转换成"上帝"视角。《檀香刑》的叙述视角也经历了限知视角到全知视角的转换,小说的凤头部分和豹尾部分别以赵甲、眉娘、小甲、钱丁、孙丙、知县等人作为叙述者讲述故事,猪肚部分则又是以全知视角讲述故事。在莫言看来,结构从来就不是单纯的形式,结构有时候就是内容。长篇小说的结构是长篇小说艺术的重要组成部分,是作家丰沛想象力的表现。好的结构,能够凸现故事的意义,也能够改变故事的单一意义。好的结构,可以超越故事,也可以解构故事。《生死疲劳》沿着《檀香刑》开辟的道路,继续从中国的传统文化中汲取营养,从中国古典小说和民间叙事的传统中吸取经验,以长篇章回体的形式结构小说。《生死疲劳》也突破了《四十一炮》罗小通独自诉说故事的方式,小说以蓝解放和蓝千岁交替

---

[1]　莫言:《红高粱家族》,第 275 页。

讲述故事的方式统领全书，并且都是以回忆的方式进行讲述，在讲述的过程中，两人有对话有交流，增强了小说的对话性；这种形式也体现了莫言对叙事视角转换的熟练运用，小说第一、三、四部是写蓝千岁所经历的世界，第二部是写蓝解放眼中所看到的世界，第五部是写"莫言"所看到的世界，三个人视角之间的对比是十分强烈的；蓝千岁化身为西门闹、驴、牛、猪、狗，以内视角的方式不但呈现他所经历的世界，还呈现了自己的内在意识，而蓝解放和"莫言"基本上是以外视角的方式呈现自己看到的世界。

叙事时空整体化是莫言小说创作的重要贡献。巴赫金在评价歌德时说，"善于在世界的空间整体中看到时间、读出时间，另一方面又能不把充实的空间视作静止的背景和一劳永逸地定型的实体，而是看作成长着的整体，看作事件"[1]，这种评价也契合莫言，在莫言小说中，空间和时间都不是封闭的，而是开放的、成长着的整体，不是孤立的事件，而是活动的、联系的故事整体，在一定意义上可以说，莫言实践了一种独特的"时空体"小说。巴赫金对"时空体"有过界定，"文学中已经艺术地把握了的时间关系和空间关系相互间的重要联系，我们将称之为时空体"，"在文学中的艺术时空体里，空间和时间标志融合在一个被认识了的具体的整体中。时间在这里浓缩、凝聚，变成艺术上可见的东西；空间则趋向紧张，被卷入时间、情节、历史的运动之中。时间的标志要展现在空间里，而空间则要通过时间来理解和衡量。这种不同系列的交叉和不同标志的融合，正是艺术时空体的特征所在"[2]。从这个概念可知，整体性是时空体小说最重要的特征。时空

---

[1] [苏联]巴赫金：《巴赫金全集第三卷：小说理论》，第 234 页。
[2] 同上书，第 274—275 页。

整体化是莫言小说叙事最重要的叙述技巧，莫言不会片面地、孤立地叙述苦难，他往往会把若干个苦难事件放置在整体的时空背景中，增加苦难故事的内容，形成苦难的"大合唱"，从而更好地展示苦难的深度和广度。如《丰乳肥臀》讲述上官鲁氏的生育痛苦时，整整用了9个章节合计46个印刷页的篇幅，叙述时间的推移从主观上表明上官鲁氏遭受痛苦之久，叙述空间的转换从客观上表明上官鲁氏遭受痛苦之深，时间与空间又是一个活动着的整体，若干个苦难事件在这个时空体中同时发生发展，如第九章的开头鲜明地体现了莫言的"时空体"意识，"一九三九年古历五月初五上午，在高密东北乡最大的村庄大栏镇上，上官吕氏领着她的仇敌孙大姑，全然不顾空中啾啾鸣叫的枪子儿和远处炮弹爆炸的震耳声响，走进了自家大门，为难产的儿媳上官鲁氏接生，她们迈进大门一刻，日本人的马队正在桥头附近的空地上践踏着游击队员的尸体"[1]。"古历五月初五"既是一个现实时间点（苦难事件发生的具体时间），更是一个历史时间点（爱国英雄屈原投江之日/中国传统的端午佳节），在这个特殊的时间点，上官鲁氏难产、日本人践踏游击队员两个事件相互联系成整体。现象般的单纯的随意的时间选择，是与莫言格格不入的，苦难叙事的时间点是刻意安排的，如《红高粱家族》"我爷爷"打伏击、我奶奶牺牲的时间是"八月十五，中秋节"[2]。时间在莫言小说中具有非同一般的意义，"他用时间去充实这种空间的毗邻关系，贯穿在其中"[3]。"古历五月初五""八月十五，中秋节"把历史与现实融合成整体，无声地控诉日本鬼子让

---

[1] 莫言：《丰乳肥臀》，第 43 页。
[2] 莫言：《红高粱家族》，第 2 页。
[3] [苏联] 巴赫金：《巴赫金全集第三卷：小说理论》，第 239 页。

中国人适逢佳节却不能过，本应合家欢乐的日子却一个个地深陷苦难之中。现象般的单纯的空间毗邻也与莫言格格不入，"他把空间并列的东西分别归属于不同的时间阶段、不同的成长时代"[1]，他具有从空间中看出时间的非凡能力，他把上官鲁氏难产和日本鬼子践踏游击队员两个事件并列，是为了隐含和预示故事的结局，孙大姑的惨死从她的出场就已经预告了。萧红在《生死场》中叙述金枝的生育痛苦时，她也拿动物生产与金枝生产相互映衬，她的叙述目的也是表现女人生育痛苦，表现妇女在男权社会中所遭受的灾难般命运。但是相比较而言，萧红的叙述时空远没有莫言的深广，莫言不仅详细地讲述了上官鲁氏难产时自然存在的肉体痛苦，而且详细地讲述婆婆对她施加的肉体和精神的双重压迫，上官家的驴子难产、上官鲁氏七个女儿的慌乱、游击队的战斗、日本人的屠杀，这些事件都是以上官鲁氏的难产为中心，莫言就是在这样整体的、深广的时空范围内把苦难表现得淋漓尽致。这种在时空整体中展现苦难，增加苦难叙事的深刻性和丰富性，是莫言苦难叙事的精华之所在。

不难看出，莫言的小说叙事充分展示了他的叙述天才，在内容方面几乎涉及20世纪的中国人所能遭遇的所有生活与经历，在形式方面突破了传统现实主义的叙述方法，吸收了后现代主义叙述技巧，大大提升了小说叙事的深度和广度。莫言在长篇小说体裁艺术上的建构在当代文坛是无人能及的。小说的历史虽然不是最长久的，但在19世纪和20世纪取得了巨大的成就，巴尔扎克、托尔斯泰、卡夫卡、普鲁斯特等小说家在人类历史上树立了一座又一座难以逾越的丰碑，

---

[1] [苏联] 巴赫金：《巴赫金全集第三卷：小说理论》，第239页。

莫言自己也认为如果跟着小说大师们的老路走,他永远是一个二流作家,因此他要开创小说的处女地。对于莫言来说,每一部小说都是他的文学试验园。莫言在《天堂蒜薹之歌》和《酒国》中探索了小说的结构艺术,在《丰乳肥臀》中追求小说的史诗性,在《四十一炮》中尝试讲故事的小说写作方式,在《檀香刑》中实践了小说的戏剧体形式。在《生死疲劳》中,莫言在以往写作经验的基础上,小说形式上又有了新的成就。

第二章　阿来的机村与空间权力学

　　自 20 世纪下半期以来，关于空间的研究向着社会科学的中心转移，空间的内涵逐渐被纳入美学、政治、哲学理论等领域进行探索，因此，空间不仅是一个叙述问题，而且是一个诗学问题。空间作为想象的诗学在新世纪中国学术转型中扮演了非常重要的角色，时间与空间在诗学中交融，地理、文化、政治、哲学在诗学中碰撞，阿来也就是从这个角度激发了想象诗学的全部能量。巴赫金认为歌德"善于在世界的空间整体中看到时间、读出时间，另一方面又能不把充实的空间视作静止的背景和一劳永逸地定型的实体，而是看作成长着的整体，看作事件——这就意味着在一切事物之中，从自然界到人的道德和思想（直至抽象的概念），都善于看出时间前进的征兆"[1]。阿来也提出了相似的看法，从小说到散文，阿来都表现了歌德式的时空体艺术，他也善于在空间中看到时间，从时间中看到空间的成长。不同的是，巴赫金强调了歌德的时间意识或历史观念，认为歌德是"世界文学中审视历史时间而到达顶峰的"[2] 作家之一，相比较而言，阿来的空间意识更为明

---

[1] ［苏联］巴赫金：《巴赫金全集第三卷：小说理论》，白春仁、晓河译，河北教育出版社，2009，第 234—235 页。

[2] 同上书，第 235 页。

显,他更善于审视空间,在作品中创造了多样的空间叙述形式,尤其是以村庄、住宅和身体等为代表的空间叙述,表现了丰富的意识形态内涵,发展了新时期文学的空间权力学。空间是在社会历史中建构起来的一个抽象概念,但它只有与客观的物质因素共同运作,才能在社会发展过程中产生作用。阿来小说中的村庄、住宅和身体是作为空间概念的物质载体,充分展现了空间叙述的丰富内涵。阿来小说的空间叙述还充分表现了空间与时间的密切关系。无论是对过去历史的表现,或者对现代化的思考,甚或是对未来的想象,阿来都把时间融入空间进行叙述,空间与时间的统一是他空间叙述的重要特征。

第一节　虚构的村庄与乌托邦追求

村庄书写是新时期文学中的一道靓丽风景,阿来为村庄书写做出了重要贡献,并显示了一定的独特性。阿来塑造了一个名叫"机村"的村庄,从短篇小说到长篇小说,从《格拉长大》到《空山》(三部曲),机村都是故事发生的空间场所。阿来的机村与以往文学作品中的鲁镇、高密东北乡、威塞克斯、马孔多有很多相似之处,都可以归入福柯所说的"虚构地点乌托邦"。福柯说:"有一类是虚构地点'乌托邦'(utopia)。虚构地点是那些没有真实地点的基地。它们是那些与社会的真实空间,有一个直接或倒转类比的普遍关系的基地。它们或以一个完美的形式呈现社会本身,或将社会倒转,但无论如何,虚构地点是一个非真实空间。"[1] 阿来的机村空间通过"呈现社会本身",体现了重要的社会内涵和价值,蕴含一定的乌托邦追求,它不仅表现了"空间的生产"内涵,还表现了"空间的反思"价值。

首先,阿来小说中的机村通过呈现社会本身体现了"空间的生产"内涵。"空间生产"是列斐伏尔提出的重要观点,列斐伏尔认为空间生产是改变社会、改变生活方式的重要条件,"为了改变生活,我们必须首先改变空间(To change life, however, we must first change space)"[2]。阿来在小说中把空间当作社会改变和生活方式变化的重要条件,通过机村的空间变化表现了社会制度的变革和劳动人民生活方式的变化。比如《马车》中讲述机村以前没有车,在农业合作化时期才出现了第一辆马车,表现了劳动人民生活方式的变化。又如《马车夫》不仅表现了人民生活方式的改变,而且表现了社会制度的变革。在《马车夫》中,阿来首先强调了机村与其他乡村图景的差异,突出了机村的独特性,接着讲述了机村浓厚的宗教氛围和特征。阿来强调机村不同于中国传统乡村,机村是一个具有浓厚宗教色彩的山区村落,机村村民形成了一种独特的生活方式。然而机村村民在进入社会主义社会以后,他们的生活方式发生了巨大改变,机村的生产力也获得了解放。阿来指出了机村在20世纪50年代发生的改变,其目的是揭示社会主义制度给机村带来了巨大变化,这也就是福柯所说的"呈现社会本身",《马车》《马车夫》以及《水电站》《脱粒机》《报纸》等小说都是如此。在阿来小说中,机村作为一个藏族村落,它既保存了藏族人民的历史,也蕴含了藏族

---

[1] [法]米歇尔·福柯:《不同空间的正文与上下文》,载包亚明主编《后现代性与地理学的政治》,上海教育出版社,2001,第21页。

[2] H. Lefebvre, *The Profuction of Space*, Oxford:Blackwell Press,1991,p.190.

同胞的未来。众所周知,封建农奴制度在西藏延续了上千年,西藏和平解放以后,社会主义制度取代了封建农奴制度,解放了成千上万的农奴,使西藏人民翻身做了主人。机村作为藏族村落的重要组成部分,机村的空间生产也就体现了藏族人民的社会关系和生活方式的改变,阿来正是在这种予以正确理解的、客观可见的空间生产中,揭示了"明显的历史的内在必然性(即一定历史过程、历史事件的内在必然性)"[1]。从方法论角度来说,阿来小说运用了空间叙述的常用方法,即通过标志性的景观对比实现空间的历史化,机村作为中国农村村落的重要组成部分,在社会主义历史潮流的推动下,它在20世纪50年代发生了深刻变革,从生产工具(脱粒机)到生产关系(合作化)都发生了重要改变,从文化水平(报纸)到生产力水平(机械化)都取得了显著提高,也就成为中国社会主义历史发展的重要样本。机村的空间变化可以说是社会主义空间生产的重要案例,正如列斐伏尔指出:"一个'不同'的社会,发明、创造、生产了新的空间形式……可是生产力已经有了大幅的改变,由空间中事物的生产转为空间的生产。因此,必须先进到这个质的跳跃的最终结果。这包括持续量的成长,不是打破它,而是释放其全部潜力。"[2] 显然,阿来的小说创作也印证了社会主义空间生产的巨大能量,由于机村空间的独特性,更加显示了社会主义空间生产在少数民族地区、宗教地区、边远山区的解放力量,更加显示了社会主义制度的优越性。社会主义空间生产与20世纪50年代中国历史紧密结合,集中体现了以阿来为代表的藏族同胞对社会主义国家的认

---

[1] [苏联] 巴赫金:《巴赫金全集第三卷:小说理论》,第252页。
[2] [法] 亨利·列斐伏尔:《空间:社会产物与使用价值》,载包亚明主编《现代性与空间的生产》,上海教育出版社,2003,第55页。

同和歌颂。

其次，与短篇小说突出"空间的生产"内涵不同，阿来在长篇小说《空山》中突出了"空间的反思"价值。《空山》第二卷《天火》讲述机村在 20 世纪 60 年代发生了一场大火，大火使机村的森林遭受巨大破坏，但大火对机村并非致命威胁；接着，阿来在《空山2》第四卷《荒芜》中讲述了"大跃进"期间的伐木运动给机村带来了致命灾难。在阿来看来，自然灾害并没有给人类环境造成毁灭性破坏，反而是人类活动毁灭了人类自身的生存环境。从这个角度来说，阿来空间叙事具有明显的反思意识。阿来的反思意识与新世纪以来的生态主义潮流密切相关，卢梭主义和梭罗《瓦尔登湖》在中国的流行，表明了中国学者对生态环境的重视，生态哲学和生态美学的兴起，也表明了中国学者的生态意识的高涨。近 30 年来，中国的现代化获得了空前发展，但中国也付出了沉重的生态代价。近些年来，人们逐渐意识到自然环境的破坏也会威胁到人类自身的生存。由于这个处境，中国知识分子就提出了各种各样保护生态环境的策略与措施，"基于此，自然环境变成了一个政治性的议题"[1]。可以看出，阿来的空间叙事与新世纪以来的生态主义潮流紧密结合，对人类破坏自然的活动进行了反思和批判。特别值得注意的是，阿来把中国生态环境的破坏追溯到"大跃进"时期，他认为正是 20 世纪五六十年代的伐木运动，造成对中国森林的大规模破坏。显然，阿来把中国自然环境的破坏看作"历史"的代价，因此，阿来的空间叙事也具有反思历史的内涵。20 世纪下半叶是中国历史中的一个崭新的历史阶段，社会主义制度表现了巨大的优

---

[1] ［法］亨利·列斐伏尔：《空间政治学的反思》，载包亚明主编《现代性与空间的生产》，第 65 页。

越性，不仅改变了中国人民的社会地位，还改变了中国人民的生活方式。阿来既看到了社会主义制度的巨大优越性，又对"大跃进"和20世纪五六十年代对环境的破坏进行了批判，表现了他对历史的辩证看法。从自然环境角度来反思20世纪下半叶中国的历史，并非阿来的独创，但在小说创作中，尤其是在乡村叙事中，阿来与莫言、贾平凹等作家有着比较明显的区别：莫言擅长以人的命运变迁揭示历史辩证法，贾平凹喜欢以文化的变迁体现历史辩证法，阿来以生态环境的变化表现历史辩证法。

阿来的机村空间叙述在当代文化语境中具有重要意义，不仅表现了社会主义制度的巨大优越性，还加强了藏族人民对社会主义国家的认同感，同时还揭示了中国社会发展中的部分问题。但正如列斐伏尔所说，环境问题"引出的不仅是一个简单技术上、知识论上、哲学上的议题，它也引出左翼和保守派的批判"[1]。阿来对生态环境的反思也有可能招致批评："这种对过去的浓烈乡愁，这种对失去自然环境的抱怨将把我们带往何处？我们再也不可能回到从前。"[2] 阿来似乎也认识到了这个问题，他在《空山3》中表明，"沉溺于地景美感与自然环境之纯净性"[3]将招致发展主义的不满，因为我们所处的就是一个强调发展的时代，"今天要谈的是发展，是大事"[4]。在发展主义的阻挠下，任何关于环境保护的主张都显得脆弱不堪。在《空山3》第六卷中，由于现代化建设的发展，机村发生了翻天覆地的变化，有了柏油公路、

---

[1] [法] 亨利·列斐伏尔：《空间政治学的反思》，载包亚明主编《现代性与空间的生产》，第65页。
[2] 同上书，第66页。
[3] 同上书，第65页。
[4] 阿来：《空山3》，人民文学出版社，2009，第308页。

汽车、通信电缆，设立了风景区，甚至还出现了酒吧和KTV。20世纪末期，在修建水电站的工地上，发现了一个新石器时代晚期的村庄遗址，但依然改变不了机村即将被淹没的命运。阿来认为，机村的发展与进步，与机村的保护与淹没一样，并非是由它自己决定的，它只不过是一个村庄，无法抵抗"发展"带来的巨大诱惑，也无力抗拒现代化的滚滚洪流。众所周知，在乡村叙事中，贾平凹以文化挽歌表达对现代化的反思，李佩甫以人性哀歌表达对现代化的批判，而阿来为现代化反思提供了新的视角。现代化是人类不可逃避的命运，是不可逆转的过程，从自然环境角度来说，现代化又可能涉及一个自我毁灭的过程，因为既然现代化可以毁灭古人类遗址，那么现代化也可能毁灭当今人类的生活家园。因此，阿来提出的现代化问题或许更加尖锐，也更加紧迫。

可以看出，阿来描述的机村的空间景观，它不仅是历史的村庄，还是现实的村庄，空间与时间浑然一体，历史与现实相互交融。阿来在过去与未来之间穿梭，在"历史"与"发展"之间探寻，他赞扬了社会主义空间生产的巨大解放力量，批判了现代化空间生产的严重后果。阿来把现代化建设的后果归咎于"时代"，在他看来，空间停留与时代前进相互冲突，最终结果是，时间把空间推向不可避免的消逝局面，这就是阿来独特的空间意识。

第二节　象征的住宅与权力之表现

村庄和住宅作为空间景观,都是人类生活的基础,而住宅与人类的关系更为亲密,正如福柯所说,"我们所居住的空间,把我们从自身中抽出,我们生命、时代与历史的融蚀均在其中发生,这个紧抓着我们的空间"[1]。在阿来小说中,村庄是联系历史和现实的桥梁,住宅则是文化与权力的象征。阿来对空间景观的描述都蕴含了丰富的文化内涵,建构了西藏独特的"地方知识"宝库。在《大地的阶梯》中,阿来对嘉木莫尔多的描述,从地名释义到神话传说,详细地介绍了它的文化内涵。嘉木莫尔多其实是一种文化象征,因为它表现了藏族人民的宗教信仰和山神崇拜。然而,在这些富有想象力的描述中,嘉木莫尔多展现的不仅是独特的地方风情,而且是一种独特的"精神",这正与《老人与海》对大海的描述一样。无论是海明威的大海,还是阿来的大山,展现的都是一种令人惊叹的战斗精神。其实,在阿来的众多作品中,都不能简单地将空间景观认为是对地方的介绍或描述,而应该看到阿来对地方的创造,这也许就是《大地的阶梯》的重要价值。迈克·克朗在《文化地理学》中提出了关于空间叙述的辩证论,他认为:"文学作品不仅描述了地理,而且作品自身的结构对社会结构的形成也做了阐释。"[2]这种观点为阿来的创作提供了更有力的理论支持,阿来在书写西藏,其

---

[1] [法]米歇尔·福柯:《不同空间的正文与上下文》,载包亚明主编《后现代性与地理学的政治》,第21页。
[2] [英]迈克·克朗:《文化地理学》,杨淑华、宋慧敏译,南京大学出版社,2005,第40页。

实也是在创造西藏。

阿来空间叙述的文化意义，在住宅空间的叙述中表现得尤其明显，他特别喜欢描述住宅。一般认为，住宅是人类最常见的空间，也是人类最亲密的空间，然而，不能因为住宅常见，就认为它没有意义。无论是从文化地理学角度来说，还是从意识形态方面来看，住宅不仅体现了人类的生活方式和宇宙观念，而且还体现了社会关系和权力结构。首先，文学作品中有很多描绘住宅的例子，比如沈从文笔下的吊脚楼，格非《人面桃花》中的阁楼，张浩文《绝秦书》对周克文家的描述，都表现了一定的地域文化特征，阿来作品中的住宅也表现了西藏独特的地域特征。在《大地的阶梯》中，阿来描述了一个叫"岳扎"的小村寨的房子的演变历史，从部落战争时代到土匪横行年代，这些寨房的墙都很厚实，窗户都很小，和平年代带给村落的最大变化就是使窗户越来越轩敞。在阿来的叙述中，可以看到寨房的文化地理特征：寨房深受高原地理和藏族文化的影响，在以前的结构中，窗子狭小体现了它的堡垒性质；在寨房的演变过程中，也可以看到汉藏文化的融合迹象。在《尘埃落定》中，麦琪土司官寨就是一栋典型的住宅。阿来写道：

> 麦琪土司的官寨的确很高。七层楼面加上房顶，再加上一层地牢有二十丈高。里面众多的房间和众多的门用楼梯和走廊连接，纷繁复杂犹如世事和人心。官寨占据着形胜之地，在两条小河交汇处一道龙脉的顶端，俯视着下面河滩上的几十座石头寨子。
>
> 寨子里住的人家叫做"科巴"。这几十户人家是一种骨头，一种"辖日"。种地之外，还随时听从土司的召唤，到官寨里来干各种杂活儿，在我家东西三百六十里，南北四百一十里的地盘，

三百多个寨子，两千多户的辖地上担任信差。科巴们的谚语说：火烧屁股是土司信上的鸡毛。官寨上召唤送信的锣声一响，哪怕你亲娘正在咽气你也得立马上路。[1]

从整体空间环境来看，麦琪土司官寨靠西北朝东南，背靠群山，面朝豁口，三面环水，这是藏族建筑中典型的"壶天模式"围合结构，也就是"盆地—豁口—走廊"的结构组合，这种建筑模式是川康藏区的典型村落模式。藏族的"壶天模式"建筑与周围的自然环境和谐统一，并充分考虑了青藏高原生态资源的有限性，因此这种模式被称为理想"桃花源模式"[2]。阿来对麦琪土司官寨的描绘应该是借鉴了嘉绒藏族的村落建筑模式，现在嘉绒藏族聚居区常见的建筑主要有住宅、官寨和寺庙三种形式，阿来在小说中对土司官寨的描述与现实中的官寨几乎相同。其次，阿来作品中的住宅表现了传统的风水文化内涵。从风水文化角度来说，麦琪土司官寨位于两条小河交汇处一道龙脉的顶端，体现了中国传统风水文化中的"龙脉说"。麦琪土司官寨位于盆地的高处且正对着豁口，体现了中国传统风水文化中的"藏风聚气说"。麦琪土司官寨追求"理想风水模式"，"强调一种基本的整体环境模式"[3]。麦琪土司官寨不仅体现了藏族"萨些"文化，还体现了中国传统文化中的"天人合一"思想，因此从这个角度来看，也可以说它是汉藏文化融合的重要案例。众所周知，大昭寺是藏族人民心中至高无上的圣地，据档

---

[1] 阿来：《尘埃落定》，人民文学出版社，1998，第12页。
[2] 史利莎等：《基于景观格局理论和理想风水模式的藏族乡土聚落景观空间解析——以甘肃省迭部县扎尕那村落为例》，《生态学报》2011年第21期。
[3] 同上。

案记载，大昭寺是由文成公主根据中原风水文化进行选址和布局，而阿来作品再次证明了中原风水文化在藏族建筑中产生的深刻影响。总之，无论是从地域文化还是从风水文化来看，阿来作品中的住宅都可以说是汉藏文化融合的重要表现，这种文化融合对于民族认同和文化认同具有重要意义。

在阿来作品中，住宅不仅是文化的象征，而且是政治权力的表现。众所周知，从福柯到哈维，从列斐伏尔到布尔迪厄，都强调了空间与权力、秩序的复杂关系。在《尘埃落定》中，阿来也把空间与秩序、权力的关系融入对土司官寨的描绘中，尤其是对麦琪土司官寨的描绘，鲜明地体现了阿来的空间意识。阿来写道：

> 我和母亲站在骑楼的平台上，望着那些快马在深秋的原野上掠起了一股股灰尘。骑楼有三层楼高，就在向着东南的大门的上面，向着敞开的山谷。寨子的其他三面是七层楼高，背后和整个寨子连成一体，是一个碉堡，对着寨子后面西北方向的山口上斜冲下来的一条大道。春天确实正在到来，平台上夯实的泥顶也变得松软了。下面三层，最上面是家丁们住的，也可对付来自正面的进攻。再下的两层是家奴们的住房。河谷向着东南方向渐渐敞开。明天，父亲和哥哥就要从那个方向回来了。这天我望见的景色也和往常一样，背后，群山开始逐渐高耸，正是太阳落下的地方。一条河流从山中澎湃而来，河水向东而去，谷地也在这奔流中越来越开阔。有谚语说：汉族皇帝在早晨的太阳下面，达赖喇嘛在下午的太阳下面。
>
> 我们是在中午的太阳下面还在靠东一点的地方。这个位置是

有决定意义的。它决定了我们和东边的汉族皇帝发生更多的联系，而不是和我们自己的宗教领袖达赖喇嘛。地理因素决定了我们的政治关系。[1]

从内部空间结构来看，土司官寨体现了权力结构和身份关系。在水平空间序列上，麦琪土司官寨位于村落的上方，地势较高，可以俯视整个村落，它象征着土司对周围寨子的统治，官寨周围的"科巴"人家随时都得听从土司的召唤，这种水平空间结构体现了土司在藏族部落中的权力。在垂直空间序列上，土司官寨的骑楼高三层，上面一层是家丁住房，下面两层是家奴住房，这种住房安排集中体现土司部落的等级制度，住房也就成为身份权力的象征。其实，土司官寨也是土司身份的象征，土司官寨骑楼高三层，其他三面高七层，形成一座碉堡式的格局，体现了土司巨大的权威和自我保护意识。这种碉堡式的格局也隐含了土司思想的封闭性，土司在接受外来信息方面显得自我封闭。从地理位置角度来看，土司官寨更接近汉族地区，表明了麦琪土司与汉族地区有着更为紧密的权力关系，在作品中，阿来也明确认为地理因素决定权力关系，也决定了土司官寨的未来。正如福柯所说："空间位置，特别是某些建筑设计，在一定历史时代的政治策略中，扮演了重要的角色。"[2] 换个角度来说，麦琪土司官寨的地理位置的选择，充分地证明了藏族土司制度与汉族权力制度的密切关系。这也就是说，汉藏融合不仅表现在文化层面，还表现在制度层面。总之，在阿来小

---

[1] 阿来：《尘埃落定》，第 17—18 页。
[2] 转引自戈温德林·莱特、保罗·雷比诺：《权力的空间化》，载包亚明主编《后现代性与地理学的政治》，第 30 页。

说中，汉藏融合表现在社会生活的各个方面。因此，阿来的住宅书写对民族认同和国家认同也有着重要的促进作用。

在对空间叙述的静止分析中，可以看出空间与权力、制度的复杂关系，土司官寨其实就是土司制度的象征。然而，空间对时间的发展也具有重要的推动意义，在空间中可以看到时间的发展，即使空间是静止固定的。《尘埃落定》中的麦琪土司官寨在这方面显示了它的独特内涵和价值，麦琪土司官寨的地理位置决定了麦琪土司的发展，也可以说决定了小说情节的发展。阿来在小说中讲述麦琪土司的故事时，总是把他与汉人结合起来。麦琪土司正是在汉人的帮助下（如"母亲"和黄特派员）由弱小走向强大，最后也是被汉人消灭了。因此，从这个意义上来说，阿来在小说开头部分描述麦琪土司官寨的地理位置，其实是为小说情节的发展做了铺垫，甚至是为小说的结局做了隐喻。此外，麦琪土司官寨形似碉堡也具有时间内涵和情节意义，从碉堡似的官寨中可以看出麦琪土司处于险恶的生存环境。麦琪土司统辖数万人，具有生杀予夺的权力，但他实际上无时无刻不处于危险之中，有可能受到其他土司的攻击，也有可能遭到刺杀，因此他必须把官寨建成牢固的碉堡，并且还得安排众多家丁家奴以保障自己的生命安全。小说后面讲述麦琪土司与其他土司的战争，以及麦琪土司和他儿子所遭遇的刺杀，都与这个碉堡式的官寨紧密相关。官寨表面安全，实为凶杀之所。小说结尾写麦琪土司官寨变成了一堆石头，土司官寨的消失意味着麦琪土司统治的终结，也意味着小说情节的结束。《尘埃落定》也可以说是一部关于土司官寨的小说，空间与时间在土司官寨中结合得如此紧密，空间隐喻了时间和情节的发展，时间凝结了空间的内涵与意义。

可以看出，阿来不仅表现了住宅空间的文化和权力学内涵，还表现了住宅空间的时间与情节意义。住宅是空间与时间的集合体，空间蕴含了时间的内涵与意义，在《老房子》中，从一栋老房子能看出时间的流逝和历史的演变。阿来写道：

> 老房子的三十根柱脚在短暂的夏天散发着甘甜的朽腐味，地板上满是过去日子的灰烬，墙角长满白伞黑褶的菌子。晚上，风穿行于宽大的带雕花木栏杆的走廊上，呜呜作响，听见的人说那是女人难产时的呻吟。不知由于什么缘故，老房子主人家到了四代前往下都是独子单传，每个媳妇非得难产三次方能顺产下一个聪颖过人的男孩。总之，在昔日村寨的一片废墟上，白玛土司家的老房子仍像一个骨质疏松的梦境一样静静耸立。井台的石板被太阳烤裂了，裂纹中蹿出大丛大丛叶片油黑肥厚的荨麻与牛蒡，院子空空荡荡，浮泛的泥土上满布夜露砸出的小圆点。[1]

在《尘埃落定》中，从土司官寨中不仅能看到麦琪土司由弱小到强大再到死亡的人生历程，而且能看到土司制度下的权力关系以及具有浓郁风情的高原文化。因此可以说，阿来作品中的住宅空间是文化和权力学的重要表征。

---

[1] 阿来：《老房子》，载《宝刀》，作家出版社，2009，第1页。

第三节　想象的身体与性别之伦理

村庄和住宅都是人类生存的外部空间，相比较而言，没有任何空间比身体更接近人类。身体作为一种空间形式，从列斐伏尔到大卫·哈维都提出了相关论述。列斐伏尔指出，"每个活的身体都是空间并且拥有空间：身体在空间中生产，同时也生产空间（each living body is space and has its space: it produces itself in space and it also produces that space）"[1]。大卫·哈维在《希望的空间》中也把身体当作空间形式进行论述，并明确指出，"成为'万物尺度'的身体本身就是创造它的各种力量进行争夺的场所"[2]。阿来在作品中表现了身体空间与性别、伦理之间的抵抗与压迫关系，充分地展示了身体空间的性别权力和叙事伦理。

阿来对女人身体的叙述不无例外地落入了性别权力的强大磁场。在西方文化中，有一个名为"十字路口上的赫拉克勒斯"的经典故事，刘小枫把它看作西方身体叙事伦理产生的重要起源。刘小枫揭示了人类历史中根深蒂固的男权思想，认为人类的男权文化始终包含着"对女人身体的伦理想象"，无论是"美好"还是"邪恶"都来自"道德规范"，然而"世界上所有古老的道德规范都是男人按自身的意愿编织出来的"[3]。由此不难理解，女性身体形象其实也可以说是男权文化的重要表征，正如刘小枫所指出的，"女人的身体是亘古不变的男人想象的空

---

[1]　H. Lefebvre, *The Profuction of Space*, p.170.
[2]　[美] 大卫·哈维：《希望的空间》，胡大平译，南京大学出版社，2006，第124页。
[3]　刘小枫：《沉重的肉身》（第六版），华夏出版社，2012，第78页。

间,男人的言语就像这空间的季候,一会儿潮湿,一会儿干燥。女人的身体为了适应男人言语的季候,必须时常变换衣服,不然就会产生病痛"[1]。在男性作家的叙事作品中,女人的身体永远都是被动的客体,都是为了满足男人对女人身体的想象。在新启蒙运动中,女性身体形象一直与"乌托邦"纠缠在一起,这或许可以看作新启蒙作家在物质贫困和精神饥渴之后的自我满足。张贤亮可以说是新时期塑造乌托邦女性身体的重要代表,他笔下的黄香久和马缨花无不是以身体照亮和拯救了空虚堕落的灵魂,章永璘的命运其实也就寄托在女人的身体上,至此,女性身体空间在新时期文学中彰显了突出意义。阿来与张贤亮有着重要区别:张贤亮把女性身体看作男人的救命之本,而阿来把女性身体看作男人的纵欲对象。阿来的《尘埃落定》对女人身体的叙事也体现了男权思想的投射,小说中的母亲、央宗、卓玛、塔娜无一不是绝色美女,而且都是那种美得让男人无法抗拒的女人。毫无疑问,这些美丽的女人都是"十字路口上的赫拉克勒斯"故事中的卡吉娅。正如赫拉克勒斯所意识到的那样,不同的女人意味着不同的人生道路,选择了"卡吉娅",就是选择了性感和享乐。阿来把这些女人都描写成"卡吉娅",也许是骄奢淫逸的土司生活的真实再现,也许是根深蒂固的男权思想的隐隐作祟,可以肯定的是,这些女性人物表现了阿来对女人身体的想象,也表现了男权文化对女人身体的想象。女性人物在阿来作品中大都只是性对象,阿来借小说人物"傻子"的话道出了男权社会的真正追求:"我只知道对一个人有欲望或没有欲望。"[2] 也许从

---

[1] 刘小枫:《沉重的肉身》(第六版),第80页。
[2] 阿来:《尘埃落定》,第104页。

《自愿被拐卖的卓玛》对女人身体的描述中，可以看出女人在阿来小说中的地位与作用，小说中的卓玛是一个典型的"卡吉娅"形象，她对于男人的价值只存在于引起性幻想。从《尘埃落定》可以看出，阿来塑造的"卡吉娅"形象虽然身体性感、生活轻逸，但其实"卡吉娅"也夺去了男人的精力和时间，甚至让他们付出了生命的代价。阿来把"傻子"的出生描述成麦琪土司纵情酒色的直接产物，但纵情于"卡吉娅"还可能产生更严重的后果，麦琪土司为了得到美丽的央宗，设计杀害了查查头人，致使自己的两个儿子都死于查查头人儿子的复仇。毫无疑问，麦琪土司的两个儿子虽不是死于央宗之手，但都可以说是因为央宗而死。如果把"红颜祸水"的责任全都归咎于女人，显然是不公平的，阿来也没有这样做，他把部分责任归咎于麦琪土司的贪欲。然而，阿来又把央宗描述成一个愚蠢的女人，在如此惨痛的悲剧面前，她居然无动于衷，完全是一个"性机器"。茸贡土司的女儿塔娜为了挽救茸贡土司部落的命运，最终成为"傻子"的妻子。也许从塔娜的故事中，很容易让人想到人类历史上无数塔娜式的女人，在男权文化中，女人天生就是政治的牺牲品，这是她们无法逃避的宿命。然而，阿来也把塔娜塑造成一个荡妇形象，甚至塑造成"性机器"。总体来说，阿来关于央宗、卓玛、塔娜的叙事都表现了男权文化的叙事伦理，"卡吉娅"是"邪恶、淫荡"的代名词。在阿来小说中，女性形象大多是"卡吉娅"，她们都可以说是男权制度的牺牲品，但她们的命运很难产生悲剧感，反而让人觉得她们罪有应得。令人困惑的是，阿来为什么喜欢塑造"卡吉娅"？为什么没有塑造"阿蕾特"？在"十字路口上的赫拉克勒斯"故事中，阿蕾特说：

神明赐予人的一切美好的东西,没有一样是不需要辛苦努力就可以获得的;要是你想身体强健,就得使身体成为心灵的仆人。与我在一起,你可以听到生活中最美好的声音,领略到人生中最美好的景致。卡吉娅只会使你的身体脆弱不堪,心灵没有智慧。她带给你的生活虽然轻逸,但只是享乐,我带给你的生活虽然沉重,却很美好。享乐和美好尽管都是幸福,质地完全不同。[1]

　　正如阿蕾特所说,央宗与塔娜确实只给麦琪土司和"傻子"带来了短暂的享乐,并让他们付出了惨重代价。在张贤亮小说中,"阿蕾特"拯救了男人;在阿来小说中,"卡吉娅"毁灭了男人,这种差异并非"时代环境"就能解释清楚的。单向度地描述"卡吉娅"或"阿蕾特",体现的是对女人的片面认识,以及对历史的单向度理解。

　　阿来对男性身体空间的塑造表现了他对男人自我的深刻认识。阿来小说中的男性人物大都是男权中心主义的典型形象,尤其是《尘埃落定》中的麦琪土司,作为土司部落的首领,他在家庭中具有至高无上的权力,把女人只看作泄欲的工具。麦琪土司的二儿子本是"傻子",但也是一个男权主义的典型形象,"傻子"与侍女塔娜的故事最能表现他的男权思想。"傻子"与侍女塔娜没有任何感情,他以占有塔娜的身体而自豪。其实,女人对于"傻子"来说,都只是泄欲的工具而已。阿来小说中的男人都是性欲亢奋的人物,无论是麦琪土司,还是"傻子",他们的共同特点就是纵情女色,情欲在《尘埃落定》中占有重要地位。然而,阿来塑造的男性形象大都是有缺陷的,或者说是畸形人,也可

---

[1] 刘小枫:《沉重的肉身》(第六版),第76—77页。

以说是一种残缺的男性形象：麦琪土司虽然身材高大，但心智却极其平庸；他的大儿子表面聪慧，实为愚蠢；他的二儿子表面愚蠢，却做了许多明智的事情，但总体来说是一个残疾人。"傻子"在《尘埃落定》中具有重要的隐喻意义，阿来以这种残缺的男性身体空间表达了对男权文化的有意味的象征。

可以看出，阿来无论是对女性身体的塑造，还是对男性人物的描绘，都是放置在男权文化的伦理系统中，突出男权对女人身体的想象，也突出了男权对男人身体的构造。女人身体和男人身体都无一例外地指向了同一主题：情欲。在阿来小说中，情欲是生命中最重要的幸福，身体感觉是人生幸福最重要的标尺。在阿来的叙事中，身体欲望有了平等的权利，无论是男人还是女人，他们都有性欲的平等愿望，并共同努力付诸实践。男人与女人的身体感觉获得了平等，拆解了男权文化建构的叙事伦理。对于生命而言，身体感觉不存在男女差异，也不存在价值的不平等，侍女塔娜的性爱感觉和母亲的离奇身世都充分说明了这一点。也许刘小枫的观点更具有启示意义："在现代男人的言语织体中，身体沉重的含义没有变，改变了的是对轻逸的评价：什么叫轻逸？与萨宾娜一起（说与卡吉娅一起也一样），生命显得轻逸，有什么不可以？"在当今时代，尤其是在后启蒙时代，人类的"身体感觉已经没有邪恶与美好、淫荡与轻逸的价值不平等"[1]。这难道不是在颠覆男权文化建构的淫荡与美德的对立吗？因此可以说，阿来既落入了男权文化的强大磁场，又拆解了男权文化的叙事伦理，这就是阿来小说的身体叙事的重要内涵，也是当今时代的生命政治学的重要表现。

---

[1] 刘小枫：《沉重的肉身》（第六版），第84页。

第三章　青鸟之咏归与时空辩证法

2017年1月，李敬泽的《青鸟故事集》由译林出版社出版。2017年7月，李敬泽的《咏而归》由中信出版社出版。《青鸟故事集》是由《看来看去或秘密交流》（中国青年出版社，2000）修订而成，增补了《抹香》《印在水上、灰上、石头上》《巨大的鸟和鱼》3篇。李敬泽一直被广泛地看作一位卓有影响的批评家，施战军、张清华和李洱等人都曾撰文分析李敬泽的文学批评，而他的文学创作并没有引起应有的重视和研究。据李敬泽所说，《青鸟故事集》的书名源出于《山海经》中的"三青鸟"神话。李敬泽熟知"青鸟"神话在古代中国的演变过程，并且赋予"青鸟"以特殊的内涵与使命；他强调"青鸟"的职责是"跨越蓬山之远、云外之遥，传递人类的心意和情感"[1]。正是在这个意义上，李敬泽把书中人物比作西王母座前之"青鸟"，用来传递中国和异域之间的"故事"。李敬泽指出这本书不是学术作品，"它最终是一部幻想性作品"[2]；他对这本书有更多的"想象和规划"。在《咏而归》中，李敬泽批判了160年来的"中国想象"，他认为由现代性焦虑支配的"中国想

---

[1] 李敬泽：《青鸟故事集》，译林出版社，2017，第363页。
[2] 同上书，第361页。

象"呈现出明显的二元对立,"现代的、都市的、文明进步"的"中国"与"传统的、乡土的、愚昧落后"的"中国"尖锐对立[1];他强调没有多样性就没有五千年的文明中国,着重讲述了自春秋以来的"中国精神",希望"引古人之精神"接通现代人的心与眼[2],力图拓展"中国想象"的多样性与深刻性。总体来说,李敬泽在中国故事与异域想象、文献史料与文学虚构、历史思辨与美学幻想之间穿梭,既"讲故事"又"说历史",不仅表达了他通过文学创作"讲述中国"的乌托邦欲望,而且呈现了他以跨界的写作方式"思考中国"的政治无意识。《青鸟故事集》和《咏而归》涉及众多知识领域,从文学到美学,从思想史到历史学,从知识考古学到生命政治学,这种跨界的写作方式有助于启发人们对"讲述中国"的深入思考。

第一节 主体的构建与时间性修辞

《咏而归》的书名虽取自《论语》,但李敬泽对此书有新的寄托,他强调"所咏者古人之志、古人之书,是自春秋以降的中国传统。而归,是归家,是向可归处去"[3]。实际上,从《青鸟故事集》到《咏而归》,李

---

[1] 李敬泽:《咏而归》,中信出版社,2017,第 216 页。
[2] 同上书,第 255 页。
[3] 同上书,第 254 页。

敬泽都在谈论古人之志和古人之书，并进一步吟咏古人之精神，最终实现"家国天下"的理想。李敬泽对中国精神看得异常重要，《青鸟故事集》在一定意义上可以看作宋朝以降中国知识分子的精神史，试图从知识分子的精神状况探讨中国封建社会自唐宋以来由盛转衰的原因。在《咏而归》中，李敬泽考察春秋以降中国知识分子的精神状况，尤其强调孔子穷厄是"中国精神的关键时刻，是我们文明的关键时刻"[1]；李敬泽把精神看作中国社会文明发展的重要因素，不仅试图描绘中国知识分子的精神史，而且在中西比较视野中探讨中国精神的独特性。毋庸置疑，中国精神是历史主体在漫长历史进程中的实践与思想产物。在李敬泽看来，历史的主体是人民，人民不仅是历史实践的主体，还是时代意识的主体。

一、人民伦理与日常生活：在历史中理解中国

1994 年夏天，李敬泽在长江三峡的游轮上阅读了布罗代尔的《15 至 18 世纪的物质文明、经济和资本主义》。在布罗代尔著作的激发下，李敬泽畅想近千年来中国人的艰难行进和生活细节，并最终完成了《青鸟故事集》的写作。1998 年，葡萄牙作家萨拉马戈获得诺贝尔文学奖，李敬泽购买并阅读了萨拉马戈的《修道院纪事》。《修道院纪事》是一部历史题材的长篇小说，小说中的三位主人公都可以说是人类自由意志的象征。李敬泽指出："在《修道院纪事》中，三个主人公隐于人群，隐于时代，他们是无法被历史叙事识别出来的'人民'的成员，但他们

---

[1] 李敬泽：《咏而归》，第 5 页。

的梦想和痛苦,他们从人群中采集起来的意志却消解了君王、教会的神圣权力。"[1] 众所周知,"人民"是一个不断被生产的流动性概念,在中世纪天主教语境中,人民是与君王、教会相对立的群体。萨拉马戈在中世纪语境中把"我们人民"比喻为"可怜的魔鬼",因为"他可能是欲望,是现世的欢乐,可能是理性,是现代性,可能是一个革命者"[2]。李敬泽特别欣赏《修道院纪事》呈现了一些不知名的人物,他赞赏萨拉马戈用一种庄严的声音呼喊"我们人民",强调文学叙事的基本伦理就是要让这些伟大的无名者发出声音。因此,李敬泽认为《修道院纪事》超越了嘈杂、表面的戏剧性叙事,呈现了主体和理性的力量,充分表现了文学叙事的人民伦理,从而成为一部"现代性"神话。不仅如此,李敬泽还总结了布罗代尔在《菲利普二世时代的地中海和地中海世界》《15至18世纪的物质文明、经济和资本主义》和《法兰西的特性》等著作中的写作立场,认为这些书呈现了人民以及人民的生活,并且使人民获得了雄辩的意义;他强调人民伦理是叙事的稳固立场,人民伦理是质疑和批判一切戏剧性叙事的有力武器。李敬泽特别赞赏布罗代尔的人民立场,不满于在叙事中很难看得见人民,强调人民是创造历史的动力,人民是构成中国历史演进的基本力量,人民使任何帝王将相和才子佳人都显得卑微。在《青鸟故事集》中,李敬泽竭力用"人民的历史"对抗关于事件、关于伟人的史学式历史,认为"真正重要的事件可能发生在已被忘记的时间和地点,发生在那些被漠视、被蔑视的人之间"[3],强调"浩大人群""无数无名个人""被漠视、被蔑视的人"等人民群体

---

[1] 李敬泽:《青鸟故事集》,第 335 页。
[2] 同上书,第 333 页。
[3] 同上书,第 67 页。

是决定整体历史进程的主体力量,在被掩盖的文献资料中发掘"隐没在历史的背面和角落里的人"。在《咏而归》中,李敬泽高度赞扬民间奇人,称赞杜甫站在人民中间,行走于大地,行走于民间,心身与苍生融为一体;他认为杜甫获得了植根于大地的力量,抵达了古典诗歌艺术与伦理的高峰。可以看出,李敬泽将"伟人的历史"与"人民的历史"联系起来,塑造了"人民"的主体性形象,改变了传统历史叙述中人物之间的等级关系;如果说朗西埃在雨果、巴尔扎克和托尔斯泰的小说中看到了"史学科学的革命",那么李敬泽也在尝试使文学进入新形式,因为他也"揭示了伟大的无名生活的秘密"[1]。

布罗代尔不仅影响了李敬泽对叙事伦理的看法,而且激发了他对叙事方法的选择。布罗代尔在《历史学和社会科学:长时段》中把历史时间分为"长时段""中时段"和"短时段",并指出"结构"是人类多少世纪以来"整个慢慢建立起来的生态平衡",强调"结构""支配着长时段的种种问题"[2]。布罗代尔主张把日常生活纳入历史研究,他"把衣、食、住、行等最基本的物质生活统称为'物质文明'",并且强调"这些'日常生活'构成社会经济的基础"[3]。在《15 至 18 世纪的物质文明、经济和资本主义》中,布罗代尔在四百余年的"长时段"历史周期和"日常生活的结构"中研究世界资本主义的发展状况。李敬泽在《青鸟故事集》中吸收了布罗代尔的"长时段"历史时间概念,主张在宏远

---

[1] [法]雅克·朗西埃:《文学的政治》,张新木译,南京大学出版社,2014,第 105—106 页。

[2] [法]费尔南·布罗代尔:《〈菲利普二世时代的地中海及地中海世界〉前言》(节选),载《论历史》,刘北成、周立红译,北京大学出版社,2008,第 34 页。

[3] 顾良:《布罗代尔与年鉴派——译者代序》,载费尔南·布罗代尔《法兰西的特性:空间和历史》,顾良、张泽乾译,商务印书馆,1994,第 13—14 页。

的历史纵深中考察唐宋以来的"日常生活的结构",他在《跋》中的一段话值得特别注意:

> 布罗代尔说,这就是"历史",历史就在这无数细节中暗自运行。
>
> 这不仅是历史,也是生活。在时间的上游,那些日子已经过去,但对我来说,它们仍在,它们暗自构成了现在,它们是一缕微笑,一杯酒,是青草在深夜的气味,是玻璃窗上的雨痕,是一处细长的伤疤,是一段旋律,以及音响上闪烁的指示灯在黑暗中如两只眼睛……这一切依然饱满,它们使生活变得真实,使生活获得意义。
>
> "历史"同样如此。布罗代尔使我确信,那些发生于前台,被历史剧的灯光照亮的事件和人物其实并不重要,在百年、千年的时间尺度上,真正重要的是浩大人群在黑暗中无意识的涌动,是无数无名个人的平凡生活:他们的衣食住行,他们的信念、智慧、勇气和灵感,当然还有他们的贪婪和愚蠢,历史的面貌、历史的秘密就在这些最微小的基因中被编写,一切都由此形成,引人注目的人与事不过是水上浮沫。
>
> 所以我寻找他们,那些隐没在历史的背面和角落里的人,在重重阴影中辨认他的踪迹,倾听他含混不清、断断续续的声音……[1]

这段话既是李敬泽对"人民伦理"的再次重申,也是对布罗代尔

---

[1] 李敬泽:《青鸟故事集》,第360页。

的"长时段"和"日常生活的结构"概念的深度阐释。从这段话也可以看出，李敬泽始终质疑戏剧性叙事，他始终认为戏剧性叙事中的事件与人物并不重要，而只是千百万人民才从过去塑造了现在；从长时段上来看，他认为千百万人的生活、劳作和日常性活动远较个别的、具体的历史事件更具本质意义。正如布罗代尔在《法兰西的特性：空间和历史》中以"长时段"历史周期研究法国在两次世界大战中的悲惨结局，在《青鸟故事集》中，李敬泽一方面是在从唐宋至民国的上千年的长时段历史周期中，探究中国由"现代"向"半殖民地"演变的悲惨进程；另一方面，李敬泽深入唐宋以来的"日常生活的结构"，从珍珠、沉香、龙涎、地图、钟表、工艺、贸易等"物质文明"探究中国由强盛而衰落的深层原因。这也是李敬泽的文学理想，他改变了《山海经》《酉阳杂俎》《掌故丛编》《枕草子》《英使谒见乾隆纪实》等中外文献中的"故事的意义以及塑造人物的方式，使之契合集体无意识生活的深层节奏"[1]，他跳出了传统的历史科学的确定性和目的论叙事，以探究中国历史发展演变的动因和趋势。在《咏而归》中，从首篇《中国精神的关键时刻》到最后一篇《退思白鱼》，李敬泽也是从先秦到现代的长时段历史周期中，从先秦哲人到现代乡野的日常生活的变迁中，考察"中国精神"的演变历程，他特别强调孔子经受了日常生活穷厄的考验使中国文明实现了精神的升华。

布罗代尔为李敬泽"在历史中理解中国"提供了思想与方法论的启示，然而，葛兆光强调"重建关于'中国'的历史论述，需要对过往来自欧洲和美国的各种理论和方法"[2]做出调整和修订，沃勒斯坦

---

[1] ［法］雅克·朗西埃：《文学的政治》，第109页。
[2] 葛兆光：《宅兹中国：重建有关"中国"的历史论述》，中华书局，2011，第35页。

指出"无限的长时段（即永恒的无历史的时段）不可能是真实的，我应尽量避免求助于这种时段"[1]。实际上，李敬泽也没有完全接受布罗代尔的观点，尤其是在关于中国的历史论述方面，他向布罗代尔提出了质疑或挑战。如布罗代尔在《15 至 18 世纪的物质文明、经济和资本主义》中认为古代"中国没有资本主义"[2]，"障碍来自国家及其严密的官僚机构"[3]；然而李敬泽认为古代中国在宋朝就已经出现了罗斯福式的国家资本主义新政，他还多次强调宋朝已经发明了纸币，南宋时期的关税收入占国家财政收入的近三成，而纸币和贸易都可以说是产生资本主义的基础条件。又如李敬泽在《布谢的银树》中重述了蒙古大汗的历史形象。众所周知，西方人牢牢记住的是蒙古大汗的血腥杀戮，蒙古大汗是西方人挥之不去的末日噩梦。布罗代尔也持有这种观点，他对横跨欧亚的世界性帝国及其在世界史上的贡献缺乏应有的重视；然而，李敬泽强调成吉思汗和忽必烈这些蒙古大汗打通了东方和西方，成为世界贸易自由和信仰自由的坚定捍卫者。朗西埃认为"小说对抗史学家的观点实际上就是文学的固有观点"[4]，李敬泽表面上是以"历史之名"选择西方新史学的代表人物布罗代尔作为质疑和颠覆的目标，实质上是以文学形式表达超越西方偏见、恪守中国立场的创作态度，最终表达自己"在历史中理解中国"的多维思考。

人民伦理和"日常生活的结构"不仅使李敬泽能够质疑戏剧性、事

---

[1] [美] 沃勒斯坦：《布罗代尔：历史学家；"局势中的人"》，载费尔南·布罗代尔《论历史》，第 244 页。

[2] [法] 费尔南·布罗代尔：《15 至 18 世纪的物质文明、经济和资本主义》第 2 卷，顾良译，生活·读书·新知三联书店，2002，第 655 页。

[3] 同上书，第 653 页。

[4] [法] 雅克·朗西埃：《文学的政治》，第 104 页。

件化、伟人的历史，还使他能够质疑西方史学界"关于'中国'的历史论述"，更使他能够质疑关于"历史"的本体论认识。朗西埃在《文学的政治》中揭示了伟人的历史和普通群众的历史的对立，强调日常生活不仅是最佳诗学的对象，也是突破事件式、伟人的、科学的历史的樊篱的重要条件。与朗西埃相似的是，李敬泽也跨越了历史与哲学的界限，但他们都没有空洞地定义历史知识的某些概念，只是强调文学不仅能使历史观念而且能使历史哲学发生革命。在驳杂的文献史料中，李敬泽深切地感受到历史的想象性和虚构性，比如在《行动：三故事》中，他无情地嘲弄了"真实的历史"和"历史的真实"的观念。在他看来，历史如同死亡，历史是供"讲述"和"编造"的对象，人们尽可以大胆发挥想象力，把死亡、把人类不得不接受的命定的结局讲述得更精致、更有逻辑、更可以理解。又如在《印在水上、灰上、石头上》中，李敬泽在古代奏折中发现了史料的小说性或文学性，他认为文献史料呈现的也是真实与虚构的辩证关系，强调在虚构的海洋中总会有一块坚硬的由"真实"的人类活动凝聚而成的石头。正如"佛的形象印在水上，这是绝对的假，也是绝对的真，是绝对的空幻与永恒"[1]，真实与虚构之间并没有绝对的界限和区别。在李敬泽看来，历史叙事和文学叙事具有共通性，写作者可以充分发挥艺术的想象力，可以凭借艺术，大胆、"肆无忌惮""厚颜无耻"地编造"历史"。更值得重视的是，李敬泽明确指出"历史将越来越像我的书"[2]。这或许是在说，《青鸟故事集》是真实与虚构的统一，是历史写作与文学创作的统一。在对文献史料的精细洞

---

[1] 李敬泽：《青鸟故事集》，第 289—290 页。
[2] 同上书，第 308—309 页。

察中,李敬泽深切感受到了历史的荒谬性,如在《行动:三故事》中,李敬泽通过马尔罗讲述的故事揭示了历史的荒谬性,他认为"荒谬"一方面是指人类都是历史的奴隶、时间的奴隶、死亡的奴隶,人类竟无从选择、无可逃避;另一方面是指绝大多数人都是自命不凡的"蠢货",相信历史的真理、时间的真理,相信此时的生命在历史和时间中的"意义"。如此看来,"在历史中理解中国"使李敬泽看到了古代中国日常生活的状况,也看到了人民群体的主体性力量,更看到了人类命运的悲剧色彩。

二、时代意识与自我确证:在现代中理解中国

哈佛大学学者费正清和赖肖尔在《中国:传统与变革》中指出,"通过历史能最好地理解中国"[1],其依据是中国具有"在历史中理解中国"的深厚传统;葛兆光对此有着深切体会,李敬泽也不例外。然而,"理解中国"并非只有"历史"一个维度,葛兆光在《宅兹中国》中还强调了"文化"和"政治"两个维度,而李敬泽尝试在"现代"维度中理解中国。李敬泽在《咏而归》的《大地的标记——〈乡土中国〉》中指出,现代性焦虑自晚清以来就一直支配着人们的"中国想象",人们希冀一个现代的、都市的、文明进步的中国,从而批判传统的、乡土的、愚昧落后的古老中国;与众不同的是,李敬泽把"中国现代性"上溯至宋朝,并由此对"中国现代性"的历史进程与发展特征进行了

---

[1] [美]费正清、赖肖尔:《中国:传统与变革》,陈仲丹、潘兴明、庞朝阳译,江苏人民出版社,2012,第2页。

独特思考。"在现代中理解中国"并非李敬泽的发明,早在20世纪初期,马克斯·韦伯在《宗教社会学论集》中使用了"现代"概念研究古代中国;史景迁也在《追寻现代中国》中回溯到晚明去发现"现代中国"。与布罗代尔一样,马克斯·韦伯发现古代中国根本没有出现"现代"的生成因子,而更多地出现了"现代"的阻碍因素。然而,李敬泽多次强调:"宋朝是伟大的,那也许是我们的历史上最接近'现代'的时代,某些构成现代社会基础的制度早已肇端于此时。"[1]李敬泽与马克斯·韦伯、布罗代尔的观点分歧之大,却也充分说明"现代"是理解古代中国的非常重要的视域。分歧的根本原因在于他们三人对"现代"概念的理解不同,马克斯·韦伯和布罗代尔都是从资本主义角度来理解"现代"概念的。

　　李敬泽并没有对"现代"概念做出明确界定,他认为宋朝接近"现代",主要依据是宋朝的纸币发明、贸易发达以及制度文明等因素。在《静看鱼忙?》中,李敬泽提到了一个葡萄牙人整理的《盖略特·伯来拉的著作》,他认为盖略特·伯来拉在16世纪中国发现了"现代",其依据是盖略特·伯来拉描述了16世纪中国辉煌的物质文明和制度文明,这些都与16世纪欧洲形成鲜明对比,"他们觉醒的自我意识在中国的形象中得到了参照和验证"[2]。正是在这个意义上,李敬泽认为"夷狄"在16世纪中国发现了"现代性特征"。由此看出,李敬泽的"现代"是一个差异性(中西对比)和矛盾性(古今互渗)的概念,其基础是物质文明和精神文明的相对发达,其核心是"觉醒

---

[1] 李敬泽:《青鸟故事集》,第71页。
[2] 同上书,第102—103页。

的自我意识"。"觉醒的自我意识"主要体现的是对时代和自我的意识与追求，也就是哈贝马斯阐述的"现代的时代意识及其自我确证的要求"[1]。哈贝马斯在黑格尔的基础上，强调"把现代概念作为一个时代概念"[2]，具体是指1800年前的三个世纪。李敬泽对"现代"的理解首先也是一个"时代概念"，具体是指大宋王朝，他认为大宋王朝几乎就是"柏拉图的'理想国'"，充分张扬了"现代"的"时代精神"，他强调大宋王朝是"中国文明的正午，古代中国在此前此后都不曾像宋朝那样接近'现代'，文明的花正放，富丽端庄"[3]。正如陈寅恪所说，"华夏民族之文化，历数千载之演进，造极于赵宋之世"[4]，李敬泽也认为宋朝是古代中国文明之登峰造极的时期，宋朝的物质文明甚至精神智慧都是古代中国的"现代"顶峰。

　　李敬泽的"现代"概念也包含了哈贝马斯意义上的"自我确证的要求"。哈贝马斯对"现代"概念有过精辟界定："在现代，宗教生活、国家和社会，以及科学、道德和艺术等都体现了主体性原则。它们在哲学中表现为这样一种结构，即笛卡尔'我思故我在'中的抽象主体性和康德哲学中绝对的自我意识。"[5]哈贝马斯以黑格尔哲学为基础，强调现代的原则是主体性，认为"现代充斥着关系到自我的结构"[6]，主张现代时代的精神总体性的各个方面都应该得到自由、充分的发

---

[1] [德] 于尔根·哈贝马斯：《现代性的哲学话语》，曹卫东译，译林出版社，2011，第1页。
[2] 同上书，第5页。
[3] 李敬泽：《青鸟故事集》，第3页。
[4] 陈寅恪：《邓广铭〈宋史职官志考正〉序》，载《金明馆丛稿二编》，生活·读书·新知三联书店，2001，第227页。
[5] [德] 于尔根·哈贝马斯：《现代性的哲学话语》，第22页。
[6] 同上书，第20页。

挥。虽然李敬泽并没有像黑格尔和哈贝马斯那样把"自我确证的要求"哲学化，但是他强调"历史"充斥着"日常生活的结构"，"现代"则充斥着"觉醒的自我意识"。李敬泽认为"宋人是哲学家、艺术家、工匠和商人，梦更精致，感官更灵敏"[1]，并认为大宋王朝是由一批哲学家统治，宋人已经把主体性精神发挥到了极致。在《沉水、龙涎与玫瑰》中，李敬泽写道：

> 于是，你就有点怀念宋朝了，一身香气的"铁面御史"是有趣的，那是他的身体，他可以率性而为，要是胃口好就胖起来，要是烦恼多就瘦下去，爱干净当然就一尘不染，要是脏着舒服就扪虱而谈。他不必接受对身体的专制，他喜爱自己的身体，他甚至可以像浪子燕青或九纹龙史进，刺一身青。[2]

在这段话中，李敬泽以"身体"为例，描绘了宋人的率性和自由，揭示了宋人精神世界的自由飞翔和宋人主体性原则的充分发展。这段话既可以看作对宋人"觉醒的自我意识"的生动描绘，也可以说是对黑格尔"主体性原则"和哈贝马斯"自我确证的要求"的形象阐释。可以发现，"身体"已经被李敬泽理解为一个象征系统，"是一个整体社会的隐喻"[3]，也是呈现"觉醒的自我意识"或"自我确证的要求"的象征符号。众所周知，"修身成仁"一直是儒家实现治国平天下的政治理想，

---

[1] 李敬泽：《青鸟故事集》，第23页。
[2] 同上书，第35页。
[3] [英]布莱恩·特纳：《身体问题：社会理论的新近发展》，载汪民安、陈永国编《后身体：文化、权力和生命政治学》，吉林人民出版社，2011，第14页。

"身体"在程朱理学中是被指责和批驳的对象,"身体"也是封建专制主义的符号象征,但李敬泽却不无偏见地强调"身体"在宋朝的"自由"和"觉醒",其目的或许还是把"身体"看作大宋王朝的"现代性特征"。从这个意义来说,"身体"是李敬泽"在现代中理解中国"的符号性工具。在《沉水、龙涎与玫瑰》中,李敬泽勾画了身体在古代中国的演变过程,强调身体蕴含了丰富的想象空间,他认为宋人以一种独特的方式发现了自己的身体,宋人使身体笼罩在香气中,郁烈的香气夸张地表达着人与身体的关系,并最终"在身体周围泅染出华丽奇异的想象空间"[1];他认为在唐宋时期,人们可以不必接受对身体的专制,可以率性而为,可以优雅地放纵自己的身体。唐人的身体像深山的虎、林中的豹,有瑰丽的花纹而又威猛刚健;然而,明清以后,唐人的身体已经走出了中国人的视野,人们不再那样想象自己的身体。在《咏而归》的《事去雨潇潇——〈板桥杂记〉》中,李敬泽认为中国儒生一直自以为是历史的主体,但在明清易代之时却出现"主体"的缺席,晚明文人的自我意识与无能偏狭相得益彰。可以看出,身体在唐宋与明清的变迁体现的是自由与专制的转化,正是从这个角度来说,李敬泽认为大宋比明清更接近"现代"。

正如波德里亚所说,身体一旦被纳入现代范畴,身体就会进入进步、解放、革命以及反思、批判、诉讼的话语系统;李敬泽强调"进入'现代',成为'现代人',首先要取得'现代人'的身体"[2],他选择"三寸金莲"来表现身体的"革命"与"解放"价值。李敬泽在

---

[1] 李敬泽:《青鸟故事集》,第35页。
[2] 同上书,第273—274页。

《芭蕾舞演员的脚尖》中讲述了陈伯达的故事,陈伯达在访问苏联期间受苏方邀请观看了芭蕾舞剧《红罂粟》。陈伯达以为芭蕾舞女演员足尖是仿中国女人的小足,就说女演员的足尖"简直让人恶心"[1]。李敬泽通过这个故事揭示了"小足"与"革命"之间存在一种隐秘关系。正如波德里亚所说,身体"在我们的'历史'社会曾经有过的任何秩序中都受到压抑,它们变成了彻底否定性的隐喻。人们想让它们离开隐喻,进入革命事实的状态"[2],这也就是说,无论身体在古代受到怎样的压抑和否定,它也必然会被纳入"解放"和"革命"的社会历史进程。陈伯达正是在"解放"和"革命"的意义上,看到了"小足"的否定性隐喻,以至于联想到苏方对"中国革命"的轻视;因此,陈伯达对"女演员足尖"产生了强烈反感;同样,李敬泽也强调"三寸金莲"已经成为中华民族身体上的羞耻处,已经成为中国远离"现代"的象征。小足作为封建男权体制的产物,它在古代中国有着上千年的历史,小足不仅是女人被阉割的符号象征,还是女人作为玩偶的符号象征。众所周知,小足在南宋以前仅限在上层社会流行,元明时期才成为中国社会的普遍性风俗。李敬泽在清末民初的文献资料中查看中国人寻求身体解放的艰难历程,其实也是在观看身体遭受压抑和否定的历程。1840年的炮火冲击了中国固有的价值世界,迫使中国人在新的价值空间去审视衡量身体,从而寻求身体的"解放"和"革命"途径,身体最终在这个意义上获得了"现代"价值,"解放我们的身体,进而解放我们的生活,让它'自然''健康''生

---

[1] [俄]费德林:《我所接触的中苏领导人》,转引自李敬泽《青鸟故事集》,第282页。
[2] [法]让·波德里亚:《象征交换与死亡》,车槿山译,译林出版社,2012,第165页。

机'勃勃"[1]。李敬泽特别指出，西方人第一次看到"三寸金莲"是在14世纪，在此之后西方人才把"三寸金莲"纳入观察和批判视野，也就是说，"三寸金莲"在14世纪以后（即明清时期）才正式进入被批判和诉讼的历史进程。因此，从"三寸金莲"案例出发，李敬泽仍然认为大宋王朝比明清时期更接近"现代"。

可以看出，李敬泽已经把"现代"总体化了。一方面，"在现代中理解中国"体现的是一种深沉的反思意识和批判意识，在"大宋接近现代"的总体历史观的支配下，李敬泽深刻地洞察到明清之际的古代中国是不断背叛现代、远离现代的历史过程；另一方面，"在现代中理解中国"体现的是一种深沉的悲剧感和宿命感，李敬泽敏感地洞察到"现代之背叛"在中国文明的正午时期就已经铸就，他认为唐宋时期流行的"珍珠""沉水"和"龙涎"所呈现的"人世的浮华"就已经埋下了古代中国不断丧失国威的种子。总体来看，李敬泽发现了古代中国的"黄金时代"，然后讲述了古代中国近一千年的衰落过程；这正如英国历史学家爱德华·吉本在《罗马帝国衰亡史》中对罗马帝国的根本观点和写作思路，李敬泽在《青鸟故事集》引用了该书中的一个故事，"讲故事"也正是爱德华·吉本的写作方式。

---

[1] 李敬泽：《青鸟故事集》，第275页。

第二节 他者的构建与空间性想象

1901年，梁启超在《清议报》发表《中国史叙论》，他把中国历史分为"中国之中国""亚洲之中国"和"世界之中国"三个阶段[1]，提出了研究中国历史的空间视域。葛兆光在《想象异域》中提出问题："仅仅靠中国资料来解释中国，是否就已足够？"[2] 李敬泽把"中国故事"在"我们与他们、本土与异域、中国与西方之间展开"[3]，可以说，李敬泽与葛兆光的问题形成了对话。虽然李敬泽的写作方式不同于葛兆光，但是他们的观点一致，他们都认为没有"他者"就无法理解"自我"，真正的中国研究既要摆脱"以中国解释中国"的偏见，又要跳出"以西方来评判中国"的单一模式。因此，李敬泽在"理解中国"的"历史"和"现代"的时间视域上，又增加了"西方"和"周边"的空间视域，着重讲述了"西方"和"周边"他者视野中的中国想象，并揭示了古代中国在明清时期衰落的原因。

一、他者之眼与当局者迷：在西方发现中国

"在西方发现中国"使李敬泽深切地体会到古代中国呈现的"现代"特征，也使他产生了对中国命运的强烈忧思。比如在《布谢的银

---

[1] 梁启超：《中国史叙论》，载《梁启超全集》第2卷，北京出版社，1999，第453—454页。
[2] 葛兆光：《想象异域：读李朝朝鲜汉文燕行文献札记》，中华书局，2014，第3页。
[3] 李敬泽：《青鸟故事集》，第361页。

树》中，李敬泽在鲁布鲁克的著作中发现了"富庶的中国"，他认为银树成为西方人对中国的记忆和想象的代表。西方人把东方想象成沉睡于远方、等待开掘的宝藏；他们认为东方和中国是黄金铺地的地方，有无穷无尽的财富；同时他们也认为东方和中国是魔鬼撒旦的领地：美丽而妖邪、巨大的诱惑、绝对的沉沦和欲望的洪流。又如在《静看鱼忙？》中，李敬泽在葡萄牙人盖略特·伯来拉的著作中发现了"现代的中国"，伯来拉把16世纪的中国描述为基础设施完善、有最好的城市、建筑华美、商品极为丰富、到处都秩序井然、法令严明的国度。在《咏而归》的《数学家的城》中，李敬泽引用了利玛窦对大明王朝城市建设的称赞与羡慕。在16世纪的西方人眼里，古代中国相当于21世纪的现代美国或西欧，中国对于13世纪至17世纪的欧洲来说正是域外之奇香，在这种尖锐的对比中凸显出欧洲政治、经济、社会生活的重大缺陷；然而，"夷狄"在古代中国发现了"现代"特征，中国的历史却依然在西方人无法接近的河道中流淌。正如李敬泽所说，西方人在古代中国发现现代正表明他们在追求现代、走向现代，但令李敬泽遗憾的是，中国人不仅对自己的现代性特征毫不知情，而且沉浸在固有的价值体系中而无法自我觉醒。中国人始终牢记拿破仑的名言："中国是一头沉睡的狮子，当这头睡狮醒来时，世界都会为之震撼。"但事实是，中国在明清之际就被抛出了现代性轨道，逐渐走向被侵略、被殖民的历史进程。李敬泽并没有对西方著述中的富庶的、现代的"中国想象"感到自豪，反而表达了一种深切的忧虑，他洞察到西方人的"中国想象"的意识形态目的。西方人在17世纪之前到访中国就有了强烈的意识形态目的，包括宗教的、政治的、经济的回报，最终目的正是史景迁所说的"改变中国"："他们把中国过于简化，以合于其目的。"[1]

"在西方发现中国"使李敬泽深切洞察到西方世界关于"中国想象"的意识形态目的，也使他看到了西方世界关于"中国想象"的价值体系，并促发他对中国文明进程的思考。在《第一眼——三寸金莲》中，李敬泽考察了"三寸金莲"在西方人心目中的形象变迁，主要描述了鄂多立克的《鄂多立克东游录》、利玛窦《利玛窦中国札记》、斯当东《英使谒见乾隆纪实》等西方著述中的"三寸金莲"。从14世纪到17世纪，从马可·波罗、鄂多立克到利玛窦一直都认为中国是一个富庶文明的国度，他们并没有对古代中国的缠足风俗产生特殊兴趣，鄂多立克和利玛窦采取的是价值中立的态度；然而，在18世纪启蒙运动以后，西方人受到启蒙精神的洗礼，成为真正的现代人，他们开始以启蒙理想和现代价值重新衡量中国。自此以后，"三寸金莲"被西方人认为"是旧中国落后和野蛮的根本标志"[2]。李敬泽认为西方人关于"三寸金莲"的著述具有重大象征意义，它使中国人的身体直接暴露在西方启蒙理想和现代价值的批判目光之下；这种批判目光剥夺了中国固有的价值世界，使中国人噩梦般站在废墟上，产生一种强烈的文明羞耻感，迫使中国人在新的价值空间重新衡量审视自我，最终被纳入现代化进程。这种文明羞耻感是中国人接受西方文明的直接动力，也是中国走向现代化的直接动力。又如在《飞鸟的谱系》中，李敬泽认为英国人煞费苦心地为自己塑造出文明人的"风度"，《英吉利国外相巴麦尊致中国皇帝钦命宰相书》几乎成为一篇人文主义理想的概要："知识、技术、贸易

---

[1] [美]史景迁：《改变中国：在中国的西方顾问》，温洽溢译，广西师范大学出版社，2014，第34页。
[2] [美]罗莎莉：《儒学与女性》，丁佳伟、曹秀娟译，江苏人民出版社，2015，第159页。

的扩展,'人类世界'的信念,我们仿佛看到那个大写的'人'正在向我们赶来。"[1] 但是当时的中文却完全没有人文主义知识话语,从道光皇帝到王公大臣也完全不能理解西方的人文主义理想和启蒙精神,英国人的"人类世界"在中文里就被翻译为"普天之下",而"普天之下"隐含的是中国传统的"莫非王土"。李敬泽指出:

> 从英文出发进入中文时,他不由自主地变成了中文的仆从,被中文的"真理"所驯化,服从中文的规则和习惯。在他的笔下,"satisfaction and redress"只能被写成"昭雪申冤",而"赔偿并匡正"这样的说法包含着英国人自《大宪章》以来全部的政治、法律和商业伦理,在1840年,它完全处于中文的语言经验之外。[2]

这段话表面上是指英文和中文在翻译上的不对称,实际上是指晚清王朝沉浸于固有的知识传统和价值体系,而对西方文明和现代精神的封闭与拒斥。正如史景迁所说,"西方人对中国的分析并不真确,也过于一厢情愿"[3],李敬泽也指出,东方和西方都以为能在镜子中看到对方,其实都是镜花水月般的异邦想象。比如在《八声甘州》中,李敬泽认为马可·波罗对中国的描述就存在很多错讹,直到17世纪,英国地理学家彼得·海林也弄不清楚中国和契丹的异同,英国诗人弥尔顿在《失乐园》中对中国的描述更像一个笑话。正如葛兆光所说,"异域人看中国如此,中国人看外国也如此"[4],在古代中国,中国人也对西方异邦

---

[1] 李敬泽:《青鸟故事集》,第222—223页。
[2] 同上书,第224页。
[3] [美]史景迁:《改变中国:在中国的西方顾问》,第34页。
[4] 葛兆光:《宅兹中国:重建有关"中国"的历史论述》,第67页。

充满了各种匪夷所思的想象。比如在《布谢的银树》中，通过布谢的银树，中国人看到了西方的机巧与邪恶，而西方人看到了中国的富庶与诱惑。正如蒙古贵由大汗在给英诺森四世教皇的信中指责并拒斥西方民族，古代中国对于来自西方的"奇技淫巧"也是从固有的价值体系出发而进行排斥，比如李敬泽强调对以维持社会的质地均匀为最高伦理的农业文明来说，西方工艺太机灵、太不老实、太炫耀浮华，一棵如此这般的银树就足以使人质疑一个以承继道统自命的王朝的道德权威。在《利玛窦之钟》中，从万历皇帝和同治皇帝对待西方钟表的态度中，李敬泽看到了中国封建统治集团对西方现代性的排斥和故步自封，他写道：

> 1601年1月15日，在这一天，来自意大利的天主教传教士利玛窦将两座自鸣钟呈献给万历皇帝。像一个得到新玩具的孩子，皇上惊喜地听到其中一座钟准时地发出鸣响，这其实也是现代计时器在中国大地上最初的、决定性的鸣响。它发自大地的中心、庄严的御座背后，声波一圈一圈无边无际地扩散出去，直到两三百年之后，钟表的滴滴答答声将响彻人们的生活。[1]

众所周知，钟表是百器之母，是现代机器工业的肇始，从这个意义上来说，利玛窦呈献的"自鸣钟"也可以看作"现代性"的象征。波德里亚认为现代性设置了线性时间，线性时间是"技术进步、生产和历史的时间"[2]，阿甘本也认为"现代的时间概念是对线性的、不可逆转的

---

[1] 李敬泽：《青鸟故事集》，第113页。
[2] [法]让·波德里亚：《象征交换与死亡》，第119页。

基督教时间的世俗化"[1]。然而，中国人自古以来就遵守循环时间，皇帝依据循环时间制定年号，希望一元而复始，农民则依据日升日落、天黑天亮的自然节律安排生活。利玛窦试图利用"自鸣钟"向中国输入西方文明和现代性，但正如李敬泽所说，皇上的知识体系是坚如磐石的堡垒，异域风物只是堡垒外随处开放的野花，从明朝万历皇帝到清朝同治皇帝都没有意识到西方钟表的现代性价值。在李敬泽看来，面对巨大的现代性压力的同治皇帝对体现着西方历史逻辑的计时器狠踩几脚，确实具有耐人寻味的象征意义，从明清皇帝到普通百姓都只是把西方钟表当作玩具来看待，钟表传入中国的更确切的后果是，刺激了明清两代对于发条驱动的机械玩具的狂热喜好。在《八声甘州》中，李敬泽讲到利玛窦曾给万历皇帝送了一册《万国图志》，但万历皇帝对这份地图没有兴趣。1842年4月，固然道光皇帝有一幅世界地图，但他也不知道英国在哪里；在紫禁城珍藏有传教士南怀仁为康熙绘制的更精确的《坤舆万国全图》，但道光皇帝还是像明朝官僚一样把地图裱好挂起，因为他认为"那不是知识，是新奇的陈设"[2]。与此相对比的是，欧洲国家在启蒙运动的推动下，崇拜理性、倡导科学成为西方社会的普遍追求。正如福柯所说，地图不仅具有思想史意义，而且也可以看作科学发展和文明发展的证据，西方人把生产和确定关于世界地图的知识当作一件大事，而且形成了一种制度化过程，他们只相信证据，在地图绘制出来之前，他们派人用双脚去丈量大地，最终使经验获得合理性，成为普遍的知识。正是在这个意义上，鄂本笃到访中国被认为是西方

---

[1] [意]吉奥乔·阿甘本：《幼年与历史：经验的毁灭》，尹星译，河南大学出版社，2016，第141页。

[2] 李敬泽：《青鸟故事集》，第156页。

地理学史上极具冒险精神的探险活动。又如在斯文·赫定的《丝绸之路》中，一群西方探险队想象着修筑一条由内地通往新疆的现代公路，憧憬着技术进步给这片土地带来灿烂前景，幻想人的创造力得到空前发展。在李敬泽看来，西方人对现代性的追求正衬托了古代中国的封闭与蒙昧。

在《咏而归》中，李敬泽把中国人与西方人进行比较，从而表现了"中国精神"的价值，比如把孔子的穷厄与苏格拉底和耶稣的临难相比，把孟元老与本雅明和卡尔维诺进行比较。由此可知，李敬泽在西方与中国的比较视域中，看到了中国传统价值观念的根深蒂固，也看到了明清时期中国社会的保守与封闭，从而揭示了古代中国在明清之际落后于西方的原因。李敬泽在《静看鱼忙？》中特别提到1792年距离鸦片战争仅48年，在《利玛窦之钟》中又特别提到1860年10月18日英法联军火烧圆明园。李敬泽对中国历史上两大屈辱事件的重视，鲜明地表现了他对中华民族遭受西方侵略和殖民的痛惜和忧思。李敬泽强调，虽然我们不能修复和重建历史，但我们绝不能遗忘和废弃历史。

二、异域想象与旁观者清：在东方发现中国

葛兆光在《宅兹中国》中提出了"从周边看中国"的观点，主张"重新确立他者与自我"，"从周边各个区域对中国的认识中"重新认知中国[1]。葛兆光所说的"周边"相当于李敬泽所说的"古老的东方世界"，主要是指《青鸟故事集》和《咏而归》提到的古埃及、古印度、中古波

---

[1] 葛兆光：《宅兹中国：重建有关"中国"的历史论述》，第280页。

斯、日本、越南等，波斯在唐朝时泛指胡人，特别是指来自阿拉伯、南洋诸岛的外国人。然而从萨义德的"东方学"观点来看，中国原本就属于"古老的东方世界"，因此，"在东方发现中国"包含了"在中国发现中国"和"在周边发现中国"两个子命题。"在中国发现中国"相当于梁启超所说的"中国之中国"，即"以自我为中心，想象一个处在天下之中的'中国'"[1]。"在周边发现中国"相当于梁启超所说的"亚洲之中国"，因为"周边"在空间距离上与中国较近，曾经深受中国文化的影响，曾经也是中国与西方交流的中间地带，从这个角度来说，中国与"周边"之差异远小于中国与西方之差异。

人类文化在起源上具有相似性，但最终走向了差异性。比如布留尔在《原始思维》中揭示了人类思维在原始阶段的共同性，指出了人类各民族的审美和艺术在发生阶段的相似性。又如摩尔根指出："人类是出于同源，因此具有同一的智力原理、同一的物质形式，所以，在相同文化状态中的人类经验的成果，在一切时代与地域中都是基本相同的。"[2]然而，邱紫华在《东方美学史》中揭示了东方各民族在审美思维和原始艺术方面具有不同于西方的诸多特征，并认为这些差异性特征促使了希腊艺术与东方艺术的分道扬镳。在现代时代，虽然"东方"是一个极具差异性和悖论性的概念，甚至远不如"西方"在宗教、政治和文化等方面所具有的"共同体"特征，但是李敬泽认为"东方"作为一个想象的共同体在人类文化的起源阶段就已呈现诸多的共同性特征，他关于古埃及和中国远古神话的讲述，充分地说明了东方文化在原始阶段的

---

[1] 葛兆光：《宅兹中国：重建有关"中国"的历史论述》，第278页。
[2] [美]路易斯·亨利·摩尔根：《古代社会》下册，杨东莼、马雍、马巨译，商务印书馆，1977，第556页。

相似性特征。在《巨大的鸟和鱼》中，李敬泽讲述古埃及神话，古埃及人经常看到一些奇异壮观的景象，就会联系到超凡的神力，比如他们把古埃及大地比作一条巨大的鱼，把月亮看作一只银白的鹅在孵育一个巨大的卵。又如李敬泽讲述《山海经》之《大荒东经》中的"三青鸟"神话[1]，相传"三青鸟"为西王母取食，三青鸟后来幻化为"三足乌"。在《山海经》中，"三足乌"是运载太阳的神鸟，如《大荒东经》说："汤谷上有扶木。一日方至，一日方出，皆载于乌。"[2] 后来在《淮南子》中也有"日中有踆乌"的说法。李敬泽讲述的古埃及和远古中国的神话故事充分说明了东方思维在原始阶段的原逻辑特征，他们看到自然现象就会联想到超凡的神秘力量。更值得注意的是，李敬泽强调了古埃及神话与中国《庄子》之间的联系，他由古埃及的巨鱼神话联想到《庄子》中的鲲鹏神话，并由鲲鹏神话联想到古埃及的鹅卵神话，他强调：

> 我们有理由相信，这只鸟曾经飞临古埃及的夜空，它的翅膀在金字塔顶上轻轻划过，古埃及人感到了它与大地的神秘联系。这种不可索解的神秘令人苦恼，于是，他们用熟悉的事物为它命名，他们把它叫作"鹅"——我们知道，古埃及人是驯养家禽的能手。当然，我们知道，它的真正名字是"鹏"。[3]

在这段话中，李敬泽试图证明古埃及神话与古代中国神话具有不可索解的神秘联系，正可谓"此两者同出而异名，同谓之玄，玄之又

---

[1] 陈成：《山海经译注》，上海古籍出版社，2014，第331页。
[2] 同上书，第330页。
[3] 李敬泽：《青鸟故事集》，第351页。

玄，众妙之门"(《道德经》)。在《咏而归》的《汉语中的梵音——〈长阿含经〉》中，李敬泽描述了古印度梵语佛经与中国汉译经文在思维与精神上的神似，并从"香格里拉"的更名揭示了西方人对这座古城的覆盖与篡改。可以看出，相对于"中国"与"西方"的差异性讲述，李敬泽更重视"中国"与"东方"的同质性特征。正如萨义德指出，"东方"是一个与"西方"相对峙而存在的概念，每当谈到"东方"和"西方"时，就常常会突显彼此之差异，因为"'东方'这一观念有着自身的历史以及思维、意象和词汇传统"[1]。正是因为有了差异性"他者"的存在，"东方"能够通过"他者"来认识自我和反思自我，一旦脱离"他者"视域，"东方"就失去了呈现异质性的镜子。因此，葛兆光强调："我们在谈论'中国'和'东方'的时候，却总是在强调我们的'同源文化'。"[2]其实，古埃及与古代中国也存在较多的差异性，而李敬泽忽略了这种差异性，也许他是在萨义德"东方学"意义上来思考"古老的东方世界"，以"中国"与"东方"的同质来凸显"东方"与"西方"在文化、政治等意识形态方面的异质与对峙。

正如马可·波罗对古代中国的描述一样，古波斯人也对中国一直怀有美好的想象，如李敬泽通过《一千零一夜》的故事概括了古代阿拉伯人的"中国想象"："在陆地的尽头，有个城墙环绕的国家，遍地是黄金和丝绸。"[3] 又如在《八声甘州》中，李敬泽特别引用了波斯画家盖耶速丁的日记："全世界的高级工匠、铁匠和画家都应该去欣赏该建筑，

---

[1] [美]爱德华·W.萨义德：《东方学》，王宇根译，生活·读书·新知三联书店，1999，第 7 页。
[2] 葛兆光：《想象异域：读李朝朝鲜汉文燕行文献札记》，第 25 页。
[3] 李敬泽：《青鸟故事集》，第 353 页。

以便向中国艺术家学习。"[1] 盖耶速丁是波斯国王派往大明永乐皇帝的使团成员，他进入了甘州佛塔的地宫，推动铁轴后仿佛看到了天空旋转、大地倾斜的壮观景象，并由此产生了对中国的崇拜心理。这两个例子说明，古代中国是古波斯人崇拜的偶像，古波斯人主动把中国当作学习的榜样。古波斯是丝绸之路的中间地带，是东方与西方交流的重要通道，古波斯人利用交通的便利，在贸易上获得了巨大的成功，比如源自西域的"龙涎"，后来成为宋朝精英阶层日常生活的重要组成部分，也成为中国和阿拉伯半岛之间贸易的重要动力。古代中国对古波斯人也极具仰慕之情，比如李敬泽讲述唐朝关于波斯人"抽刀决股，珠出而绝"的典故，就包含了古代中国人的"波斯想象"："当时的波斯执中外贸易之牛耳，扬州城中，遍地'波斯胡店'，富商巨贾，手笔豪阔，国人为之侧目。"[2] 波斯人也被唐人认为十分富有，以至于来自波斯的"珍珠"都被唐人认为具有神奇的魔力，被看作神奇的财富。在很长时间里，东方国家尤其是东亚和东南亚地区曾经深受汉唐文化的影响，特别是中国、朝鲜和日本甚至可以说是"同源文化"，都属于东亚文化圈。日本在明治维新以前一直是以大唐文化作为学习榜样，古代日本人对中国也一直怀有美好想象，李敬泽充分意识到古代中国和日本在文化上的同质特征，如在《〈枕草子〉、穷波斯，还有珍珠》中，李敬泽在日本作家清少纳言的《枕草子》中发现了日本人的"唐朝想象"，清少纳言的时代恰逢于中国的北宋初年，然而，"《枕草子》中同时的日本就更像唐朝，清简质朴，花上犹带朝露，即使宫廷生活也见不到森严幽深，倒像

---

[1] [法]阿里·玛扎海里：《丝绸之路：中国—波斯文化交流史》，耿昇译，中华书局，1993，第51页。

[2] 李敬泽：《青鸟故事集》，第3页。

家常日子里的大观园,和乐贞静"[1]。又如李敬泽在《源氏物语》中看到了日本人对大唐文化的崇拜,他们跳唐人胡人舞蹈《青海波》,"四十名乐人绕成圆阵。嘹亮的笛声响彻云霄,美不可言。和着松风之声,宛如深山中狂飙的咆哮。红叶缤纷,随风飞舞",源氏的"辉煌姿态出现于其间,美丽之极,令人惊恐"[2]。由此可见,唐朝时期的经济和文化在东亚甚至在整个亚洲都获得前所未有的尊重,从长时段历史周期来看,"从东方发现中国"更加凸显了中国历史的发展演变,李敬泽选择古波斯和古日本作为例子,并不仅仅是表现东方的"文化同源",而是在思考古代中国为何由强盛转向了"普遍的衰落"。

"在东方发现中国"呈现了中国在东方世界的影响力,也体现了李敬泽对古代中国由强盛到衰落的原因的思考。古代中国由强盛转向衰落是由多方面的原因造成的,而李敬泽特别强调了古代中国的"文明"世界观的影响。"中国人始终相信自己是世界的中心,汉文明是世界文明的顶峰,周边的民族是野蛮的、不开化的民族,除了维持朝贡关系之外,不必特意去关注他们。"[3]古代中国人从这种"文明"世界观出发,理所当然地把周边地区看作"夷狄"和"野蛮"。比如李敬泽引用了唐朝段成式《酉阳杂俎》中的一个故事:"拨拔力国,在西南海中,不食五谷,食肉而已。常针牛畜脉取血,和乳生食。无衣服,唯腰下用羊皮掩之。"[4]这个"拨拔力国"是非洲古国,在今非洲索马里北部亚丁湾南岸的柏培拉附近,是古代东西方交通线上的重要港口,并且盛产"阿末

---

[1] 李敬泽:《青鸟故事集》,第3页。
[2] 同上书,第43页。
[3] 葛兆光:《宅兹中国:重建有关"中国"的历史论述》,第108页。
[4] 段成式:《酉阳杂俎校笺》,中华书局,2015,第445页。

香"(即宋朝称之为"龙涎香")。段成式是唐代著名志怪小说家,鲁迅曾对其代表作《酉阳杂俎》予以高度评价。段成式这段描绘非洲的句子被认为是唐代对非洲人形象最为详细的描述,然而他所处的晚唐已经与非洲有了直接的贸易关系,晚唐的丝绸、瓷器和钱币已经到达非洲北部的古埃及,敦煌壁画也出现了非洲黑人形象。段成式出身于官宦之家,又广泛阅读了朝廷收藏的图书,应该受到中国传统"文明"世界观的影响,以至于把非洲人描绘成野蛮的、不开化的人。又如李敬泽设想唐人对越南的想象,"林邑"(今越南南部)是沉香原产地,但林邑人并不知道这种饱含树脂的木块的最终用途,也不知道它有"沉水"的名字并体现着巨大的财富,他们在沉香的贸易体系中占取最微小的份额。李敬泽设想唐人对林邑人形象的想象:"赤身裸体的'森林人',热带的阳光灼照着他黝黑的皮肤。"[1]众所周知,唐朝的对外贸易和交流十分广泛。唐朝也是一个开放的朝代,长安聚集了大量的波斯和大食商人,也有许多来自日本和东南亚的使者。在李敬泽看来,唐朝的《酉阳杂俎》《开元天宝遗事》等传奇笔记小说都把异域人描绘成野蛮、不开化甚至非人的形象,也就是说,唐朝存在一种"异域之疏离"的态度,这种态度决定了唐朝对异域的想象模式。唐人的异域想象体现了古代中国的傲慢与偏见,也体现了古代中国"天下"与"夷狄"二元对立的思维模式。

李敬泽还强调了时代精神和民族性格对古代中国历史发展趋势的影响。李敬泽特别重视丝绸之路在中国历史发展中的作用。汉朝人开辟了陆上丝绸之路,从汉朝至唐朝都可以说是中国文明的繁荣时期,

---

[1] 李敬泽:《青鸟故事集》,第16—17页。

也是中国国力的强盛时期，那时的中国人一直张扬着雄浑豪迈的气势，李敬泽也不由感慨"那时的人似乎更高、更强，他们豪迈地行走，走向大漠孤烟，长河落日"[1]。珍珠和香料都属于高价奢侈品，它们是丝绸之路的重要贸易商品，也是古代中国繁荣强盛的象征。李敬泽从唐人对待珍珠的态度看出了唐朝的时代气象，认为珍珠又如人世的浮华，是脆弱的，像阳光下的气泡。这意味着李敬泽认为大唐盛世其实也包含了危机，盛世其实短暂易逝，然而唐人沉迷于人世的浮华并没有意识到繁荣背后隐藏的危机。李敬泽从汉人和宋人对待香料的不同态度，揭示了两个不同朝代的时代精神，他认为汉代是一个浑朴豪迈的神话般的时代，然而宋人销尽了纵横世界的霸气，他们退隐于室内。一部《香史》其实也能牵动整个沉重的世界，李敬泽特别指出了沉香的象征意蕴："一棵高大的、长着墨绿色叶子的树，此时它仅仅是一棵树，是纯净的'物'，还要很多年，它才会化为'袅袅沉水烟'，化为精神、梦想和美，同时也化为冷酷、贪婪和放纵。"[2]宋人对"沉香"和"龙涎"的喜爱和追逐，一方面体现了大宋王朝的繁华，宋人有足够的经济实力去追求梦想和奢华；另一方面也表现了大宋王朝的堕落，宋人陷入对欲望的无限贪婪，无限地追求身体放纵和精神享受。"沉香"和"龙涎"只不过是宋人日常生活的细节，却充分展现了宋朝的时代精神，李敬泽强调：

  在这宏远的历史纵深中，我们才能看清"龙涎"，这种域外名香消然暗度，潜入了宋朝人的室内，它的袅绕青烟成为这个国度的精英阶层日常生活情境的一个重要细节，在来自索马里的龙涎

---

[1] 李敬泽：《青鸟故事集》，第 165 页。
[2] 同上书，第 17 页。

香气中，中古世界最优雅、最精微的精神生活徐徐展开。[1]

从词句表层意义来看，李敬泽是看清了"龙涎"，实则他是看透了宋朝精英的精神世界。在李敬泽看来，唐宋两朝虽然是古代中国的强盛时期，但是唐人尤其宋人沉迷于奢靡和享受，退隐于室内的狭小天地，而完全忘却了汉朝祖先不畏艰险、积极进取的精神，这既是个体空间的缩减，更是民族精神的退化。正如谢和耐指出："一个尚武、好战、坚固和组织严明的社会，已经为一个活泼、重商、享乐和腐化的社会所取代了。"[2] 而与之对应的是，同处于北宋时期的日本却向往大唐气象，《枕草子》向往唐朝的清简质朴，表明日本以大唐文明为榜样，在努力地学习和追赶，并不向往宋人奢靡浮华的精神生活，从这个角度来说，清少纳言是一个清醒的旁观者。如果说日本在明治维新开始后才提出"脱亚入欧"，那么在宋朝时期就已经埋下了分道扬镳的种子。而同处在大宋时期的阿拉伯人也展现了不畏艰险、顽强进取的精神，他们从波斯湾长途跋涉赶往大宋做珍珠和香料的生意，展现了完全不同于宋人的精神品格和人生追求。

可以看出，"在东方发现中国"呈现出中国与周边的同质与异质，也凸显了古代中国历史转变的原因与趋势。与"在西方发现中国"形成对比的是，李敬泽把西方殖民主义看作"不朽"、邪恶的史诗，而把周边的东方国家看作一面可以认识自我、反观自我的镜子。史景迁在《追寻现代中国》中指出，"中国的故事总是令人惊异，且能使人颇获教

---

[1] 李敬泽：《青鸟故事集》，第 27 页。
[2] ［法］谢和耐：《蒙元入侵前夜的中国日常生活》，刘东译，江苏人民出版社，1995，第 2 页。

益"[1]，对李敬泽来说，"中国的故事"同样令人惊异，"讲述中国"的方法也有多种，但是理解中国并没有终南捷径。或许李敬泽并不在乎用何种方法才能理解中国，他重视的可能是同葛兆光一样的"既恪守中国立场，又超越中国局限"的创作态度[2]，最终实现咏"古人之志、古人之书"以书写"家国天下"的创作理想[3]。

第三节　感觉的构建与现代性神话

自20世纪90年代以来，当代中国思想文化领域发生了深刻转型，据美国学者李怀印所说，"不满于近代中国表达中的宏大叙事和目的论，1990年代和2000年代的新一代史学家日渐倾心于探究地方事件和日常现象"[4]，实际上，这种对宏大叙事和目的论的不满在20世纪80年代的文学领域就已经出现。李敬泽在1984年从北京大学毕业后到《小说选刊》杂志社工作，后又调到《人民文学》杂志社工作。他十分熟悉20世纪80年代以来的中国文学发展状况，在20世纪90年代以后又以批评

---

[1] [美] 史景迁：《追寻现代中国：1600—1912年的中国历史》，黄纯艳译，上海远东出版社，2005，第4页。
[2] 葛兆光：《宅兹中国：重建有关"中国"的历史论述》，第3页。
[3] 李敬泽：《咏而归》，第254—255页。
[4] [美] 李怀印：《重构近代中国：中国历史写作中的想象与真实》，岁有生、王传奇译，中华书局，2013，第275页。

与创作融入新时期以来的文学潮流，并做出了自己的独特贡献。在《青鸟故事集》中，李敬泽体现鲜明的"中国立场"，表达自己对古代中国历史的独特思考，他主动背离以往的宏大叙事和目的论，强调历史是在多种多样的想象和幻觉的冲突中展开的。李敬泽尝试在嗅觉话语、视觉话语和听觉话语中重新"讲述中国"，以真实的故事构建丰富的感觉，实践他对"讲述中国"的多维思考。法国哲学家于贝尔曼认为本雅明在《过渡录》中提出了"一种现代性与神话同时并存的局面"[1]，李敬泽在《青鸟故事集》中也是如此，他一方面要与西方现代理性相对抗，另一方面又要与当下流行的缅怀非理性的帝王专制和王朝神话的复古情绪相对抗。

一、"袅袅沉水烟"：在嗅觉中讲述中国

嗅觉是感官之一，嗅觉不仅与人们的日常生活密不可分，而且与社会关系和历史发展都有着紧密联系。嗅觉有时是促发人类进行生活和生产的重要契机，比如人类对于香料的追逐就来自嗅觉的诱惑，而香料既可以促进人类的交流与贸易，又可能引发战争。唐朝段成式在《酉阳杂俎》中就描写了一个"土地唯有象牙及阿末香"的拨拔力国，而"大食频讨袭之"[2]，掠取阿末香正是大食频繁发动战争的原因。"阿末香"也就是龙涎香。据说龙涎有异香，是宋朝流行的奢侈品，大食商人频繁赶往大宋推销龙涎香，促进了古代丝绸之路的繁荣。众所周知，玫瑰

---

[1] ［法］乔治·迪迪－于贝尔曼：《看见与被看》，吴泓缈译，湖南美术出版社，2015，第102页。
[2] 段成式：《酉阳杂俎校笺》，第445页。

有芳香，玫瑰水也是一种珍贵的香水。玫瑰在古阿拉伯世界被称为蔷薇，13世纪波斯诗人萨迪在诗集《蔷薇园》中创造了一个天堂般的理想世界，"蔷薇园"也就表现了阿拉伯人对理想世界的追求。在《简明不列颠百科全书》中，以"玫瑰"冠头的词条有"玫瑰战争"。"玫瑰战争"是指15世纪英格兰发生的争夺王位的战争。莎士比亚在历史剧《亨利六世》中以两朵玫瑰被拔标志战争的开始，后来英格兰把王室徽章改为红白玫瑰，并以玫瑰为国花。这也就是说，玫瑰不仅仅是一种植物和香料，也是英格兰的战争之花和文明之花。在李敬泽看来，玫瑰不仅涉及政治、战争、宗教、爱情和艺术，也涉及整个中世纪人类的历史；沉香、龙涎和玫瑰等香料也涉及大宋王朝的整体意识形态体系，甚至涉及古代中国历史发展的动因与趋势。李敬泽曾经想撰写一部《香史》，认为香史中纷繁如麻的线索可以牵动整个沉重的世界，他在古代中国风流甜艳的美梦中看到了活跃艰险的海外贸易和隐秘的资本网络。在《静看鱼忙？》中，李敬泽引用了帕特里克·聚斯金德的小说《香水》，这部小说把巴黎描写成18世纪世界上最臭的地方。李敬泽据此认为巴黎在16世纪时期会更臭，因此中国对于16世纪的欧洲来说是域外之奇香，在这种尖锐的对比中凸显了欧洲政治、经济、社会生活的重大缺陷。在《沉水、龙涎与玫瑰》中，李敬泽引用了李贺的诗歌《贵公子夜阑曲》："袅袅沉水烟，乌啼夜阑景。曲沼芙蓉波，腰围白玉冷。"这首诗描绘了一个气度高华但又轻寒脆弱、孤独寂寞的贵公子形象，在李敬泽看来，诗中的贵公子形象是唐宋时期士大夫的典型代表。"袅袅沉水烟"是心之动微微袅袅，如夜阑清梦，也是唐宋时期士大夫的精神象征，这些士大夫都喜欢在床头置一具香炉，从黄昏开始焚香一直烧到次日，他们在袅袅的香气中做着奢华的清梦。在李敬泽看来，沉烟虽然事小，但是凸显了大宋王朝政治、经济、社会生活等方面的重大问题。

李敬泽通过"袅袅沉水烟"揭示了宋朝人的精神追求和性格特征。香熏曾是宋朝士大夫的时尚，《清明上河图》就已出现"刘家上色沉檀拣香"铺子，《东京梦华录》也记录了"诸香药铺"，因此，宋史研究者吴钩认为香料在宋朝历史发展中具有重要作用，香熏可以让人心旷神怡，也丰富了生活情趣，"是宋朝社会繁华安定、宋人注重生活品质的体现"[1]。然而，在李敬泽看来，香熏既是人世的浮华和自由的象征，又是贪婪和放纵的象征。他写道：

> 一棵高大的、长着墨绿色叶子的树，此时它仅仅是一棵树，是纯净的"物"，还要很多年，它才会化为"袅袅沉水烟"，化为精神、梦想和美，同时也化为冷酷、贪婪和放纵。[2]

这段话集中体现了李敬泽对宋朝流行香熏的辩证看法。一方面，焚烧的香表演着心的清净和悠然，香熏不惊动别人也不惊动自己，是清净和自由的象征，如一支在夜色中衔枚疾行的奇兵。沉香和龙涎潜入宋朝人的室内，袅绕青烟成为宋朝精英日常生活情境的重要细节，也展现了中古世界最优雅、最精微的精神生活；另一方面，香料在宋朝是异常珍贵的奢侈品，沉水和龙涎都是珍稀品。因此，焚香有的是烧钱，有的是烧心，这种金子般的香料集中表现了宋人的贪婪和放纵。正如柏拉图谴责香水，认为"它让人显得柔弱，使人想得到肉体的欢愉"[3]，

---

[1] 吴钩：《宋：现代的拂晓时辰》，广西师范大学出版社，2015，第78页。

[2] 李敬泽：《青鸟故事集》，第17页。

[3] [荷]派特·瓦润、安东·范岸姆洛金、汉斯·迪佛里斯：《嗅觉符码：记忆和欲望的语言》，洪慧娟译，汕头大学出版社，2003，第12页。

李敬泽也看到了香料在宋人的精神和性格方面产生的消极影响，他比较了宋朝人和汉朝人对香气的不同态度，认为汉代是一个雄浑豪迈的神话般的时代，汉朝人是武士，做的梦都是雄浑阔大的。据李敬泽所说，汉武帝元狩二年，21 岁的骠骑将军霍去病是全世界最灿烂的明星，虽然他病弱华贵，但依然风行草偃，纵马狂奔，浩浩荡荡，天地宽阔。然而，宋朝人是哲学家、艺术家、工匠和商人，他们做的梦更精致，感官更灵敏，并且宋朝人退隐于室内，销尽了纵横世界的霸气。在李敬泽看来，玫瑰既是植物，也是一种精神，宋朝的时尚男女在想象中沉醉于华美的衣袖和郁烈的香气，他们使身体笼罩在香气中，一切都有一种熟透了的浓艳，但花事将尽，宋朝的一切都显得有些勉强。因此，在《铁围山丛谈》中，李敬泽看到了开封早已沦陷，蔷薇水也委弃于残垣断壁，也就是说，李敬泽在香料中看到了大宋衰落乃至王朝崩溃的重要动因。

嗅觉是一种古老又新鲜的感觉，沉水、龙涎和蔷薇水都是古丝绸之路的重要商品，它们见证了大宋子民嗅觉的发达，但是嗅觉和香料在历史发展中的作用一直没有得到应有的重视，"对嗅觉地位之争论已成为复杂的问题；特别是西方国家，对嗅觉之思考掺杂一种明显暧昧的性质"[1]。在西方世界，工业革命和启蒙运动发展了人的思维能力，理性被视为进步的动力，而"嗅觉亦遭轻视"，这是"自柏拉图以至康德的一贯传统"[2]。最近在全球畅销的《丝绸之路：一部全新的世界史》中，英国历史学家彼得·弗兰科潘着重讲述了丝绸之路上的皮毛、珍珠和

---

[1] [荷]派特·瓦润、安东·范岸姆洛金、汉斯·迪佛里斯：《嗅觉符码：记忆和欲望的语言》，第 12 页。

[2] 同上书，第 13 页。

黄金贸易，虽然他也提到了香料贸易，但那是包括胡椒、豆蔻等主要促进味觉的香料，他遗忘了沉水、龙涎、蔷薇在古丝绸之路中的贸易地位，嗅觉在历史发展中的作用依然被忽视了。因此，从这个意义来说，李敬泽突出沉水、龙涎和蔷薇在古丝绸之路的贸易地位，凸显了嗅觉在大宋王朝以及古代中国历史发展中的作用。正如他批判西方殖民主义是邪恶的史诗，他又尝试了以感觉对抗西方理性的创作理想。

二、"可见者的交错"：在视觉中讲述中国

英国小说家约翰·伯格认为观看是人类认识事物的最初方式，强调"观看先于言语。儿童先观看，后辨认，再说话"[1]。虽然人们运用语言解释世界，但是运用观看来认识世界，首先要通过观看来确立自己在周围世界中的地位，语言无法改变人类处于周围世界的包围之中的事实。人们通过观看将看见的事物纳入视野能及的范围，并且把自己置入与事物的关系中，从而审度物我之间的关系，因此在一定意义上可以说，观看既是一种自然行为，也是一种政治概念，任何形式的观看必然具有历史、政治、宗教等方面的意识形态内涵。虽然李敬泽并没有对"观看"作形而上的理论思考，但他在历史维度中充分揭示了"观看"的意识形态内涵。在《第一眼——三寸金莲》中，李敬泽提到了"视觉政治"的概念，指出"别人如何看我们，这是别人的事，但更是我们的事，我们不得不与别人的目光斗争，因为我们辛酸痛苦地意识到，我们的形象正是被这种目光所确定的"[2]。在李敬泽看来，观看与被看是一种

---

[1] [英]约翰·伯格：《观看之道》，戴行钺译，广西师范大学出版社，2015，第4页。
[2] 李敬泽：《青鸟故事集》，第277页。

辩证关系，它们都具有重大的象征意义。正如梅洛·庞蒂所说，一切可见物都可以触摸到事物的斧斫，李敬泽认为西方人对身体的关注就已经触摸到中国人根本的价值观念体系。在历史维度中，李敬泽重新审视了观看与被看的辩证内涵，把观看与被看的斗争当作世界现代史的重要组成部分，强调观看与被看的斗争在西方和中国之间持久进行、长期存在。可以看出，西方与中国的悖谬是李敬泽的"视觉政治"的核心内涵，"观看"也就成为他思考古代中国历史的话语形式。

李敬泽不仅体悟到了"观看"的象征内涵，而且揭示了"观看"内在包含的分裂与悖论。于贝尔曼从乔伊斯《尤利西斯》的名言"可见事物的无可避免的形态"出发，总结出观看行为的无法避免的悖论，指出"我们眼中所见之物的价值，甚至生命，依赖于与我们有观的东西。我们眼中所见之物和观看我们之物并非一回事，二者的分裂不可避免"[1]。李敬泽也提到了这种"可见的分裂"的观点，在《布谢的银树》中，他认为巴黎金银匠布谢制造的那棵银树是一面有着神奇魔力的双面镜子，"东方和西方、中国和欧洲，在镜子的两边相互凝望，他们看到的景象是相似的，唯一的区别是，他们都以为在镜子中看到的是对方"[2]。李敬泽把中国与西方同时置入观看行为中，强调双方都具有"看见与被看"的双重身份，这相当于法国哲学家吕克·马里翁提出的"可见者的交错"，实际上，在一切观看行为中，所有观看者都是"可见者的交错"。同于贝尔曼一样，马里翁揭示了"可见者的交错"内在包含的"悖谬"，他强调"悖谬证明可见者，然而同时使自己与之对立，或者毋宁说，颠

---

[1] [法]乔治·迪迪-于贝尔曼：《看见与被看》，第1页。
[2] 李敬泽：《青鸟故事集》，第75页。

倒可见者"[1]，也就是说"可见者的交错"内在包含着可见者与反可见者的对立，观看行为包含"可见者"与"反可见者"的对立统一，可见者的对立统一的最主要表现就是可见者的"观看与被看"的双重身份。在李敬泽看来，身体是可见者和反可见者的统一，身体必然包含了人们对身体的反思，尤其是在西方人的批判目光注视下，中国人从身体中省察到了文明的羞耻感。在身体的"观看仪式"中，李敬泽看到了中国传统价值观念的根深蒂固。

在"观看仪式"中，李敬泽也看到了西方的价值立场和意识形态目的。众所周知，人们一直置身于一个可观看的世界，观看是一种可选择的行为，观看方式总是受到知识与信仰的影响，比如人们面对身体时，也许会产生审美或世俗的幻想。又如于贝尔曼认为有信仰的人面对坟墓时，总能越过所看之物看到其他东西。在知识和信仰的支配下，视野中会呈现幻觉结构，并使可见物成为可预见的事物。在李敬泽看来，观看也是一种权力，观看者总是倾向于肆无忌惮地行使自己的权力，他所看到的是自己到来之前就想看的东西，而对自己不想看的东西毫无兴趣。比如在《第一眼——三寸金莲》中，李敬泽讲述了英国人观看"三寸金莲"的故事。1793年6月，马戛尔尼使团乘坐的炮舰"狮子号"停靠舟山港，一群英国人登岸观看定海县城景致，他们紧紧盯住了中国女人的小脚，斯当东在《英使谒见乾隆纪实》中详细记录了这次观看活动，他特别指出人为地把脚弄小是"戕贼人的生机和健康"。在李敬泽看来，英国人之所以一踏上中国土地就盯上"三寸金莲"，其原因是他们秉持现代价值立场。"狮子号"军舰上是一批经受了启蒙精神

---

[1] [法]让-吕克·马里翁：《可见者的交错》，张建华译，漓江出版社，2015，第1页。

洗礼的真正的现代人，比如使团正使马戛尔尼曾亲手领受"启蒙运动"的圣餐，在游学欧陆时还亲见过启蒙思想家卢梭和伏尔泰；又如《英使谒见乾隆纪实》的著者斯当东则是牛津大学名誉法学博士、伦敦皇家学会会员、使节团秘书兼代理缺席时的全权特使。因此，当马戛尔尼和斯当东在定海县城注视小脚女人时，他们是以启蒙理想和现代精神的立场进行评判的。在这种批判目光的注视下，以往的中国形象轰然倒塌，他们开始把中国指认为一个野蛮蒙昧的地方。据商务印书馆编辑部在《英使谒见乾隆纪实》出版说明中所说，当时英国访华的目的不仅是要求扩大贸易，而且是想利用一切机会探听中国的虚实，为英国资产阶级的侵略使命服务。李敬泽也洞察到马戛尔尼使团访华与1840年鸦片战争之间的密切联系，斯当东父子都曾经作为使团副使访华，小斯当东十分了解中国，他翻译了《大清律例》，还了解中国官员的种种权术，最终成为鸦片战争的坚定推动者。李敬泽特别引用了小斯当东于1840年4月7日在英国下院的发言："当然在开始流血之前，我们可以建议中国进行谈判。但我很了解这民族的性格，很了解这民族进行专制统治的阶级的性格，我肯定：如果我们想获得某种结果，谈判的同时还要使用武力炫耀。"[1] 毫无疑问，小斯当东的观点来自他父亲对中国的"观看"，也来自他自己对中国的长期"观看"。

在李敬泽看来，"观看"是一种"视觉政治"，也是思考中国的一种话语形式。李敬泽在"可见者的交错"中揭示了观看与被看的悖谬，洞察到西方与中国的矛盾。作为观看的西方，他们从自己的启蒙理想和现

---

[1] [法]佩雷菲特：《停滞的帝国：两个世界的撞击》，王国卿、毛凤支、谷炘等译，生活·读书·新知三联书店，1995，第593页。

代精神出发，并为自己的价值观念和意识形态服务。作为被看的中国，从皇帝到臣民都固守传统的价值观念体系，认为自己是"天朝"，西方是"夷狄"。通过对"观看仪式"的描述，李敬泽批判了西方殖民主义的侵略野心，也反思了古代中国的封闭与落后。

三、"神话修辞术"：在声音中讲述中国

罗兰·巴特提出的"神话修辞术"指的是对言语方式的研究。我们知道，每种语言都是"一种描述世界、理解世界的不同方式"[1]，罗兰·巴特所说的"神话"其实是一种"言说方式"，"凡归属于言语表达方式（discours）的一切就都是神话"[2]，他强调神话是历史选择的言说方式，除了口头言说之外，它还可以由其他事物构成，可以由文字或表象构成。在罗兰·巴特看来，神话的责任就是把历史意图建立在自然的基础上，"神话是一种不带政治色彩的言说方式"[3]，但神话在形式上又最适合作为意识形态的工具，"它控制一切：法律、道德、美学、外交、家政术、文学、戏剧表演"[4]。在《青鸟故事集》中，李敬泽也看到了语言的神话特征，揭示了翻译语言在西方与中国的历史冲突中发生的作用，特别强调了古代汉语呈现的价值观念和意识形态内涵。由此看来，古代汉语也可以说是一种"神话修辞术"。

---

[1] [法]米歇尔·希翁：《视听：幻觉的构建》，黄英侠译，北京联合出版公司，2014，第2页。
[2] [法]罗兰·巴特：《神话修辞术：批评与真实》，屠友祥、温晋仪译，上海人民出版社，2009，第169页。
[3] 同上书，第203页。
[4] 同上书，第209页。

李敬泽在古代汉语中深刻洞察到古代中国社会不可调和的阶级矛盾。李敬泽在《掌故丛编》中找到了马戛尔尼使团向乾隆皇帝呈递的表文的中译本，认为这份保存在军机处的档案体现了18世纪中国的价值观念。他指出：

> 它的辞气卑顺，每一行文字都表达着憨态可掬的屈从。而且它是有"声音"的，它在模拟"说话"。在18世纪，任何有教养的中国人都不会在书面上公开"说话"，他们不会留下"声音"，只有引车卖浆者流的口语才会被书写出来，这种书写行为本身就在充满优越感地向人们展示说话者的低微伧俗。——蔑视声音，这是古代汉语的一项根本规划，汉语由此被分割为书写和说话，书写者是上等人，说话者是下等人。而在军机处存档的当时的译本中，英国人恰好被表现为粗野的下等人。[1]

在李敬泽看来，古代汉语包含了书写和说话的对立，书写者与说话者的对立，以及上等人与下等人的对立。这其实也可以看作罗兰·巴特论述的压迫者与被压迫者在神话中的对立，压迫者拥有一切可能程度的尊严，压迫者具有释言之权的独占权，压迫者的语言旨在永恒不变；压迫者的神话就是凭借其修辞术描绘伪自然的总体景象，虚构世界图像并使世界固定，禁止被压迫者的自我创造，使被压迫者看不清真相，使被压迫者发现不了反抗世界的要求，最终达到维持压迫者的统治秩序的目的。正是在这个意义上，李敬泽重新审视了胡适等人发起的"白

---

[1] 李敬泽：《青鸟故事集》，第222页。

话文运动"的意义,他强调白话文运动隐秘的真正目的是使汉语彻底成为一种平等的语言,能够真正打破上等人和下等人的阶级对立,使中国人获得真正的自由和解放。

李敬泽在古代汉语中还洞察到了古代中国人的封闭与愚昧。在李敬泽看来,18世纪的古代汉语根本是一种不可以翻译和不可以被翻译的语言。他强调:

> 在1793年,这份文件根本不可能译成中文,它不可译,它所表述的意义在中文中无法找到对称的词语——英国人的"人类世界"在中文里就会成为"普天之下",而"普天之下"隐含的下文是"莫非王臣"。[1]

这段话概括了18世纪英国与中国在价值观念方面的巨大差异。18世纪末期,英国发生工业革命,资本主义经济获得巨大发展,英国资产阶级大力主张拓展海外市场;然而18世纪的清朝政府严格地采取闭关锁国的政策。这种国家政策的差异也集中地凝缩在语言文字上面,李敬泽认为英国的国书可以看作一篇人文主义理想的概要——知识、技术、贸易的扩展和"人类世界"的信念——然而,这份国书居然在18世纪的汉语中找不到对译的词汇。李敬泽还强调英国自《大宪章》以来的全部的政治、法律和商业伦理完全处于1840年的中文的语言经验之外。中国的封建统治阶级一直利用各种各样的手段对"天下"进行制造和虚构,他们把"天下"固定为可以永远拥有的对象,竭力阻止"天

---

[1] 李敬泽:《青鸟故事集》,第223页。

下"逃向另外的存在形式，以维持封建意识形态的完好无损。"普天之下，莫非王土"出自《诗经》，它是中国封建意识形态思想的典型表现。封建意识形态是一个封闭的体系，它必然无法接受或容纳资产阶级意识形态。1840年的汉语必然归于沉寂，它听不到来自西方世界的声音，也就被现代世界遗忘了。凶悍的殖民主义者开来大吨位的炮舰，以炮火轰开了封闭的中国大门。在这个意义上，李敬泽认为白话文运动的真正目的是使汉语彻底成为一种可以翻译和可以被翻译的语言，并使中国人能准确无误地听到来自世界的声音和意义。

第四章　社会主义立场与空间伦理学

欧阳黔森被认为是继蹇先艾、何士光之后贵州作家的最重要代表，他以独特的创作风格和艺术个性在当今文坛具有重要影响。1994年，欧阳黔森出版散文、诗歌合集《有目光看久》；进入21世纪以后，欧阳黔森的文学创作进入喷发期，他陆续在《人民文学》《当代》《十月》等杂志发表作品，至今已出版长篇小说《非爱时间》《雄关漫道》《绝地逢生》《奢香夫人》，中短篇小说集《味道》《白多黑少》《莽昆仑：欧阳黔森中短篇小说选》等，另有一部散文、诗歌、小说合集《水的眼泪：欧阳黔森选集》。他的《断河》《村长唐三草》《扬起你的笑脸》《五分硬币》《丁香》《血花》等十余部短篇小说先后被《新华文摘》《小说精选》《中华文学选刊》等转载，短篇小说集《味道》被收入孟繁华主编的"短篇王文丛"。孟繁华、陈晓明、杜国景、周新民等学者都曾撰文高度评价欧阳黔森的文学创作，《当代作家评论》《小说评论》《当代文坛》等刊物发表了研究他的专题评论文章。这些文章大多侧重研究欧阳黔森文学创作的个别方面，比如叙事传统、叙事艺术和英雄主义，尤其重点分析了他短篇小说创作的艺术成就，但对他文学创作的整体研究还有待深入。

如果说中国现代文学主潮确有一条由启蒙到救亡的发展线索，那么中国当代文学主潮则经历了由革命到改革的主题变奏，革命伦理是与人民伦理紧密结合的伦理原则，它们一直在中国当代文学中占有重要位置。刘新锁指出："新中国建构的国家伦理秩序是具有全面覆盖性的人民伦理。在革命斗争中，'人民'曾被作为强大的主体性力量对个体发挥过重要的威慑和控制作用。新中国成立后，这些功能一如既往地被继承下来并得以强化，在新的国家伦理秩序中占据了核心位置。"[1]这种以革命和人民为核心的国家伦理秩序对中国当代文学的发展产生了深刻影响。一般认为，1949年7月2日至19日在北平召开的中华全国文学艺术工作者代表大会标志中国当代文学的开端，从第一次文代会到第四次文代会之间的中国当代文学是以人民和革命作为核心伦理，正如毕光明指出，新中国文学"是以社会主义伦理为基础的"；在毕光明看来，"伦理是指处理人与人之间关系所应遵循的道德和准则"，中国"革命的实质就是伦理的转向"[2]；人民和革命使中国革命的领导者掌握了巨大的伦理优势。改革开放以来，改革与现代化话语逐渐成为新时期文学的核心伦理，但是人民和革命伦理在新时期文学中仍然熠熠生辉。欧阳黔森可以看作社会主义伦理转型的典型作家，从思想内容方面来说，欧阳黔森继承了社会主义革命伦理传统，人民伦理和文化地理是这种叙事伦理的重要载体；他对文化传统和革命历史的思考，以及对革命精神和红色文化的歌颂，都体现了社会主义伦理原则。同时，欧阳黔森也描绘了改革时代的巨大变化，表现了对时代精神和自然宇宙的思考，强调了道德伦理和自然天理在社会发展中不可或缺的价值，

---

[1] 刘新锁：《人民伦理的覆盖与整合——论"十七年文学"的伦理图景》，《扬子江评论》2010年第3期。

[2] 毕光明：《社会主义伦理与"十七年"文学生态》，《南方文坛》2007年第5期。

尤其是他坚守社会主义核心价值观、科学发展观和生态文明观，表现了社会主义伦理在新时代文学创作中不断开拓与创造的可能性。社会主义伦理是一个丰富复杂的实践和理论体系，也是20世纪以来中国的宝贵财富，由革命到改革的话语转换表明社会主义伦理必然随着时代发展而不断更新；社会主义伦理也是讲述中国故事、弘扬中国精神的基本原则和方法，欧阳黔森在文学创作中对社会主义伦理的坚守与弘扬，为新时代讲述中国故事、弘扬中国精神提供了重要启示。

第一节　生活智慧与人民伦理

2017年，欧阳黔森在《求是》发表《向生活要智慧》，讲述了他的创作热情与灵感的来源，强调了文艺创作与人民群众的密切关系，强调了深入生活、扎根人民是文艺创作的不二法门。他写道："人民是文艺创作的源头活水，火热的基层生活才能为创作标注精神的高度。只有深入生活，一个作家才能弄清楚'我是谁'，才能汲取源源不断的养分。试想一下，如果不了解人民群众的所思所想所盼，如果和人民群众没有血浓于水的深厚感情，我们就无法认识人民生活所蕴藏的丰富性，就无法从中探寻社会发展的潮流。"[1] 欧阳黔森在这篇文章中的主要观点可以概括为"向生活要智慧"和"以人民为伦理"，也就是说他坚持

---

[1]　欧阳黔森：《向生活要智慧》，《求是》2017年第2期。

"为人民"的写作伦理。可以肯定地说,欧阳黔森强调文艺创作与人民群众的密切关系是继承和坚守社会主义伦理的典型表现。1942年,毛泽东主席《在延安文艺座谈会上的讲话》就提出了文艺为人民的根本原则;2014年10月15日,习近平总书记《在文艺工作座谈会上的讲话》提出文艺要坚持以人民为中心的创作导向。2016年11月30日,习近平总书记《在中国文联十大、中国作协九大开幕式上的讲话》再次强调文艺工作要坚持以人民为中心的创作导向。"以人民为中心"的伦理观一直是中国社会主义理论的重要组成部分,党的十九大进一步把"以人民为中心"确定为坚持和发展中国特色社会主义的基本原则和方略。党和国家领导人关于文艺工作的讲话给欧阳黔森以深刻启示,使他深刻地认识到文艺创作没有捷径和秘诀,只有扎根生活、服务人民的劳作者才有资格获得丰厚的馈赠。欧阳黔森在回顾自己的创作生涯时,再次强调了深入生活、扎根人民是他创作《绝地逢生》《雄关漫道》《奢香夫人》等作品的源泉。为了创作长篇小说《雄关漫道》,欧阳黔森曾经重走长征路,亲身体验了长征的艰辛。在重走长征路的过程中,欧阳黔森的心灵受到洗礼,精神得到升华,尤其是红军战士大无畏的牺牲精神激发了他的创作热情和灵感。欧阳黔森为了创作农村题材作品《绝地逢生》,他长年到乌蒙山区的农家体验生活,与农民群众朝夕相处,深切感受改革开放近40年来农村的巨大变化。2017年,欧阳黔森在回忆创作《绝地逢生》的经历时指出,他"被生活在这片土地上的人民深深感动着"[1]。无论是现实题材创作,还是历史题材作品,欧阳黔森都坚持深入生活、扎根人民,他强调作家不深耕生活,就无法获得鲜活的

---

[1] 欧阳黔森:《向生活要智慧》。

创作素材，也无法激发厚重的历史感，更无法打通历史、现在和未来。2018年，欧阳黔森在《花繁叶茂，倾听花开的声音》中指出，如果作家不真正深入生活、扎根人民，就永远不可能写出贴近生活的作品；他强调真正的作家就应该像习近平总书记所说的那样，"深入生活，扎根人民，才能写出'沾泥土、冒热气、带露珠'的文章，这就要求作家在人民中体悟生活本质，吃透生活底蕴，并且把生活咀嚼透了、消化完了，才能变成深刻的情节和动人的形象，才能创作出百姓喜闻乐见的作品，作品才能激荡人心"[1]。在《向生活要智慧》中，欧阳黔森还认为作品的好坏归根到底是由人民说了算，人民伦理是评价文学作品的根本标准，只有那些适应、满足人民群众心理需要和审美需求的文艺作品才是真正的好作品。人民群众的心理需要和审美需求是历史积淀的结果，文学创作必须顺应时代发展而不断更新创造，好的作品既是人民的选择，也是时代的选择。2018年，欧阳黔森在《报得三春晖》中写道："习近平总书记提出'我们任何时候都必须把人民利益放在第一位'的执政理念，这个理念才是以人为本的本质所在。把人民利益放在第一位的执政理念，就是把共产党'为人民服务'、做人民的公仆的宗旨具体化、目标化。数百万干部下乡实施精准扶贫，并锁定目标，在二〇二〇年全民脱贫，全面建成小康社会，这就是人民至上的伟大工程。"[2] 欧阳黔森把以民为本的思想上溯到春秋时期的管子，他尤其重视"夫霸王之所始也，以人为本。本理则国固，本乱则国危"[3]。他认为管子的这种思想无疑是伟大的。欧阳黔森高度评价管子在历史上的作用，认为管子是杰

---

[1] 欧阳黔森：《花繁叶茂，倾听花开的声音》，《人民文学》2018年第1期。
[2] 欧阳黔森：《报得三春晖》，《人民文学》2018年第3期。
[3] 颜昌峣：《管子校释》，岳麓书社，1996，第219页。

出的军事统帅和思想家、经济学家、政治家。在欧阳黔森看来，管子在两千多年前就有了伟大的人本思想，但他生不逢时，只是空怀壮志与治世理想而无法实现。封建主义的以人为本归根结底还是巩固皇权、维护封建统治阶级的权益。社会主义的人民伦理远远超越了封建主义以人为本的思想，中华民族在进入伟大的新时代以后，以人为本的思想才得以真正实现。因此，"向生活要智慧"和"以人民为伦理"既是欧阳黔森贯彻党的文艺政策的必然结果，也是他的文艺创作经验的全面总结；在欧阳黔森看来，"以人民为伦理"既是文学创作的根本原则，也是衡量文学的基本标准，作家只有扎根人民、扎根生活，深切领悟人民的需要和生活的本质，才能创作出激荡人心的作品。

"为人民"的写作伦理促使欧阳黔森始终关注人民群众的生活状况。贵州是一个贫困落后的省份，据人民网报道，2014年贵州全省共识别出贫困乡镇934个、贫困村9000个、贫困人口623万人。欧阳黔森对贵州的脱贫攻坚工作投入了极大热情，他以报告文学的形式展示了贵州近年脱贫攻坚工作的进展与成果。2017年10月16日，欧阳黔森在《光明日报》发表《花繁叶茂，倾听花开的声音》；2017年12月20日，他在《人民日报》发表《花开有声（逐梦）》。这两篇作品经过修改补充后又发表在《人民文学》杂志的《新时代纪事》专栏。2018年，《人民文学》在第1期开设了重点栏目《新时代纪事》，该栏目的定位是"专注于老百姓的美好生活需要，写出全面建成小康社会的历史意蕴和时代特征，记下各个层面从实际出发，以勤劳智慧谋求有永续保障的国家兴盛、人民幸福的心路历程"[1]，该栏目呼吁新时代现实题材创作的丰收，

---

[1] 编者：《卷首》，《人民文学》2018年第1期。

倡导作家要诚心诚意进入现实的内部，以文学的审美样式和规律呈现现实的生动与纷繁。2018年，欧阳黔森在《人民文学》杂志先后发表报告文学作品《花繁叶茂，倾听花开的声音》和《报得三春晖》，分别讲述贵州花茂村和海雀村的脱贫故事。《人民文学》重点刊发欧阳黔森的作品，不仅表现了对现实题材的美好憧憬，而且凸显了精准扶贫在新时代的紧迫性。花茂村是革命老区，地处边远、自然条件恶劣，长期处于贫困状态，但在精准扶贫政策的支持下，花茂村发生了翻天覆地的变化，昔日的贫困村变成小康村。欧阳黔森在花茂村前后生活了半年时间，才写出《花繁叶茂，倾听花开的声音》，他在作品中强调"作家在人民中体悟生活本质，吃透生活底蕴，并且把生活咀嚼透了、消化完了，才能变成深刻的情节和动人的形象，才能创作出百姓喜闻乐见的作品，作品才能激荡人心"[1]。2017年10月，欧阳黔森再次来到乌蒙山区深入生活，并前往海雀村进行调查采访，这段经历为他写作《报得三春晖》提供了素材。《人民文学》编者在《卷首》指出："这个对中国革命史有着特殊意义的小山村，红色根基与绿色发展相统一，在新时代成为受到总书记指引和关怀、得到全国关注的革命老区实现精准扶贫的典范。"[2]乌蒙山区也是一块红色土地，中国工农红军二、六军团曾在这里建立了革命根据地，乌蒙山区属于严重石漠化的喀斯特地貌，几乎不适合人类居住，地处乌蒙山屋脊的海雀村长期没有摆脱穷困的命运。但在实施脱贫攻坚任务的支持下，海雀村以及毕节实验区发生了令人震撼的变化。在欧阳黔森看来，花茂村和海雀村由贫困到富裕

---

[1] 欧阳黔森：《花繁叶茂，倾听花开的声音》。
[2] 编者：《卷首》，《人民文学》2018年第1期。

的发展历程其实就是一部中国农民坚韧不拔、生生不息向贫困宣战的心灵史诗。欧阳黔森长期在乡下深入生活，一贯坚持眼见为实的创作态度，最终创作了这两部纪实性作品，真实地反映了贫困地区的时代面貌和底层农民的心路历程。

习近平总书记指出："人民是文艺创作的源头活水，一旦离开人民，文艺就会变成无根的浮萍、无病的呻吟、无魂的躯壳。"[1]人民的实践活动为作家创作提供了审美对象，"美作为对象在人民的生活中，在人民的伟大实践中"[2]。正是基于这样的认识，自20世纪90年代以来，"以人民为伦理"一直就是欧阳黔森文学创作的重要追求，他在现实题材和历史题材创作中都实践了这个创作理想。欧阳黔森特别重视描绘贫困地区人民的生活面貌，一直专注于表现老百姓对美好生活的追求。2008年，欧阳黔森出版长篇小说《绝地逢生》，小说主要讲述偏远落后的盘江村农民脱贫致富的艰难经历，塑造了不畏困难、无私奉献的村支书蒙幺爸形象。盘江村位于贵州乌蒙山区，地少人多，石漠化极为严重，生态环境越来越恶劣，土地贫瘠根本种不出粮食，被认为是不适合人类生存的"绝地"。村支书蒙幺爸带领村民不断向贫困发起抗争，但他们种地却种不出粮食，开荒却遇大水冲走土地，修水库，水却无缘无故地消失，所做的一切都收效甚微，盘江村总是难以摆脱贫困状态。后来，省委领导调研考察乌蒙山区，提出解决乌蒙山区贫困问题的三大工作要点："扶贫开发、生态建设、人口控制。"在省委精神的指引下，在扶贫资金的帮助下，村支书蒙幺爸带领全村群众修通公路、

---

[1] 习近平：《在文艺工作座谈会上的讲话》，人民出版社，2015，第15页。
[2] 范玉刚：《"以人民为中心的创作导向"——习近平文艺思想的人民性研究》，《文学评论》2017年第4期。

开通水电，组织群众成立养猪专业户，并且因地制宜引种花椒树。村支书蒙幺爸带领盘江村民与大自然进行不屈不挠的斗争，使严重的石漠化得到初步控制，使绝对贫困的山村逐步解决了基本温饱问题。在花椒得到大面积种植以后，村支书蒙幺爸又带领群众入股办厂进行花椒的深加工，初步解决了花椒的销售问题，盘江村从此走上奔小康的致富之路。小说结尾写道，盘江村经过十几年的发展，如今已大变样，昔日贫瘠的土地如今变成了水田，村子里大多盖起小楼，道路也焕然一新，道路两旁栽满绿树红花，真是令人心旷神怡。小说旨在通过描写盘江村由不毛之地变成伊甸园的过程，塑造顽强坚韧的农民形象，谱写一部中国农民的心灵史诗，歌颂当今这个伟大时代。2012年，欧阳黔森在《山花》发表中篇小说《村长唐三草》，主要讲述唐三草辞去公办教职回村务农带领桃花村脱贫的故事。唐三草放弃了相对较高的工资，主动竞选桃花村村主任。这个村主任不仅工资低，而且是一个烫手的山芋，没有人愿意担任这个职位，唐三草全票当选后，带领村民治理水土、种植桃树、修通公路、种植花椒，使桃花村由一个严重石漠化、不适合人类居住的地方逐渐成为一个环境优美、生活奔小康的乡村。唐三草不仅具有慷慨无私、扎根乡村、勇于奉献的精神，而且具有领导群众、想出办法、解决问题的能力，在村支书和大学生村官的配合下，彻底改变了桃花村的生存环境和生活水平。2014年，在短篇小说《李花》中，欧阳黔森讲述青年志愿者戴同志由深圳到乌蒙山区参加扶贫工作的故事。戴同志在乡村小学教书，他从不领取学校的工资，还把志愿者补助全部捐给学生增加生活补贴，他还从广东募集捐款用来帮助贫困乡民，小说热情歌颂了青年志愿者服务人民服务社会的奉献精神。在《花繁叶茂，倾听花开的声音》和《报得三春晖》两篇作品中，欧阳黔森总结了这些小说的创作经验，他在作品中多次提到了自己以往的创作。比如他提到《绝地逢生》和《八棵苞谷》都是描写乌蒙山区的石漠化地貌以及极度贫困状态，又如他提到《雄关漫道》描写中国工农红军在花茂村和乌蒙山区的革命经历。张江曾强调："作家离地面越近，离泥土越近，离百姓越近，他的创作就越容易找到力量的源泉。世间万象，纷繁驳杂，尤其是我们身处的时代，丰富性、复杂性超越既往，作家怎么选择，目光投向哪里，志趣寄托在哪里，很大程度上也就决定了作家的品位和作品的质地。"[1] 正如张江所说，欧阳黔森也强调这些现实题材和历史题材作品都是自己长期在乌蒙山区深入生活、扎根人民的结果，生活和人民是他创作的源泉与动力。

"为人民"的写作伦理既是欧阳黔森贯彻党的文艺政策的必然结果，也是他观察、分析社会发展和时代状况的必然结论。习近平总书记指出："对文艺来讲，思想和价值观念是灵魂，一切表现形式都是表达一定思想和价值观念的载体。离开了一定思想和价值观念，再丰富多样的表现形式也是苍白无力的。文艺的性质决定了它必须以反映时代精神为神圣使命。"[2] 在当今时代，作家不仅要"专注于老百姓的美好生活需要，写出全面建成小康社会的历史意蕴和时代特征"[3]，而且要表现人民为实现中华民族伟大复兴而不懈努力的精神状态。正如有学者指出："在平凡的时代，艺术家要写出人民对美好生活的追求和意气风发的精神状态，以及为民族伟大复兴而作出的努力。"[4] 欧阳黔森对当下时代有

---

[1] 张江：《文学的筋骨和民族的脊梁》，《人民日报》2014年12月30日第23版。
[2] 习近平：《在中国文联十大、中国作协九大开幕式上的讲话》，人民出版社，2016，第8页。
[3] 编者：《卷首》，《人民文学》2018年第1期。
[4] 范玉刚：《"以人民为中心的创作导向"——习近平文艺思想的人民性研究》。

着清醒的认识，他认为当下是一个充满希望和险峻的时代，也是一个渴望英雄、崇拜英雄的时代，个人必须拼搏奋进才能成为时代英雄，而英雄必须服从人民的利益和需要。2009 年，欧阳黔森在《故乡情结》中讲述了他的时代认识、英雄崇拜与人生理想。他写道：

> 我生活在这个充满希望和险峻的时代，自身的危机感使我只有不断地拼搏，不断地奋进。在这个让人幸福而又使人痛苦的世界上，在这个力与智较量的社会里，同情弱者，不能让我有自豪感，踏着失败者的血迹成为强者，也不能让我感到自豪。在这个渴望英雄的年代里，我也渴望英雄。但如果把你、我、他都视为敌人而因此横尸遍野，妻离子散，乱世造就的英雄，这样的英雄，我想没有人会反对。我此时就可以代表你、我、他庄严地宣告，这样的英雄人民不需要，人民不是英雄喝庆功酒用的好看的玻璃器具掉下地会粉碎，人民是永远不会粉碎的，五千年的历史充分说明了这一点。人民需要的是安定、和谐、天下太平。没有敌人的英雄，我们深深地渴望。[1]

欧阳黔森认为当今是一个呼唤英雄主义的时代，他也具有深厚的危机意识，他努力地拼搏、奋斗去实现自己的人生理想，他崇拜英雄、歌颂英雄，也希望能够成为时代英雄。欧阳黔森从不讳言自己"是一个富于英雄主义情结的人"[2]，他自小生活在贵州这片红土地上，经常枕着

---

[1] 欧阳黔森：《故乡情结》，载《水的眼泪：欧阳黔森选集》，广西师范大学出版社，2017，第 78 页。

[2] 欧阳黔森、王士琼：《欧阳黔森：一部小说背后的四级跳》，《当代贵州》2006 年第 24 期。

红军长征的故事入眠，也曾经梦想能够金戈铁马、驰骋沙场，英雄梦想日夜在他心中澎湃。英雄情结深刻影响了欧阳黔森的文学创作，杜国景曾指出，欧阳黔森的理想主义的主要内涵"是一种英雄情结，英雄就是他的理想人格，英雄叙事则是他创作的显著追求和特点"[1]。欧阳黔森的英雄理想是以人民伦理作为基础，他认为只有代表最广大人民的利益才是真正的英雄，人民是衡量英雄的价值标准。可以看出，欧阳黔森的英雄理想与人民伦理是相互统一的，无论是在文学创作还是在英雄崇拜方面，他都试图以人民伦理作为检验成功的标准，作为衡量英雄的尺度。欧阳黔森笔下的英雄都是以人民利益为重，都可以说是真正的人民英雄，绝不是个体英雄。2006年，欧阳黔森在《十月》杂志发表中篇小说《莽昆仑》，小说讲述主人公在香木错的地质工作。作为一名合格的地质队员，不仅要战胜大自然的艰难困苦，还要战胜心灵孤独；地质队员要克服大雨、冰雹、豺狼虎豹，也要克服山高、谷深、林密等各种困难。小说还讲述地质工作人员张刚的悲壮故事，他在东昆仑山找矿，失去了一条腿，造成终身的遗憾。欧阳黔森通过小说人物的话语强调张刚是真正的英雄，并且用诗歌《勋章》歌颂他的勇敢品格和牺牲精神。地质英雄是欧阳黔森长期描写的对象，《血花》《勘探队员之歌》《山之魂魄》等作品都描写了地质队员为人民、为国家寻找矿藏，他们历尽千辛万苦，有些地质队员甚至献出了年轻的生命。在《一张中国矿产图》中，欧阳黔森歌颂了地质队员的英雄品格，歌颂了那些为勘测地质而失足身亡的地质工作人员，欧阳黔森认为这些灵魂已经走进人民英雄纪念碑，与不朽的民族魂站在一起。他写道："你的

---

[1]　杜国景：《欧阳黔森的英雄叙事及其当代价值》，《当代作家评论》2016年第2期。

血不再涌流／而你找来的黑色血液／正流动在祖国每一根细微的血管里／贫血的共和国／正血气方刚、朝气蓬勃／而你找的铜山、铁山／加固着共和国的基座／你的灵魂也许已经走进了／人民英雄纪念碑／与不朽的民族魂们站在一起。"[1] 2012年，欧阳黔森在《贵州精神》中歌颂了那些为贵州发展和人民幸福做出重要贡献并英勇献身的党员干部，他认为贵州精神就是不怕困难、艰苦奋斗、攻坚克难、永不退缩的精神，贵州精神就是英雄主义、乐观主义和理想主义。2015年，在《民族的记忆》（组诗）中，欧阳黔森歌颂了白求恩、陈纳德、罗伯特·肖特、苏斯捷尔等为中国人民解放事业做出贡献的国际主义英雄。欧阳黔森迷恋英雄人格、沉湎于英雄叙事，他创作中的主人公"一般都是英雄人物，如史诗英雄、传奇英雄、巾帼英雄、草根英雄、草莽英雄等，英雄人物的个性气质亦大致可区别为激越高亢、刚柔兼具、柔而不犯、外弱内强、平凡高大等不同类型"[2]。20世纪90年代以来，英雄主义遭遇调侃，英雄叙事遭遇解构，反英雄甚至成为文学的重要潮流，欧阳黔森不满于这种状况，旗帜鲜明地推崇英雄主义和英雄叙事，具有不可忽视的意义。

可以看出，欧阳黔森是一个紧跟时代发展的作家。"为人民"的写作伦理具有深厚的历史内涵与现实意义，它既是党的文艺理论的历史发展，又是当今社会的现实需要。正如有学者指出："人民是一切文学艺术取之不尽、用之不竭的创作源泉，这已成为文艺发展的一条规律。文艺只有植根现实生活、紧随时代潮流，才能做到繁荣发展；当

---

[1] 欧阳黔森：《一张中国矿产图》，载《有目光看久》，贵州民族出版社，1994，第118页。
[2] 杜国景：《欧阳黔森的英雄叙事及其当代价值》。

代艺术只有顺应人民意愿，反映人民关切，才能充满活力。"[1] 如前所述，人民伦理在"十七年"文学中占有核心地位，虽然人民伦理在新时期文学遭遇启蒙话语和自由伦理的挑战，但新时期文坛仍然活跃着一批明确倡导人民伦理的作家。20世纪80年代，张承志和韩少功仍然明确坚守人民伦理；2001年，莫言在演讲中提出"作为老百姓写作"的观点，强调"为人民的写作也就是为老百姓的写作"[2]。进入新世纪以来，无论是历史题材还是现实题材创作，欧阳黔森都强调了"为人民"的写作伦理在历史长河和时代发展中的不朽地位，因此可以说，他延续了中国当代文学的人民伦理传统。相比较而言，"十七年"文学中的人民伦理包含鲜明的阶级内涵，但莫言、张承志和韩少功等作家的创作都没有延续阶级内涵。欧阳黔森也是如此，虽然他坚守人民伦理、怀念革命时代，但并没有继承"十七年"文学中盛行的阶级运动模式。"为人民"的写作伦理既是党的文艺理论政策导向的结果，也是欧阳黔森创作经验的科学概括。从生活经验出发讲述中国故事使欧阳黔森的文学创作更具有客观性和现实性，也使他的写作伦理更具人民性和科学性。

---

[1] 范玉刚：《"以人民为中心的创作导向"——习近平文艺思想的人民性研究》。
[2] 莫言：《作为老百姓的写作》，载《莫言讲演新篇》，文化艺术出版社，2010，第265页。

第二节　故土情结与文化地理

在《政治经济学批判导言》中,马克思研究"国家形式和意识形式同生产关系和交往关系的关系"的"出发点当然是自然规定性"[1]。马克思所说的"自然规定性"其实就是"地理障碍和'地域人种'的规定性",这种"自然规定性"不仅是艺术研究的重要出发点,也可以说"马克思的文学批评的'意识形式'总是离不开'自然规定性'"[2]。众所周知,文学创作也存在这种"自然规定性",2015 年,欧阳黔森在访谈录中指出,"文学与地域属于母子关系,换一句说法就是,母亲的优劣关系到儿子的优良,而民俗民风、行为方式、语言特点,确定文学的味觉"[3],这些观点也包含了地域及其历史文化等"自然规定性"。2009 年,欧阳黔森发表散文《故乡情结》,表达了他对故乡的感情和对沈从文的崇敬。欧阳黔森生于铜仁,在铜仁生活了 20 多年。铜仁与湘西在明代以前同属沅陵郡管辖,自古以来,铜仁和湘西在文化风俗方面都十分相近。明朝末期,铜仁划入贵州,明王朝的统治者"把湘西最美的一块土地甚至是湘西人最为自豪的武陵山的主峰——梵净山也划归了贵州"[4],但铜仁的文化传统仍属于湘楚文化范畴。因此,作为贵州人的欧阳黔森,他身体中仍然流淌着湘楚文化的基因,他也多次强调自己的小说具

---

[1] [德] 马克思:《政治经济学批判导言》,载《马克思恩格斯文集》第 8 卷,中共中央马克思恩格斯列宁斯大林著作编译局编译,人民出版社,2009,第 34 页。
[2] 钟仕伦:《被遮蔽的空间:马克思文学地域批评思想初探》,《文学评论》2016 年第 5 期。
[3] 周新民、欧阳黔森:《探询人性美——欧阳黔森访谈录》,《小说评论》2015 年第 5 期。
[4] 欧阳黔森:《故乡情结》,载《水的眼泪:欧阳黔森选集》,第 73 页。

有楚味。据欧阳黔森说，他的故乡与沈从文的出生地不到60公里，他曾经幻想过和沈从文同喝一方水同吸一口气的喜悦。沈从文作为"来自古楚国大山腹地的新文学作家，其精神血脉中拥有着楚文化刚勇尚武的因素"[1]，他"温柔似水的性情中多了一份刚健有力的侠骨侠情"[2]，具体到创作中则体现为他对故土民情风俗、自然风物和历史文化的激情礼赞与理性审视。正是因为上述原因，欧阳黔森对沈从文怀有高度崇敬心理，他认为沈从文给世人呈示了辉煌灿烂的作品与人品，他对沈从文有一种泰山压顶般的仰视感觉，他认为沈从文把他们共同的故乡写绝了，他觉得自己在沈从文的巨大阴影下永无脱颖而出的可能。欧阳黔森写道："他的出生地和我的出生地、他的文化背景、他的辉煌无比和我的在他辉煌下的虚弱，我的一切都在他前行的伟岸而灿烂的背影中自惭形秽。"[3]沈从文为欧阳黔森树立了一座难以逾越的丰碑，也激发了欧阳黔森的创作动力。与沈从文一样，欧阳黔森对生他养他的故土投入了太多的感情和文字，他尽情地描绘了故土的自然地理和历史文化。我们知道，人的存在与发展离不开自然环境和社会关系，马克思就十分重视人与自然环境及历史文化的关系。马克思在《资本论》中写道："由于一个国家的气候和其他自然特点不同，食物、衣服、取暖、居住等等自然需要本身也就不同。另一方面，所谓必不可少的需要的范围，和满足这些需要的方式一样，本身是历史的产物，因此多半取决于一个国家的文化水平。"[4]马克思不仅揭示了人的需要与自然环境的密切关

---

[1] 陈夫龙：《民国时期新文学作家与侠文化研究》，花木兰文化事业有限公司，2017，第91页。
[2] 同上书，第178页。
[3] 欧阳黔森：《故乡情结》，载《水的眼泪：欧阳黔森选集》，第75页。
[4] [德]马克思：《资本论》，载《马克思恩格斯文集》第5卷，中共中央马克思恩格斯列宁斯大林著作编译局编译，人民出版社，2009，第199页。

系，而且强调人的需要是社会历史发展的产物；也就是说人的需要是由自然地理和历史文化共同决定的。因此可以说，欧阳黔森的文学追求及其创作特征是故土独特的自然地理与历史文化孕育和决定的。

欧阳黔森浓墨重彩地描绘了家乡铜仁的自然风光，尽情抒发了内心的自豪感。欧阳黔森多次引用贵州府志对铜仁的赞誉——"贵州各郡，独美于铜仁"，强调"铜仁地处武陵山脉主峰梵净山脚下，是属于山美、水美、人更美的那种地方"[1]。在他的所有文字中，家乡铜仁的梵净山是被描绘得最多也是最美的山峰。梵净山是武陵山脉的主峰，地质结构复杂、自然条件险恶，是贵州最大的原始森林。欧阳黔森认为梵净山集峨眉之秀、黄山之奇、华山之险、泰山之雄于一身，他对这灵山秀水有着无比的自豪感，梵净山经常让他魂牵梦萦。梵净山的红云金顶高约百米，从梵净山之巅拔峰而起。欧阳黔森曾经无数次登上梵净山金顶，每次登上金顶，他的情感就会得到无比痛快的宣泄；他无数次站在万卷书岩的平台面对起伏的群山呼喊，嘹亮的呐喊一声声地传出去又被金顶的悬崖壁折回来，形成生生不息的声响。这种发自内心的呐喊萌生出嘹亮的本色、无限的痛快、生命的力量和岁月的沧桑。2012年，欧阳黔森在《光明日报》发表诗歌《贵州精神》，在正视贵州自然条件和历史文化的基础上，提出了团结和谐、自信自强的贵州精神，热烈呼唤英雄主义、乐观主义和理想主义。欧阳黔森对贵州的山地环境有着清醒认识，贵州拥有令人敬畏的大山，"东有神奇瑰丽的武陵山脉／西有巍峨磅礴的乌蒙山脉／北有雄关险峻的大娄山脉／南有俊俏秀美的逶迤苗岭"[2]。一般看来，贵州地理正是"山外有山"的真实写

---

[1] 周新民、欧阳黔森：《探询人性美——欧阳黔森访谈录》。
[2] 欧阳黔森：《贵州精神》，载《水的眼泪：欧阳黔森选集》，第148页。

照，而山地环境使贵州土地贫瘠、交通不便，因而长期处于贫困状态，正所谓"地无三尺平，人无三分银"。虽然欧阳黔森以华美语言描绘贵州地理，但无法掩盖他对贵州贫困的忧虑。正因为在这样极端贫困的条件下，更需要艰苦奋斗、攻坚克难的贵州精神，才能使高原出平湖、天堑变通途，才能拉近贫瘠与富庶的距离。自然地理不仅影响了贵州社会的发展状况，还深刻地影响了贵州的文化特征，因此，独特的山地文化特征成为欧阳黔森文学创作的重要内容。2003年，欧阳黔森在《当代》发表短篇小说《断河》，小说描绘了浓厚的高原特色，断寨地处红土千里的喀斯特高原东部，四处高山耸立、河谷深邃，在裸露的山体上偶尔有一层层分布不均且薄薄的红土，生长着永远也长不高的小树。2013年，欧阳黔森发表短篇小说《扬起你的笑脸》，小说描绘了浓厚的山地文化特色。乌江水流湍急、两岸悬崖峭壁，山高雾重道路崎岖，处于乌江流域的梨花寨只有七十几户人家，零星地散布在陡峭的斜坡上，斜坡周围都是陡峭的大山，大山像雨后春笋数不胜数却列队给乌江让道，大山上基本是以山石为主，只是在一些缝隙中生长着一些小灌木。梨花寨地少人多，房屋见缝插针似地修在山崖旁，家家都修成了半屋傍山半屋支架的吊脚楼。山地环境决定了梨花寨独特的住宅形式和生活方式。浓厚的山地文化是欧阳黔森文学创作的重要内容，也是他文学创作的独特魅力。

欧阳黔森对贵州这块土地倾注了深厚的感情，他对贵州的历史文化有着高度自信。2015年，欧阳黔森在《小说评论》发表《我的文学理想与追求——自述》，详述了他对贵州历史文化的看法。欧阳黔森生于贵州长于贵州，贵州的历史与文化正如他身体的血液。在他看来，贵州是一个具有悠久历史和灿烂文化的地域，他对贵州的历史与文化感到无比自豪。欧阳黔森认为贵州文化广纳中原文化和周边地域文化之长，每一个地域文化在历史星空中都闪耀着光芒。长期以来，贵州人对"夜郎自大"和"黔驴技穷"这两个成语一直如鲠在喉，但欧阳黔森发现这两个成语都是历史谬误，非但没有必要对此产生心理负担，反而应该产生文化自信。欧阳黔森特别看重古夜郎文化。一般看来，古夜郎的疆域主要在今贵州地区，但欧阳黔森认为其疆域实际更为广大，毕节赫章可乐古遗址证明古夜郎文明有六千余年历史，毕节彝文古籍记载古夜郎第十七代君主曾出兵十万维护周天子尊严。因此，欧阳黔森认为贵州人应该从古夜郎的悠久历史文化中建构文化自信。2004年，欧阳黔森策划出版"夜郎自大"丛书也是基于建构文化自信。据孟繁华考证，"夜郎自大"典故源于《史记·西南夷列传》，滇王尝羌首先提出"汉孰与我大"，后来夜郎王多同也以这个话语询问汉使唐蒙。由于后人对史书没有深究，"所以人云亦云，以讹传讹，置尝羌于不顾，遂把'夜郎自大'的由来与贵州相联系"[1]。孟繁华对这个典故追本溯源，希望还原历史本来面目，纠正人们对"夜郎自大"的认识。因此，孟繁华认为欧阳黔森策划的"夜郎自大"丛书"不是妄自称大，而是反其意而用之，试图借史、借事来凸显贵州曾经是海现在是山而雄浑博大、能纳百川、群山竞秀的博大胸怀"[2]。

欧阳黔森的文学创作大多取材于贵州的历史人物或现实人生，他还特别描绘了贵州浓厚的红色文化底蕴。欧阳黔森在青少年时代阅读了《金光大道》《艳阳天》《难忘的战斗》《红岩》等小说，也听到地质队员

---

[1]　孟繁华：《序：一次文学的盛会》，载欧阳黔森《非爱时间》，贵州人民出版社，2004，第1页。
[2]　同上书，第2页。

讲述《三国演义》《水浒传》《西游记》《聊斋》等故事，这些都成为他儿时最深刻的记忆，并深刻地影响了他的文学创作。2005年，欧阳黔森在《中国作家》发表的短篇小说《心上的眼睛》（后被《中华文学选刊》转载），小说描绘了贵州深厚的红色文化。从自然环境方面来说，大娄山脉东临武陵山脉，西接乌蒙山脉，紧紧守住川黔通道；欧阳黔森认为大娄山脉群山峻峭、植被茂盛，娄山关隘雄伟苍凉。欧阳黔森在小说中写道，娄山关的险峻是英雄夺关斩将展示风采的地方，娄山关的风都洋溢着英雄的味道，很容易使人热血沸腾；他还多次引用毛主席诗词《忆秦娥·娄山关》，强调毛主席诗词能使小说主人公的"血液像涨满春水的溪流，正汹涌澎湃浩浩荡荡地奔向心海"[1]。一位双目失明的军人触摸石壁上的毛体字，感动得热泪盈眶。他虽然眼睛看不见石壁上的毛体《忆秦娥·娄山关》，但心里的眼睛十分清晰。小说通过叙述者"我"、丁三老叔和失明军人的多重复调叙述方式表达了对红军的敬仰与热爱，娄山关不仅是群众缅怀红军英雄事迹的场所，而且是群众抒发自我真情的对象。2006年，长篇历史小说《雄关漫道》详细讲述了红二、六军团转战贵州并且在黔东和黔大毕地区开创革命根据地的经历，塑造了贺龙、任弼时、关向应等无产阶级革命家的崇高形象，乌蒙山区与乌江独特的地理条件和自然环境为革命根据地的开辟创造了条件，贵州良好的群众基础与革命气氛为红军长征和中国革命的胜利提供了机会。

自古以来，中国文人就有家国一体的观念。欧阳黔森对家乡贵州有着深厚情感，他对祖国也有着赤诚的热爱，他是一个具有浓厚国家

---

[1] 欧阳黔森：《心上的眼睛》，载《莽昆仑：欧阳黔森中短篇小说选》，作家出版社，2015，第431页。

意识的作家。1994 年，在作品集《有目光看久》中，欧阳黔森创作了一组以"高原梦"为题的诗歌，这些诗歌描绘了浓厚的高原特色。他把贵州这块红土高原比喻为"巨人隆起的又一个／美丽而丰富的乳房／你山山水水孕育的宝藏／是流不尽的乳汁"[1]。欧阳黔森将红土高原与青藏高原、黄土高原和蒙古高原进行比较，描绘了红土高原的历史内涵与文化特征，突出了红土高原在共和国历史上的独特地位，强调了红土高原对美好生活和美妙时代的追求。欧阳黔森把红土高原与共和国的历史融为一体，认为高原梦与共和国的未来交相辉映，并以此歌颂古老的民族和伟大的时代。在诗歌《隆起与沉陷》中，欧阳黔森认为隆起与沉陷是中国大地上千万年来不朽的风景，隆起使中国大地雄性昂然更拥有伟岸，沉陷使中国大地母性幽深并滋养了五千年的灿烂文化。2015 年，欧阳黔森在《中国作家》发表《那是中国神奇的版图》（组诗），描绘了狂风般彪悍的骑手、风吹草低的原野、高不胜寒的雪山以及世界屋脊上雄性十足的头颅。从诗中可以看到，中国在欧阳黔森心中有着至高无上的地位：

> 世界屋脊上／雄性十足的头颅／昂然挺立／呈银色衬出了你的威仪与深邃／你白发苍苍／但双眼仍然年轻／一泻千里的两道目光／掠过沧桑沉浮的版图／严厉而慈祥／只有这博大而神奇的目光／才有着生命力的色彩／一道黄色／一道蓝色／于是东方古老的江河民族／生生不息地享受你的严厉与慈祥／至今——五千年[2]

---

[1] 欧阳黔森：《高原梦》，载《有目光看久》，第 156 页。

[2] 欧阳黔森：《那是中国神奇的版图》（组诗），载《水的眼泪：欧阳黔森选集》，第 121—122 页。

欧阳黔森把昆仑山比作东方巨人的头颅，把黄河、长江比喻为巨人一泻千里的两道目光，可谓独具匠心，这样的比拟，可以让人很快融入诗的意境和思辨里。欧阳黔森突出了中国版图的威仪与深邃、沧桑与沉浮、博大与雄奇，强调了东方古老民族的严厉与慈祥。欧阳黔森还描绘了西沙群岛、南沙群岛、宝岛台湾和钓鱼岛的美丽与富饶，表达了自己对国家领土的热爱，强调了捍卫国家领土主权的坚定信念。

总体来说，欧阳黔森从个人情感出发，通过描绘故乡贵州的自然地理和历史文化，表达对贵州的热恋与自信，最终走向了对国家的热爱与自豪，体现了家国一体的精神自觉。实际上，书写贵州独特的文化地理一直是贵州文学的传统，从蹇先艾到何士光等作家都具有浓厚的贵州情结，《水葬》《在贵州道上》《乡场上》《种包谷的老人》等作品都描绘了贵州的风土人情。相比较而言，蹇先艾习惯以启蒙眼光和批判视野描绘贵州的文化地理，何士光在《种包谷的老人》中把贵州的文化地理浪漫化和诗意化了，欧阳黔森在正视贵州文化地理的基础上，独到地描绘了贵州的红色文化和革命历史，弘扬了社会主义的革命伦理。贵州的文化地理在欧阳黔森的文学创作中俨然成为一种本体意味的精神力量，正如他于 2015 年在《文艺家的"文化自信"该何去何从》中所指出的，高度的文化自信不仅是作家文化自觉的表现，还是作家文化心态的体现，更是作家走向成熟的重要标志。作家只有对自己脚下的土地具有文化自信和文化自觉，才能创作出人民群众喜闻乐见的优秀作品，才能用作品去引领人民群众的视觉、思维和价值观的建立，才能引领人民群众的精神世界不断迈向新台阶。欧阳黔森希望贵州作家能够更加自觉地展现贵州厚重的历史文化和独特的民族民间文化，把文化自信贯穿文学创作的始终。贵州作为一个欠发达的地区，欧阳黔森以高度的文化自信为贵州的发展助力,也为国家的发展和社会的进步助力。从情感出发描绘中国图景,使欧阳黔森的文学创作更具有感染力和说服力。

第三节 道德焦虑与社会伦理

习近平总书记《在文艺工作座谈会上的讲话》指出了"现在社会上出现的种种问题",比较突出的是"价值观缺失"。习近平总书记强调:"文艺是铸造灵魂的工程,文艺工作者是灵魂的工程师。好的文艺作品就应该像蓝天上的阳光、春季里的清风一样,能够启迪思想、温润心灵、陶冶人生,能够扫除颓废萎靡之风。"习近平总书记强调:"追求真善美是文艺的永恒价值。艺术的最高境界就是让人动心,让人们的灵魂经受洗礼,让人们发现自然的美、生活的美、心灵的美。"[1]欧阳黔森深入领会习近平总书记的讲话,他在《文艺家的"文化自信"该何去何从》中详细讲述了自己的学习体会,强调作家应该主动担起灵魂工程师的重担,用文艺作品去积极引领人民群众高尚的精神文化生活。2015年,欧阳黔森在访谈录《探寻人性美》中提到他表现人性善良源于自己对社会道德状况的忧虑,他认为善良在当今社会太可贵了,人性缺失已经触目惊心,他对社会道德状况已经上升到了焦虑。为了改变当今社会

---

[1] 习近平:《在文艺工作座谈会上的讲话》,第22—24页。

人性的缺失和人情的冷漠，欧阳黔森认为最好的办法就是向往真善美，以作品来温暖人心。欧阳黔森对人性善良的表现还源于自己对母亲的崇拜。他写道：

> 于我来讲，母亲是我的启蒙老师。母亲文化不高，但很会讲故事，中华传统中那些好故事，几乎都是母亲讲述给我的。母亲与她同时代的女性，都有一个本质特征，就是很好地继承了中华女性的美德。在我眼里，母亲就是真、善、美的化身。而在现实中，时下的女性们离这些美德实在是不敢多说。由是我便在我的作品去希望，去向往。记得小时候，母亲哪怕是讲鬼的故事，也不会让我恐惧，这是因为母亲充满着母性善良的仁爱。我的母亲快90岁了，虽然口语不清了，但她的声音一出口，房间里都溢满着慈祥之音。我这样设置我作品中的女性，是想告诉女性（包括我的妻子和女儿），无论我们生活的景况有着怎样遭遇，我们仍然要有一颗善良的心去向往生活，去热爱生活。[1]

在欧阳黔森心目中，母亲继承了中华传统美德，是真善美的化身，始终怀有母性的善良和仁爱。欧阳黔森在第二届蒲松龄短篇小说获奖感言时说：

> 小时候，每逢夜深人静，母亲总是给我讲《聊斋》故事。那时候家里没有《聊斋志异》这本书，上世纪60年代时，确实找不到这本书。但是，那些故事人物，却是那样地生动在母亲的嘴里。

---

[1] 周新民、欧阳黔森：《探询人性美——欧阳黔森访谈录》。

讲的多是鬼的故事，可小小的我从未害怕过，我想母亲也从未认为这些故事会吓唬小孩子。在我从少年步入青年的时候，我终于有了一本《聊斋志异》，母亲看着我感叹了一句："看了《聊斋》，想鬼做。"母亲的随口一叹，也许母亲也记不起了，是的，我也记不起母亲是在什么时间、什么地点，这么一叹。但这一叹，20年来，一直围绕在我耳边，久久地在脑畔回响。但这句话的利害，我是在20年以后才感觉到和真正理解到的。我们可以想象，一个人讲故事，可以把原本该害怕的东西讲成了一种无比向往，这要多么的伟大才能做到呀！[1]

欧阳黔森希望在文学作品中塑造善良的女性来鼓舞人们要有一颗善良的心去向往生活、热爱生活。由此可见，欧阳黔森追求性善论为核心的社会伦理，既与党的文艺政策和母亲的人格力量紧密相连，又与他对社会道德状况的焦虑紧密相关；欧阳黔森希望以美好的人情、善良的人性、高尚的人格引领社会道德和时代精神。

人情美一直是欧阳黔森文学创作的重要追求。欧阳黔森对人情美的追求大都是通过爱情故事表现出来的，他尤其喜欢表现初恋的美好、纯洁与坚贞。2001年，欧阳黔森发表短篇小说《五分硬币》，小说讲述"我"在1966年的"大串联"经历，"我"在西安车站遇见了"她"，"她"给"我"留下了美好印象并且还给了"我"一枚五分硬币。"她"的身影一直使"我"难以忘怀，"她"让"我"魂牵梦绕了几十年，但"我"始终都不知道"她"的名字，这枚五分硬币也就成为美好的回忆，成为一

---

[1] 欧阳黔森：《短篇小说是最难藏拙的》，载文艺报社主编《小说里的中国》，青岛出版社，2013，第198页。

段感情的象征。后来,"我"偶然遇见了"她","她"也认出了"我",但"她"只是说"我"曾经吹箫吵得"她"睡不着觉。虽然"她"深深地伤害了"我"的感情,打击了"我"的自尊心,破灭了"我"的幻想,但是"我"仍然珍藏那枚五分硬币。小说主要讲述了"我"对感情的珍惜和怀念,表达的是对青春、理想和爱情的向往和追求,小说的主旨颇具象征意味,幻想的破灭更加表现了"我"对感情的珍惜。2003年,欧阳黔森在小说《断河》中主要讲述麻老九在断河边的人生经历,小说在残忍的故事中包藏着深切的爱。龙老大闯荡江湖,仇家众多,为了保护同母异父的弟弟麻老九,他不与弟弟相认,而是狠心地让麻老九在断河里打了几十年的鱼,其目的是不让仇家来向麻老九寻仇,这是在乱世中不得已而为之的办法。小说不仅表现了浓重的亲情,还表现了深厚的爱情,梅朵对老刀和老狼都怀有真挚的爱情,最终以死殉情;麻老九经常在梦中见到死在断河的女人,他为这个梦境守候了一辈子。在高山深谷、尚武成风的武陵山脉,在残忍的爱中总是蕴藏着浓厚的情感与人性。2006年,欧阳黔森在《花城》发表短篇小说《有人醒在我梦中》,讲述"我"在农场下乡时懵懂而又真挚的初恋,后来"我"又鬼使神差地离开了白菊,以至于白菊在以后的岁月里不断来到"我"的梦里。小说既有对知青下乡辛苦劳作的回忆,又有对青年时代甜蜜初恋的怀念,表达了对青春易逝爱情难得的感慨。2013年,欧阳黔森发表《远方月皎洁》,讲述"我"对青春时代的初恋的怀念,"我"在做地质工作时认识了卢春兰并与她有了朦胧的感情,但由于地质工作需不断迁徙,"我们"相约在不久的将来在七色谷见面。然而,卢春兰送给"我"的黄狗被同事宰杀,"我"不仅没有保护好黄狗,而且没有兑现自己的诺言。小说试图指出,年轻人很容易忘却一生中最美好的东西,但青春易逝、年华不在，美好的事物不可能再次出现，人们只能是无眠地睁开双眼怀念远方皎洁的月光。在这些表现美好爱情的作品中，欧阳黔森大都设置了革命时代的社会背景，爱情故事最终也都发展成了悲剧，小说带有浓厚的感伤气息。

人性美也是欧阳黔森文学创作的重要组成部分。1999年，欧阳黔森在《当代》发表短篇小说《十八块地》，讲述"我"于20世纪60年代在十八块地农场下乡接受再教育的经历，小说洋溢着浓厚的革命气氛，知青们经常高喊革命口号，政委时常干吼《红灯记》或《智取威虎山》，"我"和卢竹儿经常阅读《青春之歌》《红岩》《烈火金刚》《难忘的战斗》《钢铁是怎样炼成的》等小说。但这一切都是在塑造环境或背景，小说的主要目的或许在于表达美好的人性，在生活困难的岁月，卢竹儿却充满哀伤与企求地要求保护山羊，最后怎么也不肯原谅"我"的背叛。政委关心保护鲁娟娟虽然夹杂了自己的感情，但他的正直善良总让人心怀感激。小说描绘了那个特定的革命时代，也讲述了个体在历史发展中的命运变迁，但理想、爱情与命运似乎都不由自己掌控，知识青年留下的只是对逝去的青春岁月和美好感情的无限怀念。2005年，欧阳黔森在《人民文学》发表短篇小说《敲狗》，敲狗比杀狗更为凶残，但厨子为了做生意杀了无数条狗，中年汉子神色黯淡、很不情愿但又无可奈何地把自家的黄狗交给了厨子。后来，中年汉子又来赎狗，原来他是因为父亲得急病要钱救命才卖狗，厨子与中年汉子因为赎狗产生纠纷，最后徒弟在半夜偷偷把黄狗放了。小说通过厨子、中年汉子、徒弟对待黄狗的不同态度探讨了人性的温度与深度，中年汉子和徒弟都表现了人性的温暖。何士光认为《敲狗》"是一篇精粹的作品，在那仿佛是不动声色的叙述后面，黔森以一种慈悲的胸怀，对人性作了一

次深深的审视"[1]。这篇小说曾入围"鲁迅文学奖",并于2009年位列第二届"蒲松龄短篇小说奖"榜首,授奖词写道:

> 小说在无情中写温情,在残酷中写人性之光,是大家手笔和大家气派。大黄狗再次绽开的笑脸,狗主人与大黄狗之间难以割舍的真情,使得徒弟冒险放掉了师傅势在必得的大黄狗。大量生动鲜活的如何敲狗的细节的铺排,只是为了最后放狗的一笔。在狗的眼泪里我们看见了人的眼泪,由狗性引申出来的是对人性的思考、对提升人的精神品质的呼唤。小说不仅在结构上有中国古典小说的神韵,在道义和人性的刻写上也见出传统文化的底蕴。小说通过写狗对主人的依恋,厨子对情感的冷漠及徒弟的被感动折射出人性的光芒,把人性解剖这个文学的宏大主题用"敲狗"这个断面展现得曲尽其妙,称得上是短篇小说的典范文本。[2]

《敲狗》获得国内重要的短篇小说奖项以及高度评价,有力地证实了它的价值。2013年,欧阳黔森在短篇小说《扬起你的笑脸》中讲述乡村教师田大德在梨花寨教书的故事。田大德学问高,为人洁身自好,甘于清贫扎根乡村;他心地宽广宅心仁厚;他特别关爱学生,就像漫漫长夜中的火光照亮了学生的心灵。小说结尾以极具象征意味的语言描绘了田大德对学生心灵的影响,那山谷里夜的火光和斑斓从未熄灭从未消失从未离开他们的心,他们的心从此没有寒冷的感觉,他们的心有了灵魂的温度,扬起笑脸就成了他们的一种人生态度。欧阳黔森在

---

[1] 何士光:《序〈欧阳黔森短篇小说选〉》,《山花》2014年第10期。
[2] 欧阳黔森:《授奖词》,载《小说里的中国》,第196页。

小说中写道:"在我的脑海里,那堆火从来不曾熄灭过,而那张在火光中辉映的笑脸,至今灿烂无比。"[1] "扬起你的笑脸"既可以说是欧阳黔森特别看重的一种处世哲学,也可以说是他重点张扬的人类精神。欧阳黔森试图通过田大德对学生的关爱赞扬乡村教师的奉献精神;欧阳黔森希望以爱的火光温暖心灵,希望以爱的火光照亮人世,他认为田大德老师的心可以用人间最美好的词来赞誉。美好人性一直是欧阳黔森小说创作的重要主题,尤其是生活困难的革命时代,人们最终都得以回归日常的物质生活和人际关系,人性美放射出耀眼的光芒照亮人心、温暖时代。

人格美也是欧阳黔森文学创作的重要内容。1994 年,在诗歌《山村女教师》中,欧阳黔森讲述年轻女教师自愿选择偏远的荒村工作,把青春热血洒向古老愚昧的山村,把智慧与微笑洒向纯洁的童心。在《绝地逢生》《村长唐三草》等扶贫系列小说中,欧阳黔森讲述乡村干部带领群众艰苦奋斗、攻坚克难,歌颂他们勇担责任、无私奉献的高尚品格;在《勋章》《血花》《勘探队员之歌》《山之魂魄》等地质系列诗歌中,欧阳黔森讲述地质队员吃苦耐劳、坚韧不拔,歌颂他们是真正的"山之魂魄"。欧阳黔森一方面直接描绘乡村教师、农村干部、地质队员的英勇事迹,热烈歌颂他们的高尚品格;另一方面他还间接赞扬了张志新、遇罗克等人的高贵品质。2014 年,欧阳黔森在《人民文学》发表短篇小说《兰草》,小说主要讲述"我"的青春爱恋和理想追求,作为知青的"我"与上海知青兰草在武陵山脉相识,结下了深厚的革命友谊,也产生了朦胧的感情。小说在时间维度上分为两个层面,一方面,

---

[1] 欧阳黔森:《扬起你的笑脸》,载《莽昆仑:欧阳黔森中短篇小说选》,第 437 页。

小说讲述过去的知青生活，详细描绘当时的革命气氛，表达对知青生活和青春时代的怀念；另一方面，小说讲述现在的生活变化和命运变迁，尤其强调了《宣告》《小草在歌唱》《这也是一切》这些震撼人心的诗歌在历史天空中闪烁着光芒，并且继续照耀叙述者"我"不断前行。叙述者"我"多次提到了北岛诗歌《宣告》和雷抒雁诗歌《小草在歌唱》，还直接引用了舒婷诗歌《这也是一切》中的诗句。众所周知，《宣告》《小草在歌唱》《这也是一切》三首诗歌都表现了为追求真理而英勇献身的高贵品质和无畏气概，都表达了对理想和未来的坚定信念和美好追求，也都预示了变革时代的到来。欧阳黔森引用这些诗歌，表现了他由革命话语、阶级话语向改革话语、人性话语的转变，表现了他对改革时代的向往和追求。

欧阳黔森一方面表达了对纯洁人情、美好人性和高尚人格的向往，另一方面，他也表达了对社会道德失范、情感混乱和精神孤独的忧思与讽刺。2002年，欧阳黔森在《十月》发表中篇小说《白多黑少》，讲述萧子北与南岚、杜娟红畸形混乱的情感关系，虽然萧子北纵横商海，但他纵欲情海难以自拔，在公司出事的同时，家庭婚姻也将遭受危机。2003年，欧阳黔森发表短篇小说《味道》，小说讲述了三个层面的爱情故事："我"与方冰的恋爱关系、方冰父母动人的爱情传奇、"我"编造的乱七八糟的爱情剧，欧阳黔森讽刺了现实生活和虚构剧本中虚假的爱情故事，而对方冰父母忠贞如一的爱情经历表示崇敬。2004年，欧阳黔森出版长篇小说《非爱时间》，这部小说原名为《下辈子也爱你》发表于《红岩》杂志，主要讲述知青黑松和陆伍柒在改革开放时代对过去的知青经历的深切怀念，他们对现实的情感生活极为不满。黑松与鸽子虽是二十年的夫妻，但他们的感情并非牢不可破，陆伍柒则过着纸醉金迷、荒唐淫乱的生活。陆伍柒有无数的女人但从未结婚，他总是思念知青时代的萧美文。陆伍柒是一名富裕的、成功的企业家，但他仍然是情感世界的可怜虫，情感异常脆弱。小说旨在揭示当代的人性品格和精神状态，虽然当代物质生活富裕了，但人们仍然陷于情感混乱、精神孤独的状态。

综合以观，欧阳黔森从当今时代的精神状况出发，着重描述了知识青年在革命时代的人生故事，在宏大的革命叙事中融入日常生活的情感叙事，不仅表达了对青春、爱情与理想的怀念，而且表达了对人情美、人性美与人格美的赞赏。但现代个体并不能把握自己的命运，知识青年的爱情与理想都随时代发展的风云际会而烟消云散，留下的只是无尽的感伤与怀念。在改革时代，曾经的知识青年大都取得事业上的成功，在物质上获得巨大的满足，但他们的人生并不完满，他们总是陷入情感混乱和精神孤独的状态。在当下时代，中国的物质生产力已有巨大发展，人民生活水平也有了很大提高，党的十九大报告指出，中国特色社会主义进入新时代，我国社会主要矛盾已经转化为人民日益增长的美好生活需要和不平衡不充分的发展之间的矛盾。物质生产力的发展也急需社会道德状况和时代精神的改善与提高，习近平总书记《在文艺工作座谈会上的讲话》提出要"扫除颓废萎靡之风"，号召文艺工作者"要通过文艺作品传递真善美，传递向上向善的价值观，引导人们增强道德判断力和道德荣誉感，向往和追求讲道德、尊道德、守道德的生活"[1]。这是党和国家领导人准确观察分析当今社会道德状况和时代精神后做出的正确决策，也是社会主义伦理在新时代的必然要求。

---

[1] 习近平：《在文艺工作座谈会上的讲话》，第23、25页。

在欧阳黔森的创作中，革命与恋爱的统一、物质与精神的冲突最终都指向现代个体的精神出路，或许欧阳黔森在苦苦思索：在物质生活日渐发达的中国，我们该何以安顿自己的灵魂？

第四节　传统智慧与自然天理

习近平总书记《在文艺工作座谈会上的讲话》强调"弘扬社会主义核心价值观，继承和发扬中华民族优秀传统文化，坚持和弘扬中国精神"[1]。如果说欧阳黔森试图通过传递真善美来改善和提升社会道德状况和时代精神，那么他又试图通过吸取中华文化基因来坚持和弘扬中国精神。1965 年，欧阳黔森出生于地质工作人员家庭，他从小就与地质工作人员有着深厚感情。1984 年，他正式成为一名地质队员。在八年地质找矿生涯中，欧阳黔森走遍高原雪峰，征服了一座又一座山峰，武陵山脉、乌蒙山脉、五岭山脉、昆仑山脉、横断山脉的千沟万壑都留下了他的足迹。作为地质队员，欧阳黔森与大自然有着奇缘，他经常醉心于大自然的美妙，惊叹于大自然的鬼斧神工。欧阳黔森把人生中最美好的年华都贡献给了地质事业，这段经历是他一生中始终无法忘怀的记忆，也是他文学创作的重要来源。地质工作使欧阳黔森亲密接触大自然，也促使他不断思考人类与自然的关系，他甚至认为关注

---

[1] 习近平：《在文艺工作座谈会上的讲话》，第 26 页。

人与自然成为自己的本能。2014年,欧阳黔森在散文《水的眼泪》中着重表现了自己对老子哲学思想的看法,认为两千年前的老子就已经揭示万物的真理。欧阳黔森在文中引用老子名言"道生一,一生二,二生三,三生万物"[1],这种宇宙生成论让他认识到万物的发展都要遵循自然规律。欧阳黔森认为"道"是老子思想的精髓,他从汉字结构分析老子的思想:"'道'字的结构:首即是头,头上两点即是眼,眼高头低即是思,思之则走之。如是,可谓正'道'否?"[2]众所周知,老子之"道"指的是宇宙本源之"道"、自然规律之"道"和人生准则之"道",老子认为"道"是天地万物的本源,是万物存在与发展变化的普遍原则和根本规律。正如陈鼓应指出,"'道'是老子哲学的中心观念,他的整个哲学系统都是由他所预设的'道'而开展的"[3],欧阳黔森深受老子之"道"的启发,不仅希望"道"成为思想的根基,还希望人们能够先思考后行动,更希望"道"能够盛行于世。欧阳黔森高度评价老子思想,他认为老子的智慧让我们自惭形秽,也让我们体悟自我的无知与浅薄;不仅如此,欧阳黔森还认为老子在两千年前所著的《道德经》对自然环境问题就已经有唯物的结论,为人类的发展提出了警示。可以说,欧阳黔森对人与自然的关系思考既与他的地质工作经历相关,也深受中国传统哲学思想的影响。

  欧阳黔森在《道德经》中不仅体悟到宇宙自然规律,还体悟到上善若水的哲学思想。欧阳黔森在大自然中获得灵感,他从大自然的鬼斧神工中进一步深思悟道。他把自然之观感与老子之哲思结合起来,从

---

[1] 陈鼓应:《老子注译及评介》(修订增补本),中华书局,1984,第225页。
[2] 欧阳黔森:《水的眼泪》,载《水的眼泪:欧阳黔森选集》,第3页。
[3] 陈鼓应:《老子注译及评介》(修订增补本),第2页。

《道德经》体悟到自我的渺小，他认为自己在浩瀚的世界中就是一滴水珠。欧阳黔森曾经在《光明日报》发表过一首歌颂水的长诗。他在诗中写道：

水是无形的 / 无形的优势 / 是它可变成任何一个形状 / 在峡谷里它是急流 / 在悬崖上它是瀑布 / 在盆地它是明镜 / 在天空上它是云彩 / 在云朵中它是雨滴 / 在南风飘的时候它是雾霭 / 在北风刮的时候它是雪花 / 这便是水的属性 / 遇坚而刚、水滴石穿 / 遇软而柔、润物无声 / 这便是水的精神 / 团结而和谐 / 也许有人会认为 / 一滴水溶入了大海是令人恐惧的 / 一滴水在浩瀚的大海里 / 还有那滴水吗？ / 因而宁愿是绿叶上一颗晶莹剔透的露珠 / 美丽在深山里 / 那么我们告诉你 / 这是典型的自私自卑自闭 / 在一个晴天 / 你的美丽也许只能是昙花一现 / 一滴水于弱者是泪、于强者是汗 / 一滴水向往大海而艰苦卓绝的过程 / 于弱者是灾难 / 于强者是财富 / 这就是事物的唯物辩证法则[1]

欧阳黔森描绘了水的属性和精神，他认为水具有遇坚而刚、遇软而柔、水滴石穿、润物无声的精神，他赞扬水滴向往大海而艰苦卓绝的过程。这些精神其实也就是老子在《天下莫柔弱于水》和《上善若水》中提出的观点。老子写道："天下莫柔弱于水，而攻坚强者莫之能胜，以其无以易之。弱之胜强，柔之胜刚，天下莫不知，莫能行。"[2] 老子揭示了水的坚韧不拔性格，说明了以柔克刚、水滴石穿的道理。老子

---

[1] 欧阳黔森：《水的眼泪》，载《水的眼泪：欧阳黔森选集》，第35—36页。
[2] 陈鼓应：《老子注译及评介》（修订增补本），第337页。

写道,"上善若水,水善利万物而不争"[1],他揭示了水的润物无声、无私奉献精神。欧阳黔森对水的看法深受老子哲学的影响,然而,欧阳黔森并没有完全接受老子的思想,而是对其采取了批判性吸取的态度。欧阳黔森主动扬弃了老子"居善地,心善渊"的观点[2],他反对做绿叶上的露珠,反对把美丽藏于深山。欧阳黔森主张做勇敢的强者向往大海而艰苦卓绝的过程,这里似乎又接近儒家积极入世的思想了。实际上,欧阳黔森深受道家思想的影响,儒家文化也在他思想中占有重要地位,他曾提到儒家性善论和阳明学等传统文化在他创作中的作用,他强调"传承优秀文化,在优秀传统上创新,才是汉语言写作者的明智之举"[3]。2007 年,欧阳黔森根据自己的所见所闻创作的散文《白层古渡》发表于《收获》杂志,他在《白层古渡》中也思索了水的本性,认为水的本性"是热爱自由,是没有颜色的,是无形的"[4],强调无形的优势可以使水随意根据条件变成任何一种形状,但人要任意改变水的形状都应该慎之又慎,现代人不应该剥夺水的自由。欧阳黔森在《白层古渡》《水的眼泪》《贵州精神》等作品中都提到了水随物赋形的属性,这种看法可以说是继承中国传统哲学的结果,孔子也曾提到水随物赋形的特点,"其流行庳下,倨句皆循其理,似义"[5]。2012 年,欧阳黔森在诗歌《贵州精神》中再次歌颂水的精神,他认为遇坚而刚、水滴石穿、遇软而柔、润物无声是水的精神,强调大海才是万物之源。他在诗中写道:

---

[1] 陈鼓应:《老子注译及评介》(修订增补本),第 86 页。
[2] 同上。
[3] 周新民、欧阳黔森:《探询人性美——欧阳黔森访谈录》。
[4] 欧阳黔森:《白层古渡》,载《水的眼泪:欧阳黔森选集》,第 46 页。
[5] 孟庆祥、孟繁红:《孔子集语译注》(上、下),黑龙江人民出版社,2003,第 48 页。

世界上理想主义的道路／从来都是一条／充满起伏跌宕的河流／如果一滴水、千万滴水／不曾有着艰辛而漫长的汇集／就不会有大地抒情诗一样美丽的小溪／如果一条小溪、千万条小溪／不曾有着与千山万壑、千难万阻／较量的勇气／就不会有大江大河的汹涌澎湃／在这汹涌澎湃里／每一滴水都是英雄／都洋溢着战斗的英雄主义／有了这样的精神／才有了大江大河的浩浩荡荡／不可阻挡、一泻千里的气概／是的，一滴水曾经是那样的不起眼／可是，只要亿万颗水滴团结起来／就能成为大海／浩瀚无垠、波澜壮阔／大海才是万物之源啊[1]

欧阳黔森描绘了水的情怀和作用，他认为水滴是构成小溪、江河、大海的必要组成部分，水滴克服了长途跋涉和千难万阻，水滴始终洋溢着战斗的英雄主义和不可阻挡的气概，正如老子所说，"天下之至柔，驰骋天下之至坚"[2]。虽然一颗水滴是那么不起眼，但只要亿万颗水滴团结起来，就能成为浩瀚无垠、波澜壮阔的大海，而大海才是万物之源。在欧阳黔森看来，水滴的精神也就是团结的精神和战斗的精神，这种精神赋予江河不可阻挡、一泻千里的气概，赋予大海孕育自然、容纳万物的能量。中国古人也相信水是万物的本源，春秋时期的管子指出："水者何也？万物之本原也，诸生之宗室也。"[3] 虽然老子没有明确指出水是万物的本原，但他强调水"几于道"[4]，而道"渊兮，似万物之

---

[1] 欧阳黔森：《贵州精神》，载《水的眼泪：欧阳黔森选集》，第142—143页。
[2] 陈鼓应：《老子注译及评介》（修订增补本），第232页。
[3] 颜昌峣：《管子校释》，第352页。
[4] 陈鼓应：《老子注译及评介》（修订增补本），第86页。

宗"[1]。老子把"道"与"水"联系起来，无疑是受到"水"的启发，从而以"水"来类比"道"。众所周知，老子通过对"水"的认识揭示了宇宙自然之道，更揭示了社会之道和人生之道。孔子曰："夫水者，君子比德焉，遍与之而无私，似德；所及者生，所不及者死，似仁；其流行庳下，倨句皆循其理，似义；其赴百仞之溪，不疑，似勇；浅者流行，深者不测，似智；其赴百仞之谷，不疑，似勇；浅者流行，深渊不测，似智；弱约微通，似察；受恶不让，似真；苞裹不清以入，鲜絜以出，似善；化必出，量必平，似正；盈不求概，似厉；折必以东西，似意；是以见大川，必观焉。"[2]孔子把君子与水进行类比，认为水具有无私奉献、随物赋形、坚强毅力、严厉品格、顽强意志等特征，具有恩德、仁爱、勇敢、智慧、真诚、公正的精神，他也是从水探讨了社会之道和人生之道。欧阳黔森创作《贵州精神》的目的并不是阐释中国传统的哲学思想，而是希望利用中国传统的社会之道和人生之道以建构贵州精神；他把理想主义道路比喻为跌宕起伏的河流，是希望当代贵州能够发扬水的精神，能够攻坚克难，实现后发赶超。

欧阳黔森在《道德经》中还体悟到辩证法的哲学思维。早在1994年，欧阳黔森在作品集《有目光看久》中的第一句话"那一段岁月很美丽，那一段岁月很残酷"[3]，就已经表现出朴素的辩证法。在《水的眼泪》中，欧阳黔森对水的属性和精神的概括也已经体现辩证法思维，比如"遇坚而刚、水滴石穿、遇软而柔"的思想来源就是《老子·七十八章》。可以说，欧阳黔森不仅融会贯通《道德经》关于"水"的哲学观

---

[1] 陈鼓应：《老子注译及评介》（修订增补本），第71页。
[2] 孟庆祥、孟繁红：《孔子集语译注》（上、下），第48页。
[3] 欧阳黔森：《卢竹儿》，载《有目光看久》，第3页。

点，而且熟悉《道德经》中的辩证法思想，并将之运用于对自然、社会和人生的思考。2004年，欧阳黔森在《十月》杂志发表中篇小说《八棵苞谷》，小说主要讲述三崽家与贫困进行抗争的故事。苗岭腹地群山连绵，蔚然壮观，但美丽的喀斯特地貌使土地稀少而又贫瘠，三崽家就世世代代生活在这个偏远而又贫困的乡村，当地百姓在石漠化土地上的垦殖和放牧又加剧了生态环境的恶化。小说赞扬三崽家为生存而付出的辛苦努力，也批判了当地百姓破坏生态的愚昧无知，但更重要的是，欧阳黔森在这部小说中表达了自然辩证法观点。他在小说中写道："美丽有时与沧桑相伴，可谓美丽的沧桑，而沧桑又喜欢与苦难接连，可谓沧桑的苦难。显然这里是苦难的。人说美丽的地方是富饶的，而在这块美丽的地方只有贫穷。"[1] 贵州区域大多属于喀斯特山体，这种山体历经数十亿个日子的风吹日晒，集天地之灵气、聚大自然之鬼斧神工，造化成神奇的景观，但这种地貌往往是越美丽而越不适合人类生存，喀斯特地貌不仅使土地无法保存水，水土极易流失，而且喀斯特地貌大多石漠化，土地极为贫瘠。欧阳黔森清醒地认识到喀斯特地貌特征，这是一种朴素的辩证法思维，正如《老子·五十八章》揭示的祸福相依的朴素辩证法思想。2015年，欧阳黔森在访谈录《探寻人性美》中指出，伟大的老子在《道德经》中就已有了朴素的自然辩证法，如果认识不到、不遵循自然法则和自然规律，人类就会自食其果。欧阳黔森的文学作品有一半以上对人与自然的冲突进行了反思，其目的就是对环境污染提出警示。

　　欧阳黔森不仅在作品中多次引用《道德经》中的观点，而且多次提

---

[1] 欧阳黔森：《八棵苞谷》，载《莽昆仑：欧阳黔森中短篇小说选》，第184页。

到孔子对自己的思想和创作的影响。孔子说:"知者乐水,仁者乐山。智者动,仁者静。知者乐,仁者寿。"[1] 后来子张问仁者为何乐于山,孔子回答说:"夫山者茍然高,茍然高则何乐焉?山,草木生焉,鸟兽蕃焉,财用殖焉。生财用而无私为,四方皆伐焉,每无私予焉。出云风以通乎天地之间,阴阳和合,雨露之泽,万物以成,百姓以飨。此仁者之所以乐于山者也。"[2] 孔子把仁者与山进行类比,认为山具有滋养万物、无私奉献、通乎天地、和合阴阳的特征。热爱自然、热爱山水是人类的本性,孔子强调"仁者乐山",或许是为了歌颂山的属性和精神。在儒家文化中,外形高大的山是厚德载物、高尚无私的化身。在《故乡情结》中,欧阳黔森讲述了自己登上梵净山红云金顶的故事,他由登山联想到孔子"五十而知天命"的观点,并由此叹服孔子的伟大。在《水的眼泪》中,欧阳黔森由孔子"五十而知天命"的观点体悟到"我存在于世即是宿命"[3]。在中国传统哲学思想的启发下,欧阳黔森建构了爱山乐水的自然崇拜思想。或许是因为欧阳黔森的家乡是山水之乡,贵州有闻名遐迩的大瀑布和数不清的瀑布群,有大乌江、盘江和千万条溪流,有山就有水,这是家乡赐予他的奇缘。欧阳黔森曾经写道:"青山绿水是我对这个世界最初的认知。在我的记忆中,水是那样的晶莹剔透,山是那样的青翠葱郁。"[4] 或许是因为欧阳黔森曾经是一名地质队员,他对大自然有一种特殊的情感;他多次宣称自己是一个热爱自然热爱真实的人,磅礴的乌蒙山脉、俊秀的武陵山脉、神奇的横断山脉、巍峨

---

[1] 杨伯峻:《论语译注》,中华书局,1958,第61页。
[2] 孟庆祥、孟繁红:《孔子集语译注》(上、下),第44页。
[3] 欧阳黔森:《水的眼泪》,载《水的眼泪:欧阳黔森选集》,第3页。
[4] 同上书,第33页。

的昆仑山脉都留下了他的足迹。在诗歌《旗树》中，欧阳黔森描绘了昆仑山神奇的风景，歌颂旗树历经千年的风雨冰雪而屹立修行并成为山之魂魄。欧阳黔森在小说《莽昆仑》中描绘了巍峨壮丽的昆仑山，他认为横空出世的昆仑山是大地壮丽的史诗；他还描绘了高高耸立的唐古拉山，认为唐古拉山在湛蓝色的苍穹里，宁静而又神秘，像画又像诗。欧阳黔森更加喜欢和敬仰昆仑山。他在小说中写道：

> 古人视昆仑为"万山之祖"和"通天之山"。"昆仑者，天象之大也；昆仑者，广大无垠也。"古人对昆仑的传说和对昆仑的赞叹绝对高于喜马拉雅山，虽然它们都是中国最高的山系。它们也是世界最高的山系，青藏高原是世界之脊，粗通文化的人都知道。世人都知道，中华民族的母亲河——黄河、长江都发源于昆仑山系的支系巴颜喀拉山和唐古拉山。凡是历代中国人无疑视昆仑为神山。[1]

这段话是欧阳黔森浸染于中国传统文化而得出的看法，昆仑山是中国古代传说中的神山，被道教认为是"万山之祖"和"通天之山"。"昆仑者，天象之大也；昆仑者，广大无垠也"，这出自司马光对《太玄经》的注释。司马光是北宋政治家和史学家，也是著名经学家，他致力于阐释儒经、弘扬儒术。欧阳黔森还在小说中通过一首诗表达了对昆仑山的敬仰，歌颂神奇的中国版图，强调东方古老的江河民族都受到昆仑山的滋养。然而，现实环境的污染状况给欧阳黔森以深深的刺激。在散文《水的眼泪》中，欧阳黔森从浩瀚的南海来到辽阔的天山，他在诗歌中从祖国的最南边写到祖国的最北边，但南海的水世界与天山南北的

---

[1] 欧阳黔森：《莽昆仑》，载《莽昆仑：欧阳黔森中短篇小说选》，第11页。

黄沙形成鲜明对比。在南海，欧阳黔森觉得"自己像一滴水溶入了那广阔蓝色世界里，渺小，几乎没有了我，可感觉自己分明又在那浩瀚的蔚蓝色里，无处不在"[1]，他认为自己的心在水的辽阔中显得更为广阔，他强调自我与水融为一体，自己就是一滴水。从水的世界来到黄沙世界，欧阳黔森几乎无法面对。在天山南北，昔日美丽的地方早已变得高楼林立或者黄沙遍地，他宁愿看到优美的牧场而不是城市，宁愿看到万马奔腾而不是汽车塞道，但这个世界总是与人们的愿望相距甚远。在《新疆行》（组诗）中，欧阳黔森想象了罗布泊、楼兰古城、塔克拉玛干沙漠的神奇美丽和风情万种，并对这些神奇风景的消逝和岁月的痕迹表达了忧虑和感伤。欧阳黔森集中描绘了黄沙世界与水世界的天差地别，抒发了痛苦无奈的心情。在广袤苍凉、一望无际的沙海里，他感到了恐惧，认为每一粒沙都是水流干涸的泪珠。从中国传统哲学思想出发，欧阳黔森不仅乐山敬水，还因水的污染、消逝而感到忧虑和恐惧。

在对大自然的崇拜中，欧阳黔森揭示了现代化和城市化的弊端。欧阳黔森曾经游览北盘江大峡谷，看到北盘江的美丽与神奇，同时北盘江也不断受到污染，美丽而神奇的大峡谷即将不复存在。欧阳黔森曾在地质考察时采访一位老红军，他钦佩于这位老革命曾在20世纪60年代"大炼钢铁"时保护了几十株百年梨树。2003年，欧阳黔森把这次采访写入散文《黑虎和它的主人》，进一步提出了自己对地质工作的看法，他为从事地质工作而自豪，因为地质工作为科学的文明时代立下了不朽功勋；但他也认为"科学文明也带来了负面的影响，严重地威胁着世界的可持续发展，对人类的生存是令人担忧和恐惧的，地质灾害已悄

---

[1] 欧阳黔森：《水的眼泪》，载《水的眼泪：欧阳黔森选集》，第34页。

悄地威胁着我们共同生存的家园"[1]。2003年，欧阳黔森在《十月》杂志发表中篇小说《水晶山谷》，讲述了田茂林为挣钱而破坏黑松岭和七色谷的自然环境。欧阳黔森浓墨重彩地描绘了七色谷的美景，七色谷原本美得让人不忍去打扰它，美得让人流泪，山谷里满是五颜六色的石头，这些石头晶莹剔透、五彩缤纷，可以说是天堂之物。欧阳黔森以华美的词句描绘了这些石头：

> 几亿年的月岁沉淀了它质地之硬，颜色之奇；大自然的鬼斧神工造就了它的形状之怪，这是几亿年风的壮举，这是几亿年水的风采。那风的手、水的脚，就这样与月岁一起磨砺着这石头。风依着水，水带着风，在石头上书写着这亿年的风流。水是无形的，因而它可以成任何一个形，这水从石头上亿万年地流过，使石头有了美妙绝伦的天然流水线，这真是大自然的巧夺天工。一块块五颜六色的石头无需讲什么，它在这里是可以用静默震撼任何一颗爱美之心的。[2]

但是好景不长，田茂林不仅把黑松岭折腾得惨不忍睹，而且还引来珠宝奇石公司搬空了七色谷的石头。公司还在七色谷进行爆破采石，在轰隆隆的爆破声中，美丽的七色谷永远不复存在。欧阳黔森通过小说人物的话语谴责了现代化和城市化对大自然的破坏。2003年，欧阳黔森在小说《断河》中设置了一个极具象征意味的结尾，而被何士光称为

---

[1] 欧阳黔森：《黑虎和它的主人》，《散文》2003年第1期。
[2] 欧阳黔森：《水晶山谷》，载《莽昆仑：欧阳黔森中短篇小说选》，第145页。

"史和诗的意境"[1]。欧阳黔森这样写道:"是的,当老虎岭没有了老虎,当野鸭塘没有了野鸭,当青松岭没有了青松,或者,当石油城没有了石油,当煤都没有了煤,这也是一种味道。"[2] 麻老九和他的乡亲们在断河两岸年复一年地生存着,社会变革和历史变迁都没有改变他们的生活环境和生存方式,但由于现代化和市场经济的发展,汞矿被大量开采以至于汞矿石枯竭,采过汞矿的土地也不能复垦。何士光认为欧阳黔森通过这个结尾对现代化和金钱化来做"沉重和根本的反思"[3],断河的历史既是个体命运的历史也是总体环境的历史,个体命运不可重复,自然环境也难以恢复。2006年,欧阳黔森在小说《莽昆仑》中描写了昆仑山的冰川萎缩到雪山的顶峰,雪山总有一天会变成黑山;小说主人公感叹地说,人类的现代化文明是以破坏自然为代价的。

欧阳黔森清醒地认识到大自然是宇宙的主宰,并以此批判了人类中心主义的无知与浅薄。2007年,欧阳黔森在《白层古渡》中提出了自己的自然观,他认为人类为了生存总是想不断地改变大自然,其实大自然才是人类的真正主宰,他强调:

> 人类的历史证明,人类在与大自然的抗争中,仅仅靠匹夫之勇和主观的精神是可笑的。大自然的力量与人的力量而言,差距实在太大,人类只有小心慎重地尊重大自然的规律,在符合自然规律这一前提下,谋求人类的可持续发展,才是真正的科学发展观。[4]

---

[1] 何士光:《序〈欧阳黔森短篇小说选〉》。
[2] 欧阳黔森:《断河》,载《莽昆仑:欧阳黔森中短篇小说选》,第310页。
[3] 何士光:《序〈欧阳黔森短篇小说选〉》。
[4] 欧阳黔森:《白层古渡》,载《水的眼泪:欧阳黔森选集》,第46页。

欧阳黔森强调，如果人类对大自然的破坏熟视无睹，不久的将来，人类赖以生存繁衍的家园将不复存在。2014年，欧阳黔森在《水的眼泪》中强调了敬畏大自然的观点，他认为地球几十亿年的演变过程证明了大自然的可怕之处，大自然有着不可控、不能任意改变的自然法则和自然规律；人类在大自然面前显得异常渺小，人类唯一能做的就是敬畏大自然，敬畏大自然的法则和规律。如果人类妄自尊大、目空一切，就必然会带来灾难，人类的任性已使地球的生态环境陷入非常危险的状况。

可以发现，欧阳黔森从中国传统哲学思想出发，讲述了他的自然崇拜、上善若水和辩证法的思想观点及其来源，反思了现代化、城市化和人类中心主义的弊端，表达了对科学发展和生态文明的向往。众所周知，自然辩证法是马克思主义的重要内容，马克思在《1844年经济学哲学手稿》中指出，"在人类历史中即在人类社会的形成过程中生成的自然界，是人的现实的自然界；因此，通过工业——尽管以异化的形式——形成的自然界，是真正的、人本学的自然界"[1]。马克思明确强调自然界是人类存在发展的物质基础，他直斥工业通过"异化"的方式把"人的现实的自然界"转化为"人本学的自然界"。恩格斯依据19世纪以来的自然科学成果，描绘了整个自然界发展的辩证图景，揭示了自然界的历史发展和普遍联系的客观规律，创立了自然辩证法学科。在《论权威》中，恩格斯提出"自然的报复"观点，他指出"如果说人靠科学和创造性天才征服了自然力，那么自然力也对人进行报复，按人利用

---

[1] [德] 马克思：《1844年经济学哲学手稿》，载《马克思恩格斯文集》第1卷，中共中央马克思恩格斯列宁斯大林著作编译局编译，人民出版社，2009，第193页。

自然力的程度使人服从一种真正的专制"[1]。在《自然辩证法》中,恩格斯多次强调"我们不要过分陶醉于我们人类对自然界的胜利。对于每一次这样的胜利,自然界都对我们进行报复"[2]。自改革开放以来,党和国家领导人也日渐重视经济发展与自然环境的辩证统一,相继提出了科学发展观和生态文明观,并使之成为社会主义伦理的重要组成部分。也就是说,欧阳黔森的思想观念既有中国传统思想的坚实基础,又具有社会主义伦理的丰富内涵。从哲学出发讲述中国故事,使欧阳黔森的文学创作既有深刻的传统文化基础,又具有鲜明的社会主义伦理追求。

---

[1] [德]恩格斯:《论权威》,载《马克思恩格斯选集》第3卷,中共中央马克思恩格斯列宁斯大林著作编译局编译,人民出版社,1995,第225页。
[2] [德]恩格斯:《自然辩证法》,载《马克思恩格斯选集》第4卷,中共中央马克思恩格斯列宁斯大林著作编译局编译,人民出版社,1995,第380页。

第五章　感觉意识形态与空间风景学

　　自然风景一直是文学书写的重要对象，马克思认为："植物、动物、石头、空气、光等等，一方面作为自然科学的对象，一方面作为艺术的对象，都是人的意识的一部分，是人的精神的无机界，是人必须事先进行加工以便享用和消化的精神粮食。"[1]詹姆逊在对康拉德小说的视觉和听觉描写的分析中，提出了"感觉意识形态"概念，他认为感知是历史的新经验，视觉艺术的抽象化不仅证明日常生活的抽象及预示生活的破碎和物化，而且为社会发展过程中的一切损失进行一种乌托邦的补偿，文学中感觉的任务就是"把愈加枯竭和压抑的现实加以力必多改造的乌托邦使命"[2]。他认为康拉德通过感觉的"审美化策略"形成了印象主义风格，所谓"审美化策略"是指"根据作为半自治性的感知活动对世界及其数据加以重新编码或重写"[3]。詹姆逊进一步讨论了康拉德小说的印象主义的含混价值："既看作意识形态又看作乌托邦，康拉

---

[1] [德]马克思：《1844年经济学哲学手稿》，中共中央马克思恩格斯列宁斯大林著作编译局译，人民出版社，1985，第52页。
[2] [美]弗雷德里克·詹姆逊：《政治无意识：作为社会象征行为的叙事》，王逢振、陈永国译，中国社会科学出版社，1999，第231页。
[3] 同上书，第224页。

德的风格实践也可以解作象征性行为,它在其全部物化了的抵制时刻捕捉到真实,与此同时又投射出它自身独特的感觉系统,起历史决定性作用的无疑是一种力比多的共鸣,然而其终极含混性却在于它要超越历史的努力。"[1]众所周知,康拉德是英国现代小说家,被认为是最伟大的英语小说家之一,海洋小说和丛林小说是他小说创作最重要的成就。康拉德小说中充溢着大量的风景和声音描写,并且赋予其丰富的意识形态内涵。康拉德在《黑暗之心》中对泰晤士河的风景描写,早已成为文学研究者经常分析的对象,西蒙·沙玛在《风景与记忆》中就认为《黑暗之心》已预见了"泰晤士河畔展开的这段随着港口潮水起伏而兴衰的英国历史",并且认为把泰晤士河作为"时空纵贯线"已经成为传统,他在康拉德的"帝国之河"中看到了"迷惘、痴愚和死亡告终的商业入侵之路",然而"河道并不是唯一承载历史的风景"[2],西蒙·沙玛还分析了森林、山峰等。我们知道文学创作中有服饰描写,"服饰的表意和叙事功能在文学作品中被充分地挪用和发挥",从而"充满诗意和能指,传达出无穷的韵味和深刻的意旨,成为独特的服饰话语"[3]。同样,文学创作中的风景描写也具备这样的功能,不仅被赋予丰富的象征意蕴,而且以其独特的话语体系在现实和理想之间形成一种巨大的张力结构。风景被看作意识形态的表征,在思想和艺术史上由来已久。无论是从达比《风景与认同》到西蒙·沙玛《风景与记忆》,还是从迈克·克朗《文化地理学》到马尔科姆·安德鲁斯《风景与西方艺术》,他们都把艺术作品中的"风景"看作意识形态的表征。科斯格罗夫甚至从

---

[1] [美]弗雷德里克·詹姆逊:《政治无意识:作为社会象征行为的叙事》,第231页。
[2] [英]西蒙·沙玛:《风景与记忆》,胡淑陈、冯樨译,译林出版社,2013,第3—4页。
[3] 陈夫龙:《张爱玲的服饰体验和服饰书写研究》,《山东师范大学学报》2018年第1期。

意识形态角度对"风景"概念进行界定:"风景是一个意识形态的概念。它提供一种方法,使某些阶层的人通过想象与自然的关系表示自己及其所处的世界,并强调和传达自己与他人相对于外部自然的社会角色。"[1]在马克思主义视域中,福柯、列斐伏尔和大卫·哈维也都强调了风景的意识形态内涵。在扎西达娃的小说中,如果说"神圣风景"是信仰意识形态的再现,"阿卡狄亚"是审美意识形态的象征,那么"过渡风景"就是权力意识形态的表征。

第一节 "神圣风景":民间信仰与原始性思维

"神圣风景"原本是指米切尔对以色列、巴勒斯坦和美国荒野的描述。或许正如米切尔所说,"神圣的风景"会使人们想起天堂,想起极乐世界,"圣地是和平与和谐的统一之地,或者说是健康的土地,净化了所有不洁和疾病。在这纯洁、无害的风景里,暴力简直闻所未闻"[2]。在米切尔看来,"神圣的风景"往往与宗教信仰有关,比如以色列和巴勒斯坦就是世界三大宗教的圣地,"风景"之所以"神圣",因为它是由宗教意义建构的。在中国西藏,无论是藏族本土宗教苯教,还是藏传佛

---

[1] [英]科斯格罗夫:《社会形构》,转引自W. J. T. 米切尔《风景与权力》,杨丽、万信琼译,译林出版社,2014,第70页。

[2] [美]W. J. T. 米切尔:《神圣的风景:以色列、巴勒斯坦及美国荒野》,载《风景与权力》,第284—285页。

教，都把雪域高原当作"圣地"，都对雪域高原有着宗教性的信仰和崇拜。新时期的藏族作家也大都把"西藏"当作心目中的"圣地"，比如阿来就在《大地的阶梯》中明确认为西藏是"圣地"，是可以拯救灵魂、安歇身体的"天堂"。扎西达娃在《西藏，系在皮绳结上的魂》中记载了古老经书上的传说："北方有个'人间净土'的理想国——香巴拉。"[1] "香巴拉"是一个真实的地名，是藏语的音译，在英语中译为"香格里拉"。在藏传佛教里，香巴拉是佛法的发源地，是佛教徒追求的理想净土和极乐世界。扎西达娃在小说中把香巴拉具体描述为一个"雪山环抱的国家"，是"天上瑜伽密教的起源"[2]，扎西达娃的描述与佛教经书大致相似。扎西达娃在小说中安排两个年轻人去寻找通往香巴拉的路，通过塔贝和婼的描述，可以发现香巴拉"不是一条通往更嘈杂和各种音响混合声的大都市""解脱苦难终结的道路"，"要寻找的地方是不存在的，就像托马斯·莫尔创造的《乌托邦》"[3]。这些关于香巴拉的间接描述丰富了其内涵，香巴拉既是宗教意义的"圣地"，也是具有反现实（或反现代性）意义的"桃花源"，还是非实存的"乌托邦"，香巴拉是宗教与现实、虚无与存在的统一。从米切尔的观点出发，扎西达娃小说中的香巴拉是一种典型的"神圣的风景"。

米切尔引用了埃德温·诺加特在《纤细画》中对"风景"的看法，"就连魔鬼自己也可能永远不会指责它为偶像崇拜"[4]，或许可以这样认

---

[1] 扎西达娃：《西藏，系在皮绳结上的魂》，载《扎西达娃小说集》，中华书局，2011，第4页。
[2] 同上。
[3] 同上书，第11—19页。
[4] [美] W. J. T. 米切尔：《神圣的风景：以色列、巴勒斯坦及美国荒野》，载《风景与权力》，第284页。

为，风景成为偶像是"神圣风景"的内在要求，也是宗教信仰的内在要求，米切尔由此认为，"风景可以成为一种偶像，不仅在某种现代的、引申的意义上（例如意识形态），还恰恰符合《圣经》定义偶像的那些条件"[1]。从艺术史角度来说，"神圣的风景"大都是一些有选择性的神话和记忆，在藏传佛教经书中，"香巴拉"是一个神秘的地方，但它又是藏传佛教徒的崇拜偶像，扎西达娃在小说中就明确强调佛教徒承担向往、追求和保护"香巴拉"的使命。在扎西达娃的小说中，"香巴拉"就是一个神话，也是一个偶像，但它又是神秘的，不可把握的，这也符合藏传佛教对"香巴拉"的叙述。在藏传佛教寺庙里，有很多关于"香巴拉"的绘画，这些绘画大都是来源于神话。神话是非历史的，也是无真相的，神话与风景结合，使风景更加神圣，也更加神秘。在扎西达娃小说中，"香巴拉"作为神话，使小说情节更加传奇，也更加神秘；"香巴拉"作为崇拜偶像，使小说人物对偶像的追求更加纯真，也更加执着。在扎西达娃小说中，"香巴拉"作为神秘的偶像，在"神圣的风景"中占据核心地位，而大自然则在"神圣的风景"中处于"广阔的背景"地位。作为"广阔的背景"的大自然也是"精心打造的图像"，同样"承载了太多的想象和各种相互冲突的表现形式"[2]。米切尔认为，"神圣风景就是一个精心打造的图像，但在那些能轻易从深处挖掘出来并公开展现的神话和记忆里，我们无法找到它的真相"[3]。事实也是如此，艺术中的风景并非自然天成而是人的精心创造，或许正如海德格

---

[1] [美] W. J. T. 米切尔：《神圣的风景：以色列、巴勒斯坦及美国荒野》，载《风景与权力》，第285页。
[2] 同上书，第290页。
[3] 同上书，第287页。

尔所说，艺术的"真相"隐藏在艺术的"世界"里，"神圣的风景"向世界敞开，但人们很难找到它的真相。扎西达娃在《古宅》中有一段对雪域高原的经典描述：

> 在高原神圣永恒的大自然面前，人们用智慧和野心以及各种手段制造的一阵阵风云事端，犹如夏日雨后的彩虹，瞬间即逝。神秘莫测的大自然永远不会改变它的面目，它与日月星辰浑为一体，漫长远久的岁月从它面前悠悠流过，它依然烈日当空，蓝天白云，雪峰皑皑，群山巍巍。村庄依然是保持了多少个世纪的原样的村庄，它坐落在狭窄的山沟里，庄稼地在向下倾斜的山坡上东一块，西一块。山脚下有一条宽阔深沉的江河，江对面一大片纯白的河滩与山脚相连。到处是光秃秃的黄褐色的山，重重叠叠压得人喘不过气来。寂静无声，远处凸现在蔚蓝色天空下的一座座晶莹的雪峰向人们显示出一道道不可逾越的天然屏障，它预示了这里的人们命中注定世世代代将在绵绵大山挤压下的这个渺小荒凉的村庄里度过寂寞的一生。[1]

在这段描述中，雪域高原（大自然）是作为"广阔的背景"存在的，但它仍然具有"神圣的风景"的全部特征。比如雪域高原是神圣永恒的，是神秘莫测的，是人类崇拜的"神秘偶像"，人类在它面前显得异常渺小。这段描述是扎西达娃"精心打造的图像"，也"承载了太多的想象"。首先，它表现了扎西达娃对大自然的崇拜，大自然的神圣

---

[1] 扎西达娃：《古宅》，载《西藏隐秘岁月》，长江文艺出版社，2001，第148页。

永恒反衬了人类的渺小短暂，这种宇宙观在中国古代诗词中多有表现，比如张若虚的《春江花月夜》。其次，它表现了扎西达娃对藏族生存环境的思考，藏族身处雪域高原，不仅生存环境相对恶劣，而且还要不断忍受绵绵大山的挤压。总体来说，这段描述祛魅了非现实的神话和记忆，但又赋魅了现实的雪域高原，从而使雪域高原成为现实版的"香巴拉"。在《古宅》的风景叙述中，扎西达娃还表现了雪域高原的"非凡的能力"，而"非凡的能力"既增加了"神圣的风景"的"神性"，也增加了"神圣的风景"的"伟力"，正如米切尔把"非凡的能力"看作"神圣的风景"的隐蔽特征，"风景的外观有着非凡的能力，它可以揭露一些虚假的奥妙，选择性的记忆以及自利的神话"[1]。又如扎西达娃在《西藏，隐秘岁月》中描述春风的巨大能量，春风不仅具有不可阻挡的"伟力"，而且创造了一种"自利的神话"，因此，春风不仅是神秘的，还是神圣的。扎西达娃写道：

> 空荡荡茫茫无际的平原，在一个不寻常的沉沉黑夜里，一股唤起万物生机，夹着山谷馨香的春风，气势磅礴，滚卷浓烈的尘埃从天边刮来。它在平坦的高原上赤裸裸自由活泼地翻滚，狂漫横扫，发出极度兴奋的嘶鸣，向沉睡的大自然显示出不可阻挡的强大力量。风一阵一阵扑过高原，黑沉沉弥漫了山谷，铺遮了天空，它急疾迅猛贴着大地，把拳头大的硬石块如同流星般纷纷掀起，整夜不息。[2]

---

[1] [美] W. J. T. 米切尔：《神圣的风景：以色列、巴勒斯坦及美国荒野》，载《风景与权力》，第286页。

[2] 扎西达娃：《西藏，隐秘岁月》，载《扎西达娃小说集》，第378页。

从唯物主义角度来说，风景都是自然、客观，无所谓神圣、主观；何况创作"神圣风景"的艺术家也不一定信仰宗教。从理论上说，"神圣风景"必须经历一个"风景"神圣化的阶段，"神圣的风景"的建构也是一个历史性、复杂性的过程。扎西达娃把"香巴拉"神圣化可能跟宗教有关，但他把整个雪域高原（大自然）神圣化，单纯从宗教角度是难以解释的，可能需要从人类的思维角度去寻找解释。在《西藏，隐秘岁月》中，扎西达娃借主人公达朗表达了对哲拉山的看法：

> 哲拉山哪，它像神明一样赐予我们很多很多，我们周围到处都有生命存在，到处都有灵性在显现，它在我们头上，我们身边，在脚下，为什么非要用眼睛去看见它们呢？我听到了，嗅到了，我这里感觉到了。[1]

这种"万物有灵"的观点同弗雷泽和布留尔的观点相似。弗雷泽在《金枝》中揭示了原始人类的思维特点，"在原始人的心目中，世界在很大程度上是受超自然力支配的。这种超自然力来自神灵"[2]。布留尔在《原始思维》中指出："对原始人的思维来说，它的前关联（它们与我们对任何现象的原因探求的需要一样是强制性的）毫不迟疑地确定着从某种感觉印象到某种看不见的力量的直接转变。"[3] 原始的思维决定了原始人类对大自然的看法，并把它归之于"看不见的力量"，这些"看不见的力量"也就是"神灵"。布留尔说："事实上，对原始人来说，他周围

---

[1] 扎西达娃：《西藏，隐秘岁月》，载《扎西达娃小说集》，第378页。
[2] 刘魁立：《中译本序》，载弗雷泽《金枝》，徐育新等译，大众文艺出版社，1998，第6页。
[3] [法]列维-布留尔：《原始思维》，丁由译，商务印书馆，1981，第374页。

的世界就是神灵与神灵说话所使用的语言。原始思维记不得是在什么时候学会这种语言的，它的集体表象的前关联使这种语言完全成为天然的东西。"[1] 原始人类先天把周围世界看成由神灵控制的，认为任何事件的发生都是由神秘的和看不见的神灵引起的，因此，大自然也是由神灵创造和控制的。从这个角度来说，达朗的"万物有灵"观点是"原始的思维"的典型表现。因此，如果要追究"神圣的风景"的起源，就应该要联想到人类的思维特点，可以说，"原始的思维"是"神圣的风景"的开创者。无论是从民间信仰还是从原始思维出发，"神圣的风景"都是由人类的思维方式决定，原始的思维不仅是"神圣的风景"起源，而且是人类信仰的起源。"原始的思维"在人类艺术思维中既没有明显进化，更不会退化，它至今仍对人类艺术产生深刻影响。由此可以说，神话和宗教对"香巴拉"的描述，体现了"原始的思维"在人类思维中的流传。在扎西达娃小说中，"香巴拉"作为"神圣的风景"似乎具有总体意义，"香巴拉"俨然是最高意义的"神"，它影响了扎西达娃对整个大自然的描述。总之，在"香巴拉"的佛光普照下，扎西达娃笔下的整个大自然都是神圣的，虚幻的"香巴拉"和现实的雪域高原（大自然）共同构筑了一幅完整的"神圣的风景"图画。

---

[1] ［法］列维-布留尔：《原始思维》，第375页。

第二节 "阿卡狄亚"：美学想象与现代性反思

如果说"神圣的风景"是从民间信仰和思维角度表现了扎西达娃对雪域高原的崇拜，那么"阿卡狄亚"则是从现实生活和生存环境角度表现了他对雪域高原的思考。"阿卡狄亚"在西方文化中原指田园牧歌式的生活图景，然而西蒙·沙玛在《风景与记忆》中塑造了两种不同的"阿卡狄亚"风景——"牧歌般的和原始的"[1]。扎西达娃小说中的"优美的田园"和"寂寞的荒原"正是这两类"阿卡狄亚"风景的再现。

扎西达娃在《西藏，系在皮绳结上的魂》中把记忆中的帕布乃冈山区比喻为"一幅康斯太勃笔下的十九世纪优美的田园风景画"，"优美的田园"是他风景描绘和美学想象的重要代表。康斯太勃是19世纪英国最伟大的风景画家，他长期致力于乡村自然风景绘画，不仅描绘了乡村的优美和谐，而且寄寓了对乡村的深情。扎西达娃选择康斯太勃作为借鉴对象，表现了他对乡村风景的热爱和对田园生活的向往。扎西达娃在小说中写道：

> 我眼前便看见高原的山谷。乱石缝里窜出的羊群。山脚下被分割成小块的田地。稀疏的庄稼。溪水边的水磨房。石头砌成的低矮的农舍。负重的山民。系在牛颈上的铜铃。寂寞的小旋风。耀眼的阳光。[2]

---

[1] [英] 西蒙·沙玛：《风景与记忆》，第613页。
[2] 扎西达娃：《西藏，系在皮绳结上的魂》，载《扎西达娃小说集》，第1页。

扎西达娃认为这是一幅优美的田园风景画。扎西达娃描绘了高原乡村风景的自然和谐、闲适恬静，同时也展现了他的审美观念和价值观念。田园风景美学是中国传统乡村主义世界观的重要表现，经由《诗经》到《桃花源记》再到《山居秋暝》的发展，在中国古代文学中影响深远，陶渊明和王维的作品提升了中国传统乡村生活的审美体验。然而，中国传统乡村主义世界观在五四时期遭遇了巨大挑战，启蒙知识分子的精英叙事颠覆了传统乡村叙事的审美原则，田园风景美学也由此发生了转变。新启蒙运动以来，人们对乡村生活的态度发生了严重分裂，汪曾祺、贾平凹在20世纪80年代初期的小说创作体现了田园风景美学的复兴，而扎西达娃的高原风景正好是对水乡风景和平原风景的恰到时机的补充。高原风景画具有明显的独特性，在《野猫走过漫漫岁月》和《西藏，隐秘岁月》等作品中，群山与荒原是高原风景画的典型标志，崇高与神秘是高原风景画的重要特征。比如扎西达娃在《西藏，隐秘岁月》中对哲拉山顶的描绘：

> 哲拉山位于帕布乃冈山区南部，是一座海拔五千三百公尺的巨大的锥形平顶山，层峦叠嶂，沟壑纵横，山势崎岖不平，夏季的几场暴雨冲刷着贫瘠的土地，裹走泥土，只剩下一堆乱石和道道断崖裂缝，地里的庄稼像长了癣的老牛身上的毛，稀稀落落，东倒西歪。周围的群山在古老的雅鲁藏布江边绵延不断，高低起伏伸展下去。哲拉山顶是一片浩瀚无垠、静默荒凉的大平原，光秃秃地一望无尽，地上布满坚硬的土块和碎石，平原的一侧紧挨着另一座叫嘎荣的雪峰，融化的雪水沿峰座下的浅沟从平原边缘的豁口流下，穿过深谷半山里的幽静的廓康飞跃到山脚下，然后

缓缓淌过江岸边那倾斜的沙丘地带汇入江水中。平原另一侧是望不见底的深渊，邦堆庄园就在悬崖下面。旁边不到五百米处有一座平原，只是面积小得多，从这端走到那端只是三顿饭时间就到，从江对面看去，整个哲拉山顶犹如两级大平台。最顶上的大平原正中央有一个圆得十分精确的湖，像一面平滑的镜子倒映着天空的靛蓝，沿湖边有一圈很宽的青草地带，是座水草茂盛的天然好牧场，足够喂养几千只牛羊。[1]

这段风景描绘不仅是一种崇高的诗意，而且是一种深刻的颠覆。因为扎西达娃勾画出了西藏高原的"整体性"，他描绘了巍峨的群山、纵横的沟壑、崎岖的山势、高耸的雪峰、陡峭的悬崖，西藏高原没有平原风景的悠远空旷，也没有水乡风景的温婉柔情，在西藏高原，群山是世界的核心，群山是人类惊心动魄的永恒记忆，是人类不屈不挠的征服雄心的不断演练。康德认为人类可以从群山身上发展起崇高的观念，扎西达娃的这段高原风景描绘同样可以使人"经历着一个瞬间的生命力的阻滞，而立刻继之以生命力的因而更加强烈的喷射，崇高的感觉产生了"[2]。但扎西达娃又颠覆了人们对高原群山的看法，哲拉山顶居然有一个大平原，居然有一处"天然好牧场"，这也就是说哲拉山顶是一幅"优美的田园"风景画。扎西达娃在小说中处处不忘描绘"优美的田园"，但是正如他自己所说，"优美的田园"只是存留在记忆中，在现实中早已消逝，甚或在高原中从来就没有存在过。扎西达娃还赋予这个平原浓厚的神秘色彩，据古老经书记载，莲花生大师驾着火焰登

---

[1] 扎西达娃：《西藏，隐秘岁月》，载《扎西达娃小说集》，第375页。
[2] [德]康德：《判断力批判》上卷，宗白华译，商务印书馆，1964，第84页。

仙,神奇火焰在平原中央喷出一个大圆坑,形成了一座碧蓝的湖。"优美的田园"源自远古神话,这种设置不仅巧妙而且深刻。总之,在扎西达娃的小说中,"优美的田园"是虚幻神秘的,是非现实存在的,它的存在只保留在记忆和古老经书中。"崇高的高原"和"优美的田园"是一对悖论,但却统一在扎西达娃的风景描绘中,这体现了扎西达娃内心深处的深刻矛盾。"崇高的高原"表现的是现实的生存环境,"优美的田园"表现的是对生活的美学想象。扎西达娃作为藏族作家,他长年生活在雪域高原,他对雪域高原的爱和痛有着真切体验,他时刻感受着高原的崇高,但又时刻希冀着田园的优美,这不仅是扎西达娃的追求,而且是藏族人民的共同理想。

扎西达娃小说塑造的"优美的田园"其实就是现代意义上的"阿卡狄亚",但是风景美学的转变必然影响人们对西藏高原的感知,如果片面强调"阿卡狄亚"的美学魅力,那么就会引起人们对西藏高原的错觉,毕竟恬静闲适的高原乡村童话不是现实。可贵的是,"负重的山民"表现了扎西达娃对高原生存方式的"同情","稀稀落落"的庄稼暗示了扎西达娃对高原生存环境的"理解",扎西达娃并不是在单向度地建构"高原童话"。在田园风景画的描绘中,扎西达娃表现了鲜明的浪漫主义情怀,但是"负重的山民"和"稀稀落落"的庄稼又让扎西达娃跪倒在"残忍的现实"面前。或许《野猫走过漫漫岁月》中描绘的"寂寞的荒原"更能表现这种"残忍的现实":

> 一条灰色的小道默默躺在荒原上,岁月把它遗弃了。从这条小道上匆匆而过的旅人除了强盗和逃犯,就是私奔的情侣和偷运武器黄金的走私者。小道旁有一块大岩石,刻在石壁上的一尊菩

萨塑像的浮雕已褪尽了颜色变得模糊不清,岩石顶上盘踞着一只孤独的苍鹰,偶尔发出一声长长的啼鸣在无声的旷野上回荡。这是一片令人生畏的死一般寂寞的荒原。每一个路经此地的旅人都不敢放慢疲惫的双脚,惟恐被死神留下在此长眠不醒。[1]

这段风景描绘不仅是一种巧妙的象征,而且是一种深刻的痛苦。因为扎西达娃揭示了雪域高原严酷的生存环境,隐喻了人类苦难的生命历程。"一条灰色的小道"就是人类苦难人生的象征,"一片令人生畏的死一般寂寞的荒原"就是人类恶劣残酷的生存环境的象征,扎西达娃在小说中强调"人生的苦难没有尽头,永远缠绕在轮回的魔圈里面"[2],正如存在主义哲学所揭示的,人类永远处于沉沦与被抛的状态,时刻面临孤独和死亡的威胁。"寂寞的荒原"是非历史的,却又是现实存在的,它虽有菩萨为伴,但又无法避免孤独寂寞,难道佛陀也无法拯救苦难的人类?难道佛陀也无法安息痛苦的灵魂?这是扎西达娃内心的困惑和痛苦,也是扎西达娃内心的矛盾和悖论。西蒙·沙玛指出:"一直存在着两类阿卡狄亚:粗糙与光滑;黑暗与光明;一类充满牧歌般的闲适,一类充满原始性的恐慌。"[3] 从这个角度来说,"优美的田园"和"寂寞的荒原"就是这两类不同的"阿卡狄亚",它们是一对永远的邻居,都是雪域高原的双胞胎孩子。从美学角度看来,"优美的田园"和"寂寞的荒原"之间充满了矛盾冲突,两者无法融合,但这恰恰表现了扎西达娃内心深处的深刻矛盾,表现了扎西达娃对雪域高原的悖论看法。总之,

---

[1] 扎西达娃:《野猫走过漫漫岁月》,载《扎西达娃小说集》,第301页。
[2] 同上书,第318页。
[3] [英]西蒙·沙玛:《风景与记忆》,第603页。

扎西达娃描绘的"阿卡狄亚"是悖论思维的产物，是痛苦灵魂的呼唤，而非"不羁感觉的游乐场"[1]，也非浪漫想象的童话。

扎西达娃描绘"阿卡狄亚"风景不仅仅是寻求美学体验。无论是描绘"优美的田园"，还是描绘"寂寞的荒原"，扎西达娃的风景叙述都具有丰富的意识形态内涵，正如达比所指出的："风景俨然成为一座实有的或抽象的宝库，蕴藏着纵横交错的观念，而这些观念根植于一个更大的先前存在的意识形态体系之中。"[2] 艺术学者亨利·皮查姆曾经将画作《乡村生活与宁静》与一张英国阿卡狄亚画作放在一起，西蒙·沙玛认为皮查姆的行为"明确表达了他将乡村生活看作矫正宫廷以及城市生活弊病的道德良方"[3]。扎西达娃在风景叙述中表达了与皮查姆相同的意识形态诉求，在《西藏，系在皮绳结上的魂》中，扎西达娃将"优美的田园"与"现代化的物质文明"对比叙述，其目的就是突出"优美的田园"与"现代化生活"之间的冲突。在《野猫走过漫漫岁月》中，乡村与城市也是对立的两极，小说开篇就勾画了一幅"优美的田园"风景画，天空蔚蓝、山区寂静、平原狭长、阳光炽热、村庄古老、流水潺潺、绿树环绕、鸡犬相闻。然后，扎西达娃通过主人公艾勃的想象描绘了城市景象，也突出了艾勃对城市的幻想和追求，但小说中的城市是一个包含"种种罪恶和种种弊病"的处所，城市非但没有成为天堂，反而成为"年轻人堕落的迷宫"。扎西达娃强调了城市对人的腐蚀，城市非但没有促进人的进化，反而强迫了人的异化，在他看来，城市是一个"半

---

[1] [英] 西蒙·沙玛：《风景与记忆》，第619页。

[2] [英] 温迪·J. 达比：《风景与认同：英国民族与阶级地理》，张箭飞、赵红英译，译林出版社，2011，第38页。

[3] [英] 西蒙·沙玛：《风景与记忆》，第9页。

成品",它把人塑造成"次品"。在《骚动的香巴拉》中,扎西达娃多次通过小说人物的言论,抨击乡村村民进入城市后变为流浪汉,批评城市市民成为素不相识的陌生人,城市使人迷失人生方向。总之,在扎西达娃小说中,污染、喧嚣、混乱、虚伪的城市与天然、宁静、和谐、闲适的乡村形成强烈对比。在扎西达娃小说中,古老的村庄与喧嚣的城市、乡村荒原与城市广场、神秘庄园与嘈杂公馆的斗争始终贯穿,这种斗争随着现代化的发展愈演愈烈。扎西达娃对"优美的田园"怀有美好的追求,虽然"阿卡狄亚"同样有"死神",但他仍然认为乡村是人类灵魂的归宿,他批判城市的"种种罪恶和种种弊端",表达了他对城市和现代化的反思。追求现代化是新启蒙文学的一个重要主题,然而,在新启蒙运动的顶峰阶段,扎西达娃运用独特的方式独特地表现了他对现代化的反思,因此从这个角度可以说,扎西达娃小说中的"阿卡狄亚"是反思现代性的美学象征。如果说"瓦尔登湖"记载了梭罗的痛苦与希望,那么"阿卡狄亚"就再现了扎西达娃的矛盾与理想,无论是"优美的田园"还是"寂寞的荒原",雪域高原的原始精气永远萦绕其中,从而激发出"阿卡狄亚"的梦想诗学。

第三节 "过渡风景":社会想象与权力的表征

人类的苦难与死亡一直隐藏在神圣风景的佛光之中,也一直隐藏在田园牧歌的表面之下,因此,风景只是人类社会的过渡性元素。"过渡风景"是戴维·邦恩对普林格尔诗歌中的风景描绘的概括,普林格尔在风景描绘中不仅表现了自由主义思想,而且"构建当地的资产阶级的公共空间"[1],然而,库切把这样的风景描绘称为"表征政治学"(politics of representation)。科斯格罗夫对"风景"的意识形态界定,也更多地强调了风景的权力意识形态内涵,因为在大多数人的理解中,"阶层"与"角色"其实就是社会秩序和权力关系的代名词。实际上,突出"风景"的权力内涵与权力意义一直就是马克思主义空间理论的重要内容,从列斐伏尔到大卫·哈维的著作中,都能清晰地看到这个思路,而阶层、角色与秩序社会、权力关系是马克思主义空间理论的核心范畴。在扎西达娃的小说中,土地风景、住宅风景和身体风景在表现阶层、角色、社会秩序和权力关系等方面具有突出意义。

从历史上看,中国人与土地保持了长期而又深刻的联系,没有一个西方国家或民族能与之相比,费孝通正是从这个角度指出乡土性是中国社会的本质。中国的社会关系也与土地密切相关,甚至可以说土地决定了中国人所处的社会阶层与社会角色,20世纪中国无产阶级革命之所以成功,其原因就在于无产阶级革命家正确把握了人民与土地

---

[1] [美]戴维·邦恩:《"我们的荆编小屋"》,载 W. J. T. 米切尔编《风景与权力》,第149页。

的关系，也就是准确回答了马克思的问题，"土地所有权……工人阶级的未来将取决于这个问题如何解决"[1]。土地在中国文学叙事中也占有非常重要的位置，尤其是"土改小说"把对土地的形构看作社会阶级关系的表现，在阶级分析视域中，土地成为判断社会阶层和社会角色的标准。从这个角度来说，扎西达娃继承了中国乡土叙事的传统，他通过对土地的形构展示了复杂的社会关系和社会角色，他在《古宅》中有一段可称典型的"土地风景"：

> 田地像老牛皮般布满裂痕，在山脚被分割得东一块，西一块。泥土硬得像锋利的石块。农民们拖着疲惫的脚步从田地里集体收工了，拖着铁犁、锹镐、皮绳，牵着牲口，在夕阳金色的土道上留下一条条歪歪斜斜的拖痕。几只觅食的乌鸦在牲口留下粪便的土道上来回跳跃。女人们背着尖底柳条筐，粗糙的皮绳从她们宽大的额前勒过。她们勾下头，机械地捻着手中的毛线轴，柳条筐里装着从不啼哭的婴儿。他们在地头旁的卧牛石的阴影下望着蓝天，望着田地耕作的母亲，度过了一个漫长的白昼。夕阳在农民的身后悄悄隐退，在他们眼前的土道投下一个个东倒西歪变了形的长长的阴影。他们往村里走去。[2]

这段风景叙述不仅是一种丰富的现实，而且是一种深刻的历史。首先，这段风景描绘了高原田地的独特性，强调了田地的干旱分散和

---

[1] [德] 马克思：《论土地国有化》，载《马克思恩格斯选集》第 2 卷，中共中央马克思恩格斯列宁斯大林著作编译局编译，人民出版社，1966，第 535 页。

[2] 扎西达娃：《古宅》，载《西藏隐秘岁月》，第 138 页。

泥土的僵硬贫瘠，这种田地与平原土地和水乡土地具有重要区别，这也说明了高原农业种植的艰苦性。土地的特征决定了高原人民的经济类型，虽然西藏高原有牧业经济，但还是以农业种植经济为主；无论是牧业还是农业，土地在其中都占据基础性地位，土地是"在数量上占着最高地位的神"[1]。其次，这段风景不仅揭示了高原农民与土地的深刻联系，而且再现了高原农民现实的生存方式和生产力水平。费孝通指出，"乡下人离不开泥土，因为在乡下住，种地是最普通的谋生办法"，虽然西藏高原的土地贫瘠，但西藏农民自古以来"也都是很忠实地守着这直接向土里讨生活的传统"[2]。铁犁、锹镐、皮绳、牲口等词语不仅突出了高原农民在自然条件恶劣的土地上辛苦劳作，而且表现了高原农民的生产力状况。再次，这段风景展现了农民的社会阶层和社会角色。土地状况和生产力状况决定了男人和女人都要进行劳作，男人和女人都是农民身份，他们进行平等劳作、自食其力，当然女人还承担作为母亲的责任。最后，这段风景表现了西藏高原的社会关系和经济性质。农民进行集体劳动、分工合作，是20世纪50年代西藏的社会性质和经济性质的再现。1951年，西藏和平解放，社会主义制度取代了在高原延续了上千年的封建农奴制度，封建农奴制是人类历史上最黑暗最残忍的制度之一，社会主义制度解放了成千上万的农奴，让他们翻身做了主人；从农奴到农民的身份变化，是西藏历史上最深刻的革命。总之，这段风景不仅表现了高原农民的现实生存方式，而且从社会历史的变迁中揭示了社会主义制度带给高原农民的巨大变化。扎西达娃通过"土地风景"的描绘再现了20世纪50年代西藏高原的社会关系，因此可以

---

[1] 费孝通：《乡土中国》，北京大学出版社，2012，第10页。
[2] 同上书，第9页。

把这种"土地风景"称为马克思所说的"社会的象形文字"[1]。

如果说土地风景表现了西藏高原社会关系的变革,"是它所隐匿的社会关系的象征"[2],那么住宅风景表现了西藏高原政治权力的变迁,是隐藏的政治权力的象征。扎西达娃对住宅的象征权力有着深刻认识,他在小说中明确指出了庄园古宅的权力:

> 村里一团团黑魆魆的轮廓中,耸立着一幢高大气派的黑影。这就是那座多少世纪以来象征着权力和高贵的庄园古宅,如今失去了主人的宠爱,显得寂冷而又悲壮。[3]

庄园古宅是封建特权制度的产物,也是西藏高原封建制度和阶级关系的象征。拥有庄园古宅,就等于拥有了统治整个村庄的权力。封建统治者对权力宝座具有强烈愿望,他们暴力占有和维护庄园古宅,也就意味着暴力占据和保护权力宝座。庄园古宅是统治者的身份象征,也是统治者的统治工具。扎西达娃写道:

> 原来一个统治者的宝座是这样具有不可抗拒的诱惑力,如同得到某种魔法。原来那些沉默不语的山川、树木、石头、田地、房屋忽然具有了生命,你突然明白它们全都是属于自己的,你可以任意支配它们。[4]

---

[1] [德] 马克思、恩格斯:《资本论》,载《马克思恩格斯全集》第23卷,中共中央马克思恩格斯列宁斯大林著作编译局译,人民出版社,1972,第91页。
[2] [美] W. J. T. 米切尔:《帝国的风景》,载《风景与权力》,第16页。
[3] 扎西达娃:《古宅》,载《西藏隐秘岁月》,第141页。
[4] 同上书,第145页。

庄园古宅具有明显的排他性，也具有明显的对抗性。在封建农奴制度的统治下，无论是山川树木石头田地房屋，还是劳动人民以及牛马猪狗，都受庄园古宅的统治，这种统治本身就蕴含了强烈的对抗性。庄园古宅建立在隔离和封闭的基础之上，在封建农奴制时代，劳动人民无法靠近庄园古宅，表明封建农奴主对劳动人民的敌视；在社会主义时代，公社干部也自觉对庄园古宅具有强烈的排斥性，这一切都表明了地主阶级与农民阶级的根本对立。扎西达娃在小说中写道：

> 古宅空了，无人去住。新上任的公社社长兼书记是一位手指关节粗大，老实巴交，识不了几个字的农民。他怎么也不肯搬进那威严高大的古宅，山区农民动物般的本能和直觉告诉他，凡是成为这座古宅的主人都不会有好下场。古宅便成了公社的粮食仓库和办公室。一到晚上，里面空荡荡、冷清清如同一座阴间地府。[1]

庄园古宅的排他性和对抗性是封建农奴社会阶级对立的典型表现。在进入社会主义社会以后，公社干部拒绝搬进古宅，既是农民思想的表现，也是阶级意识的表现，他认为古宅主人没有好下场，表明农民对庄园古宅的痛恨和诅咒，也表明农民对农奴制度的不满和反抗。从历史角度来说，庄园古宅也表现了社会制度的变革和权力的变迁，辉煌的庄园古宅是封建农奴制度的象征，但封建农奴制度被推翻以后，庄园古宅就显得"寂冷而又悲壮"，最后成为一堆废墟。扎西达娃揭示了庄园古宅的最终命运：

---

[1] 扎西达娃：《古宅》，载《西藏隐秘岁月》，第148页。

那座古宅跟主人一样，一下变得荒疏残败，墙角长满了野草，屋顶凹陷下一块，屋梁和石墙到处发出朽烂的裂响。说不定，现在恐怕已经倒塌，成了一堆残垣断墙的废墟。[1]

"土地"和"住宅"表征了风景的权力关系内涵，"身体"与权力也呈现出复杂关系。在思想史上，从亚里士多德到哈维，都对"身体权力"提出了重要看法，亚里士多德"把身体的 schema 理解为历史上偶然地联结了权力/话语的枢纽点"[2]，福柯在《规训与惩罚》中也强调了身体与权力之间的关系——"肉体也直接卷入某种政治领域；权力关系直接控制它，干预它，给它打上标记，训练它，折磨它，强迫它完成某些任务、表现某些仪式和发出某些信号"[3]。实际上，福柯的身体权力学突出了身体与权力的双向互动关系，他不仅强调了权力作用于身体、塑造着身体，而且突出了身体对权力的呈现、规约和反制。大卫·哈维更明确突出了身体与权力的相互作用关系，"没有什么身体可以存在于与其他身体的关系之外，在各个身体之中实施权力和反权力是社会生活的主要构成方面"[4]。在扎西达娃的小说中，身体也是权力的象征，《古宅》中的人物都熟知身体权力的作用，并将之发挥到了极致，拉姆曲珍把身体看作权力工具，她利用身体折磨朗钦，是疯狂利用权力的表现。扎西达娃写道：

---

[1] 扎西达娃：《古宅》，载《西藏隐秘岁月》，第 150—151 页。
[2] [美] 朱迪丝·巴特勒：《身体至关重要》，载包亚明、陈永国编《后身体：文化、权力和生命政治学》，吉林人民出版社，2011，第 164 页。
[3] [法] 米歇尔·福柯：《规训与惩罚》（修订译本），刘北成、杨远婴译，生活·读书·新知三联书店，2012，第 27 页。
[4] [美] 大卫·哈维：《希望的空间》，胡大平译，南京大学出版社，2006，第 115 页。

在拉姆曲珍冷面无情、浪声浪气的百般挑逗下，他不得不抬起胆怯的眼投去顺应短暂的一瞥，散乱的乌发，半裸着起伏的胸脯，情欲如火的醉眼，浑圆的臂膀，酥白的腿。他把牙咬得咯咯响，死死闭上眼，全身肌肉紧绷得如同一块块生铁般坚硬。整个身体在颤栗，陷入了狂热的迷乱，忍不住从牙缝里迸出了几声痛苦的呻吟。这正是女主人最开心的时刻。[1]

在这段叙述中，身体是最为重要的权力工具。在拉姆曲珍与朗钦的关系中，身体权力是维系这种关系的基础，拉姆曲珍是农奴主，朗钦是奴隶，两人的身份关系是拉姆曲珍对朗钦施加"权力"的基础。拉姆曲珍对朗钦疯狂施加"权力"，充分表现了封建农奴主的变态和残忍。拉姆曲珍残忍地虐待朗钦，把朗钦当作发泄刻骨仇恨的对象，其理由是朗钦与负心的公子哥长得相像。当然，在封建农奴社会，农奴主虐待奴隶不需要理由，但拉姆曲珍疯狂虐待朗钦的身体，残忍摧残朗钦的精神，不仅表现了农奴主的变态与残忍，而且表现了农奴的地位低下和命运悲惨。然而，拉姆曲珍与朗钦的关系也为朗钦实施"反权力"提供了基础，朗钦没有丝毫人身自由，并且身体和精神都遭受巨大的摧残，朗钦对身体自由和解放有着强烈愿望。因此，朗钦在实施"反权力"的过程中，对拉姆曲珍的身体进行了疯狂报复。在《古宅》中，身体之间实施"权力"与"反权力"斗争是小说的核心内容，为身体政治学的建构提供了一个典型范例。

总之，扎西达娃小说中的土地、住宅和身体作为"过渡风景"，强

---

[1] 扎西达娃：《古宅》，载《西藏隐秘岁月》，第142页。

调的是风景的象征性或表征性。在"过渡风景"中，风景是表面的和过渡性质的，社会秩序和权力关系才是风景隐藏的核心内涵。在扎西达娃的小说中，可以从"过渡风景"的自然表象直达风景的社会本质，"风景不仅仅表示或者象征权力关系；它是文化权力的工具，也许是权力的手段，不受人的意愿所支配"[1]。

---

[1] [美] W. J. T. 米切尔：《再版序言：空间、地方及风景》，载《风景与权力》，第2页。

第六章 都市景观与在城市讲述中国

改革开放以来，中国的城市化进程比以往任何时期都要迅猛，城市化不仅成为当今社会发展的重要趋势，而且逐渐成为普通民众的重要追求。当今中国几乎所有的作家都身居城市，但城市大都是以"恶"的形象出现在文学叙事中。每个作家都有自己的城市经验，也有各自独特的阅读城市的方式，但是城市与乡村的对立似乎是新时期作家共同的叙事原则，张承志、韩少功、鬼子、陈村和王华的文学叙事也以同样的二分法叙述城市。然而，城市文本呈现的不仅是作家阅读城市的方式，还是社会发展和时代变迁的缩影；张承志、韩少功、鬼子、陈村和王华不仅表现了新时期文学城市叙事的写作范式，还表现了当代作家对城市发展的不同思考。

第一节　现代性焦虑与城市"他者"形象

2006年,北京大学教授陈晓明在《文艺研究》发表《城市文学:无法现身的"他者"》,批评中国城市文学发展的不足,他指出:"城市文学依然很不充分,作家的视野中并没有深刻和开放的城市精神,文学作品没有找到表现更具有活力的城市生活状况的方式。城市文学依然是一种无法解放和现身的'他者',并且被无限期延搁于主体的历史之侧。"[1] 2006年,时任《人民文学》杂志副主编的李敬泽发表《在都市书写中国》批评中国都市书写的困境,他质问:"为什么我们对'都市'的想象会如此贫乏而根基浅薄?"[2] 时间飞逝,中国城市文学又获得了大约10年的发展时间。然而,在2014年,三位"80后"批评家杨庆祥、金理、黄平在《民治·新城市文学》发表文章共同剖析"城市文学的困境与可能",三位中青年批评家都焦虑于新时期中国城市文学发展的困境,可以说,从20世纪90年代中国知识分子分化以后中国知识界对同一个问题难得产生如此相同的"现代性焦虑"。上海和深圳可以说是中国近40年现代化发展的典型标志,虽然王安忆的上海叙事代表了近40年城市叙事的成就,但莫言展现了乡土叙事的丰富能量又可以看作对城市叙事的嘲弄,而近年在深圳兴起的《新城市文学》杂志也在不断地展示"城市文学的困境与可能","城市书写"究竟陷入了怎样的困境?或许从陈村、鬼子和王华等作家的创作中能窥其一斑。

---

[1] 陈晓明:《城市文学:无法现身的"他者"》,《文艺研究》2006年第1期。
[2] 李敬泽:《在都市书写中国》,《当代文坛》2006年第4期。

一、"城市的乡下人"与"城市之退却"

作家鬼子出生于1958年,上大学前一直生活在农村。鬼子有着地道的农民身份,正如许多同代人一样,他在农村经历千辛万苦,也熟悉农村的家长里短。鬼子在大学毕业前就燃起向往城市的愿望,最终大学毕业后做了乡村教师,一直到1984年,他才进入县文化馆做文学辅导员,正式改变了职业,也改变了生活环境。自此以后,虽然鬼子长期生活在城市,也拥有了城市户口,但是他对城市仍然有着比较明显的隔膜,仍然觉得自己是一个"乡下人"。王华的经历和城市想象与鬼子有不少相似之处。王华1968年生于贵州正安三桥镇的一个农民家庭,她生于农村,长于农村,做过几年乡村教师,也对农村和农民有一种亲切与依恋。鬼子曾经在文章中写道:

> 我一直地觉得,我的情绪并没有跟随着我的户口成了真正的城市人。行走在大街上,我时常有种行走于田野小道的感觉。小时候,父母总是吩咐,小心,田埂上有蛇!而如今,我们总是吩咐我们的孩子,上街的时候要小心车子。有时候,我曾怀疑是因为生活好了,所以一看见鸡肉就讨厌,但春节回家的时候,却发现任何一根农村的青菜,都比城市的鸡肉招人喜欢,我的儿子总是大碗大碗的,好像百吃不厌。城里也有树,而且还有野草,还有人专管,但任何一片都是肮脏的;村上的树叶和野草却可以随意摘下一叶放进嘴里。城市里也有河,但每一次到河里游泳回来,总要再洗一次才能上床。因而,有时因为某种留恋,我常常把城市里的那些高楼当做乡下的那些莽莽的群山。所以,我的小说里

的人物，曾把城市比做一头一直挨刀而不死的老母猪，总是彻夜地惨叫个不停。[1]

可以说，鬼子的观点代表了乡下人进城后对城市的基本看法。鬼子和王华在农村的长期生活不仅奠定了他们的人生观和世界观，还形成了他们对城市的看法以及想象城市的方法。费孝通曾经在《乡土中国》中揭示了中国乡土社会的性质，认为"乡土社会在地方性的限制下成了生于斯、死于斯的社会"，"这是一个'熟悉'的社会，没有陌生人的社会"[2]。费孝通强调中国乡下人的生活环境是先天就已存在，根本无须选择就形成了亲密的感觉。实际上，乡土社会也决定了乡下人的思维方式，乡下人对世界的观察、思考和想象都与土地紧密联系在一起，都与自己生活的乡村紧密联系在一起，在乡下人的认识世界中，自己居住和生活的乡土是世界的轴心，乡土也是乡下人思考世界的起点和轴心。王华曾在接受记者采访时指出：

> 我出生在一个小镇上，我父母都是农民，我自己也是一个农民。从小在那块土地上生长，这样的印象是刻骨铭心的，然后教书的时候也在一个镇上，接触的都是农民。后来去县城里做记者，还是往乡下跑，还是接触农民。所以，现在叫我写都市，我反而写不来，因为我不了解都市人。而对于农民我是有感情的，写作后的思考也会更偏向于农民、农村的问题，这是一种无意识的倾向。[3]

---

[1] 鬼子：《我的城市》，载《广西当代作家丛书·鬼子卷》，漓江出版社，2002，第 14 页。
[2] 费孝通：《乡土中国》，北京大学出版社，2012，第 13 页。
[3] 《仡佬族女作家王华：与人心走得更近》，www.gog.cn/culture/system/2015/02/10/014109227.shtml。访问时间 2018 年 10 月 5 日。

可以看出，鬼子和王华一直都没有割舍自己的"农民"身份，这种身份已经成为他们的"无意识"；鬼子和王华进城以后，他们仍然没有改变自己的"乡下人"心理和思维，面对城市的繁华世界，他们仍然是以乡土为起点和轴心来观察、思考和想象世界。

"乡下人"思维方式可以说是中国现代文学的重要传统，从沈从文、李广田到贾平凹、阎连科等作家，他们不仅明确宣称自己的农民出身，而且也具有明显的"乡下人"思维。对于中国作家来说，他们最初的根源大都在农村，天生与农民具有血缘关系，在一定意义上可以说，这种血缘关系已经成为中国作家的"集体无意识"。一般来说，中国作家对农村与农民大都怀有深切感情，无论他们走到哪里都难以割弃这种血缘关系和深切感情，这种血缘关系和深切感情深刻影响了他们的创作。由于各种各样的原因，这些作家后来又离开了自己的故土，长期在城市生活，但他们在创作中仍然是从乡土出发来观察、思考世界，他们以带有深厚感情的眼光反观自己的故土，以带有深厚感情的眼光看待农村与农民。同时，这种"集体无意识"也深刻影响了中国作家对城市的观察、思考与想象，他们大都先天性地以"他者"眼光来观察、思考与想象城市，大都对城市有着先天的隔膜，难以深入城市的内部，难以感受、体验城市的精神，因此城市在文学中最终成为一个"他者"形象，"城市之退却"也就成为新时期文学中不可避免的现象。

二、"城市的陌生人"与"苦难之意识"

中国的现代性道路是波浪式和阶段式地前进的，20世纪末期主要侧重于社会制度改革和精英思想转变，以2001年中国加入世界贸易组织为标志，中国进入现代化全面扩张和公民精神转变的时代，如果说前一阶段以改革和市场作为核心话语，那么后一阶段则以城市、高铁和网络作为显著标志。进入新世纪以后，大规模的城市化扩张改变了传统的生活观念和文化观念，标志着真正"现代时代"的来临；以高铁和网络为代表的现代化工具又改变了传统的时间观念和空间观念，中国全面进入了"时空压缩"时代。城市、高铁和网络似乎是巨大的抽气机，几乎抽空了所有的传统，使中国所有"一切坚固的东西都烟消云散了"，也给中国的农村与农民带来了冲击，尤其是使中国农民的身份发生了巨大变化。马克思主义学者大卫·哈维在分析中国的城市化发展时认为，城市可以吸收大量的农村劳动力，他认为这些城市农民工的身份是"一群法律地位不确定的'漂泊'人口"[1]。哈佛大学费正清研究中心博士后研究人员张鹏指出：

> 大多数涌入城市的外地人都一无所有，只能出卖劳动力为生。运气好的人可以在为大部分城里人所不屑一顾的行业里找一份临时工，例如建筑工地、饭馆、工厂、家政、环卫。不过也有很多人什么工作都找不到，只能绝望地从一地漂泊到另一地。他们不享受城市居民的权利，并且往往在日常生活中受到歧视，隔三岔五还会被驱逐。但这些都无法阻挡大量来自乡村地区的人们每天涌入城市，梦想有朝一日发家致富。[2]

---

[1] [美]大卫·哈维：《新自由主义简史》，王钦译，上海译文出版社，2010，第145页。
[2] [美]张鹏：《城市里的陌生人：中国流动人口的空间、权力与社会网络的重构》，袁长庚译，江苏人民出版社，2013，第2页。

张鹏把这些城市农民工称为"城市里的陌生人"。"漂泊人"和"陌生人"基本概括了农民进城以后的身份、地位和生活状况。

鬼子和王华描绘的农民工群体，其实都可以说是"城里的陌生人"。鬼子的创作始于20世纪90年代，他试图表现转型时期农民与城市的复杂关系，以及进城农民的生活境遇和心理状况。1990年，鬼子在《收获》发表《古弄》，标志着他正式闯入文坛，其后在20世纪90年代发表了《被雨淋湿的河》和《上午打瞌睡的女孩》等小说。2002年，鬼子又在《人民文学》发表了《瓦城上空的麦田》，完成了"悲悯三部曲"的创作，这三部小说基本体现了他的创作特征和文学影响。鬼子的"悲悯三部曲"都是以城市为背景，描写了晓雷、"我"、李四等进城农民的生活遭际。鬼子关注进城农民在城市底层的艰难生活，李敬泽认为鬼子的小说"和'现实'具有如此直接的对应关系"[1]。鬼子作品中的主人公大都对城市怀有深切渴望，并且努力追求使自己"成为一个真正意义的城市人"[2]。鬼子在小说中将农民带到了现代城市的边沿，但他们并不能真正融入城市，他们满怀激情冲进城市却最终沦为城市的"漂泊人"和"陌生人"，城市对进城农民来说似乎是一个黑洞。2001年，王华开始发表作品，后来她以旺盛的创作力发表了《桥溪庄》《傩赐》《花河》《花村》《生计之外》等小说。虽然王华《花村》的主要活动场景是在农村，但是"城市"在小说中的"他者"形象特别鲜明，小说主要描写了张久久等农民进城后的悲惨遭遇。鬼子和王华关注城市化大潮中底层人物的生活与命运，试图揭示社会转型带给底层百姓的阵痛，城市在他们笔下就

---

[1] 李敬泽：《鬼子：通过考验——评"鬼子悲悯三部曲"》，载鬼子《瓦城上空的麦田》，春风文艺出版社，2004，第247页。

[2] 鬼子：《我的城市》，载《广西当代作家丛书·鬼子卷》，第14页。

是一个"悲惨世界",他们认为城市无法安顿农民的身体,也无法安息农民的灵魂。

鬼子强调自己的创作与苦难意识和民间立场紧密相关,他曾经在文章中写道:

> 我在1995年,曾用了一年的时间,把当时的中国文坛阅读了一遍,我指的是有关作品,我的目的是为了了解别人都在写什么,在怎么写,有没有我可以突破的位置。对我来说,那就好比一次诺曼底登陆。最后的发现简直让我有点不敢相信,几乎无人直面人民在当下里的苦难,偶尔有一些,却又都是躲躲闪闪的,很少有人是完完全全地站在民间的立场上,也许这样的发现正好迎合了我的某种人生经验,但这样的选择应该说是理性的。[1]

鬼子认为苦难是当下人民的基本生存状态,他认为:"人生其实就是在穿越一条长长的苦难的隧道,穷人是这样,富人也是这样,因为这里的苦难指的不是一般意义上的生存的苦难,而是包括了情感的苦难,以及灵魂的苦难。"[2] 正是这种苦难意识和民间立场使鬼子对城市产生了悲观看法。20世纪90年代被认为是中国社会的转型时期,也被认为是中国知识分子精神失落和思想分化的年代,精英知识分子在前十年建构的理想主义轰然坍塌,文学创作形成了由理想主义向现实主义的转型趋势,"新写实小说"和"现实主义冲击波"可以看作这种趋势的重要代表。在这种转型潮流中,城市意象被很多作家描绘成人类苦难和人

---

[1] 鬼子、姜广平:《鬼子:直面人民在当下的苦难》,《西湖》2007年第9期。
[2] 同上。

生困境的重要象征。1993年，虽然贾平凹的《废都》并没有对"看得见的城市"进行全景式的描绘，但他似乎参透了城市的核心精神，"废都"不仅成为20世纪90年代"城市精神"的象征，还成为那个时代知识分子的精神象征。1996年，王安忆在《长恨歌》中对上海风景有过大气磅礴的描写，为王琦瑶的命运奠定了象征性基调，其象征性氛围可与狄更斯在《荒凉山庄》中对伦敦的描写相媲美，在对弄堂、流言、闺阁和鸽子的精细描绘中蕴藏了上海的历史、现状和未来。与其说王安忆在书写上海，还不如说她在书写人类命运，她用饱含哲理的语言揭示了人的生存困境，她写道："天空下的那一座水泥城，阡陌交错的弄堂，就像一个大深渊，有如蚁的生命在作挣扎。"[1]鬼子和王华作品中的城市与上述城市意象有很多相似之处，他们特别强调城市给农民的生活带来了巨大危险。比如在《被雨淋湿的河》中，晓雷遭遇了欺骗、侮辱等各种各样的不公正待遇，最终命丧他乡；在《花村》中，农民在城市也遭遇了伤残、性病、死亡等命运；在《生计之外》中，高经济的美好愿望也被无情的欺骗和玩弄击得粉碎。

可以看出，鬼子和王华的创作是一种现实主义的城市书写，他们没有完全理解和真正体验城市精神、都市主义和现代意识，所以在他们的作品中很难看到波德莱尔、乔伊斯、艾略特等作家那样的现代主义城市书写。现代化与现代主义的不平衡发展可以说是中国现代性的基本特征。近40年来，中国的现代主义与现代化一直处于分裂状态，在20世纪末期，现代化跟不上现代主义的发展步伐，以至于在20世纪80年代关于"现代派"与"伪现代派"的论争中，缺乏现代化土壤被认为

---

[1] 王安忆：《长恨歌》，作家出版社，1995，第18页。

是中国"现代派"文学发展不足的根本原因,而先锋文学的快速退潮似乎也证明了现代主义的水土不服;进入新世纪以后,现代主义似乎也跟不上现代化发展的步伐,以至于在现代化、城市化、信息化急剧膨胀的当下,中国的现代主义仍然处于尴尬境地。虽然鬼子和王华的创作充分表现了现代化与现代主义发展的不平衡,但是他们的城市叙事仍然包含着新时期文学的一种历史,也蕴含着城市化发展的一种结果。文学文本和叙事范式体现了时间的变迁,鬼子和王华为我们提供了一种将城市概念化的方式,也提供了一种思考时代发展的方式。

三、"城市的感觉"与"游荡的幽灵"

"城市感觉"是陈村提出的概念,这个观念在中国现代主义城市写作中具有重要价值。上海是中国现代主义文学产生的温床,成长于上海的作家往往会沾染这个城市的独特气息,从 20 世纪 30 年代的穆时英、刘呐鸥、施蛰存到 20 世纪 80 年代的王安忆和陈村,他们的都市写作为中国现代主义文学的发展做出了重要贡献。陈村长期身居上海大都市,他的作品大都与上海有关,从《少男少女,一共七个》到《鲜花和》等作品都是在描写都市男女的日常生活与精神状况。不仅如此,陈村还明确倡导现代主义写作观念,2013 年 8 月 15 日,陈村在与青年作家的对话中提出了描绘"城市的感觉"的观点,他认为:"我们是生活在这个城市中的人,城市充满现代因素的部分我们没有表达好。我希望后来的作家能够继续写下去,能够接上以前的,更好地描绘对我们这个城市的感觉。"[1] 陈村认为城市充满现代气息,城市的日常生活是零

---

[1] 陈村:《重构城市传奇》,《社会科学报》2013 年 8 月 15 日第 6 版。

散的、平庸的，时间和空间都是支离破碎的，小说应该以日常生活叙事表现存在的本质。陈村以其独特的现代主义观念揭示了现代城市的本质，他描绘了现代人在现代城市中的感觉，表现了现代人的生活面貌和精神状态，探索了"烦"的存在本质。

陈村从两个方面表现了"城市的感觉"。一方面，对精神孤独的表现。在现代城市，人与人之间的隔膜与日俱增，即使一门之隔也大都老死不相往来，人与人之间的空间距离贴近却无法缩短精神距离的疏远，陈村在短诗《城市现代化以后》中揭示了人的精神孤独，他写道："我们给自己装上了坚实的牢笼／我们为别人设置了厚实的铁门／我们不认识对门的邻居／我们在网上寻找友人／我们污染了城市……我们的世界热闹了／我们的心灵孤独了。"[1] 在这首诗歌中，城市形象体现为作家的内在感觉和印象，城市成为牢笼和孤独的换喻，人在城市中生存，就像一个个幽灵，没有目标地游荡，只能孤独地闲逛。在现代主义文学中，个体和群体具有完全不同的生活方式，个体精神被城市经验不断消弭，最终成为齐美尔在《大都会与精神生活》中所揭示的"麻木不仁"的孤独个体。"在大众（mass）社会中，会迷失的是个体：异化不可避免；个体即使在群体之中也感到孤独。"[2]《鲜花和》讲述都市宅男的焦虑与困窘，杨色虽然身处于女人的包围中，但他无时不处于爱的饥渴之中，他甚至戴着"性"的眼镜观察周围环境，爱的缺失和性的饥渴使他觉得生活变得异常空虚。小说《地上地下》描绘了不同的生存世界，也表现了个体与群体不同的精神世界，生活在地上的城市人物质繁华却

---

[1] 陈村：《城市现代化以后》，《青年博览》2006年第8期。
[2] [美]理查德·利罕：《文学中的城市：知识与文化的历史》，吴子枫译，上海人民出版社，2009，第90页。

又心灵空虚,他们漫无目的地游逛在城市的街道。精神的压抑让城市人形同陌路,他们不得不陷入毫无目标的空虚中。陈村描绘了日常生活的表面化和碎片化,从而透视世俗人生的孤独空虚的精神状态。另一方面,对存在本质的探索。陈村写过一篇以"烦"命名的文章,他认为烦是人的本质,"人真是个作怪万千的东西。他们已经没有别的出路了,只有更烦更烦"[1]。陈村对烦的思考不仅涉及人的存在,还包括对文化与历史的思索。陈村认为现代人在现代社会找不到出路,只有陷入永恒的"烦"中,烦不仅是人的心理状态,而且是存在的本质。陈村在《我的城市》中揭示人在现代城市中的生活状态,认为城市的本质也与烦紧密相连,他说:"城市不是我的,我离不开城市就只好夜夜做梦。后来一直做到白天,梦就没日没夜。我想其实自己不要将来不要过去要的就是现在。我想其实城市再脏再臭再乱也是我的城市,除此我就穷光蛋一个。我想自己并不爱你城市但离不开走不了恨不成,最终只能死在你的肚子上请多多关照。死后我也睁大眼睛竖起耳朵,看你的变迁听你的动静听得我烦得不行。我在你烦死人的喧嚣中永远安息。"[2] 陈村揭示了人与城市之间既相互依存又相互隔离的复杂关系,虽然烦是城市的本质,但人却无法脱离城市,反而更加深受城市的影响,人在城市中就像做梦一样毫无主体性,只能不断地深陷城市的永恒的"烦"之中,这样的思考具有明显的存在主义特征。在小说《一天》中,陈村描述了现代人在城市中的生存状态,主人公每天的生活就是从竹头楼梯的"格吱格吱"到有轨电车的"叮叮当当"再到冲床的"匡汤匡汤"的不断重复,生活到处布满危险,时刻都务必谨小慎微,生活单调乏味,

---

[1] 陈村:《烦》,《文学自由谈》1988年第5期。
[2] 陈村:《我的城市》,《天涯》2000年第3期。

深陷永恒之烦而无法自拔，以至于烦躁之音短暂停息反而感到不自在。小说主人公在城市中生存毫无主动性和自由性，一切都是按部就班，他深陷烦之存在却没有任何的主体意识，反而有一种自我麻木的满足，麻木不仁成为精神的本质。

与鬼子一样，陈村对城市怀有无限的热爱。在《想象上海》中，陈村把上海看作梦想也是归宿，是人生的唯一。在《少男少女，一共七个》中，陈村把城市看作浪漫主义向现代主义过渡的重要环节，浪漫主义把城市神秘化、象征化，现代主义则把城市世俗化、平面化。在《鲜花和》中，陈村不再怀念充满浪漫气息的乡村主义，而转向对碎片化的日常生活的表现，城市不再神秘而成为空洞的、表面的琐碎生活，"烦"成为存在的全部意义。现实主义突出人在物质环境压迫下的生存苦难，因为城市每天都在产生各种各样的欲望，但是进城农民却没有能力消化这些欲望。在陈村看来，现实主义无力表现"城市的感觉"，因为"城市的感觉"强调城市叙事的向内转，城市世界是一种主观的现实。陈村的城市叙事侧重对心灵世界的表现，体现了新时期文学向现代主义艺术转向的努力。

四、"城市的幻象"与"悖论性思维"

本雅明认为："作家一旦踏进市场，就会四下观望，好像走进了西洋景一样。他最初的企图就是为自己的文学类型寻找目标。这是一种全景文学。"[1] 然而，鬼子和王华进入城市以后，他们并没有四处观望，也

---

[1] [德] 瓦尔特·本雅明：《波德莱尔：发达资本主义时代的抒情诗人》，王涌译，译林出版社，2012，第30页。

没有对城市进行全景式的描绘，总是以"他者"眼光观察、表现城市，把城市看作丑恶的集合体。美容店是鬼子描绘最多的城市景观，鬼子把美容店看作城市的化身，美容店表面装饰得花枝招展，实际却是藏污纳垢的处所。在《被雨淋湿的河》中，鬼子直接指出了城市的特征："我觉得人世间的丑恶都云集在看上去十分发达而美丽的城市中。城市就像那蜜蜂窝，我承认里边有着许多可口的蜜糖，但也时常叫人被蜇得满身是伤。"[1]鬼子认为城市表面繁华，而实质却是社会丑恶和人类堕落的综合场所。工地是王华描绘最多的城市景观，在《花村》和《生计之外》等作品中，她认为工地是农民工苦难生活的见证。鬼子和王华描绘的只不过是城市之幻象，并没有深入城市的内部景观，对于城市其实是一种暧昧态度，他们想发掘城市的本质，但只是从外部来观察、描绘城市。

农民与城市的对立是鬼子和王华小说的重要内容，他们认为农民向往城市却又不能适应城市，最终沦为城市的"弃者"。张承志在浪漫派作家中是独特的，他对城市怀有强烈的憎恨情绪，他宁愿舍弃城市的繁华，而选择广阔的大自然，无论是内蒙古草原，还是西北高原，甚至是新疆戈壁，都可以成为他灵魂的栖居地。鬼子对城市的态度与张承志截然相反，鬼子在《我的城市》中明确表达了对城市的热爱，并且努力追求使自己"成为一个真正意义的城市人"[2]。鬼子的创作始于20世纪90年代，他的创作也基本反映了转型时期农民与城市的复杂关系，以及进城农民的真实心态。鬼子以鲜明的现实主义姿态进行创作，他尤

---

[1] 鬼子：《被雨淋湿的河》，载《瓦城上空的麦田》，第188页。
[2] 鬼子：《我的城市》，载《广西当代作家丛书·鬼子卷》，第14页。

其关注进城农民在城市底层的艰难生活，李敬泽甚至认为鬼子的小说"和'现实'具有如此直接的对应关系"[1]。鬼子将农民带到了现代城市的边沿，但他们并不能真正融入城市，他们满怀激情冲进城市却最终沦为城市的闲逛者，城市对进城农民来说是一个永恒悖论。城市悖论是新时期小说城市叙事的共同模式，李佩甫《城的灯》和张浩文《杀头公猪上西安》等小说都运用了这种叙事模式。在《两个戴墨镜的男人》中，鬼子继续讲述农民进城后的悲惨遭遇，胡男是瓦村的农民，为了交付超生罚款而来到洪城，在城市里从事代阉职业以挣取收入，在这个生计之外，胡男又成了一个单身女人的情人，并且每次都得到了金钱回报，在一次关于钱币真假的纠纷中，胡男失手杀死了单身女人，最后胡男以自杀了结一生。王华在《生计之外》中写道："一头扎进城里，他们就给淹没在各自的那一个旋涡里了。"[2] 这句话形象地揭示了农民与城市的对立境况，高经济在生计之外学会了开锁入室以享受城市人生活，终于鬼使神差地成为拥有房产和妻子的真正的城市人，他获得了作为城市人的心理慰藉，但似乎命运捉弄他，最终他又回到了人生的原点。城市对于大多数农民来说是一个遥不可及的梦，梦醒之后，他们又不得不面对残酷的现实。鬼子在"悲悯三部曲"中也揭示了城市悖论，鬼子的城市悖论表现了进城农民的生活状况，鬼子是一个具有强烈时代精神的作家，他深情地关注了城市化大潮中底层人物的生活与命运，揭示了社会转型带给底层百姓的阵痛，他以客观的现实主义描写表达了深切的人道主义情怀。

---

[1] 李敬泽：《鬼子：通过考验——评"鬼子悲悯三部曲"》，载鬼子《瓦城上空的麦田》，第 247 页。
[2] 王华：《生计之外》，《民族文学》2015 年第 11 期。

城市与乡村的对立也是鬼子和王华创作的重要主题。20世纪90年代末是中国现代化发展的重要阶段，城市化发展加快了步伐，鬼子和王华试图把握转型时期农民的身份变化和心理波动，他们描绘了城市与乡村的对立，他们强调无论城市多么有吸引力，只有乡村才是农民的精神家园。在《瓦城上空的麦田》中，"我"与老太婆的观点集中表现了这种冲突，"我还是喜欢我的村子。村里有山有水，有田有地，什么都有，爱怎么玩就怎么玩"[1]。鬼子认为城市与乡村的对立不仅表现在物质层面，而且表现在精神层面，因此老太婆不断呼喊李四的魂魄，希望他从瓦城返回乡村。在《瓦城上空的麦田》中，"父亲"把"我"带进城市，千方百计地想使"我"成为真正的瓦城人，"父亲"认为只要"我"留在瓦城，村里人就永远比不上"我"。"父亲"的逻辑体现了转型时期农村与城市之间的差异，正是这种差异使农民对城市怀有莫名的向往。"向往城市"体现的是一种普遍的社会心态，也预示了中国社会发展的方向。但是农民"向往城市"的心态大都是肤浅的，他们对城市的认识往往是片面的，因此他们进入城市后就感到手足无措，难以适应城市生活，"我知道瓦城好，但我觉得瓦城是别人的瓦城，不是我的"[2]。这句话代表了进城农民的共同心声。"父亲"把"我"带入城市表面上是因为受到了母亲离家出走的刺激，根本原因却是城乡发展的不平衡造就了农民自我贬低的社会心理。李四把儿女送入瓦城，使他们都成为真正的城里人，但李四自己却被儿女遗忘，也被这个城市抛弃了，最终以自杀来告别城市。胡来想尽一切办法使自己的儿子成为城里人，自己最终却葬身在城市的滚滚车轮之下。王华也把城市与乡村塑造为对立

---

[1] 鬼子：《瓦城上空的麦田》，载《瓦城上空的麦田》，第71页。
[2] 同上。

的两极，无论家乡多么遥远，农民工都有回家的强烈愿望，在《花村》和《生计之外》等作品中都出现了农民由城返乡的过程。

城市在鬼子、王华笔下就是一个"悲惨世界"，城市无法安顿农民的身体，也无法安息农民的灵魂。20世纪90年代末是中国现代化发展的重要阶段，城市化发展加快了步伐，鬼子和王华敏锐地把握了转型时期农民的身份变化和心理波动，精细地描绘了城市与乡村的对立，他们坚定地强调城市是社会发展和农民转型的方向，但也强调乡村是农民的精神家园。鬼子和王华的城市叙事表现了转型时期的农民对城市的矛盾心态。

第二节　现代性悖论与城市"瘟疫"意象

2016年6月24日，英国公投决定退出欧盟，这个事件对欧洲一体化和世界全球化进程产生冲击。英国脱欧事件也说明了世界全球化进程中存在着抵制全球化的强大力量，在人类现代性发展过程中存在着反现代的强大力量。在当今时代，现代与反现代的矛盾是人类社会最基本的矛盾，现代与反现代的悖论是现代性最为核心的悖论，甚至可以断言，"完全现代的生活是反现代的"，"最深刻的现代性必须通过嘲弄来表达自己"[1]。1978年12月，中共中央做出了把党的工作重

---

[1] ［美］马歇尔·伯曼：《一切坚固的东西都烟消云散了：现代性体验》，徐大建、张辑译，商务印书馆，2013，第13页。

点转移到社会主义现代化建设上来的战略决策，现代化建设被重新树立为中国社会主义事业的重点。经过不断的论述和实践，中国的知识精英逐渐认识到"现代化被视为'现代性'（体现在新思想、技术和制度）的传播"，"作为一个宏大叙事，现代化进一步被推想为一个历经若干'阶段'，从传统的农业社会到现代工业社会的线性发展过程"[1]。改革开放以来的近40年时间毫无疑问是中国现代性发展最为迅猛的时代，城市化的快速扩张是中国现代性发展的重要标志，"全球现代化发展的经验和历程证明，凡是实现现代化的国家和地区也基本是完成城市化的国家和地区，几乎没有例外"[2]。据统计，"2013年中国城市化水平超过52%，正在接近世界平均城市化水平，中国成为世界上城市人口最多的国家"[3]，可以说，中国的城市化水平体现了中国现代化建设的成就。一般认为，城市的繁荣是城市文学发展的温床，但吊诡的是，中国城市的发展非但没有抽空中国乡土叙事传统，反而推动了乡村叙事的繁荣，从张承志到韩少功的一部分作家不仅显示了乡村叙事的勃勃生机，而且显示了反城市化和批判现代性的强大力量。虽然张承志和韩少功并没有对城市进行全景式描绘，但是他们在作品中明确把城市比作"瘟疫"，从而使城市成为一种承载文化政治诉求的意识形态话语，以投射他们对现代性和全球化的批判观点，以投射他们与新时期知识界的思想分歧。

---

[1] ［美］李怀印：《重构近代中国：中国历史写作中的想象与真实》，岁有生、王传奇译，中华书局，2013，第27页。

[2] 张鸿雁：《序》，载罗伯特·阿尔特《想象的城市：都市体验与小说语言》，邵文实译，江苏教育出版社，2013，第1页。

[3] 同上书，第2页。

一、"城市正在肆虐"与"现代文明的真相"

大卫·哈维把"1978—1980年这几年视为世界史和经济史的革命性转折点"[1]，1978—1980年也可以被看作中国文学史上的重要转折点。1978年，张承志在《人民文学》杂志发表了《骑手为什么歌唱母亲》，该小说与刘心武的《班主任》同时获得第一届全国优秀短篇小说奖，1978年12月，张承志又创作了小说《刻在心上的名字》。《班主任》被认为是"伤痕文学"的开山之作，也是新时期文学的发轫之作，然而，张承志的《骑手为什么歌唱母亲》和《刻在心上的名字》两部小说在新时期文学的"起源"中也具有不可忽视的意义。张承志在这两部小说中都提到了两个地点，一个是大城市北京，另一个是乌珠穆沁大草原，小说主人公舍弃大城市投奔了草原怀抱，并且都明确表达了对城市的厌恶，抨击了城市的丑恶。草原在张承志的文学创作中占有重要地位，草原不仅是他"全部文学生涯的诱因和温床"[2]，而且是他的主体性意识自我实现的载体；草原与城市的对立隐喻了乡村与城市的冲突，可以说，张承志以"逃离城市奔向草原"开创了新时期文学"离城返乡"的叙事模式。众所周知，"离乡进城"的叙事模式不仅在新时期文学中占据主流地位，而且也符合中国现代性发展的历史趋势。1982年，路遥的《人生》在《收获》杂志上发表，并获得第二届全国优秀中篇小说奖。《人生》在20世纪80年代产生了重要影响，被吴天明拍成同名电影后，更是在全国几乎家喻户晓，高加林成为新时期文学"乡下人进城"的人

---

[1] [美] 大卫·哈维：《新自由主义简史》，第1页。
[2] 张承志：《草原小说集自序》，载《荒芜英雄路·清洁的精神》，上海文艺出版社，2015，第343页。

物典型,《人生》也成为新时期文学的经典之作。值得注意的是,在第二届全国优秀中篇小说奖中,路遥的《人生》和张承志的《黑骏马》同时获奖且排名相近,然而,《黑骏马》的叙述者是一个"逃离城市奔向草原"的人物形象。可以看出,在《骑手为什么歌唱母亲》《刻在心上的名字》《黑骏马》《北方的河》和《金牧场》等作品中,张承志都运用了"离城返乡"的叙述模式;从《人生》到《平凡的世界》等作品中,路遥都揭示了"乡下人进城"的强烈愿望和历史趋势,张承志与路遥在叙事模式上的差异潜藏了张承志与新时期文学主潮的分野。

"逃离城市奔向草原"为张承志抨击城市提供了叙事基础。从1978年的两部小说到1987年的《金牧场》再到新世纪的《匈奴的谶歌》《脆弱的城市》等作品中,张承志一直都在尖锐地批评城市化带来的各种问题。2002年,张承志创作了《匈奴的谶歌》,他在文中指出,"若能把城市比成瘟疫,那么在河西走廊,城市正在肆虐"[1]。河西走廊曾经是古代游牧民族的牧场,后来汉武帝派大军攻占了河西走廊,昔日的牧场逐渐演变为农耕地,河西走廊由游牧文明转向了农耕文明,城市开始在河西走廊被建造起来。在进入现代以后,汉武帝时代建造的河西四郡又繁殖了数十座城市,也就是张承志所说的"城市正在肆虐"。张承志把城市看作现代文明的代表,特别强调了城市对古代游牧文明和农业文明的破坏,在现代文明与古代文明的冲突中,他看到了现代文明巨大的破坏力量,他指出:"没准现代和古代的区别,就是现代五十年的速度,能够与古代的十个世纪相比。"[2] 张承志认为现代城市不仅破坏了

---

[1] 张承志:《匈奴的谶歌》,载《一册山河·谁是胜者》,上海文艺出版社,2015,第196页。
[2] 同上书,第199页。

河西走廊的生存原理，还破坏了河西走廊的道德规范，迫使昔日令人艳羡的灌溉文明最终发展成为自然的死症，他强调："再加上河西五地市，约十座城市；七十万公顷灌溉田；数百家工矿企业用水；四千万人口；五百万头牲畜饮水——祁连山日复一日，被榨骨吸髓，早已面有菜色，早已精疲力竭，再也榨挤不出更多的水了。"[1] 因此，张承志把城市比喻为"瘟疫"，认为城市谋杀了匈奴的大自然，谋杀了古代繁华的游牧文明和灌溉文明。张承志揭示了现代城市的破坏力量，他以反城市表达了他对城市的想象。也可以说，张承志的城市想象其实是一种反城市文明、批判现代文明的意识形态话语。

"城市瘟疫"是张承志对城市的形象描绘。张承志的文学道路与新时期文学几乎是同步发展的。新时期文学以现实主义的恢复作为历史起点，然而张承志是新时期现实主义潮流的一个另类，他以鲜明的浪漫主义精神登上文坛。"文革"结束不久，当大多数作家在集体诉说创伤经验和痛苦记忆时，张承志却在竭力书写理想主义的多种可能性，他似乎试图以浪漫主义挑战现实主义的主流地位。1978 年，张承志在《人民文学》杂志发表了处女作《骑手为什么歌唱母亲》，小说开篇描绘了内蒙古草原的巨大魅力，"马头琴的乐声沸腾了我们的血，点燃了我们的心"[2]，这是一种明确的浪漫主义宣言。张承志把描绘的重点倾注在广袤的草原，虽然他经历了内蒙古草原的严寒酷暑和风云突变的艰苦生活，但他依然热情歌颂内蒙古草原的壮丽风景，表达对草原牧民的无限热爱。张承志认为，"草原是我全部文学生涯的诱因和温床。甚至该说，

---

[1] 张承志：《匈奴的谶歌》，载《一册山河·谁是胜者》，第 208 页。
[2] 张承志：《骑手为什么歌唱母亲》，载《张承志代表作》，黄河文艺出版社，1988，第 1 页。

草原是养育了我一切特征的一种母亲"[1]。热爱歌颂大自然是浪漫主义作家的共同特征,浪漫主义作家还对城市没有好感甚至怀有强烈的憎恨。在城市叙事中,张承志既远离了现实主义的城市悲剧,也疏远了现代主义的城市幻象,为了恢复人与大自然的关系,他创造了一种独特的力量,让大自然从属于伟大的母亲。由于张承志对草原母亲怀有无限的崇敬和热爱,城市就被构造成大自然的"刽子手",他认为城市就像瘟疫,不仅给草原带来了巨大的破坏,而且也给人类带来了无穷的危害。

张承志很少直接描述城市景观,虽然城市在他的作品中总是被轻描淡写,但依然具有强大的毁灭力量。在《匈奴的谶歌》中,张承志沉浸在对牧歌时代的美好遐想和历史追溯中,河西走廊曾经是游牧民族的生活乐园,在汉武帝时代创造了无限的辉煌,但是经历两千年的风雨历程后,河西走廊陷入了绝境。张承志认为城市化是河西走廊陷入死症的罪魁祸首,"若能把城市比成瘟疫,那么在河西走廊里,城市正在肆虐"[2]。张承志对牧歌时代怀有浓厚的向往情绪,但是历史的发展却不以人的意志而转移,昔日辉煌的河西走廊不可避免地消逝了。因此,"失我胭脂山,使我妇女无颜色。失我祁连山,使我六畜不蕃息"这首传唱至今的古歌既是牧歌时代的预言,又是牧歌时代终结的谶言。张承志把城市放置在历史发展的长河中,从而使城市的发展带有历史的沉重。张承志不仅描绘了城市对大自然的破坏,而且描绘了城市本身的衰颓。2002年,张承志在《斯诺的预旺堡》中以古今对比的方式揭示了城市的衰败,他首先重温了斯诺在1936年对预旺城的描绘:"我们

---

[1] 张承志:《自序》,载《美丽瞬间:张承志草原小说选》,北京师范大学出版社,1993,第1页。
[2] 张承志:《匈奴的谶歌》,载《黄土——张承志的放浪笔记》,江苏文艺出版社,2009,第22页。

到达了预旺堡城，这是一个古老的回民城市，居民约有四五百户，城墙用砖石砌成，颇为宏伟。城外有个清真寺，有自己的围墙，釉砖精美，丝毫无损。但是其他的房子却有红军攻克以前围城的痕迹。"[1] 斯诺的描绘具有浓厚的时代气息，战争仍然无法掩盖预旺县城的繁华气象。张承志对斯诺的描绘产生了浓厚的感伤，因为他看见："预旺县城衰败凋残，变成了一座'土围子'预旺堡。堡墙也段段颓坍，居民更迁徙外流，如今的预旺只是一处僻冷隔离的穷乡弃里。"[2] 虽然其中只隔着半个世纪的岁月沧桑，但是21世纪的预旺城却已尽显荒芜。预旺城衰败的原因是什么呢？张承志进行了深入的探索与思考，张承志把城市的衰败归结于时间的无情，他通过城市突显了20世纪的沧桑与破败，预言了21世纪的堕落与腐朽，空间的突转与时间的变迁相互融合，他总是在历史中寻找城市的意义，因此《匈奴的谶歌》和《斯诺的预旺堡》中的城市叙事不仅具有反城市意义，而且具有重要的反现代意义。张承志经历了新启蒙运动的沉浮，他以坚定的理想主义立场和浪漫主义情怀呼唤人道主义的觉醒、抵抗人文精神的失落，他的作品在这个方面显示了独特的价值。然而，张承志的思想又充满了矛盾，中国新时期的启蒙运动也是一场现代化运动，它试图将中国从乡土世界带入城市世界，但是张承志毫不留情地批判城市的罪恶，引导人们怀念古典浪漫的牧歌时代。张承志是一个具有强烈历史意识的作家，但是在历史观方面，他是反现代的，反对启蒙主义的进步历史观，认为时间的变迁和历史的发展并不一定促进人类的进步，反而有可能给人类带来灾难。

---

[1] [美]埃德加·斯诺：《西行漫记》，董乐山译，解放军文艺出版社，2002，第240页。
[2] 张承志：《斯诺的预旺堡》，载《张承志散文》（插图珍藏版），人民文学出版社，2005，第140页。

他强调历史的发展给大自然带来了巨大的破坏，城市给大自然的破坏更是令人震惊，因此，他明确表达了对 21 世纪的厌恶情绪。在《金牧场》中，张承志试图告诉人们放弃城市中漂亮的办公室，抛弃城市的罕世珍宝，从而走向雄奇的草原，走向神秘的大自然，他强调"九死不悔地追寻着自己的金牧场"是人类神圣的责任[1]。张承志认为大自然是崇高神圣的，而城市则充满了喧嚣浮躁，因此他赋予大自然浓厚的神秘气氛，他把大自然塑造成人类的家园，而城市则成为人类家园的破坏者。新时期是中国现代化事业重新扬帆远航的阶段，张承志以其独特的立场体现了新时期文学对现代化的反思。

张承志认为城市不仅是现代文明的象征，而且是西方帝国主义国际化和全球化的象征。1993 年，张承志从日本归来以后，创作了《夏台之恋》，并于 2005 年 9 月美国入侵伊拉克之际审定了此文。一方面，张承志认为中国知识分子背叛了革命精神，指责他们臣服于西方帝国主义，成为现代化和全球化在中国的代言人。因此，张承志决定远离城市，远离知识分子，并且幻想"在夏台盖一间自己的小房子。也用天山的松杉原木，挨着奔腾的雪水"[2]。另一方面，张承志抨击了西方帝国主义野蛮的殖民历史，抨击西方帝国主义妄图分裂中国的野心，他在文中写道："在国外的每一天我都感到被一种空气逼迫。海湾战争以后，西方包括日本为了他们不便明说的阴暗目的，如饥似渴地盼着中国肢裂。中国边疆正在被不怀好意地加热研究。源头远在汉代移民的新疆汉族，近来更是他们的攻击之的。尽管美国完全是一个移民窝，而且是一个

---

[1] 张承志：《金牧场》，人民文学出版社，2007，第 390 页。
[2] 张承志：《夏台之恋》，载《荒芜英雄路·清洁的精神》，第 241—242 页。

建立在对印第安人的灭绝屠杀基础上的移民国家；日本则不仅曾经向南北美洲和中国东北大量移民，而且至今对'满洲国'念念不忘。"[1] 在《寺里的学术》和《地中海边界》中，张承志认为城市聚集了压迫底层百姓的所有因素，而城市知识分子不仅成为压迫底层百姓的帮凶，而且成为"殖民地知识"的代言人。在张承志看来，所谓现代"文明的真相"其实就是西方帝国主义侵略和殖民东方的历史，即使 20 世纪的革命运动使殖民地独立了，但是殖民主义"文化的态势没有改变"[2]。可以说，张承志的城市书写潜藏了他对西方殖民主义的批判，他笔下的城市也就总体化为一种反帝国主义和反殖民主义的意识形态话语。

二、"灾疫又一次入城"与"挑战思想意识主潮"

2016 年 6 月，美国学者大卫·哈维巡访中国的南京、北京等城市，并在南京大学、中国社会科学院等高校与科研机构参加学术活动。长期以来，大卫·哈维都是从马克思主义立场来研究中国的社会状况，他认为中国近几十年现代化发展的成就与问题最集中地体现在城市之中。在论及中国城市发展状况时，他特别强调环境问题"正在给各地带来破坏性影响"[3]。或许是因为看到了城市聚集了各种各样的问题，张承志和韩少功都曾经幻想逃离城市并在乡村建造房子，但张承志至今没有去实现这个目标，而韩少功不仅实现了自己的愿望，还公开了自己的"乡村隐居"生活。韩少功强调他的"返乡"计划"蓄谋"于 20 世纪 80 年

---

[1] 张承志：《夏台之恋》，载《荒芜英雄路·清洁的精神》，第 235 页。
[2] 张承志：《寺里的学术》，载《一册山河·谁是胜者》，第 351 页。
[3] [美] 大卫·哈维：《新自由主义简史》，第 201 页。

代,并在 1996 年 4 月,"回访当年下放劳动的汨罗市(县),为以后建房安居选址"[1]。然后在 2001 年 5 月,韩少功迁入湖南省汨罗市八景乡新居。最终于 2006 年,韩少功在作家出版社出版《山南水北》,公开了他在八景乡的隐居生活及心路历程。虽然韩少功在《山南水北》中极力强调移居乡下"与报复毫无关系"[2],强调移居乡下与 20 世纪 90 年代的思想论争没有关系,但是《山南水北》的公开出版实实在在地说明了他移居乡下具有强烈的意识形态目的,表现了他与新时期知识界的思想分歧。这是一次重要的公共的文化政治实践,正如《山南水北》封面宣称:"这是一本对生活与文化不断提出问题的书,是一部亲历者挑战思想意识主潮的另类心灵报告。"

《山南水北》为韩少功挑战思想意识主潮提供了文本基础。把城市建构为"反城市"是新时期文学的重要内容,从张承志的《金牧场》到韩少功的《山南水北》,城市都被描述为一个令人"心生厌倦"的符号。2006 年,此时的韩少功已在城市工作了 30 余年,在文学界、思想界甚至在政府部门都获得了很高的声望,他应该属于城市中的"成功人士",但他仍然把城市比喻为"灾疫",他强调:"我一直不愿被城市的高楼所挤压,不愿被城市的噪声所烧灼,不愿被城市的电梯和沙发一次次拘押。大街上汽车交织如梭的钢铁鼠流,还有楼墙上布满空调机盒子的钢铁肉斑,如同现代的鼠疫和麻风,更让我一次次惊悚,差点以为古代灾疫又一次入城。"[3] 其实,张承志和韩少功等作家不仅出生并成长于城市,而且长期生活在城市,但是他们却如此地憎恨城市。虽然他们

---

[1] 廖述务:《韩少功文学年谱》,《东吴学术》2012 年第 4 期。
[2] 韩少功:《山南水北》,作家出版社,2006,第 4 页。
[3] 同上书,第 2 页。

视城市如"瘟疫",但是他们并没有躲之唯恐不及,而是不断地享受城市的各种便利。正如大卫·哈维在《叛逆的城市》中把批判城市当作是对全球资本主义的批判一样,"灾疫又一次入城"不仅可以看作韩少功对城市的批判,而且可以看作韩少功对近几十年来在全球盛行的发展主义的批判,因为城市毫无疑问是近几十年"发展"的最重要代表。1999年10月下旬,作为海南省作协主席和《天涯》杂志社社长的韩少功在海南三亚主持召开"生态与文学"国际研讨会,会议形成了一个总结性材料《南山纪要》。《南山纪要》发表于《天涯》杂志2000年第1期,强调韩少功"作为会议东道主也出席了座谈",着重抨击了"发展主义意识形态",指出:"发展主义的话语是一种唯物质主义,唯增长主义,甚至是唯GDP主义。"《南山纪要》强调发展主义给部分发展中国家造成了"经济的困境和社会的危机",也认为发展主义在中国产生了一些恶果,纪要最后提出"超越八十年代以来的某些思想定势至关重要"[1]。虽然不能说《南山纪要》完全是韩少功的思想,但是《山南水北》中的很多观点都可以说是《南山纪要》的再现。从韩少功的出身经历、工作经历和思想经历来看,甚至还可以说,《山南水北》所要挑战的"思想意识主潮"与"八十年代以来的某些思想定势"具有非常紧密的关联。

或许国内知识界对20世纪80年代以来的"思想意识主潮"有着不同看法,但大卫·哈维和李怀印却对此得出了相似的结论,李怀印认为:"就思想界而言,在1990年代和2000年代,中国最显著的变化,是新自由主义成为占支配地位的意识形态,并形塑着主流知识分子和

---

[1] 《南山纪要:我们为什么要谈环境—生态?》,《天涯》2000年第1期。

政府决策者的思维。"[1] 简单地说，当时社会追求的是市场经济，强调市场交换"本质上具有伦理性，能够指导一切人类行为，代替所有先前的伦理信念"[2]。20 世纪 80 年代以来的全球市场化潮流对中国的城市发展产生了巨大影响，并且深刻地影响了中国城市的日常生活，韩少功在《山南水北》中指出："时代已经大变，市场化潮流只是把知识速转换成利益，转换成好收入、大房子、日本汽车、美国绿卡，还有大家相忘于江湖后的日渐疏远，包括见面时的言不及义。"[3] 可以说，这种观点与《南山纪要》对市场化引发的消费主义潮流的抨击一脉相承。韩少功强调他虽然长期生活在城市，但对城市却是越来越陌生，越来越心生厌倦；他强调城市是一个巨大的旋涡，一次次把自己甩到了边缘，让自己一次次地回到平庸的现实生活。平庸、厌烦的城市生活让他产生了恐惧，产生了逃离动机。最终，韩少功选择移居八景乡。韩少功强调："融入山水的生活，经常流汗劳动的生活，难道不是一种最自由和最清洁的生活？接近土地和五谷的生活，难道不是一种最可靠和最本真的生活？"[4] 韩少功把城市生活视为乡村生活的对立面，他在《山南水北》第八节《笑脸》中甚至认为乡村笑脸与都市笑容也截然不同，这种二元思维方式隐现的是城市与乡村的对立、现代与反现代的对立。正如《南山纪要》举着"生态—环境"旗帜抨击"发展主义"一样，《山南水北》也是举着"生态—环境"旗帜批判城市化和市场化，以实现对现代性的总体批判。

---

[1] [美]李怀印：《重构近代中国：中国历史写作中的想象与真实》，第 244 页。
[2] [美]大卫·哈维：《新自由主义简史》，第 4 页。
[3] 韩少功：《山南水北》，第 5 页。
[4] 同上书，第 2 页。

三、"看不见的城市"与"全球时代的中国"

1972年,卡尔维诺的《看不见的城市》正式出版。卡尔维诺强调书中"所有的城市都是虚构的",都是一些"超越于空间和时间的想象的城市",他指出该书"记录下我的心情与思考;所有的一切最后都转变成了城市的图像"[1]。从这个意义来说,张承志和韩少功笔下的城市都属于"看不见的城市",都是"想象的共同体",而绝非现实中客观存在的城市,他们只是凭借"真实城市"的名义以完成"想象的城市"的建构。在张承志和韩少功笔下,城市只不过是一个总体化、概念化的符号,是一种反城市和反现代的意识形态话语。可以看出,张承志和韩少功笔下的"城市"既不同于波德莱尔书写的"发达资本主义时代"的"现代主义城市",也不同于雨果和巴尔扎克书写的"有限的城市",而是包含了西方与中国、现代与传统、城市与乡村的剧烈冲突的全球化时代的"城市"。

虽然全球化时代的城市有着各种各样的特征,但是韩少功和张承志都突出了西方与中国的差异。1986年8月,韩少功出访美国,这是他第一次出国,这次出国经历对他的思想与创作都产生了重要影响。廖述务在《韩少功文学年谱》中写道:"美国的现代化程度给韩少功很大的刺激:程控电话、286电脑、飞机、汽车、高楼大厦、环境卫生,把人震晕了!从飞机上往下看,美国是一张五彩照片,中国则是一张黑白照片。"虽然美国的现代化给韩少功很大刺激,但他心理上仍然有"一种文化上的强烈自尊"[2],显然,这种自尊是一种民族自尊,是在"西方

---

[1] [意]伊塔洛·卡尔维诺:《看不见的城市》,张密译,译林出版社,2012,第2—3页。
[2] 廖述务:《韩少功文学年谱》。

与中国"的思想冲突中产生的民族自尊。在美国期间,在旧金山一家影院大门口看到一个在寒风中瑟瑟发抖的姑娘,她正向人们散发纪念20世纪60年代中国革命的传单。韩少功了解到,无论是在国内还是在国外,20世纪60年代中国革命都没有被正确理解和充分认识。虽然传单上的口号早已远离了当今时代,当时的中国人甚至会认为"有一种滑稽的味道",但是韩少功没有嘲笑这些传单,他强调:"任何深夜寒风中哆嗦着的理想,大概都是不应该嘲笑的——即便它们太值得嘲笑。"[1] 众所周知,20世纪60年代的中国社会具有强烈的批判西方和批判资本主义性质,张承志和韩少功都是当时社会的参与者,他们有着"少年的热情"[2]。因此,每当身处西方资本主义国家的"现代风景"中,张承志会有一种"逼迫"感,韩少功会有一种"刺激"感,他们都不会对西方的大城市和现代化产生崇拜心理,反而会产生蔑视心理。比如在《重逢》和《访法散记》等作品中,韩少功突出了纽约和巴黎的"一塌糊涂"[3],体现了他对"现代性之都"的直观看法。

张承志和韩少功表现了新时期文学"离城返乡"的叙事模式,体现了现代与传统、城市与乡村的矛盾。"离城返乡"不仅是张承志和韩少功在20世纪60年代作为知识青年参加"上山下乡"运动的经历的再现,还是他们在20世纪80年代"寻根"经历的再现。他们在作品中不断地再现各自的经历,张承志总是在草原缅怀时代的宏大主题:"酷暑、严寒、草原和山河,团结、友谊、民族和人民"[4],韩少功也在《山南水

---

[1] 韩少功:《仍有人仰望星空》,载《夜行者梦语:韩少功随笔》,东方出版中心,1994,第229页。
[2] 张承志:《四十年的卢沟桥》,载《聋子的耳朵》,上海文艺出版社,2015,第102页。
[3] 韩少功:《重逢》,载《夜行者梦语:韩少功随笔》,第161页。
[4] 张承志:《骑手为什么歌唱母亲》,载《老桥·奔驰的女神》,上海文艺出版社,2015,第126页。

北》中不断地重温自己在 20 世纪 60 年代的行动，重温自己在 20 世纪 70 年代的知青生活，重温"消灭法西斯！""自由属于人民！"等革命口号[1]，以至于乡村成为他们进行怀旧的意识形态载体。虽然张承志和韩少功的作品有各种各样的差异，但他们对乡土的衷情却都是如此强烈，对他们来说，乡土蕴藏了主体的历史，也象征着主体的精神，乡土才是他们心中的理想世界，才是他们文学创作的核心意象。因此，在《金牧场》和《山南水北》中，张承志和韩少功都倾力描绘了美丽如画的乡村图景，把乡村描绘成反思城市化和反思现代化的乌托邦世界。韩少功指出，"乡土是城市的过去，是民族历史的博物馆"[2]，"寻根"的实质就是告别城市、返回乡土、寻找传统，就是"力图寻找一种东方文化的思维和审美优势"[3]，可以说，"离城返乡"和"寻根"运动其实都是现代与传统冲突的产物。全球时代的中国城市远比 19 世纪的欧洲城市更为复杂，它所聚集的现象也远比"19 世纪的首都"更为丰富。张承志和韩少功从他们特有的经历出发，表现了全球时代的中国城市的种种现象，为在全球化时代背景中理解中国和书写中国提供了重要经验。

　　我们已经看到，张承志、韩少功、鬼子、陈村和王华的城市叙事包含着新时期文学的历史，也蕴含着城市化发展的各种结果。文学文本和叙事范式体现了时间的变迁，张承志、韩少功、鬼子、陈村和王华为我们提供了多种将城市概念化的方式，也提供了思考时代发展的方式。城市每天都在变化，每天都在产生新的事物，如果我们沉湎于古典思维方式，而对新思维新事物熟视无睹，那么我们就会越来越难

---

[1]　韩少功：《山南水北》，第 5 页。
[2]　韩少功：《文学的"根"》，载《夜行者梦语：韩少功随笔》，第 17 页。
[3]　韩少功：《寻找东方文化的思维和审美优势》，载《夜行者梦语：韩少功随笔》，第 22 页。

以理解城市。我们应该"对城市的观念必须不停地重新进行研究。这些观念固然是人造的、变化多样的,但正是通过它们才能解释过去,检验我们的现实感,并构建未来。而且,无论其是好是歹,城市终究是我们的未来"[1]。

---

[1] [美]理查德·利罕:《文学中的城市:知识与文化的历史》,第384页。

第七章 贵州故事与在边地发现中国

20世纪八九十年代，贵州出现了一批重要的小说家，比如何士光、叶辛、伍略、龙志毅、余未人、李宽定、赵剑平、石定、苏晓星、戴绍康、谭良洲等，《乡场上》《蹉跎岁月》《孽债》《麻栗沟》《绿色的箭囊》《遮荫树》《娘伴》《省城轶事》《女儿家》等小说作品都产生了一定影响。进入新世纪，贵州涌现了一批较有实力的中青年小说家，欧阳黔森、冉正万、肖江虹、王华、谢挺、戴冰、肖勤、唐玉林、杨打铁、龙潜、曹永、李晁等是其中的重要代表。从蹇先艾到何士光，贵州作家长期扎根于乡土叙事，并取得了重要成就。蹇先艾和何士光等作家奠定了贵州作家在短篇小说创作方面的优秀传统，《断河》《敲狗》《树上的眼睛》《杀跑羊》《丹砂》等作品延续了这种传统，而《傩面》《百鸟朝凤》《村长唐三草》《暖》等中篇小说可以说是异军突起，显示了贵州作家在中篇小说创作方面良好的发展趋势，《非爱时间》《绝地逢生》《桥溪庄》《花河》《花村》《银鱼来》《天眼》《困豹》等作品代表了贵州作家在长篇小说创作方面的重要成就，长篇小说的崛起显示了贵州作家在新世纪文学发展中的重要进展。

总体而言，人性、历史、文化、形式是改革开放40年来贵州小说最为重要的内容，也是贵州小说研究不可绕过的关键词。首先，描写人性美和对美好生活的追求是近 40 年贵州小说的重要内容。何士光无疑是 20 世纪末期贵州小说的一面旗帜，他的《乡场上》《种包谷的老人》《远行》曾获得全国优秀短篇小说奖。何士光深刻理解农民的生活和性格，善于描写农村变革中农民的心理变化，揭示了时代变革中农村的矛盾与苦难，他的小说带有浓厚的时代印痕。在《乡场上》《种包谷的老人》《远行》中，何士光以小见大，深入挖掘农民的美好人性和对美好生活的追求，使人性美、人情美与自然美和时代美形成了统一。叶辛的《蹉跎岁月》描写了知青一代的汗水和眼泪、艰辛和痛苦、理想和追求，描写了知青一代在青春年华中的岁月蹉跎，表现了知青对美好生活的追求。《蹉跎岁月》是改革开放 40 年来的畅销书之一，"蹉跎岁月"也成为知青的代名词。叶辛的《孽债》描写知青返城后的生活和感情经历，它被改编成同名电视剧后引起了广泛关注。叶辛习惯把知青经历处理成悲剧，不同于梁晓声、张承志、史铁生等知青作家的"青春无悔"叙事模式，但也跟他们一样突出了对人性的揭示以及对理想和美好生活的向往。《蹉跎岁月》《孽债》都被北京大学洪子诚教授写入《中国当代文学史》，洪子诚把叶辛看作知青小说的代表性作家之一。洪子诚的文学史著作是最有影响的当代文学史著作，这也说明了叶辛在小说创作方面的影响力。何士光和叶辛使贵州小说在 20 世纪末期的中国文坛占据一席之地。美好人性也一直是欧阳黔森小说创作的重要主题，尤其是在生活困难的革命时代，人们最终都得回归日常的物质生活和人际关系，人性美放射出耀眼的光芒照亮人心、温暖时代，他的《敲狗》《扬起你的笑脸》是其中的重要代表，比如何士光认为《敲狗》"对人性作了一次深深的审视"。肖江虹的《傩面》《百鸟朝凤》也都体现了对人性善良的向往，肖勤的《暖》和曹永的《捕蛇师》等作品集中表达对人性美好和人间温情的追求。贵州小说也表现了对人性恶的反思与批判，诸如欧阳黔森的《水晶山谷》、赵剑平的《困豹》、王华的《花村》、肖江虹的《当大事》等小说揭示了人性的异化与丑恶。其次，贵州作家的长篇小说显示了描写短时段历史内容的创作追求，比如欧阳黔森的《非爱时间》和《绝地逢生》表现了近30年的时代变迁，不仅有对现实的深刻关怀，而且有对历史发展的透彻理解。长篇历史小说《雄关漫道》详细讲述了红二、六军团转战贵州并且在黔东和黔大毕地区开创革命根据地的经历，塑造了贺龙、任弼时、关向应等无产阶级革命家的崇高形象，乌蒙山区与乌江独特的地理条件和自然环境为革命根据地的开辟创造了条件，贵州良好的群众基础与革命氛围为红军长征和中国革命的胜利提供了机会。冉正万的《银鱼来》叙述了从民国到改革开放时期的百年历史，主要以国内革命战争和抗日战争为背景讲述了范、孙两家人物的命运兴衰；他的《天眼》讲述了特定历史时代的真实故事，通过故事打通了历史与现实的联系。王华的《花河》叙述了从民国到改革开放前夕的近百年历史，主要以土地改革为背景讲述了地主王虫及其妻妾们的命运兴衰。贵州作家既描写了历史发展的波澜壮阔和宏大气势，也讲述了历史过程的荒诞与悲剧。他们既有对民族国家历史的描绘，又有对个体人生命运的讲述。即使如此，贵州作家应该在历史进程中透视历史发展的规律、人生命运的本质和世界存在的真谛，小说的历史哲学应该成为他们创作的重要追求。再次，贵州小说表现了地方文化的独特性。欧阳黔森、肖江虹、冉正万和王华代表了贵州小说在文化表现方面的重要成就。红色文化是贵州文化的重要内涵，欧阳黔森描绘了贵州浓厚的红色文化底蕴，坚守了社会主义伦理。一方面，欧阳黔森通过人民伦理与文化地理表现了对文化传统和革命历史的思考，表达了对革命精神和红色文化的歌颂，体现了社会主义伦理原则；另一方面，欧阳黔森描绘了改革时代的巨大变化，表现了对时代精神和自然宇宙的思考，强调了社会伦理和自然天理在社会发展中不可或缺的价值，尤其是他坚守社会主义核心价值观、科学发展观和生态文明观，体现了社会主义伦理在新时代文学创作中不断开拓与创造的可能性。社会主义伦理是 20 世纪以来中国的宝贵财富，由革命到改革的话语转换表明社会主义伦理必然随着时代发展而不断更新；社会主义伦理也是讲述中国故事、弘扬中国精神的基本原则和方法，欧阳黔森在文学创作中对社会主义伦理的坚守与弘扬，为新时代讲述中国的方法提供了重要启示。肖江虹、冉正万和王华身处现代生活的大旋涡中，痛心于前现代乐园的消失，他们指责现代性的破坏力量，却对巫文化缺乏必要的反思，表现出浓厚的文化保守主义色彩。文化描绘与思考不仅发掘了贵州小说的深度，而且拓展了贵州小说的广度，也呈现了贵州小说的限度。最后，贵州小说在文体实验和形式创新方面也做出了重要探索。小说文体对人生与世界的描写在理论上有其广度和深度的无限可能性，欧阳黔森借鉴诗词、散文、音乐、传奇等进行小说的文体实验和形式创新，通过小说诗化、小说散文化、小说音乐化、小说传奇化，表现了小说文体具有包含小说以外各种文体的可能性。从马克思主义理论角度来说，欧阳黔森在小说方面的跨艺术探索或跨文体写作既是一种审美化策略，更是一种"形式的意识形态"。无论是小说散文化还是小说音乐化，其实都是心灵、情感的再现，尤其是在小说诗化和小说传奇化中，革命英雄主义和革命乐观主义都被融合成形式的"意识形态素"。风景是一种想象的共同体，它具有丰富的意识形态内涵。在何士光的小说《种包谷的老人》中，开篇那几段风景描写具有浓郁的诗意,是一个典型诗意化意境。何士光描绘了一个富有美感的意境:在一个遥远寂静的村庄,四面青山屏障,山谷幽深、石径通幽、溪水潺潺。这种诗意般的意境不仅增加了小说的艺术魅力,而且对表现小说主人公刘三老汉的心灵世界和生活追求都有重要作用。肖江虹在《傩面》中关于雾的描写也是一种极具象征意味的风景。欧阳黔森从感觉出发,描写了神奇的风景、牧歌体风景、荒原体风景和灵性的风景,表达了他的民族国家立场、反思现代性意识、乌托邦的社会理想以及对生命的尊崇和对自然的热爱。欧阳黔森通过印象主义和象征主义的风景描写,不仅批判了人性的贪婪与丑恶,而且在审美或想象层面上对人类现代化发展中的矛盾与问题进行了反思。这也就是说,贵州作家在风景描写的基础上发展了一种象征主义和印象主义的小说创作方法。在冉正万《银鱼来》《天眼》等一系列小说中,既可以看到传统现实主义的创作技法,又可以看到魔幻、荒诞、反讽等现代主义小说的形式技巧。米兰·昆德拉认为小说的真谛是探索世界的复杂性,与京沪苏鲁等省份的小说比较而言,贵州作家在内容的复杂性方面有待提升,在形式的复杂性方面更需要大胆探索和创新。

第一节　新世纪贵州小说的主题景观

贵州在中国现当代文学史上的经典形象是鲁迅提出的"老远的贵州"[1]。蹇先艾在《水葬》等小说中揭露了古远大地上的原始民俗和野蛮人性，鲁迅认为这种带有浓厚乡土气息的小说塑造了"老远的贵州"。此后，虽然历经何士光在20世纪80年代对贵州形象的重新塑造，但"老远的贵州"在小说中的形象并没有发生根本性改变。进入新世纪以后，以欧阳黔森、冉正万、王华、肖江虹等为代表的贵州作家相继在国内小说界崭露头角，他们把贵州形象推向了新层面，但小说呈现的乡村问题并没有随着现代化的发展而消逝，反而暴露了乡村现代性发展的种种悖论。正如伯曼所说，现代生活是一种充满矛盾和悖论的生活，从这个意义来看，新世纪是一个产生悖论的时代。现代性是革命的也是保守的，它已经深入现代生活的各个方面，乡村世界的生活方式、价值观念和文化形式都在发生剧烈变动，每一次躁动都有可能使人们面临价值虚无主义的恐吓和文化保守主义的焦虑。现代性既是悖论的综合，又是辩证法的综合，现代性是包含了追求现代性和批判现代性的综合，因此，现代性一直在召唤人们思考"现代性的过去、今天和未来"。现代人对自我及时代的感觉是一种本能，但是，现代人有没有必要单向度地沉溺于仿造过去？有没有必要单向度地悲叹当下现实？这是一个值得思考的问题。欧阳黔森、冉正万、王华和肖江虹默

---

[1] 鲁迅：《〈中国新文学大系〉小说二集序》，载《鲁迅全集》第6卷，人民文学出版社，2005，第254页。

默地在乡村土地上耕耘，体验了现代性发展的各种经验，表现了现代性发展的种种悖论，但也有可能掩盖了列斐伏尔提出的一个核心问题："我们要去向何处？"现代社会与各种各样的危机纠缠在一起，有人性的危机，有文化的危机，而其中最根本的危机却是不知道"我们要去向何处"。乡村收藏了中国的过去和今天，但乡村是中国的未来吗？何处可以安放美好的人性？何处又可以安放文化的沉重？从这个角度来说，五四启蒙知识分子对乡村的思考在当下仍然具有不可忽视的意义。新世纪贵州小说创作继承了中国乡土叙事传统，在历史、文化与人性等方面做出了重要探索，并张扬了抗争精神、反思精神和批判精神，成为新世纪中国小说中的一股重要力量。

一、历史叙述与抗争精神

蹇先艾、何士光、欧阳黔森等作家奠定了贵州作家在短篇小说创作方面的优秀传统，而《非爱时间》《绝地逢生》《桥溪庄》《花河》《花村》《银鱼来》《沧桑武陵三部曲》等作品代表了贵州作家在长篇小说创作方面的不凡成就，长篇小说的崛起显示了贵州作家在新世纪文学发展中的重要进展。欧阳黔森的《非爱时间》和《绝地逢生》表现了近30年的时代变迁，不仅有对现实的深刻关怀，而且有对历史发展的透彻理解。《银鱼来》叙述了从民国到改革开放时期的百年历史，主要以国共内战和抗日战争为背景讲述了范、孙两家人物的命运兴衰，《花河》叙述了从民国到"文革"结束的近百年历史，主要以土地改革和"文革"为背景讲述了地主王虫及妻妾们的命运兴衰。总体来说，新世纪贵州小说的历史叙述表现了三个重要特征。首先，历史苦难化。新世纪贵州小说往往把历史叙述成苦难的过程，小说人物在苦难的历史进程中挣扎，但大都无济于事。比如在《银鱼来》中，四牙坝是一个苦难的村庄，从四牙坝的起源到发展，都充满了人类的诸多苦难。在《花河》中，花河村的历史也充满了苦难，历史车轮不断前进，碾压了一个又一个生命。《沧桑武陵三部曲》中，历史充满了仇杀、饥荒、兵匪、官灾等各种苦难，普通百姓过着如同炼狱一般的生活。其次，历史必然化。历史的发展不以人的意志而转移，在强大的历史面前，人的生命显得异常渺小，人只不过是历史的人质，只能在历史中沉浮。比如在《银鱼来》中，孙国帮说，"时间既然浩如烟海，就什么都有可能发生"[1]，这句话直接点明了历史（时间）的强大，人只有被历史（时间）淹没。在《花河》中，等二脚明确揭示了历史的发展趋势，而等大脚的死又直接证明了历史趋势的强大，人只有顺应历史潮流，历史没有给人任何逃遁的空间。最后，历史事件化。新世纪贵州小说往往以事件化方式讲述历史，选择一些具有代表性的历史事件再现特定历史阶段的发展状况。比如王华在叙述土地改革历史时，主要讲述了等大脚的自杀和王虫的被处决两个事件。又如唐玉林的《中南门》讲述民国历史时主要选择了官绅应付饥荒事件，而《沧桑武陵三部曲》与欧阳黔森的《断河》一样，其中的历史事件大都具有传奇性，人物经历也具有浓厚的传奇色彩。历史事件化不仅使历史叙述生动可感，而且使人物性格鲜明突出。

在历史的滚滚车轮面前，人的命运是不堪承受的生命之重。新世纪贵州小说塑造了一些在历史洪流中前行的人物，如蒙幺爸、白芍、红杏、孙国帮等人物在历史沉浮中表现了顽强的抗争精神，他们与历史

---

[1] 冉正万：《银鱼来》，《人民文学》2012 年第 9 期。

抗争，更与命运抗争，不仅体现了历史的强大，还表现了生命的坚强。欧阳黔森的《水晶山谷》《莽昆仑》《村长唐三草》和《绝地逢生》塑造了一系列性格坚强的人物，尤其是《绝地逢生》中的村支书蒙幺爸带领盘江村村民把一个不适合人类生存的不毛之地建设成伊甸园，改变了盘江村村民的命运。蒙幺爸在历史的变迁中始终怀有一种不屈服的意志，他带领村民与自然做斗争，与命运做斗争，成为新时代农民形象的典型。《花河》中的白芍终生都与命运抗争，她试图把命运把握在自己手中，不断地做出有利于自己的选择，想尽一切办法改变自己的命运。白芍先是为了成为地主王土的老婆，不惜背弃与王虫的婚约；后来王虫得势以后，又想办法跟王虫生活在一起，白芍的目的非常明确，就是希望借助男人以改变自己的命运。虽然最终结果都令她失望，最后连王虫都选择与她彻底划清界限，但她仍然没有绝望，又在思考借助其他力量来挽救自己。白芍这一形象充分展示了中国底层农民顽强的生命力以及不屈不挠的抗争精神。红杏的人生道路也遭遇了诸多不幸，甚至还因为丈夫王禾而遭受毒打，但她仍然没有屈服，在苦难中崛起的人往往对人生看得更为清楚，"红杏看出人的命运就是个圆圈，厄运就是那圆圈上的一个结，它转上一圈，你就得碰碰那结"[1]。这句话是红杏人生的完整概括。《银鱼来》的主人公孙国帮是一个具有强烈抗争精神的形象，他经历了众多苦难，但绝不屈从命运的安排，对苦难处之泰然，对生死看之淡然。小说中有一句话集中表现了他对生死的看法，"孙国帮确实不怕死，他从小就为死做了准备。不过也可以说，觉得活着难，于是把死当成免战牌"[2]，这种观点其实也就是一种不怕苦难、不

---

[1] 王华：《花河》，《当代》2013年第2期。
[2] 冉正万：《银鱼来》。

畏死亡的人生观。

　　历史叙述是小说家历史观的再现，历史观决定了小说家历史叙述的内容和形式。无数事实证明百年中国史是一段苦难的历史，但是这段苦难史却又集中表现了中华民族轰轰烈烈的抗争精神，人们与外来侵略做斗争，又与内部封建势力做斗争。比如《银鱼来》讲述四牙坝村民主动抗击日本侵略的故事，虽难以说是惊天地泣鬼神，但也足以说明四牙坝村民强烈的反抗精神。对抗争精神的表现和对个体命运的探索是新世纪贵州小说历史叙述的精彩之笔，但是新世纪贵州小说的历史叙述也暴露了诸多问题。首先，历史欲望化。欲望是人类生存不可缺少的因素，也是历史发展的重要条件，但是欲望的彰显有可能曲解人类生存的本质，也有可能歪曲历史发展的规律。新世纪贵州小说突出欲望在人类生存和历史发展中的重要作用有其合理之处，但是新世纪贵州小说刻意强调欲望的作用，使小说人物深陷欲望泥潭而难以自拔，纵欲、通奸、乱伦甚至成为小说的主体内容，尤其是对性欲的过度描述不仅使人物形象非理性化，而且使历史发展荒谬化。其次，历史个体化。新世纪贵州小说大都叙述村庄百年史，在村庄史的发展过程中融入宏大历史事件，然而宏大历史只不过是村庄发展的社会历史背景，村庄才是小说叙述的核心。小说中的村民也都是一个个活生生的个体，小说家强调个体村民和村庄才是历史的真正载体。新世纪贵州小说的历史个体化丰富了中国当代小说的历史内涵，但是历史个体化也有可能歪曲历史发展的本质，甚至有可能解构大历史的真实性，最终使历史堕入虚无主义深渊，比如有些小说大量描写农妇主动与地主通奸，强调农妇为了粮食可以不计代价，而地主反而成为仁慈善良的人物形象，地主遭受处决并非因罪大恶极，而是因为被栽赃冤枉。"我们如何审视过去，我们在其中看到什么与忽略什么，都依赖于我们当前的视野"[1]，小说家的历史视野和历史观念限制了新世纪贵州小说发展的高度，但也敞开了贵州小说超越发展的方向。

二、文化描绘与反思精神

新世纪贵州小说不仅在历史叙述与思考方面做出了重要探索，还在文化描绘与思考方面做出了重要成就。正如欧阳黔森所说，"每一个地域文化都是一粒宝石，该它闪光的时候，绝不会被淹没"[2]，文化描绘与思考是新世纪贵州小说的重要内容，它主要表现在以下两个方面。首先，新世纪贵州小说表现了地方文化的独特性。冉正万、王华和肖江虹代表了贵州小说在文化表现方面的重要成就。贵州处于边远山区，山高路远，贵州文化是典型的山地文化，尤其是巫蛊文化成为贵州小说发展的深厚源泉，冉正万的《银鱼来》、王华的《傩赐》和肖江虹的《蛊镇》等小说是表现巫蛊文化的代表性作品。《银鱼来》在描写四牙坝、银鱼和蟒蛇时，都表现了鲜明的巫文化色彩。四牙坝位于黔北群山丛中，"莽莽苍苍，豺狼出没，草木循四时而生，鸟雀为春光而鸣，是一片人迹罕至的世外仙景"[3]，范孙两家的祖先为了躲避战乱而隐居于此，建构了独特的巫文化传统。《银鱼来》中一年一度的拉银鱼活动是四牙坝村民收获的节日，每年到了这个时节，四牙坝人都会无比紧张和兴

---

[1] ［英］法拉梅兹·达伯霍瓦拉：《性的起源：第一次性革命的历史》，杨朗译，译林出版社，2015，第333页。

[2] 欧阳黔森：《我的文学理想与追求》，《小说评论》2015年第5期。

[3] 冉正万：《银鱼来》。

奋,银鱼不仅成为四牙坝村民的生活需要,而且成为他们的精神寄托。《傩赐》中的傩赐庄位于封闭大山中,傩赐人的祖先也是因为躲避战乱而迁居于此,小说中的桐花节起源于古老传说,桐花姑姑为拯救苦难的村庄,自愿成为三个男人的妻子,并为他们生儿育女。桐花被称为神娘,每年四月十二日桐花开得最灿烂的时候,傩赐人都要举行仪式来祭奠她。祭奠仪式包括集体焚香唱戏撒黄豆,唱戏是其中最精彩的环节。《蛊镇》中的蛊文化在蛊镇代代相传,一直都是蛊镇村民的精神寄托。其次,冉正万、王华和肖江虹把这些文化活动都当作狂欢节进行描绘,这种狂欢活动给村民带来短暂的快乐和生命的激情,让他们可以暂时忘却生活的艰难。众所周知,现代性的发展是伴随着巨大破坏力量的增长而出现的,现代性不仅无情地摧毁前现代世界,而且把自身也推入了分崩离析的境地。巫蛊文化可以说是前现代世界的重要代表,冉正万、王华和肖江虹倾力表现贵州丰富的巫文化资源,复现了前现代世界的魅力,尤其表现了村民在巫蛊文化中保存下来的生命激情与活力,然而,现代性的发展又使巫蛊文化陷入严峻的生存困境。在《蛊镇》中,随着市场经济的发展,蛊师王昌林很难找到传人,悬棺也曾是蛊镇的文化传统,但随着青壮年劳动力都进了城,悬棺无法实行下去。正如王华在《傩赐》中认为美丽的传说既留下美丽的节日,又遗传下一个严酷的现实,巫蛊文化的无穷魅力仍然无法挽回它的消逝命运,这也成为现代性的内在悖论。冉正万、王华和肖江虹身处现代生活的大旋涡中,痛心于前现代乐园的消失,他们指责现代性的破坏力量,却对巫蛊文化缺乏必要的反思,表现出浓厚的文化保守主义色彩。

新世纪贵州小说表现了文化传承的困境。肖江虹《百鸟朝凤》中的唢呐在无双镇具有悠久的历史,它像身体里的血液一样,吹唢呐在无双镇各种活动中都不可缺少，唢呐匠在村民中也是非常受尊重的人。然而随着时代的发展，唢呐匠都前仆后继地奔向城市，吹唢呐的人越来越少，游家班解散了，甚至于唢呐在无双镇陷入即将失传的困境。文化描绘与思考不仅发掘了贵州小说的深度，而且拓展了贵州小说的广度。

新世纪贵州小说不仅思考文化传统的现实状况，而且试图以文化传统为中心来反思整个社会的现实状况。新世纪贵州小说的现实反思主要表现在三个方面。首先，文化与现实的冲突。一般来说，文化体现的是历史传统，社会现实是文化发展的基础，但社会现实也有可能与文化发展产生激烈冲突。新世纪贵州小说集中表现了文化发展与社会现实之间的冲突，正如《傩赐》中所写，"美丽的传说给我们留下了这么美丽的节日，却又给我们遗传下了一个严酷的现实"[1]，傩赐人生活艰难，男人穷得娶不上媳妇，只得三人凑钱搭伙娶老婆。一妇三夫在古老传说中似乎具有神圣意义，但在现实中却给男人和女人都带来了痛苦，秋秋深陷这种痛苦而无法解脱，最终在严酷的现实面前不得不屈从于命运的安排。其次，农村与城市的冲突。城市经济对农民来说是柄双刃剑，虽然城市经济能提高进城农民的收入，改变进城农民的生活，但是城市经济也能败坏进城农民的德行，甚至改变他们的命运。如王华《花村》主要表现了农民进城以后发生的剧烈变化，农民不断遭遇欠薪、工伤、性压抑等各种困难。又如《蛊镇》中的王四维进城不久就开始嫖娼，后来在工作时从高楼跌下丢掉了性命。王华和肖江虹的小说真实地记录了城市与农村之间的激烈冲突，揭示了城市化带给农村和农民的巨大变化。最后，个体与社会的冲突。现代化的

---

[1] 王华：《傩赐》，《当代》2006 年第 3 期。

急速发展加剧了人的精神困惑,如果说欧阳黔森对现代社会的个体精神书写带有浓厚的理想主义情怀,那么王华和肖江虹对现代社会的个体精神书写则带有强烈的感伤主义情愫,戴冰则着重描述了在现代化和城市化挤压之下的个体精神的萎缩和空洞。《傩赐》中的秋秋反对传统婚俗,但她不得不与整个傩赐庄对立。秋秋与傩赐庄的矛盾是个体与社会相互冲突的典型表现。《百鸟朝凤》中的游天鸣希望重振"百鸟朝凤"的风采,但是现实社会却给予沉重打击,无情地扑灭了他的理想。总之,欧阳黔森、王华、戴冰、肖江虹的小说忠实地记录了个体在现代社会中的理想与困惑。

文化起源于历史并联结现实社会,在文化中不仅可以反观历史,而且可以透视现实,新世纪贵州小说不仅对文化现象进行追根溯源,而且描绘文化现象在现实社会中的发展状况。比如《银鱼来》中的家族文化起源于祖先传说,冉正万讲述了四牙坝独特的家族文化在20世纪的发展历史。又如肖江虹的《百鸟朝凤》和《蛊镇》主要讲述文化习俗在现实社会中的发展困境,并从中透视现代社会发展的文化危机和精神危机。文化描绘和现实反思增加了贵州小说的人文内涵、现实精神和现代价值,促进了新世纪贵州小说的发展。然而,新世纪贵州小说的文化描绘和现实反思也暴露了一些问题。首先,新世纪贵州小说对文化习俗缺乏应有的反思。文化习俗既有精华也有糟粕,个别文化习俗在现代社会甚至成为愚昧野蛮的象征,但是有些小说却仍在讲述这种野蛮习俗在现代社会的强大生命力,并进而揭示现代精神的脆弱。其次,新世纪贵州小说对现实社会缺乏辩证思维。有些小说甚至单向度地突出现代化、城市化给农村、农民带来的深重灾难,而对现代化和城市化的现实优势视而不见。有些小说过度突出农村的落后和农民的困境,而对农村和农民在现代化进程中的重要转变视而不见。总之，反现代倾向体现了新世纪贵州小说在思想方面的重要局限。

三、人性探索与批判精神

蹇先艾揭示了乡土世界中人性的丑恶，《水葬》让人心痛的不仅是落后的习俗，而且是野蛮的人性。然而，新世纪贵州小说的乡土写作表现了重要变化，欧阳黔森、王华等作家不再单向度地揭示乡土世界中人性的丑恶，而是尽量全面表现人性的复杂。欧阳黔森是新世纪贵州作家的最重要代表，尤其是他对人性悖论的发掘，展示了新世纪贵州小说发展的深度。蹇先艾和何士光不仅代表了20世纪贵州小说发展的两座高峰，还代表了20世纪贵州小说的两种人性表现，如果说蹇先艾揭示了20世纪上半叶乡土贵州的人性丑恶，那么何士光则表现了改革开放初期乡土贵州的人性美和精神觉醒。欧阳黔森发扬了蹇先艾和何士光的优秀传统，他把对人性恶的揭示和对人性美的追求完美统一起来，充分展现了乡土变迁中的人性复杂与矛盾。马克思认为现代性最直观的结果是"一切坚固的东西都烟消云散了"，中国在经历近40年的飞速发展以后，现代性也使中国的"一切坚固的东西都烟消云散了"，甚至可以说，中国乡村的"一切坚固的东西"所遭受的冲击远超过以往任何历史阶段，物质利益在乡村世界中占据了主导地位，道德失范、人性缺失和精神困厄俨然演变成不可忽视的乡村问题。欧阳黔森对当下中国的乡村现实有着清醒认识，"美丽，但却极度贫瘠"代表了欧阳黔森对当下乡村的基本看法，也代表了他对当代社会的思考，在他看来，当下乡村的精神贫瘠和人性缺失是阻碍乡村发展的重要障碍。因此，欧阳黔森一方面以人性和谐召唤理想主义；另一方面，他以人性温情召唤人道主义。在《绝地逢生》中，蒙幺爸大公无私、舍己为民，带领村民战胜了不适合人类生存的绝地，蒙幺爸成为时代英雄的典型形象。盘江支书正直、果断，盘江村民团结、勤奋、和谐相处，可以说盘江村民能够绝地逢生依靠的是一股闯劲和一团和气。在《敲狗》中，欧阳黔森巧妙地把敲狗当作是对人性的拷问，从工艺角度来说，敲狗毫无疑问是一桩残忍的手艺，狗大都忠诚于主人，狗也一直被人类视为忠实的朋友，但为了满足口腹之欲，人类又创造了敲狗这种残忍的技艺。因此，《敲狗》中的徒弟从一开始就身陷这种残忍的道德境遇，徒弟有充足理由依照师傅的嘱咐敲掉大黄狗，因为敲狗是他们谋生的手段，但是他内心的人性并没有泯灭，对狗的命运怀有同情和怜悯。无论从哪个角度来说，敲狗都是作恶的重要表现，但徒弟也有充足理由放走黄狗，因为放狗是他们行善的方式。这也就是说，从普遍的道德原则来说，敲狗和放狗都是符合道德、符合理性，敲狗和放狗也就不可避免地产生矛盾冲突，徒弟在放狗前后的内心挣扎就是这种二律背反的表现。徒弟处于这种二律背反的道德困境，他必须做出抉择，人性的温情在道德抉择时发挥了关键作用。正如康德所说，道德领域的二律背反只有在"至善"中才能得以解决，徒弟选择把狗放走，最后还离开了狗肉馆，徒弟在矛盾冲突中最终选择了"至善"，从而表现了人性的升华。欧阳黔森把徒弟置于善恶冲突的旋涡中，最终又做出了道德选择，这也就体现了他对人性美的期待。小说结尾写黄狗回家以后，狗主人给厨子送来了二百块钱，并将之引申到"信任"问题，这种信任给小说带来了浓厚的温情，信任匮乏不仅切中了当今时代弊端，而且表现了欧阳黔森对美好人性的呼唤。在乡村现代化的滚滚洪流中，人的价值观念不断发生变化，人性也在不断发生变化，欧阳黔森清醒地看到了乡村的人性问题和精神困苦。马克思在《资本论》中认为交换价值在现代社会占据支配地位的时候，人类就会出现价值观念的变形，从而发展成现代虚无主义。《敲狗》中的师傅是一个视交换价值至上的人，他把物质利益看作最高追求，可以说，师傅是当下乡村人性缺失和价值观念变形的典型形象，师傅与徒弟的冲突也是当下乡村人性冲突的重要表现。《断河》也把人物置于矛盾处境中以表现人性的光芒，龙老大纵横江湖、实力强大，但他为了保护弟弟麻老九的安全，不得不以残忍的方式对待弟弟，以向道上人表明他与麻老九毫无兄弟之情，避免麻老九受争斗之苦，小说在残忍中表现了龙老大的手足情深。小说中写老狗飞身为老刀挡刀，最终舍身救主，演绎了一曲慷慨成仁的悲歌，把狗对主人的深情以最残忍的方式表现出来。欧阳黔森在《十八块地》中恰当地把握了男主人公对卢竹儿的微妙感情和矛盾态度，在主人公的矛盾心理与时代环境紧密结合中表现了人性的温情。欧阳黔森把人性悖论表现到极致，王华对人性的表达与欧阳黔森大不相同。王华不是把人性铺陈到矛盾冲突的极端，而是在世俗生活的日常叙事中展现人性的复杂与矛盾。《花河》中的白芍和红杏照顾巫香桂，两人还退回了巫香桂赠送的房子和田地，白芍和红杏对巫香桂的无私照顾体现了人性的温情，但是迎春和牡丹照顾巫香桂带有明显的利己目的，王华把迎春和牡丹塑造成白芍和红杏的对立面，从而表现了人性温情与自私自利的冲突。在《花村》中，木子对即将去世的男友的不离不弃，张大河和百合对冯曲的安排，都彰显了人性的光辉。虽然王华表达了对人性美和人情美的歌颂，但是她也表达了对丑恶人性的讽刺与批判。白芍一直想依附男人改变自己的命运，她设计成为地主王土的小妾，而无情抛弃有婚约的王虫，但她又帮助王虫逃命，并满足了王虫的性要求，她对王虫既无情又有情。因此，白芍是一个多重性格的人物形象，王华既表现了白芍人性中的光辉，也揭示了白芍人性中的阴暗和丑恶，王华恰当地把握了人性的复杂性。

  人性是文学的永恒主题，也是文学的重要魅力。人性是相对的，没有绝对的善恶，也没有绝对的美丑，新世纪贵州小说充分展示了人性的丰富与复杂；同时，新世纪贵州小说也表现了人性在新时代的变异，尤其表现了人性发展与物质欲望的冲突。欧阳黔森《敲狗》中的敲狗师傅可以说是金钱欲望的代名词，他把金钱看得比什么都重要，人性与人情在他眼里都不值二百块钱。《非爱时间》揭示了当代人精神状态的变异，在人到中年以后，青春岁月的友情和感情只剩下一具空壳，物质生活虽然丰富但精神生活却越来越苍白。王华在《花河》中描绘白芍内心有着强烈的物质欲望，她不断地设法从不同男人那里获得物质利益，但她也遭受男人的多次打击，命运也随之发生多次改变，最后她又放弃了可得的物质财富。白芍在追求物质利益的过程中，她可以舍弃王虫的感情，也可以舍弃红杏的亲情，把王虫和红杏都当作物质利益和权力地位的垫脚石。王华通过白芍的失败经历，表现了对物质欲望的批判。如果说欧阳黔森和王华在对物质欲望的批判中仍然保留了对人性温情的期待，那么肖江虹对物质欲望绑架下的乡土世界中人性的变异表达了强烈的失望之情。在《当大事》中，父亲去世以后，谭松柏却以工作为由拒绝回家服丧，松柏老娘甚至骂他，"谭松柏啊谭松柏，你个遭雷打的畜生儿，爹都跷脚了，你狗日的还惦记着你那两个卵子钱"[1]。

---

[1] 肖江虹：《当大事》，《天涯》2011 年第 3 期。

谭松柏把工作和金钱看得比父母之情更为重要。《百鸟朝凤》中的唢呐弟子为了改变自己的生活，放弃了对唢呐艺术的追求，进入城市寻找物质利益的最大化。《银鱼来》写孙国帮在晚年因为长寿而成为旅游观光的重要景点，但他并没有得到应有的照顾和帮助，反而还要辛苦地做鞭炮挣钱生活，冉正万似乎认为时代发展了，人性人情反而失落了。在现代化浪潮中，乡土世界中人性发生了明显变异，人们日益看重物质利益，逐渐忽视人性人情，欧阳黔森、王华、冉正万、肖江虹忠实地记录了乡土世界中人性在时代发展中的巨大变化，冷静地批判了乡土世界中人性的堕落。

　　人性是一个复杂问题，人性描绘隐含了作家对人的基本看法。人性在历史上曾引起诸多讨论，从苏格拉底到休谟，从荀子到鲁迅，他们揭示了人性问题中的众多疑惑与矛盾，他们导致了人性探索的知识增长，但他们又引起了人们对人性的怀疑。然而在卢梭和沈从文的作品中，人性终于以真理和美德的完整面目出现，卢梭和沈从文也"不过是为了接着说明这个美好的人性已被放逐，使我们为这个不可挽回地失去了的乐园而悲叹"[1]。新世纪贵州小说同样表现了人性的迷失，但是它们并没有揭示人性迷失的人类心理因素，而只是简单地把人性迷失归咎于物质欲望。在人类发展史上，物质欲望也可以说是人类发展的基础，把物质欲望与人性人情完全对立，既不符合人类历史发展的事实，也不符合人性发展的心理规律。新世纪贵州小说的心理分析的不足，没有揭示人性发展的深层原因，不仅使人性探索局限在物质表面，而且使小说缺乏动人心魄的力量。

---

[1] [法]埃德加·莫兰：《迷失的范式：人性研究》，陈一壮译，北京大学出版社，1999，第4页。

米兰·昆德拉指出，"小说的精神是复杂性的精神。每部小说都对读者说：'事情比你想的要复杂。'这是小说的永恒的真理"[1]。新世纪贵州小说对人物性格的描绘大都能揭示这种复杂性，但是新世纪贵州小说对文化传统的片面叙事以及对现代时代的单向度谴责显得有些天真。我们更希望小说家能揭示历史和现代时代的模糊性，历史和现代时代与宇宙所有东西一样，在它的诞生和前进中也包含着死亡和退步。"小说创作就是把异质的和离散的一些成分奇特地融合成一种一再被宣布废除的有机关系"[2]，卢卡奇要求小说创作要体现世界的异质性和奇特性，但是新世纪贵州小说的题材内容以及形式技巧在中国新世纪小说中并没有表现出多大的异质性和奇特性。同一性是小说发展的天敌，从艺术史角度来说，小说创作更需要独特性和创造性，"伟大的作品只能诞生于它们所属于艺术的历史中，同时参与这个历史。只有在历史中，人们才能抓住什么是新的，什么是重复的，什么是发明，什么是模仿。换言之，只有在历史中，一部作品才能作为人们得以甄别并珍重的价值而存在"[3]，我们期待贵州小说在内容与形式的奇特性和创造性方面做出更多的探索和贡献。

---

[1] [捷克]米兰·昆德拉：《小说的艺术》，孟湄译，生活·读书·新知三联书店，1992，第17页。
[2] [匈]卢卡奇：《小说理论》，燕宏远、李怀涛译，商务印书馆，2012，第75页。
[3] [捷克]米兰·昆德拉：《被背叛的遗嘱》，余中先译，上海译文出版社，2013，第18页。

第二节　新世纪贵州作家的地域书写

地域书写是贵州文学的重要特征，黔西南、黔南、黔东北在文化方面差异很大，这些地方的文学创作也各具特色，真可谓异彩纷呈。黔西南作家的诗歌散文创作是贵州文学的重要阵地，在诗歌方面较有代表性的有牧之、王定芳、胡荣胜等，在散文方面较有代表性的有王仕学、陶昌武、罗迦玮、王永梅、王光能等，报告文学的代表性作家有戴时昌等。王仕学的《峰林絮语》既有对历史文化的讲述，也有对当代人物的描绘，表现了他对社会人生的独特思考。王仕学的语言贴近生活，又能恰到好处地引用典故。《岔江寻古记》《初识七舍》等篇章都能给人留下深刻印象。陶昌武的《鱼钩上的万峰湖》纵横山水，讲述生活的乐趣，语言具有豪爽之气，写景叙事收放自如，其中也不乏对人生命运的独特思考，《鱼中豪杰》《夜幕下的排钩》等篇章都能给人留下美好的回忆。王永梅擅长在日常生活叙事中塑造鲜明的人物形象，人物虽是芸芸众生中的小人物，但却展现了非同一般的性格特征。《被打劫的幸福》就是关于生存真谛的思考，作者认为活着就是一场艰难的行走，生命本身就是一场修行，更是一场没有期限的忍耐，这样充满张力的语言给人以无限的思考。在黔南作家中，班雪纷的《静看花开》、雷远方的《追梦季节》、丁玉辉的《绿色在喀斯特高原流淌》、邓大学的《朴素的爱》四部散文集，其中有三位作家写到了浓浓的父母情，正所谓"情到深处泪自流"，这句话基本体现了这四部散文集的情感特征。然而，"情"并不能完全概括这四部散文集的特征，班雪纷、雷远方、丁玉辉和邓大学四位作家在叙事、写景、抒情等方面各具特色，他们对社会人生的思考，对历史文化的表现，对自然宇宙的热爱，都能给人留下深刻印象。出生于黔东北的一批作家也呈现了文学群落特征，被称为"乌江作家群"。或许从今以后，"乌江作家群"在贵州文学史上可以写上浓重一笔。这不仅是因为乌江作家的集体出场，而且是因为乌江作家的地域性和时代性的创作成就。2017年9月，"新世纪乌江作家丛书"的出版可以看作这个群体的代表性成果之一，这部丛书有喻子涵《孤独的太阳》（散文诗集）、田永红《洋荷坳》（小说集）、谯达摩《摩崖石刻》（诗歌集）、刘照进《沿途的秘密》（散文集）、晏子非《夜奔》（小说集）、冉茂福《雪落村庄》（散文诗集）、赵凯《涉水而歌》（散文诗集）、崔晓琳《以后之前》（散文集）、陈顺《穿越抑或守望》（散文诗集）、侯立权《七色之外》（散文诗集）等。毫无疑问，散文诗是"乌江作家群"最重要的收获，而小说、诗歌与散文创作在数量上略有偏少。虽然他们在思想与艺术方面还有待进一步提升，但他们在写作上的执着与坚守精神确实令人赞叹。在报告文学方面，欧阳黔森《花繁叶茂，倾听花开的声音》《报得三春晖》和《看万山红遍》产生了重要影响，王华、戴时昌等作家在报告文学创作方面也做出了重要贡献。

一、日常生活叙事与内面的发现

日本学者柄谷行人在《日本现代文学的起源》中提到了"内面的发现"观点，他认为"内面的发现"与"现代的自我"密切相关，强调"内面作为内面而存在即是倾听自己的声音这一可视性的确立"[1]。柄谷行人

---

[1] ［日］柄谷行人：《日本现代文学的起源》，赵京华译，中央编译出版社，2013，第52页。

认为形象（文字）压抑了主体内在的声音，而言文一致运动把被压抑的内在声音解放，最终确立真正的"现代的自我"。在现代化的高速发展过程中，现代人的主体精神也有可能遭遇海德格尔所说的沉沦与被抛状态，大卫·哈维在《新自由主义简史》中曾指出中国的现代化和城市化发展造成了人类历史上最大规模的人口迁移，农村人口不断涌进城市并成为城市的陌生人。这些理论观点为分析新世纪贵州诗歌散文创作提供了崭新视域，新世纪以来的贵州诗歌散文创作大都表现了现代人在"异乡"的孤独苦闷心理和对故乡的怀念，喻子涵、牧之、胡荣胜、罗迦玮、班雪纷、邓大学和雷远方等作家都希望释放孤独、苦闷和压抑的心理，他们以日常所见但又刻骨铭心的真情呼唤失落的主体精神，他们在日常生活叙事中对真情的抒发也可以说是一种"内面的发现"，是在物质化、商品化和金钱化大潮中重塑"现代的自我"。

喻子涵出版有散文诗集《孤独的太阳》和《汉字意象》等四部作品，牧之出版有《心灵和遥望》和《纸上人间》等诗集，喻子涵和牧之的诗歌给人印象最深的是书写孤独。山东诗人陈忠曾提到，为什么诗歌是"一个神圣之地的孤独的守门人"？这是一个引人深思的问题。海德格尔曾认为："作诗显现于游戏的朴素形态之中。作诗自由地创造它的形象世界，并且沉湎于想象领域。"[1] 显然，海德格尔是从诗歌的创作方式来辨识诗歌的本质，然而他认为"作诗显现于游戏的朴素形态之中"并没有把握诗歌的本质。喻子涵和牧之的观点截然不同于"作诗显现于游戏"。喻子涵曾在牧之诗集的序言中提出了诗人的境

---

[1] [德] 海德格尔：《荷尔德林诗的阐释》，孔周兴译，商务印书馆，2000，第37页。

界，他写道："尤其是诗人，让生命与生活赋予一种独立和意趣，并诗意地栖居、本真地呈现和表达，这就是一种境界。"[1] 牧之在《写诗的感受》中希望在诗里寻找鸟声，希望在疲惫的感情里找到家门。在《一种体验》中，牧之希望在诗歌中奉献"肃穆和庄严"，希望"感染诗神"。在喻子涵和牧之看来，诗歌应是"显现于神圣"，诗歌的神圣之地应该是圣洁的、高贵的，应该是田园牧歌，应该是人类灵魂的栖息地。由此看来，喻子涵和牧之都是理想主义者，他们对诗歌抱有浪漫的幻想。诗歌的本质是历史性的。无论"诗言志"，还是"诗缘情"都不是永恒的绝对真理。正如阿喀琉斯之踵一样，诗歌的"神圣之地"经受不住历史的冲击和现实的摧残，这是时代的悲剧，而不是诗的悲剧，也不是诗人的悲剧。诗歌只要是守护着神圣之地，即使是孤独的，诗人就不是悲剧性的，因为诗人天生就是孤独的，否则就不是诗人。陈忠能遵行诗歌的神圣本质，却又感叹诗人的悲剧性，这不只是一种个人焦虑，更是一个时代的困惑。只有超越了这种焦虑与困惑，才能复兴诗歌的黄金时代。海德格尔在《存在与时间》中认为真正的思留心于存在的真理，"思留心于存在的真理并以此襄助真理之在在人的历史中替它自己留出地盘"[2]。在喻子涵和牧之的世界中，诗歌也仅仅是一种形式，他们以这种形式表达了对世界的思考，对存在的苦吟，而且这种思考与苦吟是触目惊心的。正如喻子涵写道："历史和诗歌记着你的，是我苦难的漂泊和艰难的追求。"[3] 海德格尔曾阐释了

---

[1] 喻子涵：《立于纸上的纯净之诗——序牧之诗集〈纸上人间〉》，载牧之《纸上人间》，北京燕山出版社，2017，第1页。

[2] [德]海德格尔：《人，诗意地安居——海德格尔语要》，郜元宝译，上海远东出版社，1995，第35页。

[3] 喻子涵：《没有题目的夜晚》（组章），载《孤独的太阳》，中国戏剧出版社，2017，第41页。

一个非常著名的观点,"人诗意地安居在大地上",很多学者把海德格尔的这一观点奉为至理名言;在喻子涵看来,"诗意地安居"既是诗歌的最高境界,也是他的人生理想和终极追求。实际上,人们更多地误读了海德格尔,"人诗意地安居在大地上"更多是一种虚幻的理想,并没有揭示人的存在状态。海德格尔在《诗·语言·思》中提到,"诗意的安居似乎自然要虚幻地漂浮在现实的上空"[1],在他看来,"诗意地"通常属于无何有之乡,只有当诗发生和到场,安居才能发生,有诗人,才能有本真的安居。也就是说,"诗意地"不能无限制地扩张,否则就将成为极大的谎言。"诗意地"尚且如此,"安居"又将怎么理解呢?海德格尔强调必须放弃对安居的惯常之见,应该在安居的意义上思考通常所说的"人的生存究竟是什么"。他认为安居是凡人在大地上的存在方式,然而人类的这种存在方式并不能得到完美地实现。虽然海德格尔提出安居是凡人的存在方式,但是其真正目的在于思考安居不能实现时的人类的困境。因此,海德格尔强调无家可归是安居的真正困境,"真正的安居的困境在于凡人一再地追求安居的本质"[2]。这样看来,"安居"也仅仅是海德格尔构设的一种理想,并没有现实的支撑。海德格尔在《存在与时间》中揭示出沉沦与被抛是此在的存在状态,"沉沦是此在本身的生存论规定"[3],"只要此在作为其所是的东西而存在,它就总处在抛掷状态中而且被卷入常人的非本真状态的旋涡中。实际性是在被抛境况中从现象上见出的,而被抛境况属于为

---

[1] [德]海德格尔:《人,诗意地安居——海德格尔语要》,第93页。
[2] 同上书,第115页。
[3] [德]海德格尔:《存在与时间》,陈嘉映等译,生活·读书·新知三联书店,2006,第204页。

存在本身而存在的此在"[1]。从《诗·语言·思》中对"诗意的安居"的否定，到《存在与时间》对沉沦与被抛的揭示，我们不难理解存在的本真状态乃是沉沦与被抛，而"诗意的安居"仅仅是存在的本质追求。海德格尔在《荷尔德林诗的阐释》中认为诗人的天职在于还乡，然而沉沦与被抛是一种无家的状态，是一种远离本源的状态，漂泊也是一种无家和远离本源的状态。喻子涵和牧之的"诗与思"正是揭示了此在的漂泊而具有非同一般的意义，此在希冀着安居，却不得不沉沦、被抛、漂泊，正是因为此在陷入一种无奈的漂泊状态，也正因为诗人强烈的还乡愿望，漂泊与还乡持久地胶着斗争，一种旷世的孤独与忧伤显现在喻子涵和牧之的作品中。

诗之思是通过作品而显现的，存在的真理显现于诗歌的语言。喻子涵和牧之的诗歌为我们敞开了此在中存在的漂泊状态，在此在中，存在不可能出现安居的状态，主体永远无法把握自己，永远找不到方向和目的，奔跑、疾行、遗弃、逃亡是存在的常态，孤独、忧伤、眩晕、压迫是主体的感觉。《野火》集中表现了喻子涵在现代社会的存在之感："灵魂无家可归，便成为野火。那是一粒无人知晓的危险的野火，是从焦渴、堵塞、郁闷的石头中心爆发出来的野火，以沉痛的黑焰燃烧一切虚妄的盛大和粉饰的光明的野火。"[2]喻子涵在《没有题目的夜晚》中描绘了一个空寂幽冥的意境：

> 这是一个空空荡荡的幽冥之夜。寂静的院子里只有想象的蝉鸣和玫瑰的余香。而梦境俨如古曲的典雅宁静悠远和无穷无尽的

---

[1] [德] 海德格尔：《存在与时间》，第207页。
[2] 喻子涵：《野火》，载《孤独的太阳》，第5页。

感伤哀怨，就像在《汉宫秋月》《高山流水》如泣如诉如思如慕气氛中的生离死别。[1]

在喻子涵的诗歌中，现代社会造成个体无限的压抑与苦闷，促使个体陷入无尽的孤寂与感伤。在《走过迷茫》这首诗中，牧之勾画了现代人迷茫孤寂的心灵，也写出了人生的沧桑与荒凉。牧之的诗歌能使人深切体悟到社会的浮躁和生存的艰难，也能使人深切体悟到心灵的孤独和人生的苍凉。乡思是中国文学亘古不变的主题，产生乡思是因为漂泊和无家可归，牧之也写过一些漂泊和在异乡的作品，其中《雪落故乡》可为代表。牧之写道，"把故乡的月压弯／雪雨迷离中／梅在故乡总与美丽希望关联／演绎着恩泽和失意／在某一落雪的瞬间／立地成佛／河流在故乡的雪中拐弯／往回走／一盏落日／在深埋的雪野里沉浮／故乡蓬松的农事里／倒映出时光的陡峭／我忍不住卸下／尘世的袈裟／与雪花／绝尘而去"[2]，这首诗把对故乡的思念隐藏在众多意象中，月、梅、雪、河流、田野等意象共同构筑成一幅苍茫而又寂寥的乡村风景图。诗人恰到好处地运用"梅花香自苦寒来"的典故揭示人生的恩泽与失意，以陌生化的技巧改变语言的常俗用法，以"时光的陡峭"揭示人生的困境和命运的沉浮，故乡才是人生的真正港湾和命运的最终归宿。当代社会转型给人带来巨大的心灵震撼，当今时代显得喧嚣而又浮躁，人无法找到可以安歇灵魂的处所，飞鸟掠过连影子都无法安静，人只有不断地从彷徨走向空寂，从苍茫走向凋零。然而，牧之诗歌在孤独与乡思的独创性方面还有待加强，诗歌语言也还得向王国

---

[1] 喻子涵：《没有题目的夜晚》（组章），载《孤独的太阳》，第41页。
[2] 牧之：《雪落故乡》，载《心灵的遥望》，贵州人民出版社，2014，第141页。

维所说的"隔"的境界发展。喻子涵和牧之揭示了存在的本真状态乃是漂泊，这是思的智慧，也是情的结晶。在喻子涵和牧之的诗歌中，主体饱尝了沧桑，经受了各种来历不明的疼痛，忍受了不可名状的孤独，因此不可避免地生成了一种旷世的忧伤。这种蕴含强烈主观情感的诗句展示了诗人的心理态度，也让诗歌表现出鲜明的感伤美。这种感伤美的表达使诗歌远离了哲学的说理，也使感性与理性实现了融合，诗与思之间实现了平衡，或许喻子涵和牧之的诗歌之价值就在这里。

如果说喻子涵和牧之表现了现代主体的孤独与压抑的苦闷情感，那么班雪纷和雷远方等作家则表现了人间真情在现代社会的价值。正如班雪纷所说，《静看花开》是一种简单的生活状态，简单中有情，有美，有生活的真谛。可以说，"简单"既是班雪纷的创作追求，也是她的人生追求，"简单"在班雪纷的散文创作中具有总体意味，她甚至认为生命的本质就在于简单。在《静看花开》中，她在生活的简单与真实中感受生活的真谛，她试图让平凡成为一种重要的人生境界。她在平凡与简单中体悟了亲情的珍贵，感受了生活的幸福与美好。在第一辑《亲情如蜜》中，无论是父母兄弟，还是姐妹朋友，浓郁的亲情跃然纸上。在作者的笔触中，我们看到班雪纷是一个感恩、包容、旷达的人，她在生活的道路上珍藏着亲人给予的所有温暖，她能够包容无意的伤害，甚至认为细微的伤害也是一种爱，认为人生以爱的形式开始，也以爱的形式结束。我们不能否认，生活的真谛或许就在于简单，就在于平凡，只有这样，我们才能像班雪纷一样成为一个幸福、快乐的人。在当今时代，社会进步日新月异，人类享受了前所未有的物质繁华；但当今也是一个令人困惑的时代，诱惑、冷漠、残忍、绝望无处不在，个体完全不能把握自我，也不能把握社会。在班雪纷看来，人生总有太多苦难，而唯有爱才能化解痛苦。正是在这个意义上，班雪纷尝试探索一条由简单诗学通向爱的哲学的道路。在班雪纷散文中，"简单"也是一种写作技巧，班雪纷喜欢描绘日常生活的点滴片段，在简单的细节中探索生活的奥秘。对于"简单"的追求，我们很容易想到周作人的散文创作，当然班雪纷没有达到周作人的出神入化。或许可以说，虽然班雪纷强调了对细节的重视，但她并没有把细节做到细致入微，没有写得活灵活现，在细节的剪裁上没有做到轻重有别。实际上，周作人追求"简单"，但他的散文一点也不简单，反而具有浓厚的知识性与趣味性，思想性和审美性都可以说达到了炉火纯青。从这个角度来说，班雪纷的散文就显得过于简单了，生活是这样，但创作不能照搬生活，创作应该是一个窗口，从中能够透视世界的丰富奥秘。雷远方的《追梦季节》与班雪纷一样都特别强调"情"。雷远方的《情到深处泪自流》像许多回忆母亲的散文一样，能给我们留下深刻印象。作者讲述了母亲的苦命人生，表达了对母亲的深深思念。可以看出，作者是一个极重感情又易露情感的人。在这个世界上，很少有人能控制住对自己母亲的思念之情。以情动人其实也是散文的一种写法，雷远方的情感外露又略带着忧伤，而班雪纷笔下许许多多的感情大多带来的是温暖。这篇散文能使人想到穆旦的诗歌《被围者》，"我们已是被围的一群"隐喻了现代个体的生存状态。罗迦玮的《"墙"的功能》也与《被围者》有异曲同工之妙，他出版有诗集《歌声漂泊》和散文集《人生点滴》等。在《"墙"的功能》这篇议论性散文中，作者列举了"墙"在历史上的功能与作用，强调"墙"的功能在现代社会有了新的延伸，"墙"有时成为一块"遮羞布"，要求"墙"的功能应该返璞归真，作者别具一格地从"墙"的角度批判了现代社会的丑恶与庸俗。邓大学的《朴素的爱》同样洋溢着浓厚的"情"，无论是怀念父母还是与家人相处都流淌着深情爱意。不过，邓大学的叙事抒情散文沉浸于日常生活琐事，在叙事选择上没有做到裁剪适当，从而没有很好地表现散文作品应有的"神"，如《父亲与茶》这一类叙事抒情作品不如他的写景抒情作品那么有意思。

在现代社会，或许只有日常生活才是本真的生活状态，从中才能真切体悟到生存的艰难与困顿，只有在日常生活中才能发现真正的自我，才能塑造现代的自我。日常生活诗学也就是情感的诗学，喻子涵、牧之和班雪纷、雷远方等作家表现了情感的两极。在现代社会，个体总是处于漂泊和被抛的状态，个体心理也极容易陷入孤独和苦闷之中，喻子涵、牧之的诗歌把这种情感表现得淋漓尽致。这种情感的缺失不仅表现了现代主体的存在状态，也揭示了现代社会的丑恶与庸俗。班雪纷、雷远方创作的意义在于，或许只有人间真情才能抚慰孤独寂寞的灵魂，才能拯救压抑、沉沦的人生。

二、自然景观叙事与风景的发现

风景是贵州作家的重要题材，相关作品表现了贵州作家对自然宇宙和社会人生的哲理思考。新世纪贵州作家以对宇宙自然和历史人文的多样描绘，表现了现代个体的生命遭际和精神追求，既有对现代社会的省思与拷问，也有对人类灵魂的求索与思辨，更有对文学的崇高信仰与创造勇气。特别值得注意的是，贵州作家在自然风景中展示了他们的生命哲思、时间思辨和存在诗学，展示了他们在文学创作上的追求与困惑、成就与不足。不仅是乌江作家群，牧之、彭澎、雷远方、王定芳和张野等贵州作家也描绘了自然景观，他们都试图通过风景揭示自然的奥秘和生命的意义。

　　生命的哲思是贵州作家风景描写的重要内容。喻子涵的散文诗集《汉字意象》和《孤独的太阳》以独特的意象创造和深刻的生命哲思，表现了散文诗在新世纪发展中的深度与高度。喻子涵在《孤独的太阳》中主要描绘了"太阳"和"岩石"意象：太阳有形而透明，冷峻而热烈，太阳是真理与爱的象征，即使太阳永远孤独，作者对太阳的追求也始终坚定不移；岩石坚固而又冷漠，岩石代表了思想的纯正与安宁。在生命的旅程中，人们既可能遭遇太阳，也可能遭遇岩石，既可能遭遇生命的光芒，也可能遭遇死亡的缠绕，太阳和岩石展示了宇宙中一切生命的本色与多元。在喻子涵看来，"太阳"和"岩石"既是永恒的智慧与思想，又是永恒的生命与创造，还是永恒的历史与时间。作者通过"太阳"和"岩石"表达了自己的人生理想与精神追求，也展示了自然宇宙和社会人生的深刻哲理和丰富悖论。"孤独的太阳"和"孤独的石头"建构了一种孤独的诗学，无论是在空空荡荡的幽冥之夜，还是在呐喊轰鸣的暴烈之昼，作者都试图保持心灵的沉静，坚守灵魂的孤独与寂寞。只有坚守孤独才能坚定地追求光明与真理。"孤独的太阳"和"孤独的石头"也建构了一种抵抗的诗学，坚守孤独就是坚守安宁与和善，就是抵抗虚无与绝望，抵抗荒野与废墟，抵抗疏远与敌视、懦弱与踌躇、涣散与堕落、烦恼与无聊，最终创造爱的自然和圆满。孤独与抵抗形成了一种完整的辩证法诗学，体现了喻子涵浓厚的思辨色彩与坚忍的精神气质。谯达摩在诗集《摩崖石刻》中面对天空、大海、湖泊、山峰抒发自己的诗思，在物象之中窥见了自然宇宙、社会人生的真谛。在谯达摩看来，万物随缘赋形、禀气含生。谯达摩不仅重视万物皆有因缘的佛教逻辑，而且强调天空之空性乃万物之本性。从睡莲的生活方式，乔达摩窥见了睡莲的修行方式和存在本质,色即是空,空即是色,一切如梦幻泡影。因缘论与色空观是乔达摩诗歌之哲思,也是佛教之偈语。也就是说,乔达摩的诗歌以对自然风景的描绘,表现了深厚的哲理思维和宗教情怀。侯立权的散文诗集《七色之外》通过风景书写实现对历史的拷问和对心灵的探索,表现了困境中的坚定姿态。侯立权描绘苍茫大地,透视风花雪月,她在大地苍茫中追寻洁净美好和晶莹透亮,追寻生命之本源和灵魂之栖居。"一场春雪泗渡众生"似乎在告诫世人,自然的污损已无法安放人类的灵魂,但现代人只有经历大雪的泗渡才能获得洁净美好。侯立权似乎表明风景既是一种艺术形式,更是一种生命美学。蒋德明出版有诗集《水果与刀》《落叶为花》《水落禅生》《青花成色》和散文集《缘来缘去》《水西听雨》等。蒋德明善于在自然风景中蕴藏浓厚的感伤,他从水和花等物象中悟出社会人生哲理。蒋德明的语言具有古典气韵,他的思想表现出深厚的禅理禅趣。正如《残月禅月》写道,"故垒西边人道是 / 残局最是春花秋月 / 你看春花落了无数次 / 我望秋月瘦了多少年 / 无数次你的心随花痛 / 而花落不是为你 / 多少年我的心随月移 / 而月移 / 移不动我的孤寂 /"[1],蒋德明带着孤寂与感伤从远古走来,既有对历史的喟叹,更有对人生的感悟。在《秋意正浓》中,罗迦玮在四季的比较中突出了秋凉的崭新境界。古往今来有无数的悲秋诗文,也有无数关于收获的秋颂,但罗迦玮认为秋凉给人一种心灵的慰藉和精神的振奋。罗迦玮在秋凉中看到了生命的休养和调理,秋凉是冷静过后的理智回味与思考。在罗迦玮看来,苍凉的胸襟更显得博大和深远,劳碌后的透支更需要休整和调节,沉浮之后的人生更需

---

[1] 蒋德明:《水落禅生》,中国文联出版社,2013,第 8 页。

要自觉反思和总结。正是在这个意义上，罗迦玮认为秋凉警示了人生应有的境界。这篇散文能使人想到林语堂的著名散文《秋天的况味》。林语堂也讲述了秋天的别一番韵味，但是他从日常生活的细节出发，拒绝华丽的辞藻，语言生动而又幽默。因此，人们读过林语堂的散文之后，对秋天的描述或许有新的期待。王定芳出版有散文诗集《田野的哲学》等。作者参透了田野的哲学，他在田野中看到了自然的奥秘和生命的含义，在滋润的土地中看到了爱情的痴狂，他认为一粒稻谷就是一句诗行，一田稻谷就是一首诗歌，一片田野的稻谷就是一部收获的哲学。在《田野的哲学》《田野谷歌》等篇章中，作者表达了对田野的热爱和对劳作的歌颂以及对收获的向往，强调田野是人类繁衍生息的图腾。在《峰林深处》《立春之日》《布谷声声》《我在春天里等你》等篇章中，作者描写了群峰汇聚、雄奇壮丽的高原景色，也描写了自然与万物的和谐相处，强调顺其自然是万物的最高境界。在对大自然的描绘与歌颂中，作者也表达了对理想境界的追求，在《想象大海》中，作者以高原子民的身份发出了对大海的向往，他想象着在大海上迎风破浪的水手和自由无拘的鱼儿，在他看来，面对大海也就是面对群山，也是面对一种新的生活方式。作者在思想内容方面展示了一定的追求，他试图在大自然的描绘中揭示宇宙的哲理，强调诗人向哲学家的过渡。其实，哲学是不需要自证的，它应该隐藏在字里行间，况且哲学家也不一定比诗人更为崇高，诗与哲学有区别但没有清晰的界限。《大雪在下》充分展示了作者在语言方面的追求，他试图以排比的句式增加语言的气势，比如"雪花的倾诉，温柔而含蓄、清晰而朦胧、丰富而深刻"[1]，这种富有张力的语言表现了雪

---

[1] 王定芳：《大雪在下》，载《田野的哲学》，云南大学出版社，2013，第137页。

花的魅力，但由于语言的"不隔"，压缩了诗歌的想象空间，这也是本文论及的几位作家的共同特征。张野的诗集《风暴中的琴弦》试图透视生命的黑暗之域，在日常生活叙事中创作抵抗黑暗的诗学。风景书写在张野诗歌中占有很大比重，他选择了高原、荒漠、雪野和村庄等风景以实现自己的"黑暗之思"。张野在雪野看到了沉寂与冷漠，在高原看到了腐烂与颓圮，在村庄看到了深渊与荒野，但"黑暗之思"其实也是"燃烧之火"，在冷漠、凄凉、孤独、痛苦的黑暗之域总是有一颗永不屈服的心灵，深谷之鹰一直向往圣洁的太阳，它随时准备越过长空向太阳飞翔。在张野看来，黑暗不仅是一种写作方式，而且是一种生命形式，他书写黑暗其实是为了抵抗黑暗。或许现代个体只有在黑暗中才能发现自我，才能回到自我本原，更为重要的是，只有在黑暗中才能真正抒写自我的孤独与绝望，才能抒写自我的本真欲望与追求。也许正是这个意义上，自然风景在贵州作家群笔下获得了独立的审美意义。

贵州作家不仅在风景中试图透视宇宙人生的真谛，还试图表达他们浓重的故土情结。贵州作家大都把故土描绘成桃源之地，强调故土是安息灵魂的港湾，以此衬托他们对于城镇化和现代化的省思，表现出浓厚的怀旧情绪和保守精神。田永红的小说是乌江作家群的重要收获，他以乌江为题材的小说充分地表现了乌江作家群的地域风格，他描绘了洋荷坳村民的生存状况，从中寄寓了深深的眷念之情。在小说集《洋荷坳》中，乌江风景与人世变迁相辅相成，乌江的险滩漩涡、悬崖峭壁不仅创造了神奇的风景，而且造就了两岸居民传奇的人生，穿越迷茫的乌江，田永红讲述的是刻骨铭心的人生岁月。田永红具有浓厚的故土情结，他强调家乡是一个风景优美的地方，是养在深闺人未识的风水宝地，前有碧波荡漾的水库，后有起伏连绵的青山。可以说，田永红恰到好处地把风景融入小说，使风景成为传奇人生的重要组成部分。在冉茂福的散文诗集《守望乡村》和《雪落村庄》中，故乡不仅是情感意义上的乡村，而且是同呼吸共命运的生命共同体。冉茂福把故乡描绘成如诗如幻的意境，他在山坡上看到了流淌的忧伤的歌谣，在峭壁深处拾起了失落的记忆，在田野上收藏了心碎的花儿，在荒滩上捡起了奔跑的石头，故乡是精灵之魂，应该长袖而歌，城市是疲惫委顿之所，唯有故乡才是生命之根，才是灵性之港湾。可以说，冉茂福的散文诗以对乡村的守望展示了生命的信仰与灵魂的皈依，表现了散文诗在现代性语境中的精神追求。刘照进的散文集《沿途的秘密》以独特的孤独体验和富有个性的语言表达，试图揭示现代人的生存状况和生命追求。他描写了乌江的激越汹涌、澎湃激昂，乌江不仅拴住了小城而且赋予其独特美景和性格。伫立河岸，临江观涛，刘照进透过小城的前世今生看到了两岸风景的变迁，让他即使身在故乡却又有如在异乡的感觉。陈顺的散文诗集《穿越抑或守望》以对无边的行走的描绘，表现了现代化语境中灵魂的栖居与生命的形式。在陈顺笔下，故乡珍藏了儿时的记忆和飞扬的音符，故乡是韵律工整的唐诗，是清婉隽永的宋词，是低眉颔首的佳人。在陈顺看来，故乡是生命之源，也是生命的极致。赵凯的散文诗集《涉水而歌》和《灵魂的舞蹈》以对乌江的风景书写展示了文学地域性的空间诗学，表现了散文诗在现代性语境中的丰富而又深刻的悖论。在赵凯的作品中，故乡是一个羊群满山、炊烟袅袅的美丽地方，也是一个孕育爱情、孕育梦想的生命符号。赵凯强调乌江是历史之河，也是生命之河，他试图穿越乌江的历史，他深情怀念乌江的渔火、涛声、沙滩、纤道，这一切都让他激情澎湃，使他似乎听到了祖先的呓语。赵凯在乌江风景中透视了两岸居民的生命形式，一条乌江也就是一曲惊心动魄的生命之歌。崔晓琳的散文集《以后之前》以丰富的细节描绘和细腻的情感表达，揭示了现代社会的变迁和现代个体的命运遭际。崔晓琳笔下的风景见证了城市的变迁，她即使身居城镇，但依然怀念儿时的田坝。鲁乾亮的散文集《时光碎片》记录了人生旅途中的点滴片段，揭示了现代个体的生存形式和心灵渴望，他也对乌江地区的乡村风景进行了详细描绘。鲁乾亮笔下的风景展现了乌江的古韵情致，河畔夜景，荡气回肠，河水孕育了古老的历史，也流淌着现代的相思。晏子非的小说集《夜奔》描绘了城镇底层百姓的生存困境，试图反思现代化进程中的种种问题。晏子非很少细致描绘风景，但他小说中的生活变迁和人世纷繁大都聚焦于乌江地区。可以看出，上述作家不可抑止地爱恋乌江，满怀深情地书写乌江，乌江在他们笔下已经成为美学符号和生命符号，这也是乌江作家成为群体的诗学条件。雷远方和班雪纷都喜欢描写风土人情，但在写法上又各有差异：雷远方喜欢把音乐歌词、古诗词、历史故事融入叙事写景的字里行间，倾向于文化散文的思路与笔法，使散文具有较强的知识性与趣味性；班雪纷长于写景，在《美丽片刻》《草原思绪》等篇章中，她在优美的风景中感悟宇宙和生命的奥秘，正如沈从文在《鸭窠围的夜》中所描绘的，她在肃穆静谧的大自然中看到了它的孤独与博大。班雪纷在人生旅途中不断寻找片刻的美丽和惊喜，寻找感动和冲击，雷远方在华夏旅痕中不断寻找壮丽与豪情，探索历史与文化。雷远方《人生物语》中的个别篇章体现了诗的气质，比如《峭壁上的小树》《落叶纷纷》等，他由小树和落叶联想到精神的崇高与伟大，虽然过渡语言较为生硬，但不失为一种诗的思维。胡荣胜出版有《深山红叶》《生命谷》等诗集。在《山村》（组诗）中，作者描绘了农家村寨的幸福生活，也描绘了高原山河的自然美景。比如在短诗《竹海深处》中，"连绵群山 /

茫茫竹海 / 神仙披的银纱 / 透露女儿的绿 / 竹海深处 / 农家的宅院 / 炊烟升空飘舞"[1]，作者把群山竹海与农家生活和谐统一起来，《村寨欢笑》《后花园》等诗篇表现了农家生活的幸福气象。更值得注意的是，胡荣胜尝试探索微型诗的创作，比如《乡愁》写道，"母亲额头的霜雪 / 漂泊我潮湿的夜晚"[2]，以"霜雪"暗示母亲的白发，以"潮湿"暗示思念的眼泪，作者选择典型意象"霜雪"和"眼泪"表达对母亲的深沉思念，也表达对漂泊的深沉悲哀。"漂泊我潮湿的夜晚"以陌生化的手法突破语言的常规用法，使诗歌充满张力，给人留下无限回味的空间。又如《岩畔花》写道，"挺立的茎 / 洁白的花瓣 / 放射夺目的光芒"[3]，作者努力选择独特的意象，试图揭示丰富而又深刻的意蕴，这种象征主义诗歌手法能使人想起庞德的著名诗歌《地铁车站》，"人群中这些面孔幽灵般显现 / 湿漉漉的黑枝条上朵朵花瓣"。然而，《岩畔花》在思想内容方面不如《地铁车站》丰富，它只是单方面地突出了花瓣的夺目光芒，《地铁车站》以"幽灵般""湿漉漉"等词语表现了社会的险恶与幽暗，花瓣就像黑夜中的流星给人无限希望。因此，诗人或许应该在意象的饱满、内容的丰富以及思想的深度等方面做出努力。彭澎出版有诗集《你的右手我的左手》《西南以西》等，他把自然风景与历史文化有机融合起来，不仅展现了黔地壮丽的景观，而且展现了贵州灿烂的文化。"西南以西"系列诗歌描绘了贵州西部地区独特的边地风景，既有关隘、驿站、经幡、旌旗、茶亭、城墙、牌坊等古遗址，也有绿洲、村庄、田舍、牧场、柴火等生活环境。彭澎穿越沧桑历史，看透人生苍茫，浩瀚的历史

---

[1] 胡荣胜：《竹海深处》，载《生命谷》，中国财富出版社，2013，第22页。
[2] 胡荣胜：《乡愁》，载《生命谷》，第77页。
[3] 胡荣胜：《岩畔花》，载《生命谷》，第53页。

终将归于沉寂,正如《故里版图:七星关》写道:"万物归隐,一段立在路边的历史,回到大地深处,等候英雄的剑悬在高天。山河,锋芒清凉。"[1]彭澎思维跳跃,语言华丽,但情感悲悯。彭澎在雄浑壮丽的景观中蕴藏了渡苦渡难的慈悲情怀,让人不由得想起陈子昂的著名诗歌:"前不见古人,后不见来者。念天地之悠悠,独怆然而涕下。"蒋德明和彭澎虽然年龄相差较大,但他们都似乎深受佛教思想的影响,在诗歌中有意或无意地表现佛教哲理;他们都似乎看透了历史与社会,体悟到了人生的空寂与苍凉。邓大学的《神奇美丽的福泉》《古韵悠悠话福泉》等作品包含丰富的历史文化故事,同时其写景也颇具特色,比如"河道蜿蜒迷惑,奇峰异岭萦绕,峰回水转,如水上迷宫"一直到"远处奇景一览无余,近处岸边芦苇连片,躬身拂水,情景别致",这一段景致描写让人印象深刻,作者观察细致、语言精妙,甚至可以说具有经典古文之遗韵。但也应该看到,由于过多的堆砌历史文化典故,邓大学的这一类散文又像是在写学术论文。

三、时代英雄叙事与贵州的发现

所谓"贵州的发现"也就是贵州精神的发现,欧阳黔森、王华、戴时昌等贵州作家通过描写时代英雄人物,试图在审美层面建构新时代的贵州精神,诗歌、报告文学和戏剧作品都有重要表现。2012年,欧阳黔森发表诗歌《贵州精神》,他歌颂那些为贵州发展和人民幸福做出重要贡献并英勇献身的党员干部。欧阳黔森认为,毛明举、申玉光、成

---

[1] 彭澎:《故里版图:七星关》,载《西南以西》,民族出版社,2014,第20页。

名尧、谢光学、朱昌国等人树立起了贵州精神的丰碑，这些人用智慧与勇气诠释和升华着当代的贵州精神。欧阳黔森强调贵州精神也就是不怕困难、艰苦奋斗、攻坚克难、永不退缩的精神，贵州精神也就是英雄主义、乐观主义和理想主义。正如欧阳黔森一样，讲述时代英雄故事，弘扬当代贵州精神，试图为贵州发展和后发赶超助力，已经是新世纪贵州文学的重要传统。在欧阳黔森之后，王华和戴时昌等作家也都讲述了时代英雄的真实故事，为当代贵州精神的构造提供了有力证据和坚实基础。

2014年，习近平总书记《在文艺工作座谈会上的讲话》中要求"文艺深深融入人民生活"，文艺要"以人民为中心"，强调文艺创作"最根本、最关键、最牢靠的办法是扎根人民、扎根生活"[1]。可以看出，"扎根人民、扎根生活"是党对文艺战线提出的一项基本要求，这也是决定我国文艺事业前途命运的关键。自党的十九大以来，广大文艺工作者自愿自觉贯彻习近平新时代中国特色社会主义文艺思想，扎根人民、扎根生活已经蔚然成风，涌现出了一批反映时代要求和人民心声的作品。众所周知，《人民文学》杂志是中国文学创作的重要阵地，《人民文学》杂志的宗旨和立场在中国当代文坛具有重要的导向作用。从2017年12期开始，《人民文学》杂志重点打造《新时代纪事》栏目，《新时代纪事》倡导作家自愿自觉扎根人民、扎根生活，专注于老百姓的美好生活需要，写出当今社会的历史意蕴和时代特征。《人民文学》杂志主编施战军在接受采访时强调，人民立场是从事文学工作的人需要时刻把握和站稳的根本立场，《新时代纪事》栏目重点发表反映现实题材的小

---

[1] 习近平：《在文艺工作座谈会上的讲话》，人民出版社，2015，第8—19页。

说和报告文学作品。截至 2018 年 10 月，该栏目共发表 14 篇作品，其中欧阳黔森发表《花繁叶茂，倾听花开的声音》《报得三春晖》和《看万山红遍》三篇作品。欧阳黔森的三篇作品都是关于贵州精准扶贫的真实故事，这些作品自发表以后就获得了广泛关注和好评，施战军就多次在采访中高度评价了"在毕节脱贫一线"、讲述"贵州精准脱贫"故事的欧阳黔森。可以说，欧阳黔森的三篇作品在内容与形式上都是《新时代纪事》栏目宗旨的生动体现，也是贯彻习近平新时代中国特色社会主义文艺思想的重要样本。欧阳黔森自愿深入贵州精准扶贫前线，自觉扎根人民、扎根生活，以报告文学形式描绘了一幅幅贵州精准扶贫工程的壮丽画面。或许更为重要的是，欧阳黔森为文艺工作者如何实践"扎根人民、扎根生活"提供了可资借鉴的经验。

习近平总书记强调"扎根人民、扎根生活"就是向人民学习，向生活学习，从人民的伟大实践和丰富多彩的生活中汲取营养。习近平总书记《在文艺工作座谈会上的讲话》中讲述了"扎根人民、扎根生活"的典型作家柳青。1953 年，柳青辞去陕西省长安县委副书记，保留常委职务，定居皇甫村 14 年。柳青长期住在一个破庙里，集中精力创作长篇小说《创业史》。柳青真正深入了农民生活，他了解关中农民的生活习惯、情感状态和心理需要，因此他的小说《创业史》中的人物形象栩栩如生。习近平希望文艺工作者要像柳青那样深入人民群众、与人民群众打成一片。欧阳黔森深入体会习近平总书记的讲话精神，并努力将之付诸创作实践。欧阳黔森长期在贵州贫困地区扎根人民、扎根生活，乌蒙山区和武陵山区等连片贫困区都留下了他的生活印迹。2017年 10 月，欧阳黔森再次来到乌蒙山区深入生活，并前往海雀村进行调查采访，与当地百姓朝夕相处，经常与群众促膝谈心，这段经历为他写作《报得三春晖》提供了素材。2018 年，欧阳黔森在《花繁叶茂，倾听花开的声音》中指出，如果作家不真正深入生活、扎根人民，就永远不可能写出贴近生活的作品。2018 年，欧阳黔森前后 15 次走访、实地勘察他的家乡铜仁万山，并以真实素材创作了《看万山红遍》。也就是说，欧阳黔森长期在贫困地区深入生活，一贯坚持眼见为实的创作态度，最终创作了这三篇报告文学作品，真实反映了贫困地区的时代面貌和基层农民的心路历程。扎根人民、扎根生活既是欧阳黔森报告文学创作的根本方法，也是他创作小说的根本方法。为了创作长篇小说《雄关漫道》，欧阳黔森曾经重走长征路，亲身体验了长征的艰辛。在重走长征路的过程中，欧阳黔森的心灵受到洗礼，精神得到升华，尤其是红军战士大无畏的牺牲精神激发了他的创作热情和灵感。为了创作农村题材作品《绝地逢生》，欧阳黔森长年到乌蒙山区的农家体验生活，与农民群众朝夕相处，深切感受改革开放 40 多年来农村的巨大变化。无论是现实题材创作，还是历史题材作品，欧阳黔森都坚持深入生活、扎根人民，他强调作家不深耕生活，就无法获得鲜活的创作素材，也无法激发厚重的历史感，更无法打通历史、现在和未来。在欧阳黔森看来，扎根人民、扎根生活是他的创作热情与灵感的来源，也是文艺创作的不二法门。习近平总书记强调，人民不是抽象的符号，而是一个个有血有肉、有情感、有爱恨、有梦想、有内心冲突和挣扎的具体的人。习近平总书记要求作家不仅要熟悉人民的心理冷暖和生活面貌，还要把人民的喜怒哀乐倾注笔端。欧阳黔森深入领会了习近平总书记提出的"以人民为中心"的文艺思想，他在生活中追求能够与人民群众心连心，在创作中努力真实地反映人民群众的喜怒哀乐。2017 年，欧阳黔森在回忆创作《绝地逢生》的经历时指出，他"被生活在这片土地上的人民深深感动着"[1]。这是一种情感活动，也是一种写作伦理，作家只有被人民感动了，才能创作出感动人民、感动时代的作品。在遵义花茂村、毕节海雀村和铜仁万山区，欧阳黔森经常与乡亲们在一起促膝谈心，他已经成为当地百姓中的一员，成为他们的兄弟姊妹，成为他们无话不说的知心朋友。欧阳黔森无数次被交谈中的人物和事迹所感动，他无数次感到心灵的震撼。人民群众朴实无华、勤劳善良的秉性，早已成为欧阳黔森检验自我的一面镜子。欧阳黔森经常对老百姓最朴素的价值观和饮水思源、感恩戴德的品行感同身受。正是与人民群众惺惺相惜、心气相通，欧阳黔森才能真正了解人民群众的心理世界与感情活动，才能创作出贴近人民生活与时代精神的作品。在《报得三春晖》中，欧阳黔森详细描写了他实地采访安大娘的经过。在安大娘家里，欧阳黔森仔细观察安大娘的一举一动、一言一行，他对老人嘘寒问暖，并与老人贴心交谈。在安大娘饱经风霜但又安详慈善的脸上，他看到了中华民族的优秀传统，在安大娘饱含感恩的言语中，他看到了中华民族的高尚品格。在欧阳黔森的报告文学中，安大娘、李来娣等基层群众都是血肉丰满、情感饱满的人物形象，这些人民群众一个个跃然纸上，使作品充满了浓厚的生活气息和艺术感染力。也正是因为常年在扶贫一线进行采访、实地考察，长期扎根人民、扎根生活，欧阳黔森才能真正体会到人民群众在物质与精神方面的变化。也正是因为耳闻目睹精准扶贫实施以来农村发生的变化，目睹了贵州这几年在脱贫攻坚上取得的成就，欧阳黔森才能真正描写当今时代的现实状况和时代风貌。在欧阳黔森看来，扎根人民、扎根生活不仅要仔细观察

---

[1] 欧阳黔森：《向生活要智慧》，《求是》2017 年第 2 期。

当今社会的发展状况，还要贴近人民生活实景和心理世界，这样才能真正把握当今社会的物质发展和时代精神。

近段时间以来，从《人民文学》到《长篇小说选刊》等杂志都高举现实主义旗帜，大力倡导现实题材创作，一些著名学者也对现实主义进行了理论探讨、经验概括和历史总结，比如孟繁华《现实主义：方法与气度》、南帆《现实主义的渊源与气度》和胡平《以人民为中心与现实主义》等文章。其实，习近平总书记《在文艺工作座谈会上的讲话》就已指出了现实主义创作的发展道路，那就是回到柳青，也就是像柳青一样扎根人民、扎根生活。欧阳黔森正是沿着柳青的方向，踏踏实实地扎根人民、扎根生活，他的报告文学创作也正是在这个方面提供了重要经验。2014年，习近平总书记《在文艺工作座谈会上的讲话》强调："实现中国梦必须走中国道路、弘扬中国精神、凝聚中国力量。"[1]习近平总书记提出的精准扶贫战略被认为是人类历史上最伟大的扶贫攻坚战，也可以说是新时代一个生动的中国故事。文艺作为讲述中国故事、弘扬中国精神的重要途径，真实反映精准扶贫工作理所当然地是文艺创作的职责。作为中国文学创作的重要阵地，人民立场与现实原则一直是《人民文学》杂志的根本宗旨和根本立场。欧阳黔森深入扶贫一线，深入生活、扎根人民，以报告文学形式谱写了一曲曲贵州精准扶贫工程的壮丽凯歌。不仅如此，欧阳黔森在报告文学写作技法方面的尝试也值得探讨。

诗骚传统是中国文学的重要传统。陈平原认为诗骚传统对中国文学产生了深刻影响："这种异常强大的'诗骚'传统不能不影响其他文

---

[1] 习近平：《在文艺工作座谈会上的讲话》，第22页。

学形式的发展。任何一种文学形式，只要想挤入文学结构的中心，就不能不借鉴'诗骚'的抒情特征，否则难以得到读者的承认和赞赏。"[1] 一般看来，报告文学是以叙事为主的，但欧阳黔森在其创作的报告文学作品中大量引入了诗词，他尤其喜欢引用毛主席诗词。毛主席诗词可以说是欧阳黔森最为熟悉、最为敬仰的诗歌。欧阳黔森从小就喜欢军事，他大量阅读了党史和军史方面的书籍，他也很热爱诗歌，尤其喜欢毛主席诗词，这些都为他的文学创作提供了基础。虽然出生在贵州铜仁，但欧阳黔森一直认为自己深受湖湘文化的影响，他特别崇拜湖南在近现代出现的伟人尤其是毛主席。欧阳黔森的很多作品都以毛主席诗词命名，比如《雄关漫道》《莽昆仑》《看万山红遍》《江山如此多娇》等。"看万山红遍"这句话源自毛主席的《沁园春·长沙》，此词作于1925年，青年毛泽东描绘长沙壮丽的秋景以抒发豪情壮志，词中的"万山"是指湘江岸边的岳麓山及附近群山，"看万山红遍"既象征了壮丽的大好河山，又隐喻了中国无产阶级革命的必然胜利。欧阳黔森引毛主席诗词作为作品题目，"看万山红遍"一语双关，不仅勾画了铜仁万山地区的发展状况，而且使这篇作品具有深厚的文学意味和历史内涵，形象地揭示了新时代精准扶贫事业与中国社会主义革命之间的精神联系。在欧阳黔森看来，"万山"不仅仅是铜仁这块土地，也是祖国大地的万水千山、千山万壑。在这篇作品中，欧阳黔森写到他站在云盘山上一览众山小，看到云雾间升腾起一股磅礴之势，油然想起毛主席诗词"看万山红遍，层林尽染"，并且想到毛主席文章《星星之火，可以燎原》。其实，万山地区的发展已被看作新时代发展的样板，比如铜仁市委书记陈昌旭说：

---

[1] 陈平原：《中国小说叙事模式的转变》，上海人民出版社，1988，第222页。

"沧海横流方显砥柱，万山磅礴必有主峰。习近平新时代中国特色社会主义思想已成燎原之势，万山红遍。"[1] 从 2008 年以来，习近平总书记多次关怀、指导铜仁万山的发展，使万山从一个贫困落后的资源枯竭型城市走向了小康城市，真正实现了毛主席当年提出的"万山红遍"的幸福理想。在《看万山红遍》中，欧阳黔森还引用毛主席词句"一万年太久，只争朝夕"，表达在精准扶贫工程中只争朝夕的工作热情。在《报得三春晖》中，欧阳黔森引用毛主席词句"乌蒙磅礴走泥丸"描写乌蒙山区。在欧阳黔森看来，乌蒙山脉，山高谷深、万峰成林，"乌蒙磅礴走泥丸"正是这里的形象写照。在这三篇报告文学中，欧阳黔森还引用孟郊的"谁言寸草心，报得三春晖"、韩愈的"万山磅礴，必有主峰"等诗句，表达牢记习近平总书记的嘱托，力求获得扶贫攻坚决胜的坚定信心。可以看出，在叙事中大量引录古体诗词是欧阳黔森报告文学创作的重要特色，这也是与大多数报告文学作品的不同之处。引录诗词大大增强了报告文学的审美意蕴，诗词与叙事写景的完美契合不仅增加了作品的象征和隐喻功能，还增加了报告文学的抒情效果，更为重要的是，欧阳黔森通过毛主席的古体诗词打通了现代革命与当下发展的联系，强调了精准扶贫的历史价值与现实意义。

欧阳黔森不仅擅长引录古体诗词，还喜欢在报告文学中引录"史传"。陈平原认为"史传"是中国古代历史散文的总称，他认为"史书在中国古代有崇高的位置"[2]，历代文人罕有不读经史，罕有不借鉴"史传"笔法。本文借鉴陈平原的观点，并不是说欧阳黔森运用"史传"笔

---

[1] 欧阳黔森：《看万山红遍》，《人民文学》2018 年第 9 期。
[2] 陈平原：《中国小说叙事模式的转变》，第 222 页。

法,而是指他引录历史材料以增强报告文学的叙事功能。在《看万山红遍》中,欧阳黔森引用《万山志》中有关万山丹砂的开采历史,万山在西周武王时期就有了丹砂开采的记载。欧阳黔森引用了《贵州府志》有关铜仁的记载:"黔中各郡邑,独美于铜仁,乃'鱼米之乡'也。"欧阳黔森还引用了《后汉书·先贤传》和《水经注·沅水》有关武陵郡的记载。这些历史材料的引用共同说明铜仁是中国各民族南来北往频繁之地,是连接中原与西南的重要纽带。这些历史材料也与铜仁的现状形成了对比,铜仁已成为资源枯竭型城市,成为中国现有的十四个"集中连片特困地区"之一。在这种历史与现实的强烈对比中,凸显了铜仁实施精准扶贫的重要性,而铜仁万山的华丽转变也证明了习近平总书记的精准扶贫决策的正确性和新时代中国特色社会主义思想的真理性。在《报得三春晖》中,欧阳黔森引用历史上关于春秋时期管子的记载,重点引用了管子"以人为本"的治国观点。在欧阳黔森看来,虽然管子以人为本的思想是伟大的,但管子生不逢时,他的治国理想无法实现;封建王朝的以人为本也与当今时代的以人为本截然不同,因为封建王朝以人为本归根结底是为封建统治阶级服务,而当今时代始终坚持"把人民利益放在第一位"的执政理念,这是共产党"为人民服务"宗旨的具体化和目标化,精准扶贫则是人民至上观念实践化的伟大工程。不难看出,欧阳黔森从历史材料出发,充分揭示了历史与现实的重要区别,突显了当今时代是一个伟大的时代。欧阳黔森不仅引用古代历史材料,也引用现代历史材料,比如《报得三春晖》引录《中国工农红军第二方面军战史》中毛主席关于红二方面军的评价,强调乌蒙山区人民为中国革命做出了卓越贡献。作为革命老区的乌蒙山区长期没有摆脱贫困状态,1986 年时任中央书记处书记的习仲勋专门对乌蒙山区的扶贫工作做出批示。欧阳黔森详细引录习仲勋书记的批示，认为这个批示拉开了国家有组织、大规模扶贫的序幕。1985年，时任贵州省委书记胡锦涛到毕节赫章县考察调研后作出具体指示，1988年经国务院批复建立毕节试验区。欧阳黔森详细引录了胡锦涛的指示。在《花繁叶茂，倾听花开的声音》中，欧阳黔森引录了中国工农红军第二方面军长征的历史材料，在党史军史上具有重要意义的苟坝会议在遵义苟坝胜利召开，这次会议进一步确立与巩固了毛泽东在党中央和红军中的领导地位。苟坝是一个重要的革命老区，但由于自然条件的限制，它长期处于贫困状态。从贵州"八七"扶贫攻坚到新时代的精准扶贫工程，党和国家领导人对贵州扶贫工作投入极大关心，30年来，贵州发生了翻天覆地的变化。这些材料充分说明新时代的精准扶贫战略有着深厚的历史基础，是共产党肩负的历史使命的必然结果。引录史料大大增强了报告文学的历史内涵，史料与叙事的结合增加了报告文学的知识性和逻辑性，也增加了报告文学的叙事效果。

在报告文学中大量运用人物对话并非欧阳黔森的发明，也并非欧阳黔森独有，在我们非常熟悉的报告文学作品夏衍的《包身工》和徐迟的《哥德巴赫猜想》中就有大段的对话描写，在《人民文学》杂志《新时代纪事》栏目发表的《天之眼》也有不少对话描写。可以说，欧阳黔森继承了报告文学的对话传统，他以叙述者和采访者的双重身份记录了自己在扶贫一线的访谈内容。在《看万山红遍》中，欧阳黔森记录了他与友人的对话，也记录了他与余秀英老人、李艳红、张小进等群众的对话，还记录了他与陈昌旭、吴泽军、杨尚英、田茂文等铜仁地区干部的对话。特别值得注意的是，欧阳黔森详细记录了田茂文讲述

2008 年习近平总书记视察万山的情景。田茂文对 10 年前的事情记忆犹新，他绘声绘色地讲述习近平总书记走访百姓家庭、体察民情的经过，习总书记身材高大、形象和蔼，与群众亲切交谈，耐心细致地倾听困难群众的心声，详细询问老人的身体状态、退休金和家庭收入情况以及基层政府对社区居民的关心情况等。习近平总书记的走访使当地百姓心里倍感温暖，倍感踏实。田茂文激动地描述了 10 年前的情景，讲到最后时，他已经热泪盈眶。正所谓男儿有泪不轻弹，田茂文对 10 年前的事情还如此心情激动，可以想象人民领袖的崇高感染力和凝聚力。在采访的过程中，欧阳黔森听到了那么多激动人心的事，他无法按捺住内心的激动心情，他无数次被采访中的人物和事迹所感动，更是无数次感到心灵震撼。欧阳黔森详细、完整地把访谈内容记录在报告文学作品中，真实地再现了习总书记走访万山的情景，饱含感情地描绘人民领袖平易近人、和蔼亲民的崇高形象，热烈地抒发"人民的领袖人民爱，人民的领袖爱人民"的创作宗旨[1]。在《报得三春晖》中，欧阳黔森详细记录了他与朱大庚、安大娘的对话。安大娘是乌蒙山区海雀村的贫困户，年龄 96 岁，耳背听不清声音，说话也不太清楚，但她居然清晰地记得习仲勋书记。原来在 33 年前，习仲勋书记关于赫章扶贫的批示传到贵州省委后，时任贵州省委书记朱厚泽同志召开紧急会议并抽调干部赶往赫章县海雀村，发放粮食赈济饥民。自此以后，安大娘永远记住了习仲勋书记，并在家里挂上他的画像。习仲勋书记成为安大娘一生中的珍贵记忆，这体现的是基层百姓的感恩之心，体现的是中华民族的传统美德。在欧阳黔森看来，精准扶贫是人类历史上最伟

---

[1] 欧阳黔森：《看万山红遍》。

大的工程，也是对中国共产党执政理念的最好诠释；精准扶贫给老百姓的生活带来了巨大变化，精准扶贫已经成为中华民族伟大的集体记忆，中华民族从不缺少记忆和感恩，老百姓感恩共产党、热爱人民领袖习近平的感情真挚而纯朴。在《花繁叶茂，倾听花开的声音》中，欧阳黔森也记录了大量的对话，既有他与年近花甲的老人的对话，又有他与村干部的对话，在这些对话中，老百姓都异口同声地表达了对共产党的感恩之心。在这些采访过程中，欧阳黔森与老百姓促膝谈心，听到了纯朴的心声，他的心灵受到震撼，灵魂得到洗礼。为了创作这几篇报告文学作品，欧阳黔森长期在遵义花茂村、毕节海雀村、铜仁万山区深入生活、扎根人民，与老百姓深入交流，仔细倾听群众的呼声，真切地感受到了人民群众对共产党和人民领袖的感恩之心。欧阳黔森运用叙述、白描、抒情、议论等写作方法再现了采访的过程，绘声绘色地再现了对话的场景与内容，增加了报告文学的真实性和情感性。或许更为重要的是，这种对话描写生动地体现了以人民为中心的创作立场，只有贯彻习近平新时代中国特色社会主义文艺思想，切实地深入生活、扎根人民，才能创作出真正反映百姓心声的作品，才能创作出无愧于当今伟大时代的作品。

王华和戴时昌等作家的报告文学创作也产生了一定影响。2016年，王华出版报告文学《海雀，海雀》，这部作品主要讲述毕节市赫章县海雀村支部书记文朝荣带领村民造林脱贫的真实故事。乌蒙山区的海雀村是一个"苦甲天下"的村庄，自然条件恶劣，石漠化极为严重。文朝荣响应党的号召，带领村民奋战三个冬天，把万亩荒山改造成万亩林海。文朝荣退休以后，又主动担任义务护林员，几十年如一日地继续植树造林造福百姓。文朝荣的生动故事真实地再现了贵州扶贫攻坚的历史画卷,也有力地说明了贵州走生态文明之路、绿色发展之路的正确选择,更有力地诠释了党员干部践行理想信念的真实答卷。文朝荣的精神也是构造当代贵州精神的典型案例。戴时昌出版有报告文学《让石头开花的追梦人》和《倒在脱贫攻坚路上的县委书记——姜仕坤》等。《让石头开花的追梦人》讲述兴义市则戎乡冷洞村党支部书记朱昌国带领村民发家致富的故事。冷洞村自然条件恶劣,交通十分不便,但朱昌国带领村民攻坚克难,不仅让石头开满了绚丽的花朵,而且改善了冷洞村的交通条件,为改变冷洞村贫穷落后的面貌创造了条件,彰显了一种"不怕困难、艰苦奋斗、攻坚克难、永不退缩"的贵州精神。《倒在脱贫攻坚路上的县委书记——姜仕坤》讲述县委书记姜士坤带领晴隆人民脱贫攻坚的故事。晴隆是全国最贫困的县之一,自然环境十分恶劣,出生农村的苗家汉子姜仕坤相继出任县长和县委书记,他怀着对农民的朴素感情和对党的绝对忠诚,始终勇挑重担,带领老百姓战斗在脱贫攻坚的前沿阵地,最终因为心脏疾病倒在了脱贫攻坚的道路上。可以看到,戴时昌笔下的人物朱昌国和姜仕坤都是扶贫攻坚道路上的英雄人物,都可以说是我们民族的脊梁。他们以人民的利益作为自己的事业,他们不畏困难、无私奉献、身先士卒,与人民群众同甘苦共奋斗,是人民的优秀干部,是时代的优秀楷模。在当今社会喧嚣和精神浮躁的大背景下,人民更需要这样的好干部,因此,戴时昌的选材和主题在当今时代具有非常重要的价值。戴时昌的语言朴实,没有华丽的辞藻,只有生活的细节,他还熟练地采用了极具地方特色的民间民谣。不过,作为报告文学创作,戴时昌不仅应该塑造这样具有时代价值的英雄人物形象,或许还应该看到当今时代的问题与弊病,以引起疗救的注意。另外,当今时代的英雄人物也不只是出现在干部领域,人民群众中也经常涌现英雄式的人物，小人物干出大事业，或许这些对人民群众更具有号召效应。丁玉辉的《绿色在喀斯特高原流淌》中的篇章大多是文化散文和报告文学作品。或许《月照夜郎溪》能够集中表现丁玉辉散文创作的特色，作者引用大量的古诗词和历史故事，使散文增添了浓厚的历史文化内涵。丁玉辉的写景也是恰到好处，该篇第一段和最后一段辞藻精美却又意蕴丰满。在《佛教圣地——永灵山》《窑上怀古》《春天的斗篷山》和《榔木寨，我心灵的净土》等篇章中，都能感受到丁玉辉散文的知识性和趣味性，这是文化散文的普遍性写法，然而他还没有达到经典文化散文的思想深度和现实力量。在经典的文化散文中，历史文化大多是表面现象，作者的真正目的是透过历史文化揭示历史的规律和文明的真相，并以此达到对现代人格的构建和对现代社会的批判。如果单方面地对历史文化唱赞歌，文化散文就失去了艺术魅力。丁玉辉的散文满满都是正能量，文化散文如此，报告文学也是如此，他的《走进人大代表刘乔英》《年轻的"老村长"》等作品描绘典型人物，《为了庄严的承诺》《雪凝中一曲壮美的歌》《真情暖人间　热血融冰雪》等作品讲述典型事件。这是我们时代的需要，在这个令人困惑的时代，我们确实需要正能量捍卫民族的精神和社会的发展。

戏剧《图云关》和《云上红梅》也是歌颂贵州精神的作品，这两部作品是贵州戏剧近几年的重要收获，都获得了贵州省文艺奖。《图云关》是由贵州省话剧团原创的话剧，讲述贵阳图云关在抗日战争时期成为中华抗战的支柱性医疗基地，中国医生、外国专家、抗日青年以大无畏的精神气概，谱写了一曲永不屈服、英勇抗争的贵州精神和中华民族魂赞歌。自2017年上演以来，贵州省花灯剧院原创的大型花灯剧《云上红梅》获得了广泛好评，并入选2018年国家艺术基金资助项目。

无论是内容还是形式,《云上红梅》都取得了成功。《云上红梅》在有限的舞台空间中展示了李红梅在 20 世纪八九十年代的人生历程,谱写了一曲扎根乡村、无私奉献的人生赞歌。该剧可以说是改革开放以来广大农村青年人生命运的缩影,文明与愚昧的冲突、理想与现实的矛盾、情感与理智的抉择都被展现得淋漓尽致。该剧情节冲突激烈,人物形象饱满,音乐唱腔感人,舞台设计华美,是花灯戏剧与苗族文化的融合,是传统剧与现代戏的统一。《云上红梅》在叙事上讲述李红梅在贫困山村做卫生员的人生经历。李红梅默默地承受着命运的坎坷、现实的无奈、理想的破灭、青春的消逝,但她无怨无悔,以无限真情和无私奉献赢得山民的信任与尊敬。编剧余妍洁选择贵州省道德模范、"最美乡村医生"李金梅作为人物原型,就已表明该剧弘扬社会正能量的宏大主题。该剧给我们留下无限思考,在人生的十字路口,青年该如何选择自己的人生道路?《云上红梅》似乎在告诉我们,人生道路或有不同,只为人间有大爱。亲情、爱情、乡情皆为人间之真情,李红梅付出了大爱,收获了真情。《云上红梅》把"情"演绎到了极致,在情感与理智之间,李红梅选择了情感。为了抒发情感,《云上红梅》调动各种方法,人物形象的塑造、音乐背景的设置、歌舞唱腔的表演在该剧中都发挥了抒情作用,主演蔡妙禧的几次独唱把戏剧推上高潮,清脆的嗓音和宽广的音域配合优雅的舞姿,既有命运不公的悲叹,又有人生选择的执着,她的表演与唱腔是整部剧的焦点,也是该剧精彩之处。该剧融合了花灯小调以及童谣、飞歌曲调、锦鸡舞、芦笙舞等苗族歌舞,始终洋溢着浓厚的地方特色和民族特色。该剧的音乐和布景充满诗情画意又饱含象征意蕴,童谣《月亮船》在剧中多次出现,不仅拉近了虚拟与现实的距离,而且象征了李红梅对理想的执着追求。贵州丹寨的自然风景是该剧的主体舞台背景,并随时间推移而不断变化,既有风和日丽,又有雷电雨雪,不仅使演出充满十足的现场感,还能使读者领略美丽的自然风光。《云上红梅》大胆借鉴现代戏的方法,充分运用声光电设备,突破了传统花灯戏的限制,在贵州戏剧史书写了浓重一笔。观赏整剧演出,如在画中游,如在诗中舞,能够领略到喜悦与悲哀的杂糅、诙谐与幽默的交织,能够享受到真正的审美愉悦和精神洗礼。正如红梅绽放,花开烂漫。

第三节 贵州自然遗产的现代性价值

2018年,贵州铜仁梵净山入选世界自然遗产名录,世界自然保护联盟(IUCN)认为:"梵净山满足了世界自然遗产第十条(生物多样性)标准,展现和保存了中亚热带孤岛山岳生态系统和显著的生物多样性。"大自然的神奇力量使梵净山聚集了瑰丽多彩的自然风景,也使梵净山成为一个原始神奇的生态王国。古往今来,梵净山一直都是文人墨客描写和抒情的对象。早在1994年,欧阳黔森在散文《初上梵净山》中讲述了自己在梵净山的找矿经历,他写道:"梵净山是武陵山脉的主峰,海拔高为2493米,最高处凤凰山为2572米,是贵州最大的原始森林,是国家一级自然保护区。"[1] 欧阳黔森不仅介绍了梵净

---

[1] 欧阳黔森:《初上梵净山》,载《有目光看久》,贵州民族出版社,1994,第52页。

山的地貌状况，而且详细描述了梵净山的生物多样性。黑湾河是梵净山红云金顶与凤凰山主峰之间的一条河流，欧阳黔森亲眼见到河谷有许多遮天蔽日的参天大树，他还听说河谷有云豹、黑熊、五步蛇、旱蚂蟥和长脚巨蚊等动物。梵净山在欧阳黔森的文学创作中占有十分重要的地位，他多次在作品中描绘了梵净山的神奇景观，认为梵净山集峨眉之秀、黄山之奇、华山之险、泰山之雄于一身。欧阳黔森认为梵净山可以使他魂牵梦萦，也可以使他苍白的心灵充满人性最为瑰丽的自豪感。欧阳黔森在《故乡情结》中用一个形象的比喻描绘梵净山，他写道："因为红云金顶高约百米，从梵净山之巅拔峰而起，像一根巨大的男性生殖器；而红云金顶顶部的金刀峡，就是这巨大而雄伟生殖器的输液口，创造人类创造生命就是从这儿开始的。"[1] 梵净山被比喻为生殖器，被想象为人类和生命的起源。梵净山成为以欧阳黔森为代表的贵州作家的灵感来源，也被他们看作心灵港湾，在这片梵天净土，他们的心灵得到净化，精神得到升华。新疆天山也是世界自然遗产，欧阳黔森在《水的眼泪》中描绘了天山神奇美丽的自然景观，并对天山南北的城市化与现代化表达了忧虑和反思。在《白层古渡》中，欧阳黔森写道："无数动人心魄、壮美无比的大峡谷将继续消失不可避免，百万人的大迁移不可避免，大量的自然遗产、文化遗产不复存在也将不可避免。"[2] 欧阳黔森揭示了申报自然遗产与水电开发之间的悖论，表达了对自然恶化的忧思和对现代化发展的反思。截至 2018 年 7 月，贵州有荔波喀斯特、赤水丹霞、施秉云台山和铜仁梵净山四处世界自然遗产，这些自然遗产都以独特的自然美呈现了奇异的风景美学。欧阳黔森对

---

[1] 欧阳黔森：《故乡情结》，载《水的眼泪：欧阳黔森选集》，广西师范大学出版社，2017，第 79 页。
[2] 欧阳黔森：《白层古渡》，同上书，第 49 页。

自然遗产的态度与思考具有重要启示，表面看来，他是在描写梵净山和天山，实际上表达的是对中国生态环境和现代化发展的思考，以及对人类社会的思考。在当今时代，生态文明和科学发展已经成为人类社会的共识，自然遗产以其独特性展示了人类社会发展和思想的状况。从现代性和美学角度探讨自然遗产或许给予人们新的启示。

一、自然遗产与反思现代性

世界遗产是一个现代概念，它产生于1972年11月16日在法国巴黎召开的联合国教育、科学、文化组织大会第17次会议，该会议通过了《保护世界文化和自然遗产公约》（Convention Concerning the Protection of the World Cultural and Natural Heritage），简称《世界遗产公约》，该公约对世界遗产概念做出了明确的界定。世界遗产与现代性是什么关系？首先要考察现代性的概念及其后果。现代性是一个相当复杂的概念，自它产生以来，关于它的阐释一直就是众说纷纭、莫衷一是。但难以置疑的是，现代性改变了人类世界，尤其是工业化的发展和科技的进步，极大地推动了人类的发展。然而，人类也为工业化的发展付出了沉重的代价，环境的污染和资源的枯竭使人类陷入前所未有的危机。英国社会学家吉登斯在《现代性的后果》中提出，"历史发展的各个阶段都存在断裂"[1]，有的中国学者也认为，"作为一个历史分期的概念，现代性标志了一种断裂或一个时期的当前性或现在性"[2]。因此，在传统与现

---

[1] ［英］安东尼·吉登斯：《现代性的后果》，田禾译，译林出版社，2000，第4页。
[2] 周宪、许钧：《现代性研究译丛总序》，载马歇尔·伯曼《一切坚固的东西都烟消云散了》，徐大建、张辑译，商务印书馆，2003，第2页。

代之间，断裂是现代性发展的必然结果，断裂也可以说是现代性的基本属性。古往今来，人类创造的财富随着人类社会的发展一方面在不断地丰富，另一方面也在不断地消失，如古希腊人记载的地中海地区的七大奇迹，它们是人类伟大创造力的杰作，但现在只有埃及金字塔存留于世了。在一定意义上可以说，两次世界大战也是现代性发展的产物，但两次世界大战留给人类的是痛苦的回忆，它们给人类创造的财富和自然界的神奇景观都带来了毁灭性的打击，比如鲍曼在《现代性与大屠杀》中就认为二战中的种族屠杀是现代性的结果，并提出了"作为现代性之验证的大屠杀"[1]。最近几十年来，人类间的战争仍然没有消失，现代技术和工业化发展更是日新月异，而对世界遗产来说，战争和工业化无异于毁灭性灾难，阿富汗的巴米扬大佛的炸毁，伊拉克博物馆的毁坏，都是典型的例证，所以有学者认为"一个越来越严重的新的威胁因素就是现代技术、工业、经济发展造成的环境污染，日益城市化与迅速发展的旅游业对世界遗产带来的损害"[2]。总之，在一定意义上可以说，世界遗产是现代性的产物，一方面，世界遗产是与传统相并列而与现代性相对应的概念，传统与现代性对立而存在，世界遗产与现代性对立而存在；另一方面，世界遗产概念是现代性冲击的直接结果，正因为现代性产生的巨大威胁，世界遗产才体现出其作为现代性对应物的价值。正是基于上述理由，有学者认为"《世界遗产公约》正是在人类与其生存环境的关系陷于深重危机的严峻时期，在人类社会发展的阵阵痉挛和频频剧痛中，在人类价值观面临着一个巨大的转折中签署的。它

---

[1] [英] 齐格蒙·鲍曼：《现代性与大屠杀》，杨渝东、史建华译，译林出版社，2002，第8页。
[2] 余晋岳：《世界文化与自然遗产手册》，上海科学技术文献出版社，2004，第11页。

的签署本身就意味着人类和环境都遭受了巨大的创伤，具有浓重的悲怆意味"[1]。由此可见，世界遗产是现代性后果的重要表征。

世界遗产与现代性是对应的概念，同时也是相互统一的关系。随着现代性的发展，世界遗产也日渐显现出现代性内涵。首先，世界遗产体现出现代性的发展内涵。断裂与发展是现代性的内在悖论，哲学家在理论上论述了现代性的发展特性，一方面，作为对传统的断裂，现代性体现出不同于传统的特征，另一方面，作为对传统的发展，现代性体现出超越于传统的特征。对于世界遗产来说，无论是自然遗产还是文化遗产，它们都具有丰富的价值，《世界遗产公约》对世界遗产的概念界定，就明确规定世界遗产至少包括科学价值和美学价值。因此，为了展现和延续世界遗产的价值，就应该发展世界遗产。所谓发展世界遗产，主要是指充分阐释和挖掘世界遗产在现代社会中的价值与意义，充分展现出世界遗产的存在价值与意义。针对世界遗产的科研价值来说，虽然人类的科技水平有了很大进步，但人类对自然界的研究还有很多欠缺，对于世界遗产来说更是如此，人类对世界遗产还有很多未解之谜。如施秉喀斯特作为世界自然遗产地，在科学研究方面已经取得了不少成果，但是它仍然值得继续进行科学研究和探索，如"白云岩喀斯特是发育在白云岩中的一种喀斯特地貌类型，当前人们对白云岩喀斯特的溶蚀机理尚缺乏统一的认识，由此对白云岩喀斯特与石灰岩喀斯特之间的差异有着不同的见解"[2]，另外它的美学价值也有待进一步深入研究和发掘。

---

[1] 缪家福：《世界遗产：反思人类价值观的新视点》，《思想战线》2004 年第 1 期。

[2] 李世奇、熊康宁、苏孝良等：《世界自然遗产提名地施秉喀斯特地貌及其演化》，《贵州师范大学学报》（自然科学版）2012 年第 3 期。

其次，世界遗产体现出现代性的未来内涵。从时间范畴来说，现代性意味着对未来的追求，如卡林内斯库在《现代性的五副面孔》中认为，"现代性概念既包含对过去的激进批评，也包含对变化和未来价值的无限推崇"[1]，法国理论家贡巴尼翁在《现代性的五个悖论》中，把"未来教"[2]作为现代性的重要悖论，阐释了现代性的未来内涵。现代性的未来内涵对世界遗产提出了要求，其实，世界遗产概念的产生就是着眼于未来，世界遗产在远古时期产生形成，在发展的过程中遭遇现代性的冲击，陷入生存危机，联合国教科文组织正是担忧世界遗产在未来即将消失，所以号召全人类保护世界遗产。总之，世界遗产的未来内涵着眼于明天。一方面，世界遗产的未来内涵为人类的明天保存了美好的自然和文化景观，使人类的明天更加丰富多彩；另一方面，世界遗产的未来内涵要求人类珍惜当下的自然和文化景观，使之能够延续到明天，延续得更加久远。比如，无论是从科学角度看，还是从美学角度看，施秉喀斯特都符合世界自然遗产的要求，但是施秉喀斯特在当下仍然没有受到应有的重视，它在通向未来的途中也依然会遭遇危机。因此，自然景观的独特、人文价值的丰富和生物的多样性决定了入选世界自然遗产是施秉喀斯特走向未来的最佳途径。

世界遗产概念内在地包含着"保护"含义，然而保护需要一定的技术手段，无论是保护自然遗产，还是保护文化遗产，现代科技手段都得到了运用。一方面，现代性给自然遗产带来了巨大威胁；另一方面，现代性也为自然遗产的保护提供了条件和手段。因此，世界遗产遭遇现

---

[1] [美]马泰·卡林内斯库：《现代性的五副面孔》，顾爱彬、李瑞华译，商务印书馆，2002，第103页。

[2] [法]安托瓦纳·贡巴尼翁：《现代性的五个悖论》，许钧译，商务印书馆，2005，第5页。

代性，既意味着危机，也意味着生机。危机与生机并存，毁灭与保护共生，这些相互矛盾的现象充分地体现了现代性内在的悖论特征。从上述观点出发，我们应该重新审视现代性的价值及其与世界遗产的关系，有学者认为，世界遗产包括"环境价值、旅游价值、审美价值、历史文化价值、精神价值、科学研究和教育价值、经济价值等七个评价指标"[1]，这种观点忽略了世界遗产反思现代性的价值。在一定意义上可以说，反思性是现代性悖论特征的最好表现，西方理论家很早就认识到了现代性的反思性。吉登斯在《现代性的后果》中认为，人类行动始终存在反思性，反思性与现代性也始终相伴相随。艾森斯塔特在《多元现代性》一书中力主多元现代性的观念，并把反思性作为现代性的重要维度。人类社会发展的历史也充分地证明了反思性在现代性中的重要作用。自文艺复兴以来，人们对"人类是世界的主宰，是万物的精华"这样的观念深信不疑，人类中心主义不断地扩张，启蒙运动和工业革命更是助长了人类中心主义的气焰，但是两次世界大战给人类中心主义以当头棒喝。卡洪在《现代性的困境》一书中认为，现代性把人类的主体主义张扬到了极致，但同时也葬送了人类活动的价值，毁灭了人类的价值观，他提出"现代性正在腐蚀它自己的文化和思想的基石"[2]，现代性陷入了哲学上所说的主体主义的困境。既然反思性是现代性的重要内容，那么世界遗产可以被认为是反思现代性的重要表征。首先，世界遗产可以被视作是反思人类中心主义的重要表征。如果人类仍然沉迷于人类中心主义而不能自拔，那么当人类面对"独特、稀有或绝妙的

---

[1] 程梦婕：《世界自然遗产价值认知差异研究》，湖南师范大学硕士学位论文，2010，第 21 页。
[2] [美] 劳伦斯·E. 卡洪：《现代性的困境——哲学、文化与反文化》，王志宏译，商务印书馆，2008，第 5 页。

自然现象、地貌或具有罕见自然美的地带"[1]，人类应当自惭形秽，人类在自然界伟大的创造力面前显得多么渺小。其次，世界遗产也可以被视作是现代性后果的重要表征，从而成为反思现代性的重要实证，如波兰的"奥斯威辛集中营"记录了二战中种族屠杀的罪行，给人类以清醒的警示："人类要永远消除种族歧视、种族迫害和种族杀戮，要永远拒绝战争。"[2]

最后，世界遗产的开发与保护是现代性内在悖论的典型表现，世界遗产的开发是现代性发展的目的，世界遗产的保护是现代性的逆反，保护蕴含着明确的反思现代性的内涵。总之，反思现代性是世界遗产的重要价值，反思现代性作为当今时代重要的思想文化现象，世界遗产在当代潮流中具有重要意义。

二、自然遗产与审美现代性

1972年11月16日，在法国巴黎召开的联合国教育、科学、文化组织大会第17次会议通过了《保护世界文化和自然遗产公约》，该公约提出了"世界遗产"概念。2002年，党的十八大报告提出了"美丽中国"概念，为中国的发展指明了方向，也为华夏儿女的未来提出了希望。美丽中国是中国梦的重要组成部分，世界遗产与美丽中国看起来似乎是互不相关的概念，如世界遗产代表对传统的尊重和保护，而美丽中国意味着对未来的追求和建构。实际上，世界遗产中的自然遗产与美丽

---

[1] 联合国教科文组织：《保护世界文化和自然遗产公约》，转引自余晋岳《世界文化与自然遗产手册》，第5页。

[2] 余晋岳：《世界文化与自然遗产手册》，第4页。

中国是相互统一的关系，它们拥有共同的美学属性、美学内涵和美学价值。

　　自然遗产内在地包含着美学属性。大自然造就了无数神奇的自然景观，给人类留下了无数宝贵的财富。自然遗产是大自然创造力的体现，但并不是所有自然景观都可以被列入世界遗产，自然景观需要达到一定的标准，才可以被列入世界遗产。"《世界遗产公约》是世界遗产最主要的国际法依据"[1]，自然景观必须达到《公约》规定的条件和标准，才可能被列入世界遗产。《世界遗产公约》规定自然遗产应具备以下条件之一："从审美或科学角度看，具有突出的普遍价值的由物质和生物结构或这类结构群组成的自然面貌；从科学或保护角度看，具有突出的普遍价值的地质和自然地理结构以及明确划为受威胁的动物和植物生境区；从科学、保护或自然美角度看，具有突出的普遍价值的天然名胜或明确划分的自然区域。"[2] 上述三个条件，其中有两个明确涉及美，充分说明了美是自然遗产的重要属性。《世界遗产公约的操作准则》第三条"独特、稀有或绝妙的自然现象、地貌或具有罕见自然美的地带"[3]，也再次强调了美是自然遗产的重要属性。在世界自然遗产项目中，有不少自然景观正是具备了美的属性才被列入世界自然遗产，如中国的九项世界自然遗产中，绝大多数都满足世界自然遗产的遴选标准的第三条（即"从科学、保护或自然美角度看，具有突出的普遍价值的天然名胜或明确划分的自然区域"），如九寨沟风景名胜区、黄龙风

---

[1] 余晋岳：《世界文化与自然遗产手册》，第1页。
[2] 联合国教科文组织：《保护世界文化和自然遗产公约》，转引自余晋岳《世界文化与自然遗产手册》，第175页。
[3] 联合国教科文组织：《世界遗产公约的操作准则》，转引自同上书，第5页。

景名胜区、武陵源风景名胜区、"三江并流"自然景观、中国南方喀斯特和江西三清山等,世界遗产委员会对上述几项自然遗产的评价,也都明确了它们的美学内涵,如"它(九寨沟)壮丽的景色因一系列狭长的圆锥状喀斯特溶岩地貌和壮观的瀑布而更加充满生趣"[1],对武陵源的评价首先突出的也是美,如"武陵源景色奇丽壮观"[2]。由此可见,美对自然景观具有十分重要的价值,美是自然遗产的重要属性。

"美丽中国"与自然遗产具有共同的美学属性。党的十八大报告提出了"美丽中国"概念,胡锦涛同志在党的十八大报告中指出:"建设生态文明,是关系人民福祉、关乎民族未来的长远大计。面对资源约束趋紧、环境污染严重、生态系统退化的严峻形势,必须树立尊重自然、顺应自然、保护自然的生态文明理念,把生态文明建设放在突出地位,融入经济建设、政治建设、文化建设、社会建设各方面和全过程,努力建设美丽中国,实现中华民族永续发展。"中国在现代化发展过程中,取得了巨大成就,但同时造成了诸多问题,比如环境污染、生态破坏等,党的十八大报告适时提出"美丽中国"的发展要求,其目的就是要保护环境,维护生态平衡,促进社会的可持续发展。党的十八大报告提出的"美丽中国"是一个包含着丰富内容的综合概念,"美丽中国,是环境之美、时代之美、生活之美、社会之美、百姓之美的总和"[3],因此,"美丽中国"概念内在地包含了美学属性,它倡导环境美、生态美,也倡导人与自然和谐的美学要求。因此,"美丽中国"与自然遗产具有

---

[1] 余晋岳:《世界文化与自然遗产手册》,第40页。
[2] 同上书,第44页。
[3] 四川大学"美丽中国"评价课题组:《"美丽中国"省区建设水平(2012)研究报告》,http://media.people.com.cn/n/2012/1203/c40628-19776180.html,登录时间2018年8月6日。

共同的美学属性，它们体现了人类共同的美学追求。

不难看出，自然遗产与"美丽中国"是相互统一的关系，一方面，自然遗产是"美丽中国"的重要表现，自然遗产是"美丽中国"的重要评价指标，如四川大学"美丽中国"评价课题组在《"美丽中国"省区建设水平（2012）研究报告》中，就把世界自然遗产的数量排在"美丽中国"评价指标体系中的第一位。另一方面，"美丽中国"是自然遗产的追求目标，自然遗产是实现美丽中国的重要措施，自然遗产旨在对生态环境的保护，而"美丽中国"包含多方面的内涵，生态文明只是"美丽中国"的重要组成部分，自然遗产对生态环境的保护将有利于促进"美丽中国"的实现。在美学理论中，美具有丰富的内涵，黑格尔在《美学》中就把美分为自然美和艺术美。对于自然遗产和"美丽中国"来说，它们的共同美主要体现为自然美。具体来说，自然遗产和"美丽中国"的美学内涵主要表现在以下几个方面。

造化美是自然遗产的美学要求。大自然具有神奇的力量，人类在大自然面前显得十分渺小，地球经过几十亿年的演化，造就了无数神奇的自然景观和地理现象。反过来说，自然景观的形成也需要复杂的地质地理条件和漫长的时间，自然遗产更是大自然的杰作，自然遗产的美也是大自然运动的结果，只有造化的神奇力量，才能创造出绝妙的自然景观，如此绝妙的美，正所谓"造化钟神秀"。中国九项世界自然遗产都有绝妙的自然现象，体现出罕见的自然美，符合《世界遗产公约的操作准则》第三条的要求。反过来说，正是造化的力量，九寨沟、黄龙、武陵源、三江并流才具有如此绝妙的自然美，如武陵源自然景观的形成原因：

在漫长的地质历史时期内，大致经历了武陵—雪峰、印支、燕山、喜山及新构造运动。武陵—雪峰运动奠定了本区基底构造。印支运动塑造了本区的基本构造地貌格架，而喜山及新构造运动是形成武陵源奇特的石英砂岩峰林地貌景观的最基本的内在因素之一。构成砂岩峰林地貌的地层主要由远古生界中、上泥盆统云台观组和黄家墩组构成，地层显示滨海相碎屑岩类特点。岩石质纯、层厚、底状平缓、垂直节理发育，岩石出露于向斜轮廓，反映出砂岩峰林地貌景观形成的特殊地质构造环境和基本条件。而外力地质活动作用的流水侵蚀和重力崩坍及其生物的生化作用和物理风化作用，则是塑造武陵源地貌景观必不可少的外部条件。因此，它的形成是在特定的地质环境中由于内外地质重力长期相互作用的结果。[1]

九寨沟也是大自然的杰作，正如评价所说，"九寨沟是大自然的杰作，是人类风景美学法则的最高境界"[2]。又如国家自然遗产名录中的施秉云台山具有独特白云岩景观和喀斯特地貌，是大自然地质运动创造的绝妙现象。据科学研究发现，施秉喀斯特最早在5.7亿年前，雪峰运动使江南古陆上升，促成施秉喀斯特第一次发育，4亿多年前的加里东运动，施秉地质地貌受到强烈的喀斯特化作用，1.9亿年前印支运动，贵州开始隆起为陆地，650万年前燕山运动使贵州进一步隆升，并发生了最强烈的褶皱断裂，促进喀斯特地貌进一步发育，施秉喀斯特正是经历了这样一系列的发育过程，最终形成了现在的地质地貌。中国的九项世

---

[1] 《世界自然遗产——武陵源风景名胜区》，http://www.gov.cn/test/2006-03/29/content_239467.htm，登录时间2018年8月6日。

[2] 余晋岳：《世界文化与自然遗产手册》，第41页。

界自然遗产是美丽中国的重要组成部分，也是实现"美丽中国"的重要基础。自然美是"美丽中国"的重要内涵和要求，自然美是大自然的结晶，因此，自然遗产和"美丽中国"都仰仗大自然的神奇力量。相比较而言，"美丽中国"虽然也依赖于大自然的神奇力量，但"美丽中国"更需要发挥中国人的能动因素，有效地保护大自然，有效地创造美好生活，建设美好生活。施秉云台山作为国家自然遗产提名地，有利于更有效地保护大自然，也利于促进"美丽中国"理想的实现。

生态美是自然遗产的美学条件。《世界遗产公约的操作准则》对自然遗产地的整体环境具有明确的要求，"必须具有相当充分的地域面积，能够自我维持生态平衡，必须具有维护物种延续的生态系统"[1]，这些标准对自然遗产地的生态美提出了要求，中国的世界遗产地也都达到了这些条件，如"九寨沟湖泊众多，植被多样，生态系统完整，为各种野生动物栖居繁衍提供了良好的条件"[2]。又如施秉云台山"植被覆盖程度较好，陡崖森林景观发育，热带—亚热带白云岩喀斯特森林生态系统保存得比较完好，生物多样性也比较丰富"[3]，也符合生态美的要求。美丽中国不仅要求保护自然遗产地的生态美，而且要求保护工业化和城市化地带的生态美，生态环境是人类生产生活的基础，生态美不仅是社会可持续发展的保障，而且是实现中国梦的要求。美丽中国倡导人类在发展过程中，社会发展与环境保护相互统一，社会发展不是片面

---

[1] 联合国教科文组织：《世界遗产公约的操作准则》，转引自余晋岳《世界文化与自然遗产手册》，第6页。
[2] 余晋岳：《世界文化与自然遗产手册》，第41页。
[3] 肖时珍：《中国南方喀斯特发育特征与世界自然遗产价值研究》，贵州师范大学硕士学位论文，2007，第70页。

的工业化和城市化发展，而是工业化与生态美的同步发展，是人与环境的统一。

和谐美是自然遗产的美学追求。"天人合一"是中国古代思想的重要内容，老子在《道德经》中提出"人法地，地法天，天法道，道法自然"[1]，指出了人与自然的相通，《庄子》也提出"天地与我并生，万物与我为一"[2]的观点，汉代董仲舒明确提出"天人之际，合而为一"[3]。"天人合一"思想在历史上经过不断演变，其中心意思就是强调人与自然的和谐相应。从理论上说，"美丽中国"概念是"天人合一"思想的现代阐释，"美丽中国"的追求目标包括人与自然的和谐统一。孟华在博士论文中提出了自然遗产的"人地和谐论"[4]，是对中国传统"天人合一"思想的演化。中国的世界自然遗产地，黄龙和武陵源体现了"人地和谐"的关系，如"武陵源的田园风光秀美和谐。绿树四合，翠竹依依，村宅点缀其间，令人陶醉"[5]。施秉云台山周围居民以苗族为主，独特的苗族风情与奇异的自然风光相得益彰，人与自然和谐相处。和谐社会和美丽中国一样，都可以说是中国梦的重要组成部分，美丽中国在根本意义上来说，是对中国古典"天人合一"思想的追求，其具体内涵也是对"人地和谐"的追求。可以看出，自然遗产和美丽中国具有丰富的美学内涵，造化美体现的是宇宙与环境的关系，生态美体现的是生物与环

---

[1] 崔仲平：《老子道德经译注》，黑龙江人民出版社，2003，第27页。

[2] 杨柳桥：《庄子译注》，上海古籍出版社，2007，第25页。

[3] 董仲舒：《春秋繁露》，凌曙注，中华书局，1975，第365页。

[4] 孟华：《中国山岳型"世界自然—文化遗产"的人地和谐论》，河南大学博士学位论文，2006，第129页。

[5] 余晋岳：《世界文化与自然遗产手册》，第45页。

境的关系，人地和谐体现的是人与环境的关系，因此，天地人和是自然遗产和美丽中国最重要的美学内涵。

自然遗产与美丽中国拥有共同的美学价值。自然遗产的价值是多方面的，如有学者把世界自然遗产的价值概括为"环境价值、旅游价值、审美价值、历史文化价值、精神价值、科学研究和教育价值、经济价值等七个评价指标"[1]，可见美学价值也是其中一个非常重要的方面。总体来说，"自然景观的美学价值本身就是人与自然相和谐的一种体现"[2]，与此相应的是，"美丽中国"也具有多方面的价值，其中美学价值是"美丽中国"的重要价值。具体来说，自然遗产和美丽中国的美学价值主要表现在影响人的审美方式和生存方式等方面。

自然遗产和"美丽中国"影响人的审美方式，它们可以使人在生活中产生审美愉悦，激发审美思维，产生审美享受，使人真切地感受到生活的美好。"在世界自然遗产自然美审美中，人靠直觉于瞬间感受到了世界自然遗产自然美，同时得到了感官满足并唤起心理的喜悦的审美感受"[3]，如九寨沟以湖为美，黄龙以水为美，武陵源以峰为美，这些自然景观都能给人以不同的审美感觉，又如"施秉—镇远喀斯特集雄、奇、险、俊、秀等于一身，从不同角度看都能给人以美的享受"[4]。"美丽中国"追求环境美，它可以促进人在和谐的环境中产生审美愉悦和审

---

[1] 程梦婕：《世界自然遗产价值认知差异研究》，湖南师范大学硕士学位论文，2010，第 21 页。

[2] 李伟、熊康宁、周文龙：《黔东南施秉喀斯特景观美学特征与世界遗产价值研究》，《贵州师范大学学报》（自然科学版）2010 年第 3 期。

[3] 吕庆华：《世界自然遗产保护与旅游利用的美学策略研究》，贵州大学硕士学位论文，2010，第 16 页。

[4] 肖时珍：《中国南方喀斯特发育特征与世界自然遗产价值研究》，第 70 页。

美思维,促进人充分感受到生活的美好,人在欣赏自然遗产或者美丽中国的审美活动中,想象能力被自然界的美所触发,使人不仅感到身心愉悦,还可以想象到现实生活的各个方面,正如古人所说"思接千载""视通万里"[1]。相比较而言,生态环境美是"美丽中国"其他美学内涵(如时代之美、生活之美、社会之美、百姓之美)的基础和前提,因此"美丽中国"不仅影响人的审美方式,而且影响人对当今时代、社会生活的审美看法。

自然遗产和"美丽中国"影响人的生存方式。古往今来,审美生存可以说是人类对生存方式的终极追求,中国古代对桃花源理想的向往,体现的也是人类对审美生存方式的追求。现代哲学也提出了相似的观点,德国诗人荷尔德林提出"人诗意地栖居"[2],德国哲学家海德格尔在此基础上阐释了"诗意栖居"作为人类对生存方式的追求,"根据栖居之本质来思人们所谓的人之生存"[3]。所谓"诗意栖居"其实也就是审美生存,如有学者就指出,"现代美学认为,人最理想的生存方式是'诗意栖居'"[4]。在《保护世界文化与自然遗产公约》中,自然遗产主要是基于美学、科学或保护自然的立场,从根本上说,保护自然也就是保护人类,自然是人类生存的基础和前提,世界自然遗产往往具有多方面的美学内涵,尤其是自然遗产的"人地和谐"美体现的也就是人类对审美生存方式的追求。相比较而言,"美丽中国"比自然遗产更切近人类的生存方式,"美丽中国"的终极目标是对人的可持续发展的追求,从根

---

[1] 周振甫:《文心雕龙今译(附词语简释)》,中华书局,1986,第 248 页。

[2] [德] 马丁·海德格尔:《海德格尔选集》,孔周兴译,上海三联书店,1996,第 463 页。

[3] 同上书,第 465 页。

[4] 丁永祥:《当代美学视野中的非物质文化遗产》,《中州学刊》2011 年第 3 期。

本意义来说,"美丽中国"体现的也是对人类生存方式的审美追求,"美丽中国"内在包含着生态美,也内在包含着生活美,生态美是生活美的基础和前提,生活美是生态美的结果和目的。

自然遗产和"美丽中国"是反思现代性的重要表征。在现代性理论中,审美总是被认为是反思现代性的重要因素,如尼采以降的西方哲学正是基于上述理由,把审美作为反思西方理性主义和主体主义的重要力量,他在《悲剧的诞生》中提出"对人生来说,艺术比真理更有价值"。尼采终其一生都是在对于西方理性主义的反抗,他试图建构"一种激烈的倾向于审美的相反理论"[1],以此作为反思西方理性主义的理论武器。由于自然遗产和"美丽中国"张扬审美因素,其本身就体现了明显的反思现代性和反拨现代化的因素,因此,自然遗产和"美丽中国"都可以视作是反思现代性的重要表征。在当今时代,世界自然遗产都受到了现代性的侵袭,美对自然遗产来说,是一把双刃剑,美既是自然遗产的入选条件,也是自然遗产的受损因素。正因为自然遗产具有不同寻常的美,才成为著名的旅游胜地,招来了无穷无尽的游客,商业开发成为悬在世界遗产头上的达摩克利斯剑。世界遗产委员会为了保护世界自然遗产,明确反对过度开发世界自然遗产。施秉云台山也遭受了现代性的冲击,施秉云台山成为国家自然遗产,一方面有利于保护施秉云台山非同寻常的自然美,另一方面也可以阻止现代性对它的冲击,可以被视作反思现代性的重要表征。

综合来说,自然遗产和"美丽中国"可以激发审美愉悦、审美思维,可以促进审美享受的产生,使人们真切地感受社会生活的美好,可

---

[1] [德]尼采:《悲剧的诞生》,刘崎译,作家出版社,1986,第9页。

以激发人们对审美生存方式的追求，可以作为反思现代性的重要表征。因此，美学价值可以说是自然遗产和美丽中国的首要价值，它影响自然遗产其他各方面价值的实现，它是环境价值和学术价值的重要表现，也是精神价值和历史文化价值实现的重要前提，还是旅游价值和经济价值实现的重要基础。

第八章 中华精神与以民族讲述中国

2016年注定在中国少数民族文学发展史上值得浓墨重彩地书写。第一，中国文学艺术界联合会第十次全国代表大会、中国作家协会第九次全国代表大会于11月30日上午在北京人民大会堂开幕，中共中央总书记、国家主席、中央军委主席习近平出席大会并发表重要讲话。大会不仅对当代文学艺术发展提出了希望和要求，还为当代文学艺术发展指明了方向和道路，尤其是关于坚定文化自信和弘扬中国精神的论述，对当代中国多民族文学发展具有重要指导意义。第二，第十一届（2012—2015）全国少数民族文学创作骏马奖获奖名单公布，李传锋（土家族）《白虎寨》、袁仁琮（侗族）《破荒》、阿拉提·阿斯木（维吾尔族）《时间悄悄的嘴脸》、乌·宝音乌力吉（蒙古族）《信仰树》（蒙古文）和旦巴亚尔杰（藏族）《昨天的部落》（藏文）获长篇小说奖；马金莲（回族）《长河》、和晓梅（纳西族）《呼喊到达的距离》、陶丽群（壮族）《母亲的岛》、德本加（藏族）《无雪冬日》（藏文）、努瑞拉·合孜汗（哈萨克族）《幸福的气息》（哈萨克文）获中短篇小说奖；冯雪松（回族）《方大曾：消失与重现——一个纪录片导演的寻找旅程》、降边嘉措（藏族）《这里是红军走过的地方》、龙宁英（苗族）《逐梦——湘西扶贫纪事》、伊蒙红木（佤族）《最后的秘境——佤族山寨的文化生存报告》获报告文学奖；何永飞（白族）《茶马古道记》、崔龙官（朝鲜族）《崔龙官诗选集》（朝鲜文）、妥清德（裕固族）《风中捡拾的草叶与月光》、鲁娟（彝族）《好时光》、依力哈尔江·沙迪克（维吾尔族）《云彩天花》（维吾尔文）获诗歌奖；雍措（藏族）《凹村》、金宽雄（朝鲜族）《话说历史的江——图们江》（朝鲜文）、杨犁民（苗族）《露水硕大》、特·官布扎布（蒙古族）《蒙古密码》（蒙古文）、黄毅（壮族）《新疆时间》获散文奖；马英（蒙古族）、久美多杰（藏族）、古丽娜尔·吾甫力（维吾尔族）获翻译奖。第三，诗人吉狄马加获得2016欧洲诗歌与艺术荷马奖，标志着当代中国少数民族诗歌产生了重要影响。欧洲诗歌与艺术荷马奖旨在表彰各国作家、艺术家在文艺创造上的卓越成就，该奖的评选机构设在欧盟总部所在地布鲁塞尔，奖项评委由来自美国、比利时、德国、波兰、意大利、法国、保加利亚、巴西和摩洛哥等国家的近20位作家、艺术家构成，评奖委员会主席莱贝达在颁奖辞中指出："吉狄马加是中国最伟大的当代诗人之一，他的诗富有文化内涵，事实上深深植根于彝族的传统。"[1]总体来说，2016年既是中国少数民族作家享受丰收喜悦的年度，又是中国少数民族作家继往开来的年度。近几年，少数民族作家创作的中篇小说也获得了丰收，阿来、叶广芩、鬼子、王华、田耳等作家都发表了重要作品，四川凉山彝族女作家阿微木依萝的小说集《出山》也表现出了令人欣喜的探索。

---

[1] 达里尤斯兹·特玛斯兹·莱贝达：《2016欧洲诗歌与艺术荷马奖颁奖辞》，《民族文学》2016年第8期。

第一节 民族故事讲述与中华精神传承

2016年的中国少数民族文学创作取得重要成就，在小说、诗歌、散文、报告文学等文体方面都有重要发展。从思想内容方面来说，少数民族作家着重表现当代中国人的精神状况和心理追求，尤其是弘扬中国传统哲学美学精神；从艺术形式方面来看，少数民族作家也做出了重要探索，他们不仅坚守现实主义的创作道路，而且尝试现代主义的艺术追求。然而，2016年的少数民族文学创作也暴露出许多不足，诸如长篇创作的匮乏，以及历史内涵的粗浅等。因此，少数民族作家须继续努力，不断开拓创新，努力推进中国多民族文学的共同繁荣发展。

一、在历史中重述革命

中国多民族共存共荣的历史与现实决定了中国具有丰富多彩的民族故事，在历史中发现故事一直是中国多民族文学发展的重要途径。比如，傈僳族作家密英文的《傈僳人》讲述了傈僳族的迁徙过程，描绘了一曲悲壮的民族史诗；又如裕固族作家鄂尔魂的诗歌《东迁遗梦》讲述裕固族祖先的东迁历史，演绎了民族悲壮的迁徙历程。此外，也有不少作品讲述民族英雄式的历史人物，比如吉米平阶的长诗《纳木娜尼的传说》讲述圣神纳木娜尼的诞生、成长及其与冈仁波齐的爱情故事，歌颂了纳木娜尼对伟大爱情的坚守以及永不屈服的抗争精神。这些具有史诗性质的文学作品展现了民族祖先的不畏艰险、勇于开拓的战斗精神，祖先的光辉业绩和高尚精神是中国多民族的重要财富，也是中国多民族不断发展的源泉和动力。

20世纪中国革命在漫长的历史长河中具有举足轻重的地位，也成为少数民族文学创作的重要题材。2016年，有一大批少数民族作家发表了表现20世纪中国无产阶级革命历史的作品，其中较有代表性的有阿云嘎（蒙古族）《天边那一抹耀眼的晚霞》、文美鲜（土家族）《女儿渡》、龚爱民（土家族）《太婆的大脚板》、王向力（蒙古族）《野菊花》等小说。《天边那一抹耀眼的晚霞》表现了日本侵略者给草原人民带来了无穷的灾难，表现了革命游击队坚强的反抗精神。伊尔比斯和特穆尔率领阴山游击队，团结并发展了朝乐蒙、娜仁、高娃、格玛等一大批草原牧民，与日本侵略者进行了机智勇敢的斗争，破坏了日本侵略者所占的马场。小说以生动的事实说明了日本侵略者是草原人民的破坏者和屠杀者，小说主人公朝乐蒙和娜仁也充分认识到不赶走日本侵略者，草原牧民就不可能获得安宁幸福的生活。小说歌颂了中华民族坚强不屈的反抗精神，歌颂了伟大的抗日战争。阿云嘎以在20世纪80年代发表的短篇小说《大漠歌》和《"浴羊"路上》而成名，又因在2012年发表长篇小说《满巴扎仓》而引起广泛关注。2016年发表的长篇小说《天边那一抹耀眼的晚霞》则标志着阿云嘎的文学创作的转型，首先，阿云嘎以《天边那一抹耀眼的晚霞》真正实现了由母语向汉语创作的转型；其次，阿云嘎小说中的主人公实现了由个体意识向集体意识的转型。阿云嘎的前期小说有着明显的个体意识，无论是《大漠歌》中的牵驼人吉格吉德，还是《"浴羊"路上》的牧羊女珊丹，以及《满巴扎仓》中的"喇嘛"，他们宁愿选择做"高贵的野蛮人"，过着纯朴简单的自然生活，追求绝对的自由和高贵的理想；然而，在《天边那一抹耀眼的晚霞》中，集体意识和民族情感战胜了个人情感，草原牧民真正认识到只有打败日本侵略者才能获得个体与民族的安宁。阿云嘎一直致力于表现诗意般的草原风景和浓厚的地域文化，《天边那一抹耀眼的晚霞》延续了这种创作风格，"辽阔的草原，奔腾的骏马、游动的羊群、天边的晚霞，以及蒙古包上的炊烟，这一切构成内蒙古草原优美的画画"[1]，小说中的"赶马大盗"也延续了《大漠歌》以来的剽悍勇敢的人物形象。文美鲜的《女儿渡》着力表现了国内革命战争时期的阶级矛盾之尖锐，揭示了无产阶级革命的历史必然性，玉梅及其父母长期受土司的剥削和压迫，他们受尽屈辱只能苟且活着；玉梅救护了一位红军战士，却给自己带来了杀身之祸，土司要对她赶尽杀绝，她在叔父的帮助下才得以脱身，最后逃亡参加了红军。小说集中表现了以土司为代表的统治阶级的残忍和以玉梅父母为代表的农民阶级的善良，农村阶级矛盾发展到了不可调和的地步，人民群众心中终于燃起了反抗的火焰。王向力的《野菊花》讲述崔柱、詹俊、李四等红军战士在长征途中遇到的艰难困苦，他们克服饥饿、疲惫等各种困难，与马匪进行殊死战斗，歌颂了红军战士深厚的革命友谊和顽强的战斗精神。《太婆的大脚板》主要讲述侯家几代人传奇式的革命经历，以太婆为首的侯家八人作为红二军团的家属经历了长征，他们过雪山进草地，经历千难万险和敌人的围追堵截，为革命做出巨大牺牲和贡献，但他们九死不悔，表现了坚定的革命信念和理想主义追求。这些小说既揭示了中国无产阶级革命在农村爆发的历史必然性，也表现了红军战士与劳动人民的鱼水之情。

在刘照进（土家族）《一条大河拴住的小城》、景戈石（白族）《仰

---

[1] 陈冲：《天边那一抹耀眼的晚霞·责编手记》，《民族文学》2016年第7期。

望》、陈永柱（白族）《站在石鼓渡口》等散文作品中，他们分别面对"红军渡""六盘山""金沙江"等革命遗迹时，发思古之幽情，深情缅怀中国无产阶级革命战士的英雄事迹，热情歌颂中国共产党的光辉形象。在《仰望》中，作者详细描写了共产党员春生打土豪分田地又抢救临产的地主婆娘的事迹，春生后来遭地主阶级报复而英勇牺牲，表现了伟大的革命精神和崇高的人性光辉。因此，春生的英雄行为赢得周山铺寨子百姓的爱戴和敬仰，也受到地主后代的尊敬和祭奠。在《站在石鼓渡口》中，作者仿佛看到了红二、六军团浴血金沙江的英勇行动，仿佛看到了革命伟人的光辉形象，更为重要的是，作者通过真实事迹生动地揭示了红军与人民群众的鱼水情深和血肉联系。裕固族作家苏柯静想的散文《红石窝》讲述红四方面军在西北进行艰苦卓绝的战斗，表现了红军战士与人民群众的鱼水情深，也表现了红军战士大无畏的牺牲精神。少数民族诗歌也满怀深情地对20世纪中国无产阶级革命进行了歌咏，比如侗族作家黄松柏的诗歌《湘江之上》（外三首）描述了红军将士的英雄气概和钢铁意志，诗中写道，"寒风潇潇，一江落红 / 天空倾斜夕阳之上，呼啸和铁蹄 / 依然燃烧战旗，血，钢水浩荡 / 强渡湘江的情怀，护着星星之火 / 度过最残酷最凛冽的初冬 / 为了活路，前赴后继，死而后生 / 血浪浇灭飞机的尖叫和机枪的狂吼 / 血花如怒，倒在江里，梦在对岸 / 来不及想明天的春花秋月，惊天地，泣鬼神 / 的史诗，就抒写在了湘江之上的天空"[1]，诗歌把英雄形象与自然风景统一起来，真正书写了惊天地、泣鬼神的英雄史诗。又如布依族作家杨启刚的诗歌《红军从我的家乡跨过》（组诗）讲述了红军将士与生命极限

---

[1] 黄松柏：《湘江之上》（外三首），《民族文学》2016年第12期。

进行顽强抗争、为追寻光明与理想而不惜牺牲的精神,诗中饱含深情地写道,"困牛山,在这个秋天呜咽不语／我的诗句此刻也沉重不语,像我内心／伤重的河流／在月色黯淡的子夜低声哭泣／红军跳崖的英雄壮举／这大无畏的革命精神,永远留存在群众心中"[1],诗歌详细描绘红军的英雄壮举,尽情歌颂红军的革命精神,英雄叙事与情感抒发达成了统一。由此看来,少数民族作家大都以真实的故事和饱含深情的语言讲述红军将士的英雄行为,歌颂了伟大的无产阶级革命。

"长征"不仅是一种真实的"故事",而且是一种伟大的"精神"。"长征"是2016年少数民族文学创作极受重视的题材,促进了中国多民族文学的繁荣发展,正如回族作家高深在《我心中永远不忘的长征》中强调,长征"是一种无比高贵的精神!支撑着一个民族伟大复兴的梦想"[2]。2016年出现了一批以纪实方式来重述长征的文学作品,比如满族作家卜谷的纪实文学作品《长征·种子——记一个红军战士的播火生涯》讲述欧阳崇庭的革命生涯,欧阳家多人参加革命并且做出巨大牺牲,作品再现了劳动人民的苦难生活,歌颂了红军战士伟大的革命精神。钟翔的纪实文学作品《征途上的亮光》讲述红军战士许际林的革命经历以及腊子口战役遗址,歌颂了伟大的长征精神。在"重走长征路——多民族作家遵义行"活动中,壮族作家唐樱创作的《赤水河,英雄的河》讲述红军"四渡赤水"的英雄壮举,歌颂了红军将士的革命乐观主义、革命英雄主义和革命集体主义精神。锡伯族作家韩雅梅创作的《四进土城》讲述中央红军在土城的革命经历,强调红军的革命精神

---

[1] 杨启刚:《红军从我的家乡跨过》(组诗),《民族文学》2016年第12期。
[2] 高深:《我心中永远不忘的长征》,《民族文学》2016年第12期。

在土城生根发芽，使土城发生了翻天覆地的变化。蒙古族作家曹国军创作了《红军街》讲述了"女红军街"的来历，歌颂了女红军将士的革命精神和崇高理想。满族作家高若虹创作诗歌《从娄山关到赤水河》（组诗）讲述红军的长征经历，歌颂革命领袖和红军将士的革命信念和牺牲精神。羌族作家雷子创作《思忆红色遵义》歌颂了遵义会议在中国革命历史中的非凡作用与地位。土家族作家仲彦的诗歌《在湘鄂川黔革命根据地》（组诗）讲述革命的历史和战争的苦难，比如《十万坪大战遗址》写道，"历史，写进时光的封面／即使长出军号／也会听见／无数骨肉／在血泊之中／遭受杀伐的声音"[1]。回族作家马克的诗歌《那场风雪，那场雨，那些阳光》讲述红二十五军在长征过程中的艰难历程，比如《何家冲的雨》写道，"何家冲的雨是柔软的／它操心这支刚刚离开的队伍／明天战士们是否有军粮充饥／何家冲的雨是温暖的／丝丝缕缕打在脸上／仿佛对战士们有说不完的话语"[2]，歌颂了红军战士与老百姓之间的血肉联系和深厚感情。少数民族作家以生动的形象和深刻的情感，把"长征精神"塑造为中国多民族共同的精神财富。

20世纪中国革命是聚集了多种复杂矛盾的历史过程，既有深重的民族危机，又有复杂的阶级矛盾；既有伟大的抗日战争，又有伟大的解放战争。从阿云嘎《天边那一抹耀眼的晚霞》到纳西族作家东巴夫《三枚铜钱》等作品中，都能看到日本侵略者在中国大地犯下的滔天罪行，也能看到中国各民族群众对日本侵略者的刻骨痛恨，如《三枚铜钱》主要讲述日本侵略者在洛美村的烧杀抢掠、无恶不作，以村长王景阳为

---

[1] 仲彦：《在湘鄂川黔革命根据地》（组诗），《民族文学》2016年第11期。
[2] 马克：《那场风雪，那场雨，那些阳光》，《民族文学》2016年第11期。

首的村民自发组织起来与侵略者进行了顽强斗争。中国人民解放战争在少数民族地区能够取得巨大成功在于党中央的正确决策，党中央制定了适合民族地区历史与现状的解放策略，取得西藏、新疆等民族地区的和平解放，少数民族作家也再现了这一历史进程，比如益希单增《不平凡的岁月》讲述西藏民主改革的历史，民主改革获得广大农奴的拥护，但是宗政府顽固抵抗民主改革，并且组织卫教军进行叛乱，最终解放军平定了叛乱。白族作家那家伦的《山海咒》讲述人民军队解放大理的故事，地下党员赵龙珍和周昕历尽艰辛完成了革命任务，两人之间产生了浓厚的革命友情和亲情。回族作家段平的纪实文学作品《传奇州长召存信》讲述了召存信的人生经历，歌颂了召存信为中国革命事业做出的巨大贡献。此外，回族作家方芒的散文作品《西南边疆的记忆》、马东平（回族）的散文《红军在陇南留下的记忆》也对20世纪中国革命进行了追述。总体来说，少数民族作家在2016年创作的历史题材作品中既表现了伟大的革命精神，也表现了人类最崇高的人性光辉。

二、在现实中关注人生

2016年是"黑天鹅"事件频发的年度，英国公投决定脱离欧盟，地产商特朗普战胜政治精英希拉里，下层群众的选票决定了这两大"黑天鹅"的诞生，这两大事件也说明了社会精英阶层必须给下层群众以更多的关注和支持。近40年来，中国的社会现代化取得巨大成就，中国也以极快的速度融入世界全球化进程。新马克思主义者大卫·哈维总结了近40年来全球现代化产生的问题，并且用"创造性毁灭"加以概括；哈维也提到了中国现代化发展中产生的"城乡差距""房地产投机"和

"环境破坏"等问题[1]。2016年,中国少数民族作家一如既往地坚持现实主义精神和反思性思维,深切关注社会问题和底层群众,并且深入探索了人生的形式与生命的意义,在生命哲学上实现了艺术化与形而上的统一。

中国城市化发展和城乡差距扩大必然促使大量农村劳动力移民城市,从而产生数量庞大的"城市农民工","预计到2020年这个数字将增加到三亿,并最终上升到五亿"[2]。2016年,王华、向本贵、阿云嘎等少数民族作家对"城市农民工"表达了深切的关注,再现了"城市农民工"的生存状况和精神世界。仡佬族作家王华在《当代》杂志发表了长篇小说《花城》,标志着她以故乡为题材的三部曲的创作完成。王华对城市农民工的现实人生进行了精细描写,表现了鲜明的底层意识和批判精神,"从《花河》到《花城》,是花河那群以花为名的女人从解放初期走到改革开放的今天的过程,是一个又一个希望幻灭的过程,是一个又一个宿命轮回的过程"[3]。在《花城》中,以金钱草和龙门阵等为代表的农民进入城市打工,他们在城市中遭遇各种各样的问题与困难,既有物质的困顿更有精神的挣扎,他们为了城市户口付出巨大的忍让和牺牲,但仍然是城市的"闲逛者",是"一群法律地位不确定的'漂泊'人口"[4]。即使农民工为了城市户口而拼掉自己的性命,他们也永远都是"外来人"。正是因为这种"外来人"身份,使农民在城市增加了许多挣扎,比如蒙古族作家海东升的《变成一条鱼等你》讲述了进城农民

---

[1] [美]大卫·哈维:《新自由主义简史》,王钦译,上海译文出版社,2010,第145—198页。
[2] 同上书,第145—146页。
[3] 王华:《我内心的那个故乡》,《当代·长篇小说选刊》2016年第6期。
[4] [美]大卫·哈维:《新自由主义简史》,第145页。

的生活压力，云成在城市中每走一步都感觉很吃力，都感觉生活很沉重。又如回族作家崔浩新发表的《陌上烟花开》，小说是一个关于"异乡"的故事，主要讲述北方成长的回族青年蓝桦在江南城市的生活经历和情感故事，小说写道，"那年你一人迷失他乡／你想的未来还不见模样／你看着那些冷漠目光／不知道这条路还有多长"[1]，小说细腻地表现了离开母族聚居区进入城市生活的青年人的心理世界，以及地域文化冲突下产生的情感距离。这种生活困难和生存挣扎也有可能使农民工染上不良习气或者学会各种"生存技巧"，比如阿云嘎《草原人在菜市场》讲述农民进城打工的故事。为了逃避超生罚款，农民张三跑到草原贩卖蘑菇，后来又到城市卖菜，他在城市生活艰难但又顽强地生存着，为了生活，张三学会了多种"油滑"的处世方法，学会了多种具有个人特色的"生存技巧"。然而，农民工在挣扎过程中更多地表现了中国农民传统的优秀品格，比如朝鲜族作家李洪奎的《都市寻梦》讲述裴成俊在城市的打工经历，高中未毕业的裴成俊在城市生活艰难，难以找到工作，但是他却有着强烈的在城市扎根立足的愿望。又如东乡族作家了一容的小说《法图梅》讲述法图梅初中毕业以后进城打工的经历。法图梅在城市遭遇各种各样的困难和打击，但她一直坚信"越是在逆境中越要挺住和坚强"，奋争、挫折、梦想在她生活中交织，但她总是对生活保持自己的信念，坚强地维护自己的人格。农民工一直怀有美好的理想，希望在城市扎根立足，他们付出了艰辛与汗水，付出了青春与热情，为中国城市化和现代化发展做出重要贡献，但是城市是一个希望与欲望交织的地方，农民工在城市生活艰难，精神也极度空虚，但"人总

---

[1] 崔浩新：《陌上烟花开》，《民族文学》2016年第8期。

得生活啊，等以后找到或者发现更好的去处，再离开这里。她想，在这么一个许多人看着极其美丽的城市里，有多少人想扎下脚，但漂不了多久，就得奔向下一个地方，有些不得不奔回家乡"[1]。法图梅的看法揭示了农民工的漂泊人生，也指出了农民工的"返乡"道路，这可能也是广大农民工的共同心理和共同命运。农民工由"进城"到"漂泊"再到"返乡"的转变历程，既是中国农民思想发展的必然，也是中国社会发展的重要途径。朝鲜族作家全春梅的诗歌《城外的人们》（组诗），不仅生动形象地描绘了城市"农民工"形象，而且指出了城市农民工"返乡"的情感逻辑，诗中写道，"微微弯曲的背脊／扛着一卷行李／把思念和孤寂／紧紧缠绕在蜗牛壳里／总是背负／岁月的旋涡／朝着幸福的终点站／排在长长队列的末端／忍耐没有签约的时间／用无欲的馒头／感受无忧的天下／原野上新翻耕的泥土气息／在都市新的族谱里／依旧记载朴素的泥土传说／有播种就会有收获"[2]，诗歌白描了农民工的外在形象，也揭示了农民工在城市中的精神困境，生活的重负和岁月的旋涡使他们对幸福仍然怀有希望，即使身在城市，他们也怀念故乡的泥土，因为故乡才是他们真正的"家"和"收获"。然而，城市农民工的"返乡"也并非一定获得成功，苗族作家向本贵在小说《又见炊烟》中揭示了农民工"返乡"的社会逻辑和可能结果。向本贵一直对农民工表达了深切的关注，他认为城市对于农民既是一种沉痛又是一种宿命，打工挣钱永远都不能实现"过好日子"的愿望；然而，城市梦破碎之后的"返乡"，农民也同样会遭遇各种困难与问题，王华和向本贵对现实

---

[1]　了一容：《法图梅》，《民族文学》2016 年第 11 期。
[2]　全春梅：《城外的人们》（组诗），朱霞译，《民族文学》2016 年第 12 期。

生活有着清晰的认识,他们既看到了农民工在城市的艰难与挣扎,也看到了农民工"返乡"之后的可能结局。

农民工返乡既有丰富的社会逻辑,更有深刻的情感逻辑。中国农民自古以来就有着根深蒂固的乡土传统,费孝通在《乡土中国》中指出,中国农民离不开泥土,"土"是他们的命根,也是"在数量上占着最高地位的神"[1];因此,中国少数民族作家对土地与乡村同样怀有深厚的感情。比如蒙古族作家阿尔泰的诗歌《故乡的土》揭示了诗人与土地之间的深厚感情,"故乡的土哟 / 是无价的宝 / 它永远高奏着 / 胜利的 / 凯歌 / 诗人 / 是一株苍翠的大树 / 扎根在 / 故乡的土中 / 诗篇 / 是那缀枝的硕果 / 轻荡在 / 故乡的风中"[2]。又如在土家族作家刘绍踵的诗歌《只有泥土告诉我》中,诗人描写了锄头、祖坟、画像等意象,表达了对"祖坟的黄土"的深情,"我掬一捧祖坟的黄土 / 小心地攥在怀里,紧紧地抓住"[3]。"故乡"已经成为一个情感符号,在少数民族文学创作中多次出现,比如朝鲜族作家金哲的诗歌《故乡》(外三首)描绘乡村的"水库""草屋"等意象,表达了对故乡的深情,诗中明确把"故乡"作为整体的情感象征,诗中写道,"故乡是 / 悲哀时寻觅的 / 孤独的地址 / 故乡是我心里 / 没有番号的 / 断肠的追忆"[4]。少数民族作家不仅对故乡的父老乡亲怀有血肉深情,还对乡村生活怀有深深的眷念,比如满族作家徐国志的诗歌《大地之盐》选取镰刀、稻穗、炊烟、牛群、草房等意象歌颂了父亲的劳作人生,诗歌具有浓厚的生活气息和真挚的情感特征;瑶族作家三半的诗

---

[1] 费孝通:《乡土中国》,北京大学出版社,2012,第10页。
[2] 阿尔泰:《故乡的土》,查刻奇译,《民族文学》2016年第8期。
[3] 刘绍踵:《只有泥土告诉我》(组诗),《民族文学》2016年第5期。
[4] 金哲:《故乡》(外三首),《民族文学》2016年第1期。

歌《先生咳嗽》(外三首)描绘"苞米""艾蒿""棉花"等乡村生活中的常见意象，揭示它们在人类生活与情感中的重要作用。彝族作家黑羊的诗歌《在树林间行走》也通过对耕牛、羊群、房屋等意象表达了对乡村生活的眷念。壮族作家费城的《秋天来信》和纳西族作家和克纯的《静坐》等诗歌也都描绘了乡村生活的细节场景，隐含了对乡村生活的深深怀念。正是因为农民对土地怀有深厚的情感，所以他们才矢志不移地选择"返乡"，比如瑶族作家瑶鹰的《西满人》描写了当下农村的生存状况，以凤妹和春柳等为代表的农村女人表现了农民的"生的坚强"。乡村生活给少数民族作家带来许多美好回忆，也有可能启发他们对人生与命运的思考，如土家族作家周明的叙事诗《把故事扎成火把》既有对生活场景的生动描绘，又有对人生命运的深度思考，把叙事、抒情与哲理紧密结合起来，拓展了当代少数民族叙事诗的内涵与意义。又如满族作家高若虹的诗歌《去看一棵树》(组诗)把叙事与抒情紧密结合，诗歌具有浓厚的生活气息，又包含了对人生与岁月的深沉思考，比如《运草的驴车》写道，"一头驴　一个人　一车草 / 在拐过一道弯时不见了 / 只丢下几声驴叫　一股发烫的烟尘 / 给黄河滩丢下多么大的空旷、孤独和寂静"[1]。白族作家和四水的诗歌《阿普阿娜的村子》(组诗)描绘乡村的"茄子鱼""蘑菇""火塘"等意象，表达了对乡村生活的怀念和追求。然而，乡村生活既留下了美好的回忆，同样也充满了苦难，因此有的作品表达了对乡村的反思与批判，比如藏族作家德乾恒美的《夏日玛曲》(组诗)批判乡村荒野的"腐朽"与"忧郁"，又如回族作家海郁《梨花白中的惊弓之鸟》(组诗)讲述了父亲、母亲的人生经历，饱含了对生命和

---

[1] 高若虹：《去看一棵树》(组诗)，《民族文学》2016年第2期。

苦难的哀叹，比如《哀歌——写给父亲》中写道，"檐下的油漆，在午间／发出剥离的脆响。往昔的黏性／早已输给了时间，光泽／退回暗角，成了孤独的一部分／仰头，一把药丸伴着温水滑向体内／总有一两粒，卡在那里／呛出眼泪。充当一种／理由／你走了那么久，无声无息／只有四季的风，操着一种腔调／在不停地吹，吹散了发／像哀歌"[1]，这既是对父亲的一种怀念，更是对具有普遍意义的乡村生活的一种哀叹。再如彝族作家阿克日布的诗歌《种下昨天》（组诗）表现乡村的凄凉与荒芜，作者在《土地》中写道，"黑夜里沉默了多少个日出日落／残留着死亡的喘息，绝望的挣扎／不老的荒原被太阳的火星燃尽／在焦煳的动物尸体下／夜的深处，磷火在风的脚步里跳跃"[2]，诗歌揭示了乡村生活的艰难与悲苦。即使乡村生活包含了苦难，但是他们对乡村仍然饱含深情，这或许是中国农民的宿命。

伴随着对城市农民工问题的关注，少数民族作家也以大量笔墨投注到现代化引发的"房地产投机""环境破坏""老人孤守""农村教育"等各种问题。房地产开发既可能给人民群众带来诸多便利，也有可能给群众带来灾难，比如回族作家敏洮舟的《投石》就是关于"拆迁"的故事，在城市化和房地产开发大潮中，李实顽强地坚守自己的家园，并为此付出巨大的代价。李实是城市化大潮中的弱者，他受尽开发商各种各样的欺压，包括断电、断路、投石、放火，他都顽强地忍受了。小说写道："他游富再财大气粗，也不能强取豪夺。说得大一点，他就是强盗，就像日本鬼子一样，在侵略别人的土地和财产。我就偏不服这

---

[1] 海郁：《梨花白中的惊弓之鸟》（组诗），《民族文学》2016年第2期。
[2] 阿克日布：《种下昨天》（组诗），《民族文学》2016年第8期。

个弱，我相信，这个世上还有公理，还有正义。"[1] 作者希望通过拆迁问题引发社会对弱势群众的关注，也希望引发对公理和正义的呼唤。蒙古族作家海勒根那的《玉米啊玉米》也是一篇呼唤正义和人间真情的小说，主人公阿根原本是民办教师，家庭生活和睦，但因为一桩强奸案，阿根被屈打成招，他的生活和命运被彻底改变。房地产开发既有可能引发"拆迁"，也有可能引发"征地"，在大多数情况下，"征地"与"拆迁"是同义词，比如侗族作家石庆慧的中篇小说《落眠》讲述农村征地而产生的"暴发户"的故事，阿贵和阿珍在征地中获得巨额补偿，他们开始进入城市生活，努力适应城市的生活却又难以融入城市，是"既被村庄所抛弃，又融入不了城市的弃儿"[2]。他们努力让自己相信，未来的日子一定会越来越好，但是最终还是失败了，阿贵恋上赌博败光家产以致妻离子散。"房地产投机"不仅给农民带来重大改变，而且给城市市民带来巨大压力，因为"房地产投机"使房价大涨，以致很多城市市民要么根本无力购房，要么成为"房奴"。比如回族作家马瑞翎的中篇小说《老包买房》讲述老包在城市购房的经历，房产中介想尽各种办法劝说老包购房，老包多次受骗而最终失败，城市生活的各个角落都充满了尔虞我诈，小说充分展示了城市底层的生活艰难。又如苗族作家龙治忠《住房》讲述城市房奴的生活经历。2016年，环境问题也得到了少数民族作家比较多的关注，比如白族作家苏金鸿的小说《山神》表现了保护山林和保护大自然的生态观念，而瑶族作家光盘的小说《地道》表现了保护乡村传统文化的观念，这两部小说使人们不得不深思社会发展

---

[1] 敏洮舟：《投石》，《民族文学》2016年第1期。
[2] 石庆慧：《落眠》，《民族文学》2016年第12期。

与环境保护以及文化保护之间的相互关系。又如蒙古族作家肖龙的《榆树》讲述现代化发展给榆树镇带来的冲击，在火热的变革浪潮中，人们每天做着发财的梦，石头没了，营子没了，山林也没了，连老榆树也死了，一切都陌生了。开发区的项目正式开工了，工地上人声沸腾、机器轰鸣，但村民的心灵却更加惶恐不安了。"老人孤守"问题也是2016年少数民族文学创作的重要题材，比如侗族作家杨芳兰发表《树欲静而风不止》关注老年人问题，父亲年龄大了又得了多种疾病，但四个儿子都难以跟父亲一起生活，父亲只能独自一人在农村生活。维吾尔族作家阿布都克里木·卡迪尔的《车站》也是关注老年人问题的作品，卡依尔老人在少年、青年、壮年时代有自己的理想与事业，但现在都已成过眼云烟，妻子和同龄亲朋陆续离世，儿子远在北京难以照顾他的生活，卡依尔就像老街上的古树孤零零一个人。卡依尔认为，"人的一生，如同一次令人疲惫不堪的旅途"[1]。可贵的是，虽然卡依尔老人生活孤独，但是他的爱情没有衰老，或许只有爱情才是保持老年人生命活力的法宝。又如苗族作家第代着冬发表小说《被偷的风》，小说讲述唐灯旺历经水泥厂临时工、民办教师、那摩先生等种种身份转变，命运就像万花筒一样变幻莫测完全不由自己掌握，这篇小说可能使读者对"乡村文化没落、土地荒芜、老人孤守等问题有了更切肤的痛感"[2]。此外，农村教育问题也得到了少数民族作家的重视，比如彝族作家吕翼在《雨花》杂志发表长篇小说《寒门》，小说讲述20世纪后期以来碓房村两代人的求学经历，他们"饱受各种磨难的冲击，坚定地祈求跳出'龙门'，摆

---

[1] 阿布都克里木·卡迪尔：《车站》，苏永成译，《民族文学》2016年第1期。
[2] 孙卓：《被偷的风·责编手记》，《民族文学》2016年第9期。

脱贫困，以及由此导致的一系列悲欢离合故事，表达了作者深切的人文关怀和对于农村教育的深层思考"[1]。

在对社会问题与人生形式的关注中，既能表现少数民族作家的现实主义精神，也能表现他们的现代主义追求。一方面，少数民族作家通过"变形"描写与"自我"剖析进行了现代主义艺术探索。彝族作家包倬的《我还是我吗》讲述一个"变形记"的故事，小说中的"我"是一名丈夫和父亲，但突然有一天"我"变成了婴儿，生活完全改变了，妻子朱丽承受巨大的压力，"我"也被单位彻底抛弃，最后"我"也被妻子和岳父抛弃了，只有自己的生身父亲接纳了"我"。或许小说旨在揭示，小时候每个人都想长大，只有尝到了生活的苦之后才知道儿时的甜，每个人都想重新回到儿时，但都不可能。人生充满了苦难，每个人在生命中都有可能"变形"，但人生的港湾在哪里呢？陈孝荣中篇小说《愚人岛》中的主人公蒋练也可以说是一个被生活抛弃的"变形者"，作为办公室主任的蒋练突然被要求退居二线，后来他无缘无故地离婚了，也鬼使神差地辞职了，生活似乎就是一个玩笑来得异常突然，让蒋练惊慌失措，小说充分揭示了蒋练在城市生活中的孤独与苦闷。永基卓玛的小说《大羊为美》涉及世界之中的"自我"问题，小说以意识流的形式展示了主人公"我"不被世界所理解和接受时，内心产生了恐惧、伤悲与疯狂，在经历漫长的心理恐慌之后，"我"找到了解决问题的途径。哈萨克族作家叶尔兰·努尔得汗在《被缚的骏马》（组诗）中对"我"的剖析，代表了少数民族作家自我认识的重要向度，诗句"我／并不是我"不仅是自我认识的主动剖析，而且是自我意识的深度发展，诗中写

---

[1] 郭冬勇、南英：《春掉谷壳的乡村渴望——简评吕翼长篇小说〈寒门〉》，《雨花》2016年第6期。

道,"我的心和我的肉体,是绿叶和白雪的两个世界"[1],"我"的自我否定以及"心"与"肉体"的分离,表现了对精神追求和彼岸世界的向往。另一方面,少数民族作家通过对生命形式的本体论思考,表现了现代主义艺术探索。如藏族作家那萨·索样的诗歌《一场雨》感悟生命的形式与价值,"众生在一滴酒中超度自我/彼岸的花/在一场雨中/并不虚构地死去"[2]。回族作家李进祥的小说《院墙》似乎具有某种象征意味,"院墙"象征了生活的重压和生存的恐惧,人类"即使在白天,身处四面高墙之中,我也不由得会害怕"[3]。在马金莲的小说《暖光》中也能感受到这种生活的重负,人总是"承受着巨大到无法预知的压力"[4]。维吾尔族作家排日代·亚库普的诗歌《因为有一声把我呼唤》也能揭示生命的重负,又如《重负》中写道,"这是花香鸟语的季节/而我要走/背叛此处,向别处走/这人生,里外/都要面对/都要度过/而黑夜的声音,悲凉、热情/向四处开放/奈何啊/从尘世一直到来世/我背着上帝的重负"[5],这种对人生的感慨让人深切体会到人生的苍凉。维吾尔族作家吉利力·海利力的诗歌《灵魂的表白》(组诗)集中表达了对人生和命运的深度思考,比如《人生》中写道,"生命,你是流淌的恩泽/尽管驾驭着苦难/可我爱你/像鹏鸟一样死去,死而复生/每一次复活都是一片湖泊"[6],又如《命运》中写道,"对你是春天/对我也是/

---

[1] 叶尔兰·努尔得汗:《被缚的骏马》(组诗),阿依努尔·毛吾力提译,《民族文学》2016年第10期。

[2] 那萨·索样:《你在我的晨光里》,《民族文学》2016年第6期。

[3] 李进祥:《院墙》,《回族文学》2016年第1期。

[4] 马金莲:《暖光》,《回族文学》2016年第2期。

[5] 排日代·亚库普:《因为有一声把我呼唤》,《民族文学》2016年第9期。

[6] 吉利力·海利力:《灵魂的表白》,《民族文学》2016年第11期。

假如我们在寒冬相遇／对你是严寒／对我也是／若春天你我不曾相见／你在痛苦的那一端／我在这一端／把彼此当做幸福／无论痛苦或快乐／我们彼此期盼／有一点很清楚／假如我们的躯体合二为一／不幸将向我们敞开怀抱／泪水是彼此的馈赠"[1]。这种对人生和命运的思考，既揭示了人生与命运的苦难，也提出了超越命运与苦难的道路，给处于困境的人以心灵的慰藉。满族作家巴音博罗的诗歌《大西街的旧物市场》，在对"穷人的乐园"描述中融入了对人类生命哲学的思考。瑶族作家林虹的《远行者的秘密》通过奶奶的故事揭示了生命存在的意义，并以此表达对死亡的深度思考。壮族作家连亭的《列车是略有颠簸的一种平稳》，以独具开创性的"自叙"和"他叙"形式展示一个都市女人的生命历程和心路历程，并以此探索生命存在之意义。这些表现自我意识与人生形式的文学作品，在一定程度上体现了当代中国人的精神状况与心理需求。

三、在社会中拷问人性

近40年来，中国经济和社会发展取得巨大成就，全国人民的精神世界也发生重要变化。人性深度之剖析是近40年来中国文学的重要特征，少数民族作家在这个方面也做出重要贡献。马克思在《共产党宣言》中指出，"一切固定的僵化的关系以及与之相适应的素被尊崇的观念和见解都被消除了，一切新形成的关系等不到固定下来就陈旧了。一切等级的和固定的东西都烟消云散了，一切神圣的东西都被亵渎了。人

---

[1] 吉利力·海利力：《灵魂的表白》。

们终于不得不用冷静的眼光来看他们的生活地位、他们的相互关系"[1]，马克思的观点经常被批评家用来指称现代化和全球化时代的社会状况。大卫·哈维关于全球化时代"创造性毁灭"的论述也包括"生活方式和思考方式""土地归属和情感习性"和"伦理信念"[2]。由此可知，从马克思到哈维都认为现代化和全球化给人类带来了巨大改变，其中也包括伦理道德、思考方式与情感习性等精神方面的巨大转变。然而，尼采在《善恶的彼岸》中强调"在历史的转折点上"，人性也会发生巨大改变。实际上，中国少数民族作家敏锐地观察到了现代化和全球化时代人性的发展，他们在社会变迁中表现了灵魂的深度与人性之复杂，表现了当代中国人的精神现状与心理需求；因此，在社会变迁中拷问人性是2016年中国少数民族文学创作的重要主题。

首先，以郭雪波、次仁罗布、马金莲等为代表的少数民族作家表现了人性之复杂与多样性。郭雪波分别在《民族文学》《山花》杂志发表了小说《狗脖湾干校轶事》《夜行者》，鲜明的人性探索标志着他主动寻求创作上的转型或突破。在以往的小说如《锡林河的女神》《沦丧》《火宅》《银狐》《大漠狼孩》等作品中，郭雪波"以关注生态文化、揭示生态危机为核心命题"[3]，然而，2016年他主动转向在历史记忆中探索人性的复杂，在"创作谈"中旗帜鲜明地表明了创作动机及转型期待，"先只试着做以小搏大的写作，也许从滴水窥见阳光，可品鉴大海的咸淡。性格使然，生命躁动，梳理那段所经历所积累时，突然发现，即

---

[1] [德]马克思、恩格斯：《共产党宣言》，中共中央马克思恩格斯列宁斯大林著作编译局译，人民出版社，1997，第30—31页。
[2] [美]大卫·哈维：《新自由主义简史》，第3—4页。
[3] 李晓梅：《论郭雪波草原小说的生态伦理观》，《当代作家评论》2016年第2期。

便是在那个混沌变态释放丑恶、以恶行为美践踏人伦如绞肉场的时代，我也见识到过许许多多底层善良人的阳光一面，他们人性美好本质并没有泯灭，并没有被恶世所吞没，他们在苦难中一边呻吟着，一边捍卫人性的尊严，坚守人间真善美的德行，以抗衡肆行的邪恶，保留下来人类永远要向善向和的共生希望"[1]，郭雪波的观点是对当代人性发展状况的一种深刻体悟。《狗脖湾干校轶事》选取历史的细小横断面，描写了郭尔罗斯与洛水以及葛罗锅与花母牛之间的人性温情，捕捉和表现了大难时刻闪现出的人性光辉；然而，在《夜行者》中，知青为了生存而不惜一切代价，鲁红霞为了自救不惜献出青春，献出自己的身体，一个无限美好的女孩变成野狐滩的妖狐，极端困难的环境扼杀了人性之本真与纯洁。郭雪波试图探索人性之复杂，揭露人性之险恶，歌颂人性的美好。次仁罗布的《九眼石》也通过人性之冲突表现他对人性之善良的呼唤，李国庆是一名商人，生意做得红火，事业上春风得意，但他仍然感到精神孤独，所以决定去西藏寻找"九眼石"，寻找心灵净土；旦增达瓦信仰佛教，为了生活把祖传的"九眼石"卖掉了；李国庆和旦增达瓦在决定如何处置身受重伤的杀人逃犯尼玛贵仁时发生了争执，旦增达瓦从佛教慈悲精神出发决定搭他上车，而李国庆坚决反对，两人对待尼玛贵仁的冲突也可以说是人性差异而产生的冲突。马金莲的小说《镜子里的脸》讲述王老师和马校长的故事，王老师热心教学关爱学生，却是一个犯有命案的逃犯；而马校长虽贵为校长但态度恶劣工作懒散，小说形象地描绘了王老师和马校长的两面人性，充分表现了人性的复杂和多样性。

---

[1] 郭雪波：《当面对它的时候我们都已苍老（创作谈）》，《山花》2016 年第 7 期。

其次，以吉米平阶、陶青林、陶丽群、夏鲁平、潘年英、马碧静等为代表的少数民族作家表达了对人性之善与爱的追求。吉米平阶在《民族文学》杂志发表了《虹化》，普姆和普布为了还愿去拉萨朝佛，路途经历艰难困苦，普姆病重后仍然没有放弃朝佛而最终去世，普布为了完成普姆的夙愿而继续去拉萨朝佛。普姆去世后逐渐虹化的过程，也是普布灵魂得以救赎的过程，虹化之旅也就是救赎之路。在世俗社会芸芸众生中，各种欲望与诱惑层出不穷，只有放弃俗世的欲望，坚持向善，坚持信仰，才能获得灵魂的安宁。苗族作家陶青林在《红豆》发表中篇小说《蝴蝶飞》，通过一桩爱情婚姻故事表达了对"真实的情感"的追求，"真实的情感"是双方一起奔向彼此，是"世间最美好的遇见"[1]。彝族作家英布草心的诗歌《爱的十九个音阶》歌颂人类最伟大的情感，强调爱与善是人类最基本的人性准则，诗人把情感投注到各种纷繁的意象，使情感与物象达到了完美的统一。在土家族作家吕金华《石板沟的鱼》中，赵田和张老师为赵书做出的奉献和牺牲，也表现出人性之善和人间的温情。壮族青年女作家陶丽群以《母亲的岛》荣获骏马奖，本年度又连续发表《清韵的蜜》《寻暖》《当归夫人》《水果早餐》等小说。在《清韵的蜜》中，作者以极具悬念的笔触勾画了姑姑悲苦的人生和复杂的情感，姑父与姑姑多年未能生育孩子而另娶清韵，生有一女，但姑父实际上不能生育，姑姑是怎么怀孕的？清韵又是怎么怀孕的？小说悬念陡生。姑姑说："他……嗯，是个可怜虫！"这一句话里面隐藏了太多的情感，或许为了与姑父的情感，或许为了家族的传宗接代，或许为了其他原因，姑姑做出了巨大的牺牲。在人物的多重对比中，人物关系

---

[1] 陶青林：《蝴蝶飞》，《红豆》2016年第8期。

之复杂，情感之高深莫测，充分展示了姑姑人性之善良和情感之纯真。满族作家夏鲁平发表《天高云淡》，小说讲述父亲准备与"阿姨"结婚的故事，"阿姨"原本是父亲30年前的恋人，后来父亲与母亲结婚并有了孩子。后来阿姨找到了父亲，原本打算与母亲摊牌，让父亲离婚，但看到这一大家子人幸福地生活，她退缩了。最可贵的是，30年前，阿姨与父亲就有了孩子，但她一直瞒着父亲，自己孤苦地把孩子拉扯成人。虽然阿姨多次找到父亲，但每当看到父亲一家的幸福生活，阿姨最终都放弃了自己的追索，自己孤独地承担着生活的重担。小说充分表现了阿姨善良的人性，使人深刻地体会到人性的温情。回族作家马金莲《贴着城市的地皮》也表达了"对美好人性不遗余力地深掘"[1]，小说讲述一群城市乞丐的生活，乞丐之间虽然也有争斗，马沙和"我"之间却保持了非常好的关系。苗族作家刘萧的《渔恋》讲述打鱼老人的故事，老人朴实厚道，与人为善，集中表现了人性之光辉。蒙古族作家策·格根其木格的《梦中的母亲》主要讲述了继母的关怀与温暖，集中表现了"人间自有真情"的主题。潘年英的《日子》讲述了一个与人为善、孝敬老人的老东。苗族作家杨仕芳的《望川》歌颂了一曲人间的真情，小说中的"我"与养父母、亲生父亲之间洋溢着浓厚的真情，小说指出："对尘世，对亲情，他们一同失去感觉，没有爱，没有恨，世界呈现出同样陌生的面子。他什么也记不了了，生命还有什么意义？哦，不，活着就是意义！"[2] 小说深刻揭示了人世间真情的重要价值。满族作家周建新的纪实文学作品《钱为谁而余》讲述村主任钱学余带领村民

---

[1] 哈闻：《贴着城市的地皮·责编手记》，《民族文学》2016年第3期。
[2] 杨仕芳：《望川》，《民族文学》2016年第6期。

发家致富的故事，歌颂了一个为人厚道仁义而又有发展眼光的村干部。白族作家郑吉平《百合香米粥》讲述漂亮的阿朵在城市中自食其力地劳动，抵制了社会不良风气的诱惑，坚守了人性之本真与纯洁。回族作家马碧静的《宰牲》描写农村发展越来越好，人民生活越来越富裕，羊肉生意更加红火，马开贤老人在宰杀羊的过程中感悟到生命的尊严和人性之悲悯。蒙古族作家额敦桑布的《梦石村》讲述了人的生存哲学，在热闹非凡的生意场上，只有真情才是最珍贵的财富。小说以冬嘎和林芳的故事说明了"人的一生如草尖上的晨露，生死一瞬间，所以一定要好好关照自己，不知来生是否相见，所以要善待他人"[1]，可以说"善待他人"不仅是一本生意经，而且是一本处世哲学和生存哲学。晋美扎巴的小说《依偎在心灵的爱》和扎西才让的小说《来自桑多镇的汉族男人》也都表现了对宝贵爱情的坚守以及对美好人性的呼唤。

最后，以韦晓明、陈孝荣、陶永喜等为代表的少数民族作家对人性之险恶进行了批判。苗族作家韦晓明以散文集《云中故乡来》获得第五届广西少数民族文学创作花山奖，本年度他发表小说《空谷之上》《像海鸥那样飞》。《空谷之上》主要讲述石门潭因修建水电站而引发的房屋拆迁风波，揭示了在时代大潮和经济发展冲击下的人性的变异，比如马至诚在县城勾结被征收户骗取国家高额补偿，董福光无限制拓展木皮棚，把搞旅游时盖的厕所、五保户的菜地都圈进自己的范围，其目的也是获得更多的拆迁补偿。在巨大的经济利益面前，村民暴露出无穷的贪欲，韦晓明可能是想"写社会转型的时代背景下，面对利益格局的调整和新旧观念的碰撞，人们所面临的精神困境。董福光内心深处

---

[1] 额敦桑布：《梦石村》，哈桑译，《民族文学》2016年第4期。

的纠缠、挣扎集中展现了当下社会现实种种复杂尖锐的矛盾与冲突"，"在这个以'断裂'与'重建'为主题的时代，身处改革大潮中的董福光屡屡受挫，难以在城市找到立足之处。四处奔波、艰难度日的他不由产生'我是谁''我要怎样做'的困惑与煎熬，人性中的贪婪与自私遂被激发"[1]。在壮族作家亚明的短篇小说《蜂蜜》中，阿风为挣更多的钱以白糖充当蜂蜜，表现了市场经济冲击下的人性的贪婪。陈孝荣发表的《古树》也是讲述因修建铁路而引发的拆迁问题，张钊为获得更多的补偿款而虚编古树妄图骗取巨额补偿，把人性之贪婪演绎得淋漓尽致。土家族作家黄光耀《第三种坟茔》揭示了人性之丑恶，田小华相信风水，他为了使子孙后代能有好的发展，居然把自己的亲爹都谋害了。苗族作家陶永喜的《草把龙》描绘了一个苦命的女人，水杨柳人美心善，孝顺婆婆，和谐邻居，但丈夫意外消失后，村里的男人都在打她的主意，以致全村人都把水杨柳看作魔鬼，但水杨柳仍然在寻找自己的男人。生活如此艰难，人心如此恐怖，让她感到"深深的恐惧"。《寻暖》是一部让人极度伤感的小说，陶丽群以一种超出年龄的想象力拷问了人性之险恶，在小说的"孤岛"中，人与人之间只有冷漠与残忍，即使父母子女之间的骨肉之情也是相当淡漠，"父亲"不会顾及妻女的情感，母亲也不会顾及女儿的命运，只留下"我"在孤独无爱的环境中成长；但最令人伤感的是，李寻暖却是被自己的生身母亲所变卖的，即使李寻暖异乡求助也遭到母亲的一口回绝，人心如此，直达人性恶之深度。李寻暖以自己的尊严和生命反抗这个不公平的命运，她一生未曾有任何可以依靠之人，最终在孤独与疾病中死去。

---

[1] 孙卓：《空谷之上·责编手记》，《民族文学》2016年第8期。

四、在自然中感悟哲理

在自然中感悟哲理一直是中国美学和中国哲学的重要内容。土家族作家田冯太在《民族文学》发表散文《人法地》，这部作品在本年度的少数民族文学创作中似乎具有一定的象征意义。此文讲述自己的父亲通晓阴阳五行学说，坚守"人法地"的宇宙真理，以自己的人生经历实践着"人法地"的哲理。"人法地"是老子《道德经》中的句子，是中国传统哲学的重要观点，其意思是"人要尊重宇宙、自然规律"；然而父亲却从自己立足的"土地"世界观出发，认为"人法地"指的是人要去田地里耕耘，最后他把自己的墓地选在菜地里，表明了他对土地的信仰与固守，体现了中国农民对"人法地"最朴素的理解。《道德经》指出，"人法地，地法天，天法道，道法自然"，强调了道与自然的相互统一，田冯太或许是在向中国传统的"天人合一"哲学观念致敬。2016年的少数民族作家在自然中感悟了宇宙的规律和生命的奥秘，揭示了自然与存在、自然与生命以及时间与哲理的复杂关系，表现了中国传统的哲学观念和美学精神。

首先，以普馨伟、玖合生、久美多杰、惠永臣、完玛央金等为代表的少数民族作家在自然描绘中思索自然与存在以及自然与生命之间的复杂关系。彝族作家普馨伟的散文作品《永远的高荡石头》写出了群山、石头、老屋、古寨的古朴风光，突出了生命与自然的和谐统一。傈僳族作家玖合生的诗歌《远方不叫远方》（组诗）包含了对大自然的深邃思考，比如《荒野之上》歌咏小草蕴藏顽强的生命力，"无以抵达这一切 / 大地裸露，空旷辽远 / 远处是山风 / 近处是海 / 一望无垠 / 遇见一棵小草 / 它说，它正在等待一场春雨 / 欲将破土而出 / 我说，我向往大海／但更向往比大海湛蓝的天空／小草无语／我知道它的缄默／石头无语／荒野之上"[1]，又如《远方不叫远方》揭示自然与社会存在的相对性原理，"万花簇拥，春天就是这样／悄然来临／远方不叫远方／它就在不远处／在我所有望见的视野里／远方就是远方／它就在另一个国度／在我思想所不能达到的彼岸"[2]。藏族作家久美多杰的《风扶着一棵树》、回族作家惠永臣的《一棵青草上方的天空》等诗歌也都表现了对自然与生命的思考。白族作家彭愫英《寻梦丙中洛》在神奇的风景中探索人生态度和生命真谛。藏族作家完玛央金的诗歌《回首》（外五首）通过"雪""明月""云彩"等意象表达了对生命的思考，比如"相视无语／看到你圆满／又空缺一半／又空缺一多半／不多时日／只剩窄窄的一条／又成半圆／又成满满的一个银盘——多么奇妙的一个轮回／回顾四周／人鸟无际／无缘看见他们和它们／生又灭的轮回"[3]。朝鲜族作家金玉洁的诗歌《相遇与告别》（组诗）善于把一些抽象的概念化为意象化的词语，比如《邂逅》。金玉洁也能通过简单的词语表达深刻的哲理，比如《春，在寺庙里》写道，"存在之外／归依处／坐在，咬一口／春兴的荷叶上／望着／山门那边，世间／仅是一派春光"[4]。土家族作家徐必常的诗歌《窗内的和窗外的》（组诗）不仅通过描述"钉子""衣服""灯光""电线"等表达对人生的思考，还通过"尘埃""荒草"表达对生命的歌颂，比如《荒草》写道，"荒草面色焦黄，独自老了／它无力交出这个世界的索取／便把这一生孕育的果实补偿利息／

---

[1] 玖合生：《远方不叫远方》（组诗），《民族文学》2016 年第 6 期。
[2] 同上。
[3] 完玛央金：《回首》（外五首），《民族文学》2016 年第 3 期。
[4] 金玉洁：《相遇与告别》（组诗），《民族文学》2016 年第 7 期。

荒草想写好一个'草'字／就把落叶垫在自己的脚下／哎，落叶们一直在不慌不忙地腐烂／荒草自己也矮了下去，它得为儿女们弯腰／它想有一群体面的儿女，在春天"[1]。水族作家韦永《种子回到种子》（组诗）描绘山岚、江河、暴雨，以表达对生命和轮回的思考。此外普米族作家鲁若迪基的诗歌《在扶阳古城》（组诗）和满族作家姜庆乙的诗歌《在大地栖居》（组诗）也分别表现了对"天坑""地缝""草""石榴""灰尘""虫鸣""霜降"等的形而上思考。

其次，西藏高原、蒙古草原与新疆戈壁一直是少数民族作家描写的重要对象，他们独特的风景描绘不仅展示了中国风光之美丽，而且展示了中华美学之丰富。傣族青年女作家禾素发表散文《你是悲悯的珠穆朗玛》，她以精细的笔触描写了大昭寺、羊卓雍措湖、卡若拉冰川、扎什伦布寺、珠穆朗玛峰的雄伟壮丽风景，人们几乎被这种"神圣的风景"所震惊："抬起头，仰望着晨光中的珠穆朗玛峰，圣洁、高远，我很惭愧，为自己忍不住污染了这洁净的雅鲁藏布江源头而深深愧疚。"[2] 散文的可贵之处是，禾素并没有止步于雄伟壮丽风景的描绘，而是进一步探索西藏高原作为一种精神象征在当代社会中的价值："忽然怀念起那些矗立在藏北的高高雪山，怀念起慈爱悲悯的珠穆朗玛，远在千里之外，那样的温暖仍能让此刻的我内心柔软。雪山本是冰冷寒凉高不可攀，面对她却能热血翻涌充满暖意；大厦充满人气，灯火通明，近在咫尺甚至与自己息息相关，却反而冷漠遥远触手难及。"[3] 彝族作家黄玲的散文《行走于高原》描写了瓦拉碧、老姆登、香格里拉、贡山、

---

[1] 徐必常：《窗内的和窗外的》（组诗），《民族文学》2016年第7期。
[2] 禾素：《你是悲悯的珠穆朗玛》，《民族文学》2016年第9期。
[3] 同上。

丙中洛等云南地区的美丽景观，让人体悟到中国传统的自然哲学，"人与自然和谐共处，人与人和谐共处，这是峡谷里最美丽的景色"[1]。藏族作家白玛央金的诗歌《出走的石子》和纳西族作家人狼格的诗歌《丽江秘密》描写了雪域高原的壮阔风景，突出了雪域高原的母爱情怀。鲍尔吉·原野在《民族文学》上发表散文《草原》，描绘了辽阔的草原风景，认为草原在单一中呈现丰富，在连绵不断中显示壮阔，作者揭示了人与自然的密切关系："人在草原上只是大自然这条永恒的链条上的一环而已。天对他们来说，是头顶的覆盖物，也是雨水的降临者，土地承接雨水长满青草，牛羊因此繁衍不息，蒙古人依赖这些生存。在草原上无法夸大人的作用，人与牛羊草木一样，谦逊地居于生存者的地位上，天地雨水则属于创造者。"[2] 蒙古族作家雨馨的散文《长调，倾听苍穹》描写了对草原的向往和热恋。蒙古族作家斯琴夫的诗歌《草原的味道》突出了草原的深情与伟大。

再次，以向云驹、李达伟、那日图·熙乐、莫独、阿舍、绿窗、王晓霞等为代表的少数民族作家，通过对时间的思辨与意象化，揭示了时间的社会内涵与诗学价值。土家族作家向云驹的诗歌《时间，你在哪里》在历史与宇宙中穿梭，揭示了时间的辩证法内涵与价值，诗中写道，"有时，你 / 是结绳记事 / 把此时此刻的 / 历史珍存如琥珀 / 或者像化石 / 像碑铭　像文字　像雕像　像永生 / 你的生就是死　死犹如生 / 生死轮回　以及 / 开始就是结束 / 庞大就是渺小 / 多余就是稀少"[3]。白族作家李达伟的散文《更迭》把对时间的哲思与日常生活、时

---

[1]　黄玲：《行走于高原》，《民族文学》2016 年第 4 期。
[2]　鲍尔吉·原野：《草原》，《民族文学》2016 年第 8 期。
[3]　向云驹：《时间，你在哪里》，《民族文学》2016 年第 1 期。

代精神紧密结合,揭示了一天时间内的十二个时辰的哲学内蕴,比如文中写道:"巳时。浅意的哲学。时间的哲学。生存的哲学。自然的哲学。"[1]蒙古族作家那日图·熙乐的诗歌《叶子》(组诗)通过对"冬日"和"初春"等时间范畴的思考,揭示了时间的历史诗学内涵。土家族作家宋庆莲的诗歌《樱花晃动的春天》(组诗)歌颂"樱花晃动的春天",希望人们"一并融入樱花烂漫的风景",包含了诗人对人生与社会的深刻思考。哈尼族作家莫独的诗歌《破裂的时光》(组诗)将对时间的哲理思索融入死亡瞬间,从而直达生命的本质思索,比如《后事》写道:"这个世上能把你留住的/唯有你自己。你/交出名字,同时你交出身体/人们闻讯而至。丧歌唱起/虚慌的灵魂,惊悸、苍惶、无身可藏/更加虚空。最终/你唯有自己把自己,匆匆交给后事"[2]。维吾尔族作家阿舍的散文《一天的隐喻》通过对一天的日常生活的思考,揭示了"日子"蕴含的生命密码,散文具有浓厚的思辨性和探索性,展开了"关乎物外与本我,精神与肉躯、理性与直觉的复杂辩论",展示了"一个不甘屈服的灵魂在作着无人理解的'困兽之斗'"[3]。满族作家绿窗的散文作品《时间的乌鸦》具有浓厚的象征意味,黑乌鸦叼走了好时光,苦难远超人类的想象,作者关于命运的思考具有浓厚的悲剧意味,散文讲述雷爷和武二的人生经历,作品中的人物"遭受种种阻遏,心灵屡屡挫伤,但他们未曾妥协,宁可将整个生命放弃,留下一个大寂静给世界。漫长的数十年人生命途,销蚀的是活生生的时间,而这暗黑的乌

---

[1] 李达伟:《更迭》,《民族文学》2016年第1期。
[2] 莫独:《破裂的时光》,《民族文学》2016年第2期。
[3] 石彦伟:《一天的隐喻·责编手记》,《民族文学》2016年第3期。

鸦，或许它刚刚落下，或许它终于飞走了"[1]。回族作家法临婧的散文作品《青春的底色》也探讨了时间与青春的丰富颜色。满族作家王晓霞的诗歌《惊蛰：幡动，心也动》对"时间"的分析体现了少数民族诗歌发展的重要方向，诗中写道，"有人说，春天不是季节，是内心／每一条血脉，都涌动着枝蔓的伸展／我说，春天既是季节，也是心情／凝结成：生命的禅悟，灵魂的诗篇"[2]，把春天（时间）与生命（灵魂）结合起来，成为2016年少数民族诗歌在思想探索方面的重要特征。

此外，以喻子涵和杨瑛等为代表的少数民族作家从词语中思索生命的内涵与意义，他们别开生面地在文学创作领域中开辟新道路，使诗与思的结合在文学创作中达到新高度。土家族作家喻子涵发表10多组近30篇以《汉字意象》为总题目的散文诗，不仅揭示了汉字丰富的文化与历史内涵，而且实现了对人生与命运的形而上思考，如《出：命运不可预料》写道："命运不可预料，是因为命运与命运互为关联。原来多么有骨气。同样的，另一种骨气也在生长，内心气宇轩昂。戏剧性，悲剧笼罩。土豪或者公理。出人头地者，山与山的故事，经受挤压或挤压别人。一种神秘的动力，控制命运的轮回。"[3] 喻子涵对汉字"出"进行形象的分解与剖析，生动地揭示了"出"蕴含的生命哲学意蕴。蒙古族作家杨瑛的诗歌《西藏的词语》（组诗）也在尝试探索词语的诗学内涵与意义，他试图把词、诗与思统一起来，比如《笨拙》写道，"赤脚／双腿跪下／双手合十／身体奔向大地／一个动作／重复十万次／世界／

---

[1] 石彦伟：《时间的乌鸦·责编手记》，《民族文学》2016年第12期。

[2] 王晓霞：《惊蛰：幡动，心也动》，《民族文学》2016年第10期。

[3] 喻子涵：《汉字意象》（组章），《贵州作家》2016年第6期。

在卓玛的内心回响"[1]，这首诗生动形象地刻画了"笨拙"的身体形象与精神内涵，身体与动作虽然"笨拙"，但内心与精神呈现的是整个世界。

2016年的少数民族文学创作的内容是丰富的，成就是不可忽视的。这离不开党和国家的政策扶持，离不开少数民族作家的辛勤开拓，也离不开文学期刊的大力支持。第一，中国作家协会2016年度少数民族文学重点作品扶持项目确定扶持项目95项，中国作协少数民族文学发展工程2016年度出版扶持专项确定扶持选题20项，这些扶持项目将有助于促进少数民族文学的发展。第二，《西藏文学》《回族文学》《满族文学》等杂志刊载报告文学栏目，尤其是《民族文学》杂志的《中国报告》征文栏目发表了一些重要作品。比如苗族作家刘跃儒的纪实文学作品《一个盲人的励志人生》讲述残疾人陈波的励志人生，陈波坚持理想、自强不息、自爱不弃、笑对人生，成为当代青年人的精神榜样；回族作家纳莴萍的纪实文学作品《麦哈穆德和他的糖萝卜》记述了麦哈穆德的一生，强调了奋斗精神和奉献精神才是人生获得幸福的关键；壮族作家黄格的纪实文学作品《蓝天白云》记述了村医蓝云医治百姓的故事，歌颂了无私的奉献精神和顽强的抗争精神。这些报告文学作品为"讲述中国故事，弘扬中国精神"提供了重要经验。第三，《民族文学》和《红豆》等杂志以专栏或专辑形式推送少数民族作家作品，如《民族文学》杂志以专辑的形式刊登了7个人口较少民族的作家作品，比如鲁玉梅（土族）《狐狸偷走了月光》、莫景春（毛南族）《窗前的牵牛花》、马木白提·艾买提（柯尔克孜族）《永恒的能量》、曹媛（普米族）《简单的美好》（组诗）、胡达亚尔·买买提亚尔（塔吉克族）《山之情》（组

---

[1] 杨瑛：《西藏的词语》（组诗），《民族文学》2016年第10期。

诗）、鄂尔魂（裕固族）《东迁遗梦》、阿布（基诺族）《秋韵》等作品，这些作品"展现了多民族文学一片共和共荣的繁华景象"[1]。又如《红豆》杂志于 2016 年第 5 期至第 7 期发表了一批壮族藏族作家的小说，如壮族黄佩华《表弟的舞蹈》、周末《玛丽亚的祝福》、陶丽群《当归夫人》和李明媚《惊鸿一瞥》以及藏族龙仁青《转湖》、王小忠《泡在缸里的羊皮》、扎西才让《菩萨保寻妻记》和完玛央金《弟弟旺秀》，这些小说"书写当代人的生命与人生"[2]，"展现的是生活的艰难与杂乱"[3]，既有对人生命运的剖析，也有对社会现实的反思。《红豆》杂志还推出了"独立诗群"中的青年作家阿索拉毅（彝族）、马海阿晶嫫（彝族）、阿勒丘（纳西族）、阿月丘（纳西族）、比曲积布（彝族）、吉木里呷（彝族）、比曲莫阿莎（彝族）等作家作品。这些措施有力地推动了少数民族青年作家的发展。第四，《民族文学》杂志组织了"重走长征路——多民族作家遵义行""陵水行""汶川行"等活动，发表了叶梅（土家族）《陵水长长》、李其文（黎族）《陵水，诗意栖息的地方》、刘晓平（土家族）《大禹故里行》、杨玉梅（侗族）《从汶川归来》等作品，这些活动有利于促进少数民族文学创作深入历史、关爱现实。

---

[1] 《编者按》，《民族文学》2016 年第 12 期。
[2] 刘大先：《艰难的复杂性》，《红豆》2016 年第 8 期。
[3] 石一宁：《民族的，也是个性的》，《红豆》2016 年第 8 期。

第二节　中篇小说创作与审美空间建构

2015 年，少数民族作家中篇小说创作相比往年有了较大收获，阿来、叶广芩、鬼子、王华、田耳等作家都发表了重要作品，尤其是他们对当代人的精神世界做了重要开掘，丰富了小说创作的思想境界和美学魅力。人的精神向何处去？这个问题在他们的作品中或许能找到启示。2017 年，四川凉山彝族女作家阿微木依萝出版小说集《出山》，这部小说集收有《出山》《牧羊人》《边界》《杨铁匠》和《土行孙》五部中篇小说。从叙事方面来说，阿微木依萝的小说表现出几个重要特征。首先，阿微木依萝特别重视日常生活叙事，她主要讲述底层人物的日常生活事件，尽可能详细具体地还原日常生活中的琐碎细节，比如《出山》和《边界》中的婆媳争吵。其次，阿微木依萝大多选择儿童视角进行叙事，以儿童世界的纯洁衬托世俗社会的肮脏与丑恶，比如《出山》和《杨铁匠》中的"我"看到了无休止的争吵和无止境的困苦。最后，阿微木依萝展示了复调小说的叙事形式，比如《牧羊人》中张果子和陈实各自不同的人生命运，《土行孙》中琴和王三娘子各自不同的感情经历，也都可以说是"有着众多的各自独立而不相融合的声音和意识，由具有充分价值的不同声音组成真正的复调"[1]，这种复调叙事形式使小说人物的声音与意识形成交响，既表现了人物的不同命运，也体现了小说的共同主题。与当下流行的乡村叙事模式不同的是，阿微木依萝小说中的乡村仿佛是一个静止的空间，并没有遭受到来自现代性的巨大冲击，她

---

[1] ［苏联］巴赫金：《巴赫金全集》第 5 卷，白春仁、顾亚铃译，河北教育出版社，2009，第 4 页。

更多地把乡村空间的冲突看作人性的冲突；作为女性作家，阿微木依萝擅长细节叙述和对话描写，但并没有表现出心理描写方面的优势，也许正是这个原因，她并未能充分揭示人性的深沉与复杂。即使如此，阿微木依萝对人物形象的刻画，以及对人性、人情、人生的思考，都显示了女性作家的独特性和深刻性。

一、时空的辩证与精神的开掘

时间是无法抗拒的，因为它代表了历史的不可逆转，代表了生命的无法复返。在时间面前，历史只有不断地前行，生命只能不断地衰颓，从这个意义上来说，《蘑菇圈》是一篇具有丰富时间内涵和深刻历史意识的小说。故事贯穿整个中国当代史，从20世纪50年代一直延续到当下，半个世纪的风云变化与人物命运沉浮相互融合，小说主人公斯烱经历种种政治运动，也遭受多次经济冲击，但她始终坚守"蘑菇圈"。斯烱在小说结尾说："我老了我不伤心，只是我的蘑菇圈没有了。"斯烱能够坦然面对时间的消逝和生命的衰颓，但却无法接受蘑菇圈的消失，蘑菇圈是小说的思想内核，是斯烱的理想世界和精神寄托，也可以说是当今时代精神的象征。从20世纪末期以来，现代化迅速发展，物质财富不断增长，欲望也在不断膨胀，因此需要保持精神世界的纯洁，尤其需要保持人格、理想、道德、伦理、情感的纯洁，就像斯烱一样，在困难年代无私地帮助村民，在富裕年代仍然坚守自己的园地。时间流逝，世事如烟，但斯烱的纯洁和理想永不改变。《三只虫草》也是一个关于理想的故事，桑吉坚持不懈地寻找百科全书，也是在坚持不懈地追寻自己的理想，桑吉对自然、知识和理想怀有无限的渴望，但是他遇到了种种困难，桑吉的经历也许意味着成长的艰难，或许意味着社会的艰险。在《蘑菇圈》和《三只虫草》中，纯洁和理想总是与时间紧密结合，时间不断消逝，时代也在不断变化，但纯洁和理想却永远坚定不移。阿来创造了抵抗时间消逝的两种方式，他一方面用斯炯和桑吉的纯洁和理想来抵抗时间消逝，另一方面以自然的原始与美妙来抵抗时间消逝，在《蘑菇圈》开篇，阿来描绘了明净悠远的山谷，布谷鸟的鸣叫使机村出现一个美妙而又短暂的停顿。阿来希望以时间的停顿来挽留美妙的自然，但是自然的破坏似乎是不可避免的命运。或许在阿来看来，抵抗时间消逝只能存在于精神世界，他已对物质世界不再抱有希望。总体来说，《蘑菇圈》和《三只虫草》对精神纯洁和理想主义怀有坚定不移的态度，并希望以此来抵抗时间的无情流逝和时代的急剧变化。

叶广芩的《扶桑馆》《苦雨斋》和《树德桥》也具有深刻的历史意识，尤其是前两部小说的故事背景都贯穿了中国现当代历史，从抗日战争时期一直延续到当下，在宏大历史潮流中表现世事变迁和人格高贵。不同于阿来着重表现时间意蕴，叶广芩着重突出了空间意蕴。第一，叶广芩在小说中表现了鲜明的空间意识。叶广芩选择具有空间意蕴的名词作为小说的题目，体现了她对空间形式的重视，正如她在《苦雨斋》中写道，"哪个作家没有自己留守的空间"。正是从这个意义出发，叶广芩在小说题目中就明确地表达了鲜明的空间意识，"扶桑馆""苦雨斋"和"树德桥"的命名都有这个意义。《扶桑馆》讲述了北京胡同里几个儿童的成长经历，扶桑馆位于胡同3号，是唐先生家的住宅，叶广芩描绘了扶桑馆的空间结构和内部布局，着重描绘了挂在扶桑馆正屋墙上的牌匾，牌匾上白纸黑字写着"扶桑馆"三字，这些描绘体现了叶广芩对空间形式的重视。《苦雨斋》中的坟墓地址也暗含了深刻的空间意识,尤其是把"苦雨斋"与"酷峪寨"谐音,表现了叶广芩对空间形式的精心安排。《树德桥》中的"树德桥"是盐田河上的一座小石桥,位于河道的风口,只有老鼠出没,鲜有人迹踏足,这种位置安排也是空间意识的重要表现。第二,叶广芩在小说中表现了丰富的空间内涵。"扶桑馆"不仅是一个空间性住宅,而且是一个具有丰富内涵的象征性符号。首先,"扶桑馆"是乡愁情感的象征性符号,"扶桑馆"三字据说是孙中山写给唐先生的老丈人,后被唐先生的日本媳妇吉田和子带到中国,他们一家把这块牌匾当作是对日本的一个念想。其次,"扶桑馆"是爱国情感的象征性符号,唐先生早年留学日本帝国大学,在抗战爆发后毅然回到中国,表现了他崇高的民族气节,体现了他对国家和民族的热爱。最后,"扶桑馆"是高尚道德的象征性符号,在政治动乱年代,唐先生保存了许多珍贵物品,还不断地救助邻居,在社会安定后他又把珍贵物品无偿地物归原主,视金钱如粪土。在《苦雨斋》中,"苦雨斋"也是一个象征性符号,"苦雨斋"原本是金载澄的住室,取意于明朝诗人谢榛《苦雨后感怀》中的意境,寄托了金载澄对日本侵略者的痛恨,寄托了金载澄勇于承担历史责任、积极抗日救国的爱国主义情感。在《树德桥》中,"树德桥"依据"特务"牛树德而命名,因为他在这座桥上无情杀戮了很多老鼠以至"臭名远扬",而科学和事实证明了牛树德的正确性和预见性,"树德桥"也就成为牛树德的高贵人格的化身,牛树德在社会动乱年代,即使身陷"牛棚"也信仰科学,坚守真理,"树德桥"也就成为科学和真理的象征性符号。总体来说,"扶桑馆""苦雨斋"和"树德桥"都成为精神品格的象征,空间形式成为人格世界的象征,叶广芩发展了当代小说的空间叙事,丰富了空间形式的象征意蕴。

不同于阿来和叶广芩的小说具有深厚的历史感,鬼子的《两个戴墨镜的男人》、王华的《生计之外》和田耳的《范老板的枪》等小说具有强烈的现实感,他们直面现实人生,着重剖析当下进城农民的生存处境和心理状态。王华在《生计之外》中写道,"他们就给淹没在各自的那一个旋涡里了",这句话形象地概括了进城农民的人生境况。农民进城是中国现代化发展的必然趋势,农民进入城市以后在生活和心理方面都会发生重大变化,他们大都能找到自己的生计,但在生计之外又陷入各种各样的"旋涡"。小说中的胡男、高经济和范老板都是地道的农民身份,他们在城市中各自都有一本难念的经,有物质方面的,更有心理方面的。在《两个戴墨镜的男人》中,鬼子延续了"悲悯三部曲"的思路,继续讲述农民进城后的生活状况,胡男是瓦村的农民,为了交付超生罚款而来到洪城,在城市里从事代阉职业以挣取收入,在这个生计之外,胡男又成为一个单身女人的情人,并且每次都得到了金钱回报,在一次关于钱币真假的纠纷中,胡男失手杀死了单身女人,最后胡男以自杀了结一生。鬼子尝试进行叙述形式的探索,他一方面直接说明小说人物胡男和尚海的虚构性,另一方面又强调事件存在的现实可能性和社会逻辑性。虽然鬼子拆解了小说的真实性,但又强调了胡男悲剧的现实可能性,从而以合乎社会逻辑的普遍性直斥了现实社会的残酷性,残忍地揭露了"变态者"的心理欲望。不同于鬼子重点暴露进城农民的金钱欲望,王华和田耳着重表现进城农民的心理困苦。在《生计之外》中,王华延续《花村》的思路讲述进城农民的心理困苦,高社会和高经济父子以不同方式解决自我的心理空虚,高社会找女人搭伙过日子,高经济在生计之外学会了开锁入室以享受城市人生活,终于鬼使神差地成了拥有房产和妻子的真正的城市人,他获得了作为城市人的心理慰藉,但似乎命运捉弄他,最终他又回到了人生的原点。王华戏谑地揭露了城市"异乡人"的心理困苦。在《范老板的枪》中，农民小范暴富成了范老板，但他的心理并不安稳，反而更加恐慌，一会儿怀疑老婆出轨，一会儿又担心女儿受欺负，没一刻可以安心；他不断地想办法"做掉"情敌，反而遭他人算计，田耳嘲讽地暴露了农民"暴发户"的心理困苦。生计之外到处是旋涡，城市空旷却无处安放困苦的心灵，进城农民的生存处境有了改变，但他们的心理困苦却没有解脱。鬼子、王华和田耳都探索了进城农民在生计之外的人生选择问题，或许他们在警诫世人：不仅要有独立、合法的生计，而且还要有健康、稳定的心理。

少数民族作家以对精神世界的深广开掘展示了小说的力量，阿来赞扬了坚定的理想主义，叶广芩歌颂了高贵的人格，鬼子、王华和田耳剖析了心理的困苦，他们既有对历史的反思，也有对现实的批判，更有对未来的探索。少数民族作家中篇小说创作在 2015 年中国小说创作中是不可忽视的。

二、伦理修辞术与审美乌托邦

在阿微木依萝的小说中，令人印象深刻的是女性形象，令人诧异的也是女性形象，作为女性作家的阿微木依萝居然塑造了一群性格怪异的女性人物。阿微木依萝小说中的婆婆很容易让人们联想到张爱玲小说《金锁记》中的曹七巧，虽然阿微木依萝小说中的婆婆远没有曹七巧那样性格扭曲，但是他们同样都是男权制度压抑下的变异者。在短篇小说《出山》中，奶奶与儿媳关系不好，总是想着去远嫁的姑姑家。奶奶具有强烈的重男轻女观念，她骂孙女是个赔钱货；为了一些鸡毛蒜皮的小事，奶奶与妈妈经常争吵，婆媳俩从天亮一直吵到太阳打阴坡。婆媳俩都觉得自己非常有理，每一句话都能击中对方的要害，婆媳俩从坛子吵到赔钱货，又从赔钱货吵到别的地方，她们平时都记住了对方给自己造成的麻烦。婆媳战争没有什么道理可讲，就是成天地吵骂。在亚里士多德看来，"女性的缺陷特质导致她们无法进行理性的思考"[1]，阿微木依萝小说中的女性大都是这种缺乏理性的人，婆婆看不起儿媳和孙女，在实质上也是看不起自己，因为她自己也是女人。古往今来，性别压迫和性别歧视在中国长期存在，在《儒学与女性》中，罗莎莉认为中国的性别压迫必须从家族传统中去找寻，她强调家族传承、祖先崇拜和孝道以及文化力量之间的交互作用共同构成了中国性别压迫的文化基础。阿微木依萝并没有揭示性别压迫和性别歧视的文化基础，而只是描绘了性别压迫在女性世界的强大影响。一般认为，性别压迫起源于男权至上主义，女性只是无知的受害者，但在阿微木依萝小说中，性别压迫和性别歧视主要发生在女性之间，这的确是女性的悲哀。在短篇小说《边界》中，瘫痪的陈老妈妈想出山到女儿家去，她与儿媳们从开玩笑发展到争吵。她看不起自己的儿媳妇，对儿媳们都很冷淡。她经常产生幻觉，害怕大儿媳霸占自己的房子；她也经常骂儿媳黄氏，根本不理解儿媳的痛苦。在中篇小说《土行孙》中，王三娘子的婆婆是一个厉害的人，以致婆媳关系相当紧张，王三娘子也特别害怕婆婆。婆婆与儿媳的对立俨然成为阿微木依萝小说的主要冲突，实际上，儿媳是家庭不可缺少的组成部分，儿媳不仅从事生产劳动，而且承担了不可替代的繁衍后代的重担。儿媳角色被边缘化，儿媳只有通过生育男性后嗣才能获得在家庭中

---

[1] ［美］罗莎莉：《儒学与女性》，丁佳伟、曹秀娟译，江苏人民出版社，2015，第136页。

的地位，是前工业化社会中的一种典型现象，然而，这种现象在现代社会却不容易出现，阿微木依萝把儿媳塑造成被婆婆歧视和压迫的形象，也许她的视野仍然沉浸在封闭的乡村古寨里。婆媳关系是社会关系的反映，隐含了丰富的性别、伦理、家庭、民族等多重文化心理内涵，婆媳关系也是文学创作的永恒题材；阿微木依萝沿袭了传统叙事模式，她在《出山》中把重男轻女描述为婆媳冲突的心理动机，在《边界》中把孝道妇道描述为婆媳冲突的思想动机；阿微木依萝对这两种动机的处理基本沿袭了中国传统的文化心理。然而，她把"婆婆"塑造为强势方，把"婆婆"看作儿媳内心压抑和生活不幸的重要推手，这些都说明了阿微木依萝在潜意识中对传统伦理文化的批判。

《出山》《边界》《土行孙》中的"婆婆"都可以说是性格怪异、内心险恶的女人，与婆婆形象相对比，阿微木依萝还塑造了一群身份卑微、生活凄惨的妇女形象，这些女性大都是无辜的受害者。在短篇小说《出山》中，阿微木依萝通过一个妇女的话控诉了寡妇在社会上遭受的不公正待遇，这个寡妇与"爷爷"相处十多年，历尽伤心与煎熬，她受尽冷眼，遭人取笑。她把"名分"看得十分重要，她需要"爷爷"给她"名分"，但这个愿望总是无法实现。在《土行孙》中，王三娘子也是一个苦命的寡妇，婆婆不让她再嫁。她在亡夫家怀上了孩子，因畏惧婆婆而准备堕胎，最后离家出走。阿微木依萝小说中的"寡妇"完全是一种依附性存在，她们不具备获得社会认同的任何权力，她们名义上是寡妇，但又有相好的男人，迫切需要男人给予"名分"，但是现实又是那么残酷。如果说"寡妇"看重"名分"是向男权文化的主动归降，可让女人失望痛苦的是，她们又遭到男权无情的虐待。在短篇小说《出山》中，阿微木依萝通过"王奶奶"的话控诉了女人在人世间遭受的苦楚，她们一辈子吃的苦比踩着的泥厚,遭的罪比人家走的路多,嫁的男人却都没有良心。在《牧羊人》中,红花的妈妈生了无数个女儿后喝药而死,因为红花的爸爸想要生儿子,致使夫妻俩天天吵骂。在《杨铁匠》中,王婶子经常遭受丈夫的殴打,最后喝药而死。在妇女的人生中,男权的欺压无处不在,男人成为男权的代表,"婆婆"成为男权的帮凶。在《边界》中,黄氏是一个被拐卖的妇女,她在家里受尽婆婆歧视,她不识字,大家都以为她笨,没有人理解她内心的苦楚。可以发现,阿微木依萝描写了底层女性生得艰难、活得挣扎、死得屈辱,她们内心孤独、精神苦闷却又无处诉说,她们虽然处于现代社会,但她们并没有现代思想和自我意识,她们把生活的希望完全寄托在男人身上,而使自己沦为没有主体性的"他者",也就是波伏娃所说的"第二性"。阿微木依萝对女性形象的建构仍然是传统的,她能使人们想到民国小说中作为"他者"的妇女形象。特别值得提出的是,这种女性形象并非是对当下中国女性处境的真实描绘,而是前现代化时期农村妇女人生命运的回光返照。或许,阿微木依萝并没有发现在现代社会"一切等级的和固定的东西都烟消云散了,一切神圣的东西都被亵渎了,人们终于不得不用冷静的眼光来看他们的生活地位、他们的相互关系"[1],在当下时代,中国传统伦理文化面临危机,女性自我意识的觉醒以及家庭地位的改变,已经成为无可争辩的事实。

在短篇小说《牧羊人》中,作者开篇描绘了一幅美丽的山村风景图:"早春,草尖悬挂着透亮的露水,朝阳还没有升起,风不大,山峰包围的村庄偶尔传来几声家畜的叫声。这些天然的动物声音,使这个

---

[1] [德] 马克思、恩格斯:《共产党宣言》,第36—37页。

村庄的早晨显得更加宁静。"[1] 表面看来，这样优雅宁静的乡村风景是一个物质世界，但作者实际上是在塑造一个充满张力的精神世界；或许在作者看来，这样美好的风景是一种崇高精神的象征，也是一种美好人性的象征，张果子就是这种崇高精神和美好人性的代表。张果子是一个羊倌，从 10 岁开始到 60 岁一直都在放羊，他在骨子里装满了羊的野性和倔强。他没有妻子儿女，也没有兄弟姐妹，但相信天地为证的誓言，在秀芝过世后，他依然保持深沉的感情；他相信别人，还收养了被后妈虐待的红花。《杨铁匠》集中讲述了一个外来户的生活艰难和生存屈辱，外来的杨铁匠是一个命苦的人，妻子因生孩子而死，他因逃避罚款而东躲西藏。他在山洞里打铁勉强生活，他要给女儿小花针治病，请了好几个仙家来跳神，但没见效果，小花针的病没见好转，反而越跳越严重了，他杀光了自家的鸡，也花光了养家糊口的钱；跟他接触的人都惹上了麻烦，他自己也失去了活着的勇气。在中篇小说《土行孙》中，土行孙在学校屡受歧视，但他热爱学生关心他人，也为了自己的家庭辛苦地劳作，他在教学与劳作间历尽艰辛，也受尽了白眼。张果子、杨铁匠和土行孙是被侮辱、被损害的底层人的代表，他们内心善良、忍辱负重，他们生得坚强、活得顽强，更重要的是他们有一颗纯洁善良的心。实际上，阿微木依萝也塑造了一些负面男性形象，比如《杨铁匠》中的羊贩子，《牧羊人》中红花的爸爸，然而这些负面形象都不是小说的主人公，张果子、杨铁匠和土行孙才是阿微木依萝心中理想的男性形象。或许阿微木依萝早已厌恶人世间的纷扰，她在小说中苦苦追寻乌托邦的爱情和人生形式。因此，阿微木依萝在《牧

---

[1] 阿微木依萝：《出山》，花城出版社，2017，第 56 页。

羊人》的结尾以诗意的语言描绘了一个理想境界，歌颂了张果子对秀芝的忠诚和对爱情的坚守。

　　《牧羊人》《杨铁匠》和《土行孙》中的主人公都可以说是精神崇高、人性善良的男人，同时阿微木依萝还塑造了一些与之形成鲜明对比的女性形象。在《牧羊人》中，红花的后妈是一个凶悍的女人，不仅不让红花吃饱饭，而且还经常打骂红花；这个后妈不仅内心狠毒，而且还贪得无厌，她把红花送给张果子收养以后，从张果子那里牵走了好几只羊。在《土行孙》中，王婆婆是一个表面热情、内心狠毒的女人，琴当年找她帮忙，她非但不帮忙还背地里通风报信，致使琴被逼喝下堕胎药。王婆婆和永军妈好管闲事，拆散了琴和永军的爱情，她们道貌岸然地做着丧尽天良的勾当，亲手制造了琴的爱情惨剧和人生悲剧。如果说张果子、杨铁匠和土行孙代表了人性的善良，那么红花的后妈和王婆婆就是丑恶人性的化身。在众多女性形象中，要么是人性丑恶，要么是命运悲惨，她们都不是阿微木依萝心中的理想人物形象，更不是她心中理想的人生形式。或许，阿微木依萝具有弗洛伊德所说的"恋父情结"，她歌颂张果子和杨铁匠对孙女、女儿的热爱，抨击"婆婆"对媳妇、孙女的歧视；然而，阿微木依萝在小说中又批判了作为丈夫的男性形象，批判这些男性要么始乱终弃（《出山》中的爷爷），要么心狠手毒（《杨铁匠》中的羊贩子）。在阿微木依萝的小说中，婚姻生活总是带来无尽的纷扰，而理想爱情却又是短暂易逝，即使这样，她依然希冀美好的爱情。阿微木依萝小说表现出来的价值与愿望，在很多方面让人们联想到20世纪中国女性作家（尤其是张爱玲和萧红）所具有的审美情趣，她们都批判了中国传统观念的残忍与伪善，都崇尚美与人道主义，都努力追寻乌托邦的爱情与生活，但悲剧总是人生的宿命。

第三节　民族文学研究与批评空间拓展

2014年，刘大先的著作《文学的共和》作为"中国现代文学馆青年批评家丛书"之一由北京大学出版社出版。这部著作是关于中国各民族文学的批评与研究，刘大先希望通过复数的文学形态呈现出一种更为完整的中国文学生态和图景。丰富的理论是刘大先文学批评的一贯特色，这部著作同样充分展示了文化研究、文化人类学、文化地理学、后殖民理论、现代性理论、历史学理论、政治学理论、媒介理论等在少数民族文学研究中的张力。或许更重要的是，刘大先在这部著作中提出了"文学共和"的观点。刘大先强调："文学的共和"是指"通过敞亮'不同'的文学，而最终达致'和'的风貌，是对'和而不同'传统理论的再诠释，所谓千灯互照、美美与共；同时也是对'人民共和'（政治协商、历史公正、民主平等、主体承认）到'文学共和'（价值的共存、情感的共在、文化的共生、认同的共有、价值的共享、文类的共荣）的一个发展与推衍。"[1] 在刘大先看来，"文学的共和"是一种理想的批评，是"人民共和"与"文学共和"的统一，是政治理想与美学追求的统一；然而，目前的批评权力格局和知识结构无法达成这种理想的批评。刘大先对当下的文学批评持批判态度，他认为近些年的文学批评已成为不招人待见的角色，直接斥责了"伪学院派"的批评方法。从这个方面来说，"文学共和"既是一种批评理想，也可以说是一种人生

---

[1] 刘大先：《后记》，载《文学的共和》，北京大学出版社，2014，第332页。

理想和社会理想，正如刘大先所说，他希望通过"文学共和"创造、丰富中国文学话语的多样性，并希冀以此成为其他学科参考的精神资源。刘大先的《现代中国与少数民族文学》和王志彬《山海的缪斯：当代台湾少数民族文学研究》在少数民族文学研究方面都有一定的代表性，前者充分展示了理论在少数民族文学研究中的张力，后者则尝试拓展少数民族文学研究的空间维度，两部著作也都呈现了少数民族文学研究领域的问题与方法。无论是刘大先《现代中国与少数民族文学》和《文学的共和》，还是王志彬《山海的缪斯：当代台湾少数民族文学研究》，他们都试图使中国各民族文学达成"文学共和"，也都试图呈现在西方理论规约下的"中国气象"。刘大先充分运用了空间理论，主张少数民族文学研究的"空间转向"；而王志彬尝试空间拓展，把台湾少数民族文学看作中国文学整体的重要组成部分。从《现代中国与少数民族文学》到《文学的共和》，刘大先都表现了鲜明的"中国意识"和明确的"中国立场"。当下的文学批评不断地遭遇批评，或许刘大先和王志彬的批评实践能给陷于困境的文学批评提供些许突围的可能与机会。

一、批评共同体的理论张力

翻开刘大先的著作，不得不佩服他的学术功底，《文学的共和》和《现代中国与少数民族文学》都是不可多得的学术著作，时间也必然证明它们的学术价值与学科贡献。我主要以《全球时代：超越现代性之外的国家与社会》为理论基础，试图揭示刘大先著作的成就与问题，并希望能引发少数民族文学学科中相关问题的思考。《现代中国与少数民族文学》是一本由理论织成的网，从现代性到后现代性，从民族学到神话学，从政治学到历史学，从地理学到语言学，刘大先都是信手拈来，不仅增加了著作的深度，也扩张了理论的想象力。可以肯定地说，理论性是该著作最重要的特征之一，也是刘大先对中国少数民族文学研究和少数民族文学学科做出的重要贡献。长久以来，虽然少数民族文学学科依靠制度保障在学术体制中占有稳固位置，但是少数民族文学研究依然在学术领域中处于边缘地位，在当今理论过剩的时代，少数民族文学研究中理论的匮乏似已成为不争的事实。这种现象在少数民族文学学科范围内已引起必要的反省，早在2005年，刘大先就在《文艺理论研究》撰文指出，"当代少数民族作家文学批评处于边缘地位，且话语系统陈旧"[1]。2012年，汪娟在《文艺报》发文指出："将中国少数民族语言文学放置于整个新时期中国文学发展的大潮流中，中国少数民族文学批评，尚处于较边缘的地位，处于自我失语的境况。少数民族文学批评无论是在方法上还是在理念上可以说都相对滞后。"[2] 上述观点应该不是危言耸听，而应该是揭示了少数民族文学研究和少数民族文学学科内部存在的深层次结构问题。刘大先从问题出发，致力于少数民族文学研究的转型和少数民族文学学科的发展，提出要吸收借鉴民俗学、人类学、后现代主义等理论，建立少数民族文学学科的独特的批评理论体系，《文学的共和》《现代中国与少数民族文学》正是这种学术追求的实践产物。毫无疑问，刘大先的批评实践充分发挥了理论的张力，使中国少数民族文学显示了必要的哲学、历史学、人类学、语言学、地理学的内涵与魅力，探索了少数民族文学研究和少数民族文

---

[1]　刘大先：《当代少数民族文学批评：反思与重建》，《文艺理论研究》2005年第2期。
[2]　汪娟：《当代少数民族文学批评何去何从》，《文艺报》2012年2月6日第6版。

学学科发展的重要方向。

在刘大先的理论体系中，现代性是一个非常重要的内容，甚至可以说，现代性是《现代中国与少数民族文学》的理论基石，不仅是因为刘大先强调现代性理论在著作中的贯串，"现代性的理论话语会作为一种隐伏的背景伏藏在本书叙述的始终"[1]，而且是因为现代性本就是"现代中国"概念的核心内涵。无论是汪晖，还是刘大先，他们对"现代中国"的阐释都突出了现代性的总体性意义。我也曾对现代性有过无限的憧憬，博士论文《论中国散文理论的现代性转变》正建基于此。我也曾窃喜，现代性理论的确是一个好东西，它似乎是一把万能的钥匙，可以打开任何学科的大门。或许，我还得继续用现代性理论去不断地敲门和开门，因为我正在构思的一部著作初步取名为《现代性与时空形式》，但这应该还不是最后的终结。然而，在当代中国学术领域中，无论是现代性的理论建构，还是现代性的话语实践，大家都对现代性缺乏必要的反省。单就刘大先的专著来说，现代性的话语实践至少引发两个值得思考的问题。第一，现代性对文学性的压抑。在《现代中国与少数民族文学》中，文学性处于现代性的淹没之中是不争的事实，或许刘大先原本就对"文学性"概念持批评态度，认为文学性观念"其实是把文学非历史化了"[2]，但是在现代性的宰制之下，文学被充分总体化了，现代性贬抑了文学性。更值得注意的问题在于，该著作以"少数民族文学"命名，刘大先的主观目的也是以少数民族文学为主要研究对象，但是少数民族文学在该著作中似乎只是个点缀。刘大先在《绪论》中对"少

---

[1] 刘大先：《现代中国与少数民族文学》，中国社会科学出版社，2013，第2页。
[2] 明江：《少数民族文学研究的瓶颈与突破》，《文艺报》2013年10月18日第9版。

数民族文学"进行概念辨析时,对"民族"和"少数民族"做了详细的知识考古,然而当涉及"文学"和"文学性"时,作者抛弃了知识考古方法,三言两语就打发了"文学"和"文学性",这种写作方式或许就是个隐喻。第二,现代性对不平衡性的压抑。詹姆逊在《单一的现代性》中指出,"'现代性'常常意味着确定一个日子并把它当作一个开始"[1],刘大先顺着汪晖的思维给"现代中国"做了界定,"'现代中国'并不是标指特定的时间段落与政治形态,而是概括从晚清已经开始的在外来冲击和内发裂变交错下的总体氛围、环境和心态"[2],他也给现代性"确定了一个日子并把它当作一个开始",认为现代性是从晚清开始的。现代性的晚清起源说在理论上具有充分的合理性,但是晚清起源说必然忽视了中国少数民族发展的不平衡性,据国家民委网站对少数民族社会状况的有关介绍,新中国成立前有部分少数民族仍处于原始社会、奴隶社会或者封建社会。这些处于前现代社会的少数民族的文学是如何体现现代性?这是一个值得深思的问题。刘大先强调"'中国少数民族文学'必须放入'现代中国'才能够被清楚和有效地说明"[3],他把现代性普遍化和总体化,正如阿尔布劳所说,"是企图开发出一种无所不包的概念系统,并且用这个系统理解一切现象"[4],这种总体性思维是一种征候,它表明了现代性的过分扩张。

时空维度的凸显是《现代中国与少数民族文学》的重要特征,尤其

---

[1] [美]弗雷德里克·詹姆逊:《单一的现代性》,王逢振译,中国人民大学出版社,2009,第23页。
[2] 刘大先:《现代中国与少数民族文学》,第2页。
[3] 同上。
[4] [英]马丁·阿尔布劳:《全球时代:超越现代性之外的国家和社会》,高湘泽、冯玲译,商务印书馆,2001,第175页。

是空间维度对少数民族文学研究具有开拓性意义。从时间维度研究少数民族文学由来已久，但以往的研究大都限制在历史叙事，众所周知的事实是，历史只是时间的组成部分。刘大先把少数民族文学的历史叙事放在时间维度中进行阐释，不仅赋予历史叙事以哲学内涵，而且赋予时间以本体论地位，促进了少数民族文学学术的知识生产。首先，促进了少数民族文学学术研究由历史叙事向历史哲学的深化。学术界对少数民族文学的历史叙事进行了充分研究，尤其是突出了历史叙事的意识形态特征，正如德·塞尔托在《历史书写》中提出："历史学家只是'围着'权势在转。在所有现代国家里，从历史论文到历史教科书，它们都隐含着历史学家所希冀的教育和动员的责任。"[1] 中国少数民族文学的历史叙事具有鲜明的意识形态性和教育性，这早已成为学术界的共识。刘大先不仅考察了中国少数民族文学历史叙事的演变过程和意识形态特征，而且把多民族文学史观的兴起放置在现代学术生产的转型过程中进行分析，认为"少数民族文学从建立到书写其历史，一直笼罩在黑格尔式的历史哲学观念之中，这种观念经历后现代主义、后结构主义诸多思想流派的洗礼，已经变得摇摇欲坠"[2]。刘大先从历史哲学角度反思少数民族文学史书写具有重要的学术意义。其次，促进少数民族文学学术中的历史分析向时间哲学的深化。海德格尔在《存在与时间》中认为时间性是历史性的必要条件，"只因为它在其存在的根据处是时间性的，所以它才历史性地生存着并能够历史性地生存"[3]，刘大先把历史放

---

[1] [法]米歇尔·德·塞尔托：《历史书写》，倪复生译，中国人民大学出版社，2012，第12页。
[2] 刘大先：《现代中国与少数民族文学》，第93页。
[3] [德]马丁·海德格尔：《存在与时间》（修订本），陈嘉映、王庆节译，生活·读书·新知三联书店，2012，第426—427页。

置在时间范畴中进行分析，突出了历史与时间的统一，以及历史性与时间性的统一。最后，促进了文学史观的阐释和转型。刘大先分析了"多民族文学史观"的历史渊源，并且提出多民族文学史观包括多族群、多语言、多文学、多历史四个层次内涵，在他与李晓锋合著的《中华多民族文学史观及相关问题研究》的基础上，增加了"多语言"，促进了"多民族文学史观"的阐释与转型。然而，刘大先对中国文学史书写和少数民族文学史书写的考察，在线索勾勒和史实叙述等方面似乎在做重复工作。综合来说，刘大先在新的理论视野下分析少数民族文学的历史叙事，提出了新的观点和看法，提升了文学史研究的理论高度。

空间转向是当下人文社会科学研究中的热点问题。刘大先具有比较扎实的西方文艺理论基础，敏锐地提出了少数民族文学研究的"空间转向"，他认为"少数族裔文学由于其在整个中国文学格局中的特定位置，从地理／空间的角度切入有着迫切的现实意义"[1]。刘大先运用空间理论分析中国少数民族，强调了空间研究的重要意义，认为"在历史与书写的僵局中，空间视角无疑增添了新的文学研究学术生长点"[2]。综合来说，刘大先的空间研究具有两个重要特征。第一，理论的综合性。刘大先熟悉西方空间理论，历数自康德以降的众多空间理论家，实际运用了列斐伏尔、福柯、布尔迪厄等人的空间理论，综合了心理学、哲学、社会学等多学科的观点，显示出较强的理论综合性。第二，思维的辩证性。刘大先不仅看到了空间理论的优点，还认为空间维度的过度思考有可能堕入"分裂主义"或"拜物主义"，展现出他较深的辩证法

---

[1] 刘大先：《现代中国与少数民族文学》，第 272—273 页。
[2] 同上书，第 272 页。

素养。但是，刘大先的空间研究也引发了一些值得注意的问题。第一，空间理论视野中展现的大都是理论和民族，而非文学。刘大先擅长从理论到理论，在广阔的空间理论世界中更难寻找少数民族文学，确切地说，他是在运用空间理论分析少数民族，而非少数民族文学。第二，部分理论观点缺乏足够的说服力。比如，"资本空间规模流动造成的现实，在话语层面衍生为一种'全球化'与'地方性'之间的对立。而所谓的中国少数民族的'地方性'恰恰是一种近代发生的现象"[1]，刘大先在阐述这个观点时并没有列举少数民族发展的事实来证明，我觉得中国少数民族的"地方性"并非只是在近代才发生的现象，"地方性"应该经历了漫长的历史积累过程。所谓"全球化"与"地方性"也并非完全对立的关系，"全球化"与"地方性"实际上是一种辩证运动，它们之间是可以相互转化的，正如阿尔布劳指出，"全球性程度的提高并不必然意味着地方性程度的相应降低"[2]。刘大先把"全球化"与"地方性"的对立归之于资本，有一定的合理性，马克思、恩格斯在《资本论》和《英国工人阶级状况》等著作中对资本所引发的空间生产有过充分论述，但问题在于，现代中国与西方资本主义国家有很大不同，全球化在中国也只是晚近的说法，资本在中国少数民族"地方性"的产生过程中发挥的作用也并非刘大先想象的那么重要。总之，在空间理论的总体化视野中，刘大先把现代中国少数民族的空间生产非历史化了。

总体化是《现代中国与少数民族文学》最重要的特征之一。正是在总体化思维中，现代中国、少数民族、少数民族文学学科都被总体

---

[1] 刘大先：《现代中国与少数民族文学》，第235页。
[2] [英]马丁·阿尔布劳：《全球时代：超越现代性之外的国家和社会》，第174页。

化了。总体化方法在该著作中至少具有两个方面的作用。首先,总体化揭示了"现代中国""少数民族""少数民族文学学科"等概念发展的事实。比如刘大先在分析"少数民族"时提出,"前现代的中央王朝与地方族群关系格局中,自然存在的少数族裔共同体,缺少明晰边界的主体;现代以来,少数族群在民族/国家的生长过程中,规整为总体化主体中的多元构成元素"[1]。刘大先不仅分析了古代中国少数民族在"大一统"的民族认同思想中被总体化,而且分析了现代中国少数民族在"民族国家"的认同思想中被总体化。其次,总体化是少数民族文学学科建构和发展的需要。不可否认的事实是,中国少数民族文学学术一直都是"国家学术",正如刘大先指出,"中国少数民族文学学科的建立开始就是以民族团结、民族融合、多民族文化文学共同繁荣为目标和价值诉求的"[2],少数民族文学研究的目的也是要实现这一总体目标,因此《现代中国与少数民族文学》也隶属这个总体目标。不可置疑的是,少数民族文学学术中的总体化方法符合中华民族的共同利益,它不仅使少数民族文学学科拥有坚实的基础,而且使少数民族文学学术更富有价值。历史也充分证明了总体思维和总体化方法的作用,从黑格尔到卢卡奇和萨特等思想家都充分运用了总体化方法,历史也充分证明了总体思维具有天然的逻辑优势,"总体性话语使民族、社区、国家、文化、家庭尤其是社会都服从于这一纪律"[3],这符合社会主义集体主义价值观。

《现代中国与少数民族文学》中的总体化方法也暴露了一些值得反

---

[1] 刘大先:《现代中国与少数民族文学》,第96页。

[2] 同上书,第18页。

[3] [英]马丁·阿尔布劳:《全球时代:超越现代性之外的国家和社会》,第175页。

思的问题。首先,在总体思维中,"现代中国"与"少数民族文学"都是总体性概念,但是这两个概念并非共时性的。刘大先指出,"中国少数民族文学在'现代中国'的语境中才得以诞生,并且成为一个可以在学术上进行探讨的话题"[1]。众所周知的事实是,"少数民族文学"作为一个概念是在新中国成立以后才得以诞生,也才得以成为一个学术论题,然而刘大先把"现代中国"与"少数民族文学"共时化,有可能压缩了"现代中国"的内涵,也有可能压抑了"少数民族文学"的价值。其次,总体思维也具有一些难以克服的问题,有可能产生一些总体化困境。阿尔布劳指出:"总体性话语的最明显的运作方式是通过系统观点表现出来的,这种观点运用类比的思维方式并常常把民族国家社会与其他系统等量齐观。"[2] 在《现代中国与少数民族文学》中,由于总体化方法的强大支配力量,"现代性""民族国家""全球化"等概念成为普遍性的观点,有可能使少数民族文学成为现代性的附庸,也有可能遮蔽了少数民族文学的独特性。在当代学术中,"现代性""民族国家""全球化"都已经成为普遍性概念,阿尔布劳清楚地看到这种事实并提出了尖锐批评:"'全球化'这个概念便获得了某种近乎巫术的品质,成了一块提供普遍启蒙作用的通灵宝玉。但是,对这个概念的随意滥用,并不是反映了它的扩展,而是反映出当前的理解的局限性。"[3] 这种观点值得深思。少数民族文学学术的发展和少数民族文学学科的建立都是国家意识形态发展的产物,这已经成为学术界的共识,但是我们不能忽视的是,少数民族文学学术的发展和少数民族文学学科的建立也具有天

---

[1] 刘大先:《现代中国与少数民族文学》,第3—4页。
[2] [英]马丁·阿尔布劳:《全球时代:超越现代性之外的国家和社会》,第175页。
[3] 同上书,第134页。

然的历史与逻辑基础，少数民族和少数民族文学作为客观的历史存在，民族特征是它们的天然优势，也是少数民族文学学术发展的逻辑基础，不能偏信现代性、民族国家、全球化的强大力量，而故意忽视这些天然基础。在总体化方法中，现代性的强大控制力必然压抑少数民族文学的独特性，也必然消解少数民族文学学科存在的合理性，这是一个深刻的悖论。

二、批评共同体的空间维度

《山海的缪斯：当代台湾少数民族文学研究》（以下简称《山海的缪斯》）是王志彬历经七载完成的一部专著。该著作以我国当代台湾少数民族文学作为研究对象，揭示了台湾少数民族文学的发展历程、主题话语、审美品格和书写困境，强调了台湾少数民族文学的文学史价值，为台湾文学史书写做出了一定贡献。尤其值得重视的是，该著作直面当代少数民族文学研究中的若干问题，尝试突破少数民族文学研究的理论困境和历史障碍，以自觉的理论意识和历史意识尝试拓展了少数民族文学研究的空间维度。长期以来，中国少数民族文学研究在理论方面呈现一种悖谬状况。一方面，理论意识比较薄弱。正如欧阳可惺所说："当代少数民族文学批评理论还是相对比较薄弱，除在理论上有一些滞后外，在批评方法上也存在着比较单一和批评视界较为狭隘的状况。"[1] 刘大先在《当代少数民族文学批评：反思与重建》中也指出当代少数民

---

[1] 欧阳可惺：《当代少数民族文学批评理论的整合与边缘性批评姿态》，《当代文坛》2008年第5期。

族文学批评"话语系统陈旧"[1],他呼吁要有效吸收民俗学、人类学、文化学等跨学科理论以实现批评范式的转型。另一方面,理论运用"不及物"。西方理论在当代少数民族文学研究中实际上得到了广泛运用,近年来一些从事少数民族文学研究的青年学者大都具有比较深厚的理论基础,他们能够熟练运用多种理论研究少数民族文学,不用说文化学理论和人类学理论,甚至连后现代主义理论和后殖民主义理论在少数民族文学研究中也是令人应接不暇。但是,理论运用有些过度,使少数民族文学研究呈现出只见理论不见文本的现象。因此,李长中把"少数民族文学批评严重脱离文本"[2]看作当今少数民族文学研究的重要缺陷,蓝国华也直斥后殖民理论有可能使少数民族文学批评"面临着不可解释的困难和难以避免陷入想象的怪圈"[3]。可以看出,一些学者主张充分借鉴西方理论研究少数民族文学,而另一些学者直斥西方理论"不及物",这种相互对立的观点反映了少数民族文学研究的现状,也暴露了少数民族文学学科的尴尬处境。少数民族文学研究如何实现自我转型成为一个急需解决的问题,从这个方面来说,《山海的缪斯》为思考这个问题提供了重要启示。

《山海的缪斯》在理论运用方面表现出三个重要特征。首先,宏阔的理论视野。该著作综合运用了族群理论、文化人类学、现代性理论、后殖民主义、生态主义、传播学等多种理论,把台湾少数民族文学放置在现代化和全球化的理论视野中进行研究,拓展了台湾少数民族文

---

[1] 刘大先:《当代少数民族文学批评:反思与重建》。
[2] 李长中:《后现代理论视野下少数民族文学的批评的理论与方法》,《内蒙古社会科学》2009年第4期。
[3] 蓝国华:《谈"后殖民主义"理论与少数民族文学批评》,《中州大学学报》2009年第5期。

学研究的深度与广度。比如第一章《现代性视野下的台湾少数民族》融合了现代性理论、族群理论和后殖民主义理论，分析了台湾少数民族的发展历史和文化特征，揭示了台湾少数民族文学"边缘崛起"的主体基础。其次，"化理论"的理论叙述。该著作一般不做纯粹的理论介绍，不做术语的详细阐释，也很少直接引用理论话语，而是把理论融会贯通，文中见不到理论叙述而理论又无处不在，实践了"化理论"的叙述方式。比如在对台湾少数民族及其族群文化特征的分析中，该著作没有介绍或者引用族群理论，而是通过分析民族称谓的演变，揭示了台湾少数民族的族群认同。一般来说，"共享在各种文化形式下的外显统一性中所实现的基本的文化价值观"是族群认同的基础，但是巴斯反对这种观点，主张族群认同实际上是"文化差异迁延的互动的构建"[1]。《山海的缪斯》吸收了族群理论研究中富有挑战性的观点，认为族群认同是文化内涵与文化差异的统一，书中写道："从'夷''番'到'原住民'，台湾少数民族经历了从客体指认到主体认同和客体认定的历史行程，实现了对民族自身立场和族群记忆的回归，凸显了'原住民族'自身的文化内涵与文化差异。"[2] 此处与巴斯在《南波斯的游牧人群》中的研究有很多相似之处，它们都是通过族称的变化揭示族群认同方面表现出来的分歧与一致性，都认为文化内涵和文化差异是族群认同的基础。最后，形象化的话语运用。西方理论话语大都深奥晦涩，非专业学者一般都难懂其中奥妙，而国内有不少学者喜欢搬弄生僻的话语，使文章貌似高深。《山海的缪斯》不仅避免了搬弄生僻的理论话语，而且

---

[1] [挪威]弗雷德里克·巴斯：《族群与边界：文化差异下的社会组织》，李丽琴译，商务印书馆，2014，第7页。

[2] 王志彬：《山海的缪斯：当代台湾少数民族文学研究》，中国社会科学出版社，2015，第24页。

尽量使理论话语形象化，比如"黄昏民族"形象地揭示了台湾少数民族的发展困境和边缘处境。总体来说，《山海的缪斯》运用了跨学科理论，并形成了一定的个人话语，避免了理论运用的"不及物"，为少数民族文学研究的理论转型提供了重要启示。

韦勒克和沃伦在《文学理论》中认为文学研究包括文学理论、文学批评和文学史三个部分，尤其是文学批评和文学史二者之间不可分离，他们强调"文学史家必须是个批评家"，"反过来说，文学史对于文学批评也是极其重要的"[1]。然而，在中国当代少数民族文学研究中，文学批评与文学史的分离俨然成为一个普遍现象，并引起了部分学者的高度重视，比如刘大先批评"当前的少数民族作家文学批评与主流文学史的书写是脱节的"[2]，又如汪娟在《中国当代少数民族文学批评——何去何从？》中对少数民族文学批评与文学史书写的分离现象表达了忧思。从这个角度来说，《山海的缪斯》融合了文学批评的方法和文学史的意识，为少数民族文学研究的转型提供了重要启示。《山海的缪斯》的历史意识主要表现在三个方面。第一，扎实的史料是《山海的缪斯》的重要特征。史料是学术研究的基础，对史料的重视是王志彬的历史意识的重要表现。正如房福贤在序言中所说，台湾少数民族文学研究尚处于"边缘状态"，只有少数学者涉足这个领域。出现这种状况的原因可能就是台湾少数民族文学的史料搜集相当困难，而王志彬为了完成《山海的缪斯》的写作，在史料搜集方面颇费了一番工夫，他还到台湾进行了半年多的考察访问，《山海的缪斯》后面的两个附录就足以证明史料搜集的

---

[1] ［美］勒内·韦勒克、奥斯汀·沃伦：《文学理论》，刘象愚等译，江苏教育出版社，2005，第39页。

[2] 刘大先：《当代少数民族文学批评：反思与重建》。

艰难。附录一《当代台湾少数民族作家主要文学作品一览表》按照出版时间列举了91部作品，最早上溯到1971年，搜集这些作品绝对不是一件容易的事情。附录二《当代台湾少数民族文学大事记》列举了从1962年到2013年台湾少数民族文学的活动状况，可以说是梳理了台湾少数民族文学发展的历史线索。两个附录虽然只有短短五页，但王志彬却需要付出大量的时间，他不仅需要查找作家作品，还需要翻阅报纸期刊。扎实的史料为本著作的研究奠定了良好的基础。第二，宏阔的历史视野也是《山海的缪斯》的重要特征。王志彬把台湾少数民族文学放置在宏阔的历史背景中进行分析，而非孤立地片面研究，从而能够揭示台湾少数民族文学的整体特征和历史价值。比如王志彬对台湾少数民族的分析上溯到部落文明时代，认为台湾山林海洋的地理环境决定了台湾少数民族的文化特征，在漫长的历史发展中，台湾各少数民族相互融合，共同创造了山海民族灿烂的文化。在这种宏大的历史分析中，王志彬总结了台湾少数民族的文化传统："数千年来，在山林海洋这一独特的地域生存背景中，台湾少数民族显示出了其顽强的民族生存能力，形成了以乐天知命的生活态度、敬山畏海的生存伦理、尚义轻财的道德观念、崇敬神灵的精神信仰和互助共享的人文关怀等为核心理念的民族文化传统。"[1]他一方面强调文化精神和文化传统是民族发展的基础，也是台湾少数民族文学发展的基石；另一方面，他认为台湾少数民族文学是台湾少数民族的社会、历史和文化发展状况的表现。王志彬准确把握了文学发展与社会历史的相互关系，拓展了台湾少数民族文学研究的深度。第三，整体的文学史观也是《山海的缪斯》的重

---

[1] 王志彬：《山海的缪斯：当代台湾少数民族文学研究》，第28页。

要特征。王志彬始终强调台湾少数民族文学是中国多民族文学的重要组成部分，他认为："开展台湾少数民族文学研究对当代大陆少数民族文学的发展有着重要的启示意义，从而使我们在普遍意义上开展中国少数民族的汉语写作研究。这对于深化中国少数民族文学研究，建构中国少数民族文学史和'重绘中国文学地图'等有着重要的文学史价值。"[1] 王志彬不仅具有明确的文学史整体观，而且把这种整体观深入贯彻到该著作的全部分析中。尤其是在第六章《当代台湾少数民族文学的文学史意义》中，王志彬特别指出台湾少数民族文学对台湾文学史书写和中国少数民族文学史书写都具有非常重要的意义。因此，综合来看，《山海的缪斯》既可以说是一部文学批评著作，又可以说是一部文学史著作。

众所周知，黑格尔创立了辩证法式的理性论，他强调世界是相互联系的有机整体，认为"万有都被一种似非而是和自相矛盾的精神所推动"[2]。韦勒克和沃伦的《文学理论》可以说是黑格尔主义理性论的实践样本，韦勒克和沃伦认为文学研究是一种系统、整体研究，是一个辩证过程，文学理论、文学批评和文学史三者相互联系不可分割，他们强调"文学理论不包括文学批评或文学史，文学批评中没有文学理论和文学史，或者文学史里欠缺文学理论与文学批评，这些都是难以想象的"[3]。《山海的缪斯》体现的也是辩证法式的理性论，它对当代台湾少数民族文学进行系统研究，以文学批评为基础，融合了文学理论和文学史方法，实践了一种辩证法式的整体研究。不仅如此，《山海的缪斯》在

---

[1] 王志彬：《山海的缪斯：当代台湾少数民族文学研究》，第19页。
[2] [美] 威廉·佩珀雷尔·蒙塔古：《认识的途径》，吴士栋译，商务印书馆，2012，第104页。
[3] [美] 勒内·韦勒克、奥斯汀·沃伦：《文学理论》，第33页。

价值判断方面也是辩证的，比如王志彬一方面高度评价了当代台湾少数民族文学的审美价值和社会意义，强调台湾少数民族文学具备了"现代性和世界性的品质"[1]；另一方面，王志彬还特别分析了台湾少数民族文学在创作主体、书写表达和价值取向等方面的困境，指出了台湾少数民族文学发展需要处理的问题。总体来说，《山海的缪斯》既指出了当代台湾少数民族文学发展的成就，又揭示了其中的问题，无论是在理论方面，还是在方法方面，它都为当代中国少数民族文学研究的转型提供了重要启示。

---

[1] 王志彬：《山海的缪斯：当代台湾少数民族文学研究》，第128页。

参考文献

一、中文著作

阿来：《尘埃落定》，人民文学出版社，2004年。

阿来：《空山》，人民文学出版社，2005年。

阿来：《空山2》，人民文学出版社，2007年。

阿来：《空山3》，人民文学出版社，2009年。

阿来：《宝刀》，作家出版社，2009年。

阿微木依萝：《出山》，花城出版社，2017年。

毕光明、姜岚：《虚构的力量：中国当代纯文学研究》，社会科学文献出版社，2005年。

陈成：《山海经译注》，上海古籍出版社，2014年。

陈夫龙：《民国时期新文学作家与侠文化研究》，花木兰文化事业有限公司，2017年。

陈鼓应：《老子注译及评介》（修订增补本），中华书局，1984年。

陈平原：《中国小说叙事模式的转变》，上海人民出版社，1988年。

陈戍国：《礼记校注》，岳麓书社，2004年。

陈寅恪：《金明馆丛稿本二编》，生活·读书·新知三联书店，2001年。

陈忠：《漂泊的钢琴》，中国戏剧出版社，2008年。

陈忠实：《白鹿原》，人民文学出版社，1993年。

迟子建：《额尔古纳河右岸》，北京十月文艺出版社，2008年。

崔仲平：《老子道德经译注》，黑龙江人民出版社，2003年。

邓晓芒：《灵魂之旅——九十年代文学的生存境界》，湖北人民出版社，1998年。

董仲舒：《春秋繁露》，凌曙注，中华书局，1975年。

段成式：《酉阳杂俎校笺》，中华书局，2015年。

费孝通：《乡土中国》，北京大学出版社，2012年。

格非：《春尽江南》，上海文艺出版社，2012年。

格非：《人面桃花》，上海文艺出版社，2012年。

格非：《山河入梦》，上海文艺出版社，2012年。

格非：《望春风》，译林出版社，2016年。

葛兆光：《宅兹中国：重建有关"中国"的历史论述》，中华书局，2011年。

葛兆光：《想象异域：读李朝朝鲜汉文燕行文献札记》，中华书局，2014年。

鬼子：《广西当代作家丛书·鬼子卷》，漓江出版社，2002年。

鬼子：《瓦城上空的麦田》，春风文艺出版社，2004年。

韩少功：《夜行者梦语：韩少功随笔》，东方出版中心，1994年。

韩少功：《山南水北》，作家出版社，2006年。

胡荣胜：《生命谷》，中国财富出版社，2013年。

贾平凹：《废都》，作家出版社，2009年。

贾平凹：《山本》，作家出版社，2018年。

蒋德明：《水落禅生》，中国文联出版社，2013年。

金宇澄：《繁花》，上海文艺出版社，2013年。

雷达：《百年经典文学评论》，长江文艺出版社，2004年。

李春敏：《马克思的社会空间理论研究》，上海人民出版社，2012年。

李泽厚：《美的历程》，安徽文艺出版社，1994年。

李敬泽：《青鸟故事集》，译林出版社，2017年。

李敬泽：《咏而归》，中信出版社，2017年。

梁启超：《梁启超全集》，北京出版社，1999年。

刘大先：《现代中国与少数民族文学》，中国社会科学出版社，2013年。

刘大先：《文学的共和》，北京大学出版社，2014年。

刘俐俐：《外国经典短篇小说文本分析》，北京大学出版社，2004年。

刘小枫：《沉重的肉身》（第6版），华夏出版社，2012年。

龙迪勇：《空间叙事学》，生活·读书·新知三联书店，2015年。

鲁迅：《鲁迅全集》，人民文学出版社，1981 年。

孟繁华：《1978：激情岁月》，山东教育出版社，1998 年。

孟庆祥、孟繁红：《孔子集语译注》，黑龙江人民出版社，2003 年。

莫言：《丰乳肥臀》，当代世界出版社，2003 年。

莫言：《小说的气味》，当代世界出版社，2003 年。

莫言：《红高粱家族》，上海文艺出版社，2005 年。

莫言：《食草家族》，上海文艺出版社，2005 年。

莫言：《生死疲劳》，作家出版社，2006 年。

莫言：《檀香刑》，上海文艺出版社，2008 年。

莫言：《莫言讲演新篇》，文化艺术出版社，2010 年。

莫言：《莫言散文新编》，文化艺术出版社，2010 年。

莫言、王尧：《莫言王尧对话录》，苏州大学出版社，2003 年。

牧之：《心灵的遥望》，贵州人民出版社，2014 年。

牧之：《纸上人间》，北京燕山出版社，2017 年。

南帆：《二十世纪中国文学批评 99 个词》，浙江文艺出版社，2003 年。

南帆：《文学的维度》，上海三联书店，1998 年。

欧阳黔森：《有目光看久》，贵州民族出版社，1994 年。

欧阳黔森：《非爱时间》，贵州人民出版社，2004 年。

欧阳黔森：《白多黑少》，贵州人民出版社，2006 年。

欧阳黔森：《绝地逢生》，贵州人民出版社，2008 年。

欧阳黔森：《莽昆仑：欧阳黔森中短篇小说选》，作家出版社，2015 年。

欧阳黔森：《水的眼泪：欧阳黔森选集》，广西师范大学出版社，2017 年。

彭澎：《西南以西》，民族出版社，2014 年。

邱紫华：《悲剧精神与民族意识》，华中师范大学出版社，2000 年。

童强：《空间哲学》，北京大学出版社，2011 年。

王安忆：《长恨歌》，作家出版社，1995 年。

王定芳：《田野的哲学》，云南大学出版社，2013 年。

王国维：《王国维文学论著三种》，商务印书馆，2010 年。

王同忆:《现代汉语大词典》,海南出版社,1992年。

王晓文:《中国现代边地小说研究》,人民出版社,2016年。

汪涌豪、陈广宏:《游侠人格》,长江文艺出版社,1999年。

王志彬:《山海的缪斯:当代台湾少数民族文学研究》,中国社会科学出版社,2015年。

温儒敏、丁晓萍:《时代之波:战国策派文化论著辑要》,中国广播电视出版社,1995年。

文艺报社主编:《小说里的中国》,青岛出版社,2013年。

吴钧:《宋:现代的拂晓时辰》,广西师范大学出版社,2015年。

吴亮:《朝霞》,人民文学出版社,2016年。

吴丕:《进化论与中国激进主义1859—1924》,北京大学出版社,2005年。

吴冶平:《空间理论与文学的再现》,甘肃人民出版社,2008年。

习近平:《在文艺工作座谈会上的讲话》,人民出版社,2015年。

习近平:《在中国文联十大、中国作协九大开幕式上的讲话》,人民出版社,2016年。

萧红:《生死场》,京华出版社,2005年。

徐俊西:《世纪末的中国文坛》,上海文艺出版社,2002年。

颜昌峣:《管子校释》,岳麓书社,1996年。

杨伯峻:《论语译注》,中华书局,1958年。

杨柳桥:《庄子译注》,上海古籍出版社,2007年。

余晋岳:《世界文化与自然遗产手册》,上海科学技术文献出版社,2004年。

喻子涵:《孤独的太阳》,中国戏剧出版社,2017年。

扎西达娃:《西藏隐秘岁月》,长江文艺出版社,2001年。

扎西达娃:《扎西达娃小说集》,中华书局,2011年。

张承志:《张承志代表作》,黄河文艺出版社,1988年。

张承志:《美丽瞬间:张承志草原小说选》,北京师范大学出版社,1993年。

张承志:《张承志散文:插图珍藏版》,人民文学出版社,2005年。

张承志:《金牧场》,人民文学出版社,2007年。

张承志:《黄土——张承志的放浪笔记》,江苏文艺出版社,2009年。

张承志:《荒芜英雄路·清洁的精神》,上海文艺出版社,2015年。

张承志:《老桥·奔驰的女神》,上海文艺出版社,2015年。

张承志：《聋子的耳朵》，上海文艺出版社，2015 年。

张承志：《一册山河·谁是胜者》，上海文艺出版社，2015 年。

张清华：《境外谈文》，花山文艺出版社，2003 年。

周殿富：《生命美学的诉说》，人民文学出版社，2004 年。

周振甫：《文心雕龙今译（附词语简释）》，中华书局，1986 年。

朱光潜：《悲剧心理学》，人民文学出版社，1993 年。

二、外文著作

[美] 布鲁克斯，沃伦：《理解小说》，外语教学与研究出版社，2004 年。

H. Lefebvre. The Production of Space. Oxford：Blackwell Press.1991.

三、中文译著

[英] 马丁·阿尔布劳：《全球时代：超越现代性之外的国家和社会》，高湘泽、冯玲译，商务印书馆，2001 年。

[法] 路易·皮埃尔·阿尔都塞：《保卫马克思》，顾良译，商务印书馆，1984 年。

[美] 罗伯特·阿尔特：《想象的城市——都市体验与小说语言》，邵文实译，江苏教育出版社，2013 年。

[意] 吉奥乔·阿甘本：《幼年与历史：经验的毁灭》，尹星译，河南大学出版社，2016 年。

[美] 拉尔夫·沃尔多·爱默生：《爱默生集》，赵一凡译，生活·读书·新知三联书店，1993 年。

[苏] 米哈伊尔·米哈伊洛维奇·巴赫金：《陀思妥耶夫斯基诗学问题》，白春仁、顾亚铃译，生活·读书·新知三联书店，1988 年。

[苏] 米哈伊尔·米哈伊洛维奇·巴赫金：《巴赫金文论选》，佟景韩译，中国社会科学出版社，1996 年。

[苏] 米哈伊尔·米哈伊洛维奇·巴赫金：《巴赫金全集》，白春仁、晓河译，河北教育出版社，1998 年。

[法] 罗兰·巴特：《神话修辞术：批评与真实》，屠友祥、温晋仪译，上海人民出版社，

2009年。

[法] 加斯东·巴什拉：《空间的诗学》，张逸婧译，上海译文出版社，2013年。

[法] 加斯东·巴什拉：《水与梦：论物质的想象》，顾嘉琛译，河南大学出版社，2016年。

[挪威] 弗雷德里克·巴斯：《族群与边界：文化差异下的社会组织》，李丽琴译，商务印书馆，2014年。

[英] 齐格蒙特·鲍曼：《现代性与大屠杀》，杨渝东、史建华译，译林出版社，2002年。

[英] 伯纳德·鲍桑葵：《美学史》，张今译，商务印书馆，1985年。

[美] 阿诺德·贝林特：《艺术与介入》，李媛媛译，商务印书馆，2013年。

[英] 贝思飞：《民国时期的土匪》，徐有威、李俊杰译，上海人民出版社，1992年。

[德] 瓦尔特·本雅明：《波德莱尔：发达资本主义时代的抒情诗人》，王涌译，译林出版社，2012年。

[德] 瓦尔特·本雅明：《巴黎，19世纪的首都》，刘北成译，商务印书馆，2013年。

[法] 让·波德里亚：《象征交换与死亡》，车槿山译，译林出版社，2012年。

[法] 西蒙娜·德·波伏娃：《第二性》（全译本），陶铁柱译，中国书籍出版社，2004年。

[英] 约翰·伯格：《观看之道》，戴行钺译，广西师范大学出版社，2015年。

[美] 马歇尔·伯曼：《一切坚固的东西都烟消云散了》，徐大建、张辑译，商务印书馆，2013年。

[日] 柄谷行人：《日本现代文学的起源》，赵京华译，中央编译出版社，2013年。

[法] 费尔南·布罗代尔：《法兰西的特性、空间和历史》，顾良、张泽乾译，商务印书馆，1994年。

[法] 费尔南·布罗代尔：《15至18世纪的物质文明、经济和资本主义》第2卷，施康强、顾良译，生活·读书·新知三联书店，2002年。

[法] 费尔南·布罗代尔：《论历史》，刘北成、周立红译，北京大学出版社，2008年。

[俄] 尼古拉·加夫里诺维奇·车尔尼雪夫斯基：《生活与美学》，人民文学出版社，1957年。

[英] 温迪·J. 达比：《风景与认同：英国民族与阶级地理》，张箭飞、赵红英译，译林出版社，2011年。

[英] 法拉梅兹·达伯霍瓦拉：《性的起源：第一次性革命的历史》，杨朗译，译林出版社，2015年。

[法] 雅克·德里达：《文学行动》，赵兴国译，中国社会科学出版社，1998年。

[法] 雅克·德里达：《声音与现象》，杜小真译，商务印书馆，1999年。

[法] 雅克·德里达：《论文字学》，汪家棠译，上海译文出版社，2005年。

[法] 米歇尔·德·塞尔托：《历史书写》，倪复生译，中国人民大学出版社，2012年。

[法] 乔治·迪迪－于贝尔曼：《看见与被看》，吴泓缈译，湖南美术出版社，2015年。

[德] 弗里德里希·恩格斯：《论权威》，《马克思恩格斯选集》第3卷，人民出版社，1995年。

[德] 弗里德里希·恩格斯：《自然辩证法》，《马克思恩格斯选集》第4卷，人民出版社，1995年。

[美] 费正清：《中国：传统与变迁》，张沛译，世界知识出版社，2001年。

[美] 费正清、赖肖尔：《中国：传统与变革》，陈仲丹、潘兴明、庞朝阳译，江苏人民出版社，2012年。

[加] 诺思罗普·弗莱：《批评的剖析》，陈慧、袁宪军、吴伟仁译，百花文艺出版社，2002年。

[美] 约瑟夫·弗兰克：《现代小说中的空间形式》，秦林芳编译，北京大学出版社，1991年。

[英] 詹姆斯·G. 弗雷泽：《金枝》，徐育新等译，大众文艺出版社，1998年。

[法] 米歇尔·福柯：《规训与惩罚》修订译本，刘北成、杨远婴译，生活·读书·新知三联书店，2012年。

[美] 马克·戈特迪纳：《城市空间的社会生产》，任晖译，江苏凤凰教育出版社，2014年。

[匈] 卢卡奇·格奥尔格：《小说理论》，燕宏远、李怀涛译，商务印书馆，2012年。

[法] 安托瓦纳·贡巴尼翁：《现代性的五个悖论》，许钧译，商务印书馆，2005年。

[德] 尤尔根·哈贝马斯：《现代性的哲学话语》，曹卫东译，译林出版社，2011年。

[美] 大卫·哈维：《希望的空间》，胡大平译，南京大学出版社，2006年。

[美] 大卫·哈维：《新自由主义简史》，王钦译，上海译文出版社，2010年。

[美] 大卫·哈维：《正义、自然和差异地理学》，胡大平译，上海人民出版社，2010年。

[德] 马丁·海德格尔：《人，诗意地安居——海德格尔语要》，郜元宝译，上海远东出版社，1995年。

[德] 马丁·海德格尔：《海德格尔选集》，孔周兴译，生活·读书·新知三联书店，1996年。

[德] 马丁·海德格尔：《荷尔德林诗的阐释》，孔周兴译，商务印书馆，2000年。

[德] 马丁·海德格尔：《存在与时间》，陈嘉映等译，生活·读书·新知三联书店，2006年。

[德] 弗里德里希·黑格尔：《美学：第三卷·下册》，朱光潜译，商务印书馆，1981年。

[美] 海登·怀特：《后现代历史叙事学》，陈永国、张万娟译，中国社会科学出版社，2003年。

[英] 安东尼·吉登斯：《现代性的后果》，田禾译，译林出版社，2000年。

[意] 伊塔洛·卡尔维诺：《看不见的城市》，张密译，译林出版社，2012年。

[美] 劳伦斯·E.卡洪：《现代性的困境——哲学、文化与反文化》，王志宏译，商务印书馆，2008年。

[英] 托马斯·卡莱尔：《英雄与英雄崇拜》，何欣译，辽宁教育出版社，1998年。

[美] 马泰·卡林内斯库：《现代性的五副面孔》，顾爱彬、李瑞华译，北京：商务印书馆，2002年。

[德] 伊曼努尔·康德：《判断力批判》上卷，宗白华译，商务印书馆，1964年。

[英] 约瑟夫·康拉德：《诺斯托罗莫》，刘珠还译，译林出版社，2001年。

[英] 约瑟夫·康拉德：《黑暗的心：汉英对照》，叶雷译，译林出版社，2016年。

[英] 马克·柯里：《后现代叙事理论》，宁一中译，北京大学出版社，2003年。

[美] 乔尔·科特金：《全球城市史：典藏版》，王旭等译，社会科学文献出版社，2014年。

[英] 迈克·克朗：《文化地理学》，杨淑华译，南京大学出版社，2005年。

[捷克] 米兰·昆德拉：《小说的艺术》，孟湄译，生活·读书·新知三联书店，1992年。

[捷克] 米兰·昆德拉：《被背叛的遗嘱》，余中先译，上海译文出版社，2013年。

[法] 雅克·朗西埃：《文学的政治》，张新木译，南京大学出版社，2014年。

[法] 雅克·朗西埃：《词语的肉身：书写的政治》，朱康、朱羽、黄锐杰译，西北大学出版社，2015年。

[法] 雅克·朗西埃：《歧义：政治与哲学》，刘纪蕙译，西北大学出版社，2015年。

[美] 理查德·利罕：《文学中的城市：知识与文化的历史》，吴子枫译，上海人民出版社，2009年。

[美] 李怀印：《重构近代中国：中国历史写作中的想象与真实》，岁有生、王传奇译，中华书局，2013年。

[法] 列维－布留尔：《原始思维》，丁由译，商务印书馆，1981年。

[法] 让－雅克·卢梭：《社会契约论》，何兆武译，商务印书馆，1963年。

[美] 罗莎莉：《儒学与女性》，丁佳伟、曹秀娟译，江苏人民出版社，2015年。

参考文献

[英] 戴维·洛奇：《小说的艺术》，王俊岩等译，作家出版社，1997年。

[美] 华莱士·马丁：《当代叙事学》，伍晓明译，北京大学出版社，1990年。

[德] 卡尔·马克思：《论土地国有化》，《马克思恩格斯选集》第2卷，人民出版社，1966年。

[德] 卡尔·马克思，弗里德里希·恩格斯：《共产党宣言》，人民出版社，1997年。

[德] 卡尔·马克思：《1844年经济学哲学手稿》，《马克思恩格斯文集》第1卷，人民出版社，2009年。

[德] 卡尔·马克思：《政治经济学批判导言》，《马克思恩格斯文集》第8卷，人民出版社，2009年。

[德] 卡尔·马克思：《资本论》，《马克思恩格斯文集》第5卷，人民出版社，2009年。

[法] 让−吕克·马里翁：《可见者的交错》，张建华译，漓江出版社，2015年。

[英] 多琳·马西：《保卫空间》，王爱松译，江苏教育出版社，2013年。

[法] 阿里·玛扎海里：《丝绸之路：中国—波斯文化交流史》，耿昇译，中华书局，1993年。

[德] 卡尔·曼海姆：《意识形态与乌托邦》，姚仁权译，中国社会科学出版社，2009年。

[美] 威廉·佩珀雷尔·蒙塔古：《认识的途径》，吴士栋译，商务印书馆，2012年。

[美] W. J. T. 米切尔：《风景与权力》，杨丽、万信琼译，译林出版社，2014年。

[美] 路易斯·亨利·摩尔根：《古代社会》，杨东莼、马雍、马巨译，商务印书馆，1977年。 [法] 埃德加·莫兰：《迷失的范式：人性研究》，陈一壮译，北京大学出版社，1999年。

[美] 罗德里克·弗雷泽·纳什：《荒野与美国思想》，侯文蕙、侯钧译，中国环境科学出版社，2012年。

[德] 弗里德里希·威廉·尼采：《悲剧的诞生》，刘崎译，作家出版社，1986年。

[英] 彼得·纽曼、安迪·索恩利：《规划世界城市：全球化与城市政治》，刘晔、汪洋俊、杜晓馨译，上海人民出版社，2012年。

[法] 阿兰·佩雷菲特：《停滞的帝国——两个世界的撞击》，王国卿、毛凤支、谷炘等译，生活·读书·新知三联书店，1995年。

[法] 热拉尔·热奈特：《叙事话语 新叙事话语》，王文融译，中国社会科学出版社，1990年。

[美] 爱德华·W. 萨义德：《东方学》，王宇根译，生活·读书·新知三联书店，1999年。

[美] 爱德华·W. 萨义德：《文化与帝国主义》，李琨译，生活·读书·新知三联书店，2016年。

［英］西蒙·沙玛：《风景与记忆》，胡淑陈、冯樨译，译林出版社，2013年。

［美］史景迁：《追寻现代中国：1600—1912年的中国历史》，黄纯艳译，上海远东出版社，2005年。

［美］史景迁：《改变中国：在中国的西方顾问》，温洽溢译，广西师范大学出版社，2014年。

［美］埃德加·斯诺：《西行漫记》，董乐山译，解放军文艺出版社，2002年。

［美］弗兰克·梯利：《西方哲学史》，葛力译，商务印书馆，1999年。

［荷］派特·瓦润、安东·范岸姆洛金、汉斯·迪佛里斯：《嗅觉符码：记忆和欲望的语言》，洪慧娟译，汕头大学出版社，2003年。

［英］雷蒙·威廉斯：《漫长的革命》，倪伟译，上海人民出版社，2012年。

［英］雷蒙·威廉斯：《乡村与城市》，韩子满、刘戈、徐珊珊译，商务印书馆，2013年。

［英］雷蒙·威廉斯：《关键词：文化与社会的词汇》，刘建基译，生活·读书·新知三联书店，2016年。

［意］扬姆巴蒂斯塔·维柯：《新科学》，朱光潜译，人民文学出版社，1997年。

［美］勒内·韦勒克、奥斯汀·沃伦：《文学理论》，刘象愚等译，江苏教育出版社，2005年。

［美］勒内·韦勒克：《批评的诸种概念》，罗钢、王馨钵、杨德友译，曹雷雨校，上海人民出版社，2015年。

［英］罗伯特·沃迪：《修辞术的诞生：高尔吉亚、柏拉图及其传人》，何博超译，译林出版社，2015年。

［法］米歇尔·希翁：《视听》，黄英侠译，北京联合出版公司，2014年。

［德］弗里德里希·冯·席勒：《席勒文集》第6卷，张玉书等译，人民文学出版社，2005年。

［英］约翰·伦尼·肖特：《城市秩序：城市、文化与权力导论》，郑娟、梁捷译，上海人民出版社，2010年。

［法］谢和耐：《蒙元入侵前夜的中国日常生活》，刘东译，江苏人民出版社，1995年。

［德］卡尔·西奥多·雅斯贝尔斯：《悲剧的超越》，亦春译，工人出版社，1988年。

［英］特里·伊格尔顿：《二十世纪西方文学理论》，伍晓明译，北京大学出版社，2007年。

［英］特里·伊格尔顿：《美学意识形态》，王杰、付德根、麦永雄译，中央编译出版社，2013年。

［美］弗雷德里克·詹姆逊：《政治无意识：作为社会象征行为的叙事》，王逢振、陈永国

译,中国社会科学出版社,1999年。

[美]弗雷德里克·詹姆逊:《单一的现代性》,王逢振译,中国人民大学出版社,2009年。

[美]弗雷德里克·詹姆逊:《辩证法的效价》,余莉译,中国社会科学出版社,2014年。

[美]弗雷德里克·詹姆逊:《未来考古学:乌托邦欲望和其他科幻小说》,吴静译,译林出版社,2014年。

[美]弗雷德里克·詹明信:《晚期资本主义的文化逻辑》,张旭东编,陈清侨等译,生活·读书·新知三联书店,2013年。

[美]张鹏:《城市里的陌生人:中国流动人口的空间、权力与社会网络的重构》,袁长庚译,江苏人民出版社,2013年。

包亚明主编:《后现代性与地理学的政治》,上海教育出版社,2001年。

包亚明主编:《现代性与空间的生产》,上海教育出版社,2002年。

汪民安、陈永国编:《后身体:文化、权力和生命政治学》,吉林人民出版社,2011年。

夏铸九、王志弘编译:《空间的文化形式与社会理论读本》,明文书局,2002年。

张京媛主编:《新历史主义与文学批评》,北京大学出版社,1993年。

后　记

参加中国现代文学馆第五届客座研究员活动，是难忘的经历，也是美好的回忆。虽然客研活动只有短暂的一年，但我收获良多，既有思维和思想的启发，又有方法和视角的拓展。特别感谢中国作家协会铁凝、李敬泽、吴义勤、阎晶明、梁鸿鹰和李洱等领导的关怀，感谢北京大学中文系李杨教授、曹文轩教授和中国人民大学程光炜教授的支持，感谢贵州省作家协会欧阳黔森和杜国景等领导的推荐。本书的个别篇章分别在《中国现代文学研究丛刊》《当代作家评论》《民族文学研究》《小说评论》《南方文坛》《雨花·中国作家研究》《海南师范大学学报》《贵州民族大学学报》《文艺报》《贵州日报》等报刊公开发表，感谢韩春燕、李国平、张燕玲、毕光明、易晖、周翔、王志彬等老师的支持。感谢仁兄刘大先、李云雷、房伟、傅逸尘、方岩、丛治辰、杨庆祥、黄平、金理、杨晓帆、周明全、项静、艾翔、黄德海、张定浩等客研前辈，感谢同届客研的仁兄张丛皞、张涛、晏杰雄、刘永春、唐翰存、杨辉、张屏瑾、韩松刚、李德南、刘波、叶子。感谢中国现代文学馆计文君、宋嵩、郭瑾和责任编辑以及我的研究生吴佳佳为本书付出的辛劳。

我出身于偏僻落后的湖南农村。家境世代贫寒，祖父在我父亲未成年时就因贫病而死。父亲是那种老实巴交的人，没有手艺，只会面朝黄土辛苦过活。父亲特别喜欢种田，似乎离开了土地就无法生存，但他干活效率很低，总是收成不多。父亲曾经与人合伙干体力活，但因为没有文化，总是受合伙人的欺瞒，不仅得不到公平的血汗钱，还收藏了很多永远都无法兑现的欠条。在我上初中的时候，父亲也曾尝试独自烧石灰，非但没有挣钱，还欠下近万元的债。自我有记忆起，每到寒冬腊月，就会看见连绵不断上门讨债的人。父亲性格急躁，在村里永远都说不上话，反而经常遭受他人的谩骂和欺辱，但父亲似乎天生没有容忍力，也不会察言观色、见风使舵、顺势而为。母亲身材娇小，或许是因为劳累过多，经常遭受病痛的折磨。母亲没有文化，喜欢以和稀泥的态度面对生活的纠葛与苦难。在我16岁那年，因为修建公路，我家的房子被拆迁，母亲据理力争，与镇干部发生了争吵。过小年的时候，村干部以母亲骂镇干部为由，罚款放电影以示公开的欺辱。即使同村同姓同祠同一块黄土，那又如何？仗势绝不饶人，屡屡上门讨伐，欺压、谩骂、唾沫、红眼、拳头就像六月天的雷雨一样不知何时降临。父母的遭遇给我留下无法磨灭的记忆。很小的时候，我就学会了挑水、做饭、淋菜、插秧、收稻、放牛、拾柴。或许是因为祖坟冒青烟，我于16岁时考上了中师，父母东挪西借终于凑足了学费。3年中师学习后，我又回到了那块令人憎恨的黄土地。这块土地夺去了祖父的生命，吸干了父母的血汗，但我一直弄不明白父母为何如此依恋这块土地。莫言也多次强调他对故土充满了仇恨，因为那块故土让他母亲饱尝了饥饿、侮辱和苦难。在北京参加客研活动时，我在发言时也提到了故土人性的变迁，提到了对故土人性恶的憎恨。可惜的是，我没有莫言的想象能力和语言才华，不能将同样的怨恨化作不朽的文学。

1999 年中师毕业后，我在离家不远的镇中学工作。可能是因为年轻气盛，我经常每周上 20 多节课，上课时说话语速很快，声音比较洪亮，没想到就此患上了不可治愈的慢性咽炎。因此，上课对现在的我来说是一种折磨。但更为不幸的是，我因为急性胃病没有及时医治，从此胃病与我终身相随。或许是因为学校的水质不好，我在即将离开前，经历了一次无法忍受的痛苦，在医院被查出了肾结石。那年我 24 岁，我发现人生其实就是不断经历苦难的过程。在中学工作 5 年后，我终于考上了研究生，漂泊到了海南岛。2004 年，我来到海口时，烂尾楼是一道独特的风景线，龙昆南路甚至还没有完全硬化，"中国城"远比对面的学校更为有名。海南师范大学其实也算圆了我的大学梦，导师毕光明夫妇给我很多关怀，我还有幸结识一些非常要好的同学：姚立新、廖述务、张朝霞、王春艳、罗勇、王翌、田文兵、张冀、罗长青、王海丰、邹艳琴、康艳琴等。在海南的 3 年多，学习紧张生活却很充实，也算是一段快乐的时光。但由于身体状况不佳，学习效果大为下降，我在硕士毕业时没有顺利考上博士，隆重的毕业典礼对我来说是苦涩的眼泪。2008 年，在毕光明老师和吴义勤老师的推荐下，我考入山东师范大学中国现当代文学专业攻读博士研究生，导师王景科给予我极大帮助，朱德发教授也给予我许多无私关怀。在山东师范大学的 3 年，我认识了一些非常要好的朋友——陈夫龙、王瑜、董国艳、李文莲、王成、李占伟、王志彬、陈宁、任相梅等，还有很多同门师姐师妹们。在济南时，还与两位好友蒋水成和肖华华经常相聚。在这几年学习期间，得到很多老师和亲友的无私帮助，尤其得到吴明夫妇和舅舅吴芝华的大力支持。至 2011 年博士毕业，我欠债 6 万多，其中部分是因为交学费，也有很多钱被送进了医院和药店，身体状况似乎每况愈下，头发日渐稀少就是见证。

　　2011年，我进入贵州民族大学工作，我用学校的安家费还清了所有的欠债。幸运的是有杜国景老师的大力支持，否则我在学术道路上将会有更多的曲折。我在学校结识了很多要好的同事，尤其是在学校羽毛球馆能够寻找到快乐。虽然以前打乒乓球和篮球，但似乎羽毛球更适合现在的我，因为打羽毛球有助于防治颈椎病。2014年，我进入北京大学中文系从事博士后研究，导师李杨给予我巨大帮助，使我写学术文章的能力大为提升。在北京大学，我结识了裴春芳、唐伟、陈荣阳、卢冶、杨林玉、孙牡丹、沈建阳、丁小鹰、朴婕、高颖君、吴琼、王柯月等同学。2016年，我第一次在《文学评论》上发表文章，责编刘艳老师的严谨风格给我留下深刻印象，她的学术建议也使我提高了学术能力。2018年春节，我接到出版本书的通知，经过仔细思考后，选择"新时期文学的空间辩证法"作为书名，虽然书中个别内容有些出入，但全书总体上体现了我的研究思路与方法。

　　如果没有众多师友的支持和帮助，就不会有今天的我，也不会有这部著作。人生其实是一条苦难的道路，正是遇见了上述各位，我的人生才不至于完全孤独和痛苦。这本书应该要献给熊庭娟、颜子欣和颜子煜，他们给本书添加了哭闹和欢笑。由于本人学术能力有限，虽然本书在近1年时间里经过5次增删修改，但仍存在许多不尽意之处，诚挚欢迎各位方家的批评和指导，接受批评也是本人和本书生命的重要组成部分。

2018年11月于贵阳观山湖